猫斗，
马德里，
1936年

〔西班牙〕爱德华多·门多萨 著
赵婷 译

Eduardo Mendoza
Riña de gatos. Madrid, 1936

人民文学出版社
PEOPLE'S LITERATURE PUBLISHING HOUSE

著作权合同登记号：图字 01-2016-5470

RIÑA DE GATOS, MADRID, 1936
by Eduardo Mendoza
Copyright © Eduardo Mendoza，2010
All rights reserved.

图书在版编目(CIP)数据

猫斗，马德里，1936年/(西)爱德华多·门多萨著；赵婷译.—北京：人民文学出版社，2016.9
ISBN 978-7-02-011869-4

Ⅰ.①猫… Ⅱ.①爱… ②赵… Ⅲ.①长篇小说-西班牙-现代 Ⅳ.①I551.45

中国版本图书馆CIP数据核字(2016)第204474号

责任编辑　卜艳冰　彭　伦　潘丽萍
封面设计　汪佳诗

出版发行　人民文学出版社
社　　址　北京市朝内大街166号
邮政编码　100705
网　　址　http://www.rw-cn.com
印　　刷　山东临沂新华印刷物流集团
经　　销　全国新华书店等
字　　数　254千字
开　　本　890毫米×1240毫米　1/32
印　　张　10.5
插　　页　2
版　　次　2017年1月北京第1版
印　　次　2017年1月第1次印刷
书　　号　978-7-02-011869-4
定　　价　42.00元

如有印装质量问题，请与本社图书销售中心调换。电话：01065233595

罗莎在我身旁，这个故事献给她

人类一种奇特的状况是，生活从来都可能不同于它本来的面目。

——何塞·奥尔特加·伊·加塞特，《委拉斯开兹》

一

一九三六年三月四日

亲爱的凯瑟琳：

　　穿过边境、办理完恼人的通关手续后不久，在火车的隆隆声中，我昏昏欲睡。昨晚，我度过了一个不眠之夜，为我们纠葛的情感关系所带来的一系列问题、惊吓和痛苦困扰着。透过车窗我只看到夜的黑和玻璃上我自己的镜像：一个被焦虑不安折磨的男人的肖像。天亮并没有带来新一天到来时常有的那种放松。天空依旧阴沉，微弱的阳光使得窗外及我内心的景象都变得更加荒凉。此情此景中，我噙着泪水，睡着了。再次睁开眼的那一刻，一切都变了。灿烂的太阳在湛蓝无垠的天空中闪耀，偶尔飘过几朵炫目的白色云彩。火车在荒芜的高原中穿行。西班牙，终于到了！

　　哦，凯瑟琳，我亲爱的凯瑟琳，只有当你亲眼看到这壮丽的景色后，才能明白此刻我给你写信时的激动心情！不仅仅是因为地貌特征或简单的景色变化，还有一些其他的，更为崇高的缘由。在英国，还有刚刚途径的法国北部，田野很绿，土地肥沃，树很高，但天是低沉的、灰暗的，空气是潮湿的，整个气氛都很阴郁。而这儿，正相反，土地贫瘠，田地是干涸开裂的，只能生长低矮的灌木，但天空是高阔无边的，阳光如同史诗般灿烂。在我们的国家，人们习惯低着头走路，目光盯着地面，很压抑；在这儿，土地上虽然并不盛产什么作物，人们走起路来却个个昂首挺胸,目视远方。这是一片充满激情和强烈个人主义色彩的热土。他们并不像我们那样被狭隘的道德观和挑剔的社会准则所束缚着。

亲爱的凯瑟琳,此时此刻再次审视我们的关系:一段见不得人的充满阴谋、怀疑和愧疚的地下情。并且在一段(两年,还是三年?)时间里,你我都未曾得到过一丝安宁和快乐。沉浸在我们狭隘平庸的道德世界中,怎能体会到快乐。我们宿命一般的相互折磨像是一道难以逾越的障碍。但是,解放的时候到了,这是西班牙的太阳给予我们的启示。

再见,我亲爱的凯瑟琳,为了你的青春、美丽与智慧,我还给你本该属于你的自由、宁静和享受生活的权利。我亦如此,只是独自一人时,偶尔会在我们热烈但不合时宜的拥抱的甜蜜回忆中获得慰藉。我会努力争取早日恢复平静和理智。

又及:我认为你不必向你丈夫坦白我们的这段感情,这会使他伤心。我完全能够体会当我们在剑桥那段快乐时光中所建立起来的友谊遭到背叛时该是多么痛苦。何况他是真心爱你的。

永远的挚爱,

安东尼

"英国人?"

这个突如其来的问题吓了他一跳。他写信写得入神,几乎没有注意到与他同在一个包厢里的其他旅客。从加来①站开始,包厢中只有一位话不多的法国绅士,只在上车时和在毕尔巴鄂站下车时,与他打了招呼。其余时候,法国人一直在沉睡,他下车后,英国人也睡了一

---

① 加来,法国港口城市。

觉。新的乘客在沿途的车站陆续上了车。除了安东尼以外，同包厢的旅客如同风俗喜剧巡回剧团的演员一般，有一位上了年纪的乡村神父，一个面容粗糙的乡村年轻姑娘，以及坐在她旁边的一个男人：光头，蓄着共和派胡子，不大看得出年龄和身份。神父带了一个中型的木箱，姑娘背了一个大包袱，另一个男人则带着两个大容量黑皮箱。

"我不说英语，您知道吗？"当最开始的问题得到英国人的默认后，他继续说道，"不说英语。我，说西班牙语。您是英国人，我是西班牙人。西班牙跟英国可不一样。大不相同。西班牙，阳光，斗牛，吉他，葡萄酒。每个人都很快乐。而在英国，没有阳光，没有斗牛，没有欢乐，每个人都很迂腐。"

说完，他停顿了一小会儿，给英国人留出时间来消化他的社会学理论，随后又说：

"英国，有国王。西班牙，没有国王。以前有国王。阿方索。现在没有了，结束了。现在是共和国。总统：尼塞托·阿尔卡拉·萨莫拉。还有选举。勒鲁斯当过，现在是阿萨尼亚。政党，要多少有多少，没一个好东西。政客们厚颜无耻，个个都是混蛋。"

英国人摘下眼镜，拿出西装上衣口袋中的手帕擦了擦，并利用这短暂的空闲望向窗外。一望无际的褐色土地上找不到一棵树木。远远望去，只见一个身着披风、头戴软帽的农夫，侧身骑着驴。天知道他从哪儿来，要到哪里去。他这样思索着，随后又将视线转回到表情严肃的发言者，尽量不在对话中表达自己的倾向性。

"我大致了解西班牙政治上这些是是非非，"他冷冷地说，"但作为外国人，我认为不应该干涉西班牙国内的事，也不好对此发表意见。"

"谁也没有干涉谁，先生，"看到英国人说着一口流利的西班牙语，侃侃而谈的乘客略显失望，"根本没这回事，我说这些只不过想让您了解这个问题。无论碰上什么人，知道该怎么应付也不是件坏事嘛。

就好比我在英国,无所谓去干什么,突发奇想地要骂国王。会发生什么?英国人自然会把我关进监狱。而在这儿,道理相同,结果相反。对此我只能说,世道变了啊。"

与我无关,英国人心里这么想着,嘴上却没说:真想快点结束这乏味的谈话。他巧妙地向神父使了个眼色,神父心领神会,以略带否定的口吻打断了这位共和派人士冗长的演说。英国人的小伎俩得逞了。面对着神父,共和派用拇指指着说:

"就在这儿,不往远了说,正好有一个例子可以证明我所说的话。四天前你们还能随心所欲,想干吗干吗。现在流离失所,遭人唾弃。我说得没错吧,神父?"

神父双手交叉放在膝头,一丝不苟地盯着那位乘客。

"谁笑到最后,谁笑得最好。"他不慌不忙地说。

英国人则任由他们打着嘴仗。火车依旧行驶在荒芜的平原上,缓慢而单调,只在冬日纯净的空气中留下一道浓浓的烟柱。当他再次快要入睡时,听到共和派辩驳道:

"你瞧,神父,人们是不会平白无故地烧毁教堂和修道院的。人们从来没烧过酒馆、医院甚至斗牛场。如果在整个西班牙只是选择烧毁教堂,那必然有烧的道理。"

一阵剧烈的晃动将英国人摇醒。列车停靠在了一个大站。一个穿着棉大衣、戴着围巾和鸭舌帽的工作人员跛着脚在站台上来回走着。戴着手套的手上提着一盏已经熄灭了的黄铜油灯。

"本塔德巴尼奥斯站到了!去往马德里的乘客请换车!特快列车二十分钟后开车!"

英国人从行李架上取下自己的行李,与同行的旅客告别,来到了车厢过道上。长时间不活动的他感到双腿麻木,双脚发软。尽管如此,他还是跳到了站台上。迎接他的是一阵刺骨的寒风,他不禁缩了缩脖子,无望地寻找着车站工作人员——人家干完活,早已回到办公室去了。车站的时钟已经停了,不可思议地指向一点钟。旁边的旗杆上挂着一面破烂的三色旗。英国人本想马上坐上特快列车暖和暖和,但他却朝出站口的方向走去。他在一扇布满冰霜和油污的玻璃门前停下了脚步,门牌上写着:餐厅。里面的一个壁炉正散发着徐徐暖意,使空气变得蒙眬。英国人摘下雾蒙蒙的眼镜,用领带擦了擦。餐厅里面唯一的顾客坐在吧台前喝着白酒,抽着雪茄。吧台的伙计正看着他,手里拿着一瓶茴香酒。英国人走向这个伙计。

"早上好,我需要寄一封信,你们这儿有邮票吧?没有的话,能不能告诉我站台里哪儿有小卖部呢?"

伙计张大嘴巴看着他。随后,咕哝着说:"我不知道。"

店里唯一的客人眼神一直没离开茴香酒,插话道:"别那么老土啊,笨蛋。这下咱们会给这位先生留下什么印象啊?"然后对英国人说,"请原谅他。您说的他一个字都没听懂。在车站大厅里有个小店,您可以买到邮票,那儿也有邮箱。但去之前,来杯茴香酒吧。"

"不用了,多谢。"

"别推辞了,我请您。看您的脸色就知道您需要暖和暖和。"

"我没想到会这么冷。这么大的太阳……"

"这里可不是马拉加,先生。这儿是本塔德巴尼奥斯,帕伦西亚省。可是说冷就冷的。看您长相,应该是外国人吧。"

伙计斟了一杯茴香酒,英国人一口气吞了下去。因为之前没有吃东西,一杯酒下肚,他只觉得胃里一阵灼热,但同时一股暖流也遍布全身。

"我是英国人,"他回答刚才那位客人提的问题,"我得抓紧点了,我可不想错过去马德里的特快列车。如果不麻烦的话,我想把行李放在这儿,去小店能轻快些。"

他把酒杯放在吧台上，从一个连着车站大厅的侧门走了出去。他转了好几圈也没找到小店，直到一位托运员给他指了指一扇关闭的小窗。他用指节敲了敲，没过一会儿，小窗打开了，一个光头男人疑惑地探出头来。英国人向他说明来意后，他闭上双眼，嘴唇微动，仿佛祈祷一般。随后那男人弯下腰，重新站直后，将一本巨大的书放在窗口前的搁板上。他仔细地翻着书，然后离开了一下，回来时还拿了一个小天平。英国人将信交给他，这名邮局工作人员小心翼翼地称了称信，然后再次查阅起那本书计算邮资。英国人付了钱后迅速地跑回餐厅。吧台的伙计手里拿着一块脏抹布，望着天花板。对于英国人的问题，伙计回答说他那份酒钱另一位客人已经付过了。行李还在原地。英国人拎起行李，说了声谢谢，然后跑着离开了。去往马德里的特快列车在大团白色蒸汽和阵阵烟雾中开始缓慢行驶。他大步追上了最后一节车厢，跳上火车。

他连续走了几个车厢，也没有找到一个空的包厢，于是决定坐在过道里，也顾不上穿堂而过的寒风了。刚才一路跑过来让他觉得有点热，而顺利地把信寄出去让他感觉很欣慰，努力总算没有白费。现在事情已成定局。让女人都见鬼去吧！他想。

他本打算独自待会儿，享受来之不易的自由，顺便看看风景。哪知没过一会儿，他看到餐厅请他喝酒的男人蹒跚地向他走来。英国人跟他打了招呼，那个人在他旁边坐下。这个男人有五十来岁，个子不高，很瘦，脸上刻着皱纹，眼睛下方眼袋很深，目光中充满了疑虑。

"信寄出去了吗？"

"寄了。我回到餐厅发现您已经走了，还没来得及跟您道谢呢。您坐二等座旅行？"

"我想坐哪儿就坐哪儿。我是警察。您别那么看着我，幸亏如此才没人抢您的箱子。在西班牙可不能这么自信。您是去马德里还是继续换车?"

"我去马德里。"

"方便问问您旅行的目的吗?私人旅行吗?如果不想可以不回答。"

"没什么不方便的。我是艺术品鉴定家,具体来说是西班牙画作鉴定。我不买也不卖。我写文章,为艺术品评级,与一些画廊合作。只要有可能,有没有理由我都会去马德里。普拉多博物馆就是我的第二个家。或者应该说就是我的家。没有比这里更让我感觉幸福的地方了。"

"不错呀,感觉是很美好的职业。我从来没听说过,"警察评论道,"恕我冒昧,您靠此生活?"

"赚得不多,"英国人承认,"但是我有一小笔年金。"

"很幸运啊。"警察说,几乎是自言自语。随后又说道,"我说,您经常来西班牙,我们的语言又说得这么好,在这儿应该有不少朋友吧。"

"朋友?没有朋友。从来没在马德里待过很长时间。再说,英国人,您知道,都比较保守。"

"也许您觉得我问这么多问题很烦,但您别误会。也是职业病吧。我时常观察别人,尝试猜测他们的职业、婚姻状况,如果可能的话,甚至是他们的意图。我的工作以预防为主,打击为辅。我隶属于国家安全部门,现在世道可不怎么太平。当然我指的不是您。对一个人感兴趣并不是怀疑这个人。最平凡的外表下也可能隐藏着一个无政府主义者、外国间谍、毒贩子。怎么看出谁是坏人谁是好人?没有人会在胸前挂个牌子写上他是什么样的人。然而,所有人都隐藏着一些秘密。就比如您吧,为什么那么着急地寄信?您完全可以几个小时后到达马德里再不紧不慢地去寄信。您不用告诉我为什么,我相信每件事都有一个简单合理的解释。我只是给您举个例子。而我的职责恰恰在于:

找出面具背后的真实面孔。"

"这里有点冷,"一阵沉默后,英国人说,"我没有穿特别保暖的衣服,如果您不介意,我要去找一个有暖气的包厢。"

"好的,好的,我不再耽搁您了。我要去餐车吃点东西,和服务员聊会儿天。我经常坐这趟列车,认识车上的服务人员。他们可是有价值信息很好的来源,特别是在一个说话直截了当的国家。祝您路途顺利以及在马德里生活愉快。我们肯定不会再见面了,给您留张我的名片,以防万一。古梅尔辛多·马兰侬中校,请多关照。如果有什么需要,可以来安全局找我。"

"安东尼·怀特兰兹,"英国人说道,顺便将名片放在西装上衣口袋中,"也请您多关照。"

二

　　尽管长途旅行令他疲惫不堪,安东尼·怀特兰兹依旧睡得很浅,好几次他都被远方传来的像是枪声的声音吵醒。他住在一家以前旅行时曾经住过的旅馆中,简陋却很舒适。旅馆的门厅很小,不怎么亲切,前台接待员喜欢胡吹乱侃,但是暖气很不错,房间宽敞,屋顶很高。屋里有一个相当大的衣橱,舒适的床上铺着干净的床单,一张松木桌配一把椅子,桌上有一盏台灯,非常适合工作。长方形的窗户上装了木制的百叶窗。透过窗子,可以俯瞰宁静的安赫尔广场。对面一幢幢房子的上面,露出了圣塞巴斯蒂安教堂的圆顶。

　　然而,这样的氛围并不令人感到愉悦。由于天气寒冷,马德里夜生活的喧嚣被山风凄厉的呼啸声所取代,寒风还卷走了结冰发光的黑色路面上那些干枯的树叶和散落的纸张。建筑物的外墙上贴满了破旧不堪的选举宣传海报,以及各方势力始终不渝地呼吁人们罢工、起义和抵抗的传单。安东尼不光对现在的局势了若指掌,恰是这局势的严峻性吸引他到马德里来,但真实的情况却令他产生了一种混杂着焦虑和沮丧的情绪。他一会儿觉得后悔接下这份工作,一会儿又后悔把断绝关系的信寄给凯瑟琳。尽管这段关系让他满心忧虑,却是他目前生活中唯一的激励。

　　怀揣着一颗纠结的心,他慢悠悠地穿上衣服,时不时地对着衣柜的镜子,审视自己的形象,结果却并不怎么令人满意。由于旅行的关系,衣服起了皱,尽管他彻底细致地刷洗过,却怎么也抹不掉衣服上面的油烟垢。这身衣服配上他苍白的脸色和疲惫的体态,构成了一种与他即将拜访的人极为不搭调的形象，并且很难给人留下他本应给人留下的印象。

离开旅馆后，他步行来到圣安娜广场。天气转晴，风吹走了云，天空呈现出冬日清冷的早晨应有的通透。酒吧和小餐馆迎来了第一批顾客。安东尼也加入到食客的行列，走进了一家冒着热咖啡和面包香气的小店。等候服务员招待的间隙，他翻开报纸，夸张的大标题和泛滥的感叹号给人一种文章普遍缺乏吸引力的感觉。在西班牙的许多地方，敌对党派之间冲突不断，造成了多人伤亡的惨剧。很多行业都发生了罢工。卡斯特立翁省的一个小镇，牧师已经被市长驱逐，人们在教堂里开起了舞会。在贝坦索斯，一座基督像被割掉了头和双脚。酒吧里的顾客一边猛抽着烟，一边指手画脚，言语犀利地评论着这些事件。

习惯了丰盛的英式早餐，浓咖啡和油腻的炸油条令安东尼感觉不适，不仅没有帮助他摆脱恼人的想法，也没有提振他的精神。他看了看自己的表，因为挂在柜台上方的六角钟和本塔德巴尼奥斯站台上的时钟一样静止不动。离赴约的时间还早，但喧哗和乌烟瘴气的环境让他透不过气来，因此他起身结账离开，向广场走去。

他大步向前走着，没一会儿就来到了普拉多博物馆的大门口，这里才刚刚向公众开放不久。他把证明他是教授和研究人员的证件出示给售票员，几经询问和犹豫后，售票员还是让他免费进去了。每年的这个时候，博物馆几乎没有参观者，更不要说是在当前马德里充满暴力和不安定因素的局势下，因此，这里很冷清。展厅里冷得像冰窖。

若非再次来到他朝思暮想的博物馆，他还会继续保持一种对世事漠不关心的态度。安东尼在一尊名为《愤怒》的作品前停留了片刻，这是雕塑家莱奥内·莱奥尼创作的卡洛斯五世青铜雕像。卡洛斯国王身披罗马战甲，手握长矛，在他脚下，野蛮和暴力的化身被制服，被铁链拴住，鼻子紧贴胜利者的臀部。这象征着施予世界的秩序，是神的旨意，不可侵犯。

欣赏完振奋人心的作品之后，英国人直起身，径直向委拉斯开兹展厅走去。这位画家的画作给他留下的印象之深刻，远非其他任何一幅画所能及。他为此进行了多年的研究，一幅接着一幅，每天都泡在博物馆，将他所感受到的种种细节记录在便签本上，然后，筋疲力尽却很满足。回到住处后，他再把之前记录的内容誊写在一本更大的有条格的笔记本上。

然而，这次来，他并没有打算写什么，只是像一个朝圣者一样，前往供奉着圣人的地方，寻求一种庇护。带着这种微妙的感觉，他在一幅画前停下了脚步，前后调整寻找最佳的观赏距离，擦了擦眼镜，屏住呼吸，目不转睛地看着。

英国人满心敬畏地欣赏着委拉斯开兹在与他年龄相仿时所画的《奥地利的唐·胡安》肖像。当年，这幅是用于装点王公贵族府邸的小丑和矮人系列画作的一部分。现在来看，如果有人委托一位伟大的艺术家为可怜的众生画像，然后再将这些画当作华贵的装饰物，这种举动未免十分古怪。但在当时可不是这样，毕竟国王的突发奇想造就了这些伟大的作品。

与同系列中其他伙伴不同的是，这位绰号叫做"奥地利的唐·胡安"的小丑在宫中并没有固定的职位。他是一个兼职小丑，偶尔被雇来顶替临时缺席的演员，或者用来强化病态、愚笨、呆傻的效果以取悦国王和他的随从们。档案中并没有记录他的真实姓名，只留下了他夸张的绰号。让他与皇家军队最伟大的军官和卡洛斯五世国王私生子同名想必也是笑话的一部分。画中，这个小丑为了不辜负他的"盛名"，脚下放了一杆火枪、一副胸甲、一顶头盔和一些像是小口径子弹的小球。他衣着华丽，手握指挥棒，头戴一顶不成比例的大帽子，微微倾斜，帽顶上插着艳丽的羽毛。华丽的服饰并不能掩盖事情的真相，反而令其昭然若揭：可以很快地察觉到他那撮可笑的小胡子还有紧缩的眉头，像极了几个世纪之后的尼采。小丑显然年岁不轻，他双手粗糙，双腿细长，面容憔悴，脸庞消瘦，颧骨突出，眼神躲躲闪闪，十分可疑。更为可笑的是，人物背后，画的一侧，隐约可以看到海战的场景，也许是战后的残局：燃烧的船只冒着黑色的浓烟。真正的奥地利的唐·胡安曾在著名的勒班陀战役中指挥西班牙舰队抵抗土耳其人的入侵，用塞万提斯的话说就是，几个世纪以来最伟大的壮举。画中战斗的场景并不是很清晰，可能是现实的片段，一个寓言，小丑的模仿或者梦境。这些都是为了达到讽刺的效果，但是对于英国人来说，描绘这场战役所使用的超越那个时代所有画作，且后来的画家透纳也使用过，用来达到相同目的的技法，不禁令人叹为观止。

安东尼好不容易才恢复了平静，又看了看表。约定的时间快到了，若想要准时赴约，就得马上出发了。他一贯守时，并不是什么美德，也不是为了表示礼貌，而是一种优秀民族特性的体现：尽人皆知的英国式准时。趁没人看见，他向画中的小丑点头致意，然后转身离开博物馆，并没有理会挂在墙上的其他画作。

走上街头，脚踏实地的感觉让他惊异地发现，在欣赏画作时略微伤感的思索并没有加深他的低落情绪，反而将它们驱散了。他这才第一次清楚地意识到自己身处马德里。这座城市总是给他带来美好的回忆，为他注入无比激动的自由感。

安东尼·怀特兰兹一向很喜欢马德里。这儿与其他西班牙或者欧洲城市不同的地方在于，马德里并非起源于希腊，也不是罗马，也不是中世纪，而是文艺复兴。腓力二世一手造就了它，并于1561年在这儿建立了宫廷。因此，马德里并没有什么可以追溯到某个神明的创城神话，也没有哪个罗马圣母将它纳入自己木质雕像的庇护之下，更没有庄严的教堂将它尖顶的影子映在老城区中。在马德里的城徽上，并没有驻扎身经百战的屠龙勇士。城市的守护神是一位卑微的农民，每天想的只是种马鞭草和斗牛节。为了保持马德里天然的独特性，腓力二世建造了埃斯科里亚尔夏宫，从而让马德里远离了在权力中心的基础上变为灵魂中心的诱惑。出于相同的理论，腓力拒绝让格列柯成为宫廷画师。正是有了这些谨慎的措施，马德里人虽然有诸多缺点，却并不会认为自己接受了天启。作为一个由宗教来维系的庞大帝国的首都，马德里不可能一直与宗教事务一点边都不沾，但只要有可能，它总能将阴暗面转移到其他城市：萨拉曼卡曾经是严苛的神学辩论场；在阿维拉，对圣女大德兰、圣十字若望，以及阿尔坎塔拉圣彼得的狂热信奉遍及整个城市；宗教裁判所宣判的最恐怖的火刑在托莱多执行。

尽管天气寒冷，风很大，安东尼·怀特兰兹在委拉斯开兹以及这座接纳他并令他声名鹊起的城市的陪伴下，感到十分欣慰。他沿着普拉多大街走到西贝莱斯广场，又沿着莱科雷多大街来到卡斯泰拉纳大道，从那儿开始寻找别人告诉他的门牌号码。找着找着，来到了一面高墙和一扇铁门前，透过栅栏可以看到院子深处有一座花园，花园后面是一幢有入口门廊和高大窗户的两层大宅。这种朴素的庄严让他想起了他工作的性质，兴奋过后又回到了之前的沮丧。不管怎样，现在回头已经来不及了，他打开铁门，穿过花园，走到宅子门前，轻敲了几下。

三

　　三天前，他曾觉得这份工作邀约是一次绝佳的机会，可以改变他痛苦不堪的生活状态。当他独处的时候总能下定决心，为他与凯瑟琳的恋情画上一个句号；而每当面对她的时候，他的决心就会动摇，犹豫不决，令他备受煎熬的是，每次见面总会变成一出荒诞剧：两个人都冒着恋情被戳破的风险，换来的只有不安，充满指责和苦涩沉默的片刻时光。对他来说，当结束这段不正当关系显得越来越有必要时，恢复正常生活的前景却愈发黯淡无光。凯瑟琳是他拘谨生活中唯一可以让人浮想联翩的诱惑，三十四岁时，全世界的目光都聚焦在欲望与权利的顶峰上，他却被"判"除了拥有压抑的常规生活外，不能期望更多。

　　他来自中产阶级家庭，智力与毅力为他敲开了剑桥的大门。起初他学的是艺术，然后是绘画，最终迷上西班牙黄金时期的绘画，而为之倾注了所有的精力与情感。结果他为此放弃了其他所有的兴趣活动，当他的同学开始追寻浪漫爱情，或转投那些年里险恶的意识形态时，他却沉浸在一个住着圣人与国王、王公贵族与宫廷小丑的世界。这是委拉斯开兹、苏巴朗、格列柯和其他画家运用无与伦比的技巧，精心绘制的他们眼中那个充满戏剧性的美妙世界。毕业后他在西班牙住了很长一段时间，游历了欧洲列国，然后开始工作，虽然他既没名气又没钱，但很快他的学识、人品以及勤勉为他赢得了赞誉。在倾向于批评而非赞赏的内行小圈子里，他也算小有名气了。但他并没有期望在这个领域或其他任何领域获得更多。他与一位貌美、有教养且富有的年轻姑娘由友情发展为爱情,最终走入婚姻殿堂,这为他解决了物质上的需求,使他可以将所有的时间与精力倾注于热爱的事业上。为了与妻子一同分享令他着迷的事物,两人一起前往马德里旅行。事不凑巧,他们正好赶上一场大罢工,更糟的是,他的妻子不知道是因为食物还是饮水的关系,染上了肠道疾病,令他们不得不放弃这次体验之旅。琐碎的家庭生活和错综复杂的社会关系网彻底摧毁了这段本就乏味且脆弱的关系。离婚让他丧失了主要的收入来源,安东尼不得不全心投注于工作之中。当这一切开始压得他喘不过气来时,不知不觉中却展开了一场与老同学妻子的地下恋情。与他前妻不同的是,凯瑟琳热情且感性。和他一样,她也只是过惯了平淡生活,想要寻求一点刺激罢了,但情况很快变得一发不可收拾:当他们发觉精神上承受了巨大压力时,却为时已晚。压力来自于社会道德准则,起初他们以违背这些准则为乐,后来他们才意识到这些准则不仅深入骨髓,甚至是构成他们现有身份不可或缺的一部分。

因为很多次都没能当面提出分手,安东尼·怀特兰兹打算给凯瑟琳写一封信,且不论这样可能会为他的插足留下字据,并且一旦发出,覆水难收,每每经过长时间痛苦的努力,他总是会放弃写信的念头,因为他不仅理亏而且词穷。

一天下午,正当他在自己的小屋里打算再次尝试这痛苦的任务时,女佣过来通知他有一位先生来访,然后把放在托盘里的名片递了过来。安东尼本人并不认识这位访客,但曾在多个场合中听别人说起过佩德罗·提亚切尔,通常用的也不是什么赞扬的话语。他有些不太光彩的背景,混迹在艺术品收藏界,人们经常将他的名字与一些不正当的交易相提并论。仅凭这些也许是虚构且从未被证实的谣言,他加入安东尼所属的"改革俱乐部"的申请曾被拒绝。安东尼觉得这应该是他突然造访的原因。如果他正专心写一篇专业相关的文章,那么他可能会礼貌地将这不速之客打发走。而现在被打断,却可以推迟给凯瑟琳写信,因此他将信笺收好,告诉女佣请佩德罗·提亚切尔进来。

"首先,"一番寒暄过后,访客发话道,"我必须为我的贸然打扰道歉。但我相信驱使我来这里的这件事的性质足以为我如此不可原谅的错误开脱。"

文辞正确得不太自然,所有与他相关的事情也都如此。年近四十,身材矮小,稚气的脸庞,说话时,苍白而短小的双手不停地在脸前挥舞。他留着一缕精致的小胡子,尾端微曲朝上,加上一双圆溜溜的灰色眼睛令他看起来像一只猫。隐约看得出他脸上涂了一层脂粉,身上散发出昂贵甜腻的香水味。他戴着单片眼镜,穿着短靴和靴套,着装精致但与他的身材不符:他的衣服做工精良,但更适合高个子男人穿;穿在他身上显得有些滑稽。

"没关系,"安东尼回答说,"我有什么能帮到您的吗?"

"这就告诉您我来访的原因。在此之前,我需要强调的是,我们所说的一切不能离开这间屋子。我知道质疑您无可挑剔的谨慎是一种冒犯,但在特别重要的时候也要特别对待。您不介意我抽烟吧?"

在主人许可的手势下,他从金质烟盒中拿出一支香烟,插入琥珀烟嘴,把它点燃,吸了一口,继续说道:

"我不知道您认不认识我,怀特兰兹先生。看名字就知道我一半是英国人一半是西班牙人,我在两个国家都有些朋友。青年时期开始我就投身于艺术行业,但缺乏天赋,唯有些自知之明,因此我是个商人,偶尔做做顾问。一些画家与我建立了友谊,毫不谦虚地说,毕加索和胡安·格里斯也都知道我。"

安东尼做了一个不耐烦的手势,访客也注意到了。

"那么言归正传,"他说,"一个亲密的老朋友和我联系,他是一位尊贵的西班牙绅士,住在马德里,家世显赫,财产雄厚,也是一位收藏家，通过继承遗产和自己的爱好，收藏了一系列不可小觑的西班牙绘画。西班牙现在处于一个什么样的十字路口，想必不用多解释了。只有奇迹才能阻止这个国家一步步向血腥革命的深渊坠落下去。持续的暴力令人不寒而栗。此刻，每个人都是不安全的，对于我朋友和他的家庭来说，当前的情况无异于绝望，原因很明显。类似情况下，其他人早已出国或正打算这么做。离开之前，为了生存保障，他们已经将大笔资金转移到国外银行。我的朋友无法这样做，他的收入主要源于农村的产业。身边只有我刚刚提到的那些艺术收藏。您懂我的意思吗，怀特兰兹先生？"

"完全明白，甚至能猜到故事的结局。"

客人笑着继续往下说，没有理会听众的暗示。

"西班牙同其他国家一样，禁止国家艺术遗产的出口，即便那是私有财产。然而，一幅不是很大且不太知名的画作则可能蒙混过关，运送出境，而实际操作起来却有些困难，主要是很难确定画作在市场上的经济价值。因此就需要一位各方都信任的鉴定专家。相信此刻不用我说也知道谁是担当此次鉴定师的不二人选了吧。"

"我猜是我。"

"谁还能比您更合适？您对西班牙绘画有着深入的了解。我读过您所有这方面的著作，我可以为您的学识以及理解西班牙人戏剧化特点无可比拟的能力作保。我不是说在西班牙没有合适的人选，但把这事交给他们无疑将带来很大的风险：他们很可能出于意识形态、个人好恶、自身利益的关系，甚至简单的四处吹牛，就把这事给暴露了。西班牙人口无遮拦。您瞧我现在不就这样。"

他沉默了一会儿，以示自己能够克制民族陋习，随后压低声音说：

"那么让我用两句话总结一下我的建议：您即刻动身前往马德里，

与委托人取得联系，关于他的身份，我会在协议达成后告诉您。您与他联系上之后，他会给您展示他的收藏，然后您帮他挑选出最适合达成目的的画作。选定之后，您根据对真实的认知，对画作进行估价，然后使用密码或代码通过电话进行报价，密码也是到时告诉您。价格商定之后，上述金额将直接存入委托人在伦敦的私人账户，付款完成之后，待售画作开始运输。最后一个步骤您不会参与，所以任何可能发生的意外都不会为您带来任何法律后果。整个过程中，除非您自愿，您的身份都是保密的，您的名字也不会出现在任何地方。差旅的费用由委托人负担，当然，您也会收到一笔佣金。使命达成后，您可以回国或留在西班牙，看您意愿。至于交易过程中的保密问题，有您作为英国绅士的承诺就足够了。"

他稍微停顿了一下，不给对方任何拒绝的空隙，随即补充道：

"为了打消您的疑虑，我最后再补充两点。在目前的局势下，从西班牙庞大的艺术遗产中运走一件微不足道的作品不叫偷窃而叫拯救。一旦爆发革命，艺术品将和国家其他的东西一样，遭到不可挽回的损毁。第二点也很可观，您的参与，怀特兰兹先生，无疑将有助于挽救许多生命。您考虑一下，然后根据自己的意愿做决定。"

三天后，面对着埃雷拉风格豪宅的镶板门，安东尼·怀特兰兹自问，他出现在此是为了达到佩德罗·提亚切尔所提出的助人为乐的目的，还是仅仅为了达到他打破常规生活的单纯愿望，在这个冲动的驱使下，借机结束不正当的男女关系。当他正试图为自己消沉的意志中增添一些他一向缺乏的冒险精神时，豪宅的门打开了，管家问他是谁，来这里干什么。

四

"请转告公爵阁下,佩德罗·提亚切尔让我来的。"

管家是一位异常年轻的男子,皮肤黝黑,头发鬈曲,长长的鬓角,一副短扎枪手的架势。很难相信还有比英国人和吉卜赛人之间更大的反差了。他盯着访客看了一会儿,在好像要将他拒之门外的时候,他侧身让到一边,招手催促着对方赶紧进来,然后迅速关上他身后的大门。

"请您在此稍等片刻,"他干干地说,看上去更像是个同谋,而非仆人,"我去通知公爵阁下。"

然后,他从一个旁门离开,不见了人影,扔下安东尼·怀特兰兹在空空如也的大厅,高高的屋顶,大理石铺就的地面,没有任何家具,显而易见,朋友们只会从这里经过,陌生人则被随意地弃置其中。若非金色的光线透过面向花园的又高又窄的落地窗照射进来,整个门厅会显得沉闷无比。

安东尼一个人在大厅里浏览着墙上挂着的画,如若不是与自己有限的兴趣领域有些关联,恐怕会对这一切熟视无睹。大部分画的是狩猎场景,其中一幅引起了他强烈的兴趣。《阿克特翁之死》是提香成熟期最重要的代表作之一。现在看到的这幅是原作的一幅精美仿品,虽然安东尼从未有机会欣赏过原作,但他见过不少书中的插图,阅读了大量的资料,一眼就能认出。关于画中故事的出处众说纷纭,最著名的当属奥维德的《变形记》了。阿克特翁与几个朋友一起去打猎,当他在森林中迷路徘徊时,无意中窥见女神狄阿娜已经脱下衣服,正要去池塘中洗澡。女神一气之下将阿克特翁变成一只鹿，最后被他自己的猎犬撕成碎片。看似无关紧要的是，奥维德给阿克特翁笼中所有的猎犬都起了名字，还多次讲出了它们祖先的名字，道出了它们的来源，列出了它们的习性。细节的堆砌使这次杀戮显得更为令人痛心疾首，因为所有的参与者都相互熟识，却无法彼此认出和沟通。奥维德还告诉我们说，最先追上变成鹿的主人的两条狗一开始是落后的，因为抄了一条小路反而抢了先。诗人说，这一惨剧怪不得任何人，因为迷路并不是罪过。另一个版本说阿克特翁企图用言语勾引女神或强暴她。还有人总结的原因是：没有人能在见到神——无论有没有穿衣服——之后还能毫发无损。提香对这个场景的描绘并不连贯：狄安娜的衣服还穿在身上，与其说是在咒骂阿克特翁，更像是要拉弓射他一箭，或者箭已离弦；倒霉的猎人才刚刚开始变身，身体还是人，脖子上却已经是与身体比例极不相符的小鹿头；但这并不能阻止猎犬们像面对寻常猎物一样对他展开凶猛的攻击，虽然按理说此时它们应该还能嗅出主人的味道。乍看之下，这些疏漏可能出于画家接受委托作画时的仓促或漫不经心。而实际上却是提香在他晚年花了十多年时间画就的作品。临死时，这幅画还在画家手中。后来几经转手，辗转多国，最后落到了一位英国私人收藏家手里。安东尼眼前的这幅仿品比原作的尺寸小了一些，且据他的推断，出自一位十九世纪末颇有些实力的临摹者之手。当他思索着试图解开此画如何出现在马德里一座豪宅中这个谜团的时候，背后的一个声音打断了他。

"不好意思，先生，请问您是新来的英文老师吗？"

他转过身，发现眼前站着的是一个梳着长辫子、学生打扮的小姑娘。

"恐怕不是，"他回答道，"你是怎么看出我是英国人的？"

"从您的长相看出来的。"

"有这么明显吗?"

小女孩又往陌生人的跟前凑了凑,像是要验证一下自己的判断是否准确,或检验一下来者的善恶。凑近了瞧,他发现女孩比她的打扮和稚嫩的表现显得成熟一些。她很瘦,身材娇小,大大的眼睛里充满了好奇。

"我父亲希望我学会英语,以防我们不得不离开马德里。我已经两个月没去学校了。但是我不喜欢学语言。英国人都是新教徒,对吗?"

"大部分。"

"罗德里格神父说新教徒都会下地狱。黑人虽然是异教徒,但如果他们是好人的话,还是会去往净界。而新教徒,即便是好人,也会下地狱,因为他们能成为天主教徒的,却执迷不悟。"

"那么我可不是那个会教你去反驳罗德里格神父的人。你叫什么名字?"

"阿尔芭·玛莉亚,但是大家都叫我莉莉。"

"莉莉,愿为您效劳。"一个响亮的声音从他们的背后传来。

一个身材高大、皮肤黝黑的男人走了进来,额头宽阔,头发花白。场景一目了然,他走到小女孩旁边摸了摸她,又把同一只手伸向英国人,手势都没怎么改变。

"抱歉,让您久等了。我是阿尔瓦罗·德尔巴耶·伊萨拉梅洛,伊瓜拉达公爵。您是佩德罗·提亚切尔请来的。我希望这个小家伙的无礼言行没有让您感到困扰。"

莉莉站到他父亲的背后。她踮起脚尖在他耳边低声说了些什么,然后就跑出了大厅。

"完全没有,"英国人说,"您的女儿表现得像一个道地的女主人,并且很奇妙地为我下了一个永恒的诅咒。"

"不用理会她，"公爵回答说，"我不认为您对灵魂的救赎有多么担忧。她刚刚告诉我她觉得您像莱斯利·霍华德。我们不必站在这里。请您去我的书房吧。"

他们经过两个房间，没有遇到任何人，然后走进了一间十分舒适的书房。书架是英式风格，而非坚固的卡斯蒂利亚式家具，书架上摆满了使用烫着金边的皮革来装帧的古旧书籍。一面墙上挂着一幅塞罗拉绘制的海滨风景，另一面墙上挂着几幅英国人也叫不上名字的画家的画作。画的旁边挂着银色相框装裱的私人照片。角落里摆着一个雕花立柜，可能是祖上传下来的，承载了那个年代的记忆。透过三开落地窗可以看到花园的一角，细高的柏树，修剪过的树篱，环绕着一个布置有雕塑、喷泉和大理石长凳的精致角落。当他正探头欣赏美景时，安东尼发现喷泉边上站着两个人。由于距离和树影的关系，他只能隐约辨认出一个高个子男人，穿着海蓝色的长款大衣，还有一名身着绿衣的金发女子。尽管只能从宅子里面看到那两个人，因为一堵墙把花园和街道隔了开来，安东尼确信他感受到了两人身上散发出来的鬼鬼祟祟的气息。他意识到自己正在观察两个不想被看到的人，于是把视线从窗子上移开，投向主人身上，此时主人的脸色变得阴郁起来，也许是因为那一刻花园里发生的事，也许是因为这一幕被一个外人看到了。然而，两人都没有对此说什么。公爵的脸色恢复了以往的亲切和蔼，用手指了指真皮沙发。安东尼客随主便，坐在沙发上，公爵则坐在一把扶手椅上。他从小桌上拿起一个银质烟盒，打开盖子，取出一支烟递给客人，见客人拒绝，他把烟点上，跷起二郎腿，自顾自抽了起来，示意对方把他们聚到一起的这件事并不会很快了结。

"并不容易，"他终于开了口，"与一位仅通过资料认识的人一起处理这么敏感的事情并不容易。佩德罗·提亚切尔时常在我面前称赞您，无论是您的学识还是您的品质。我和佩德罗·提亚切尔认识有几十年了，虽然我们之间的交往一直是生意多过朋友，但我没有什么理由来怀疑他的判断和意图。这恰好也证明了刚才我所言情况的敏感性，我只能把我的信任寄托在几乎是一个陌生人的身上。您是一位绅士，您应该能想象，必须求助于外国人，对于我这样的人来说是怎样一种耻辱。"

说到这儿，他的声音微微颤抖，但他控制住了情绪，神色自若地继续说道：

"跟您说这些，不是为了获得您的同情，也不是为了让您和我们休戚与共。恰恰相反，西班牙现今发生的一切都异于往常，并且不可否认的是情况十分危险。因此，如果您随时想放弃，返回祖国，我都完全理解。换句话说，您按照自己的职业标准行事，优先考虑您的自身利益，不要让情感干扰了您的决定。我不想再给自己的良知增添更多负担。"

他猛地将香烟摁灭在烟缸里，站起身来，走向窗前。他凝视着花园，心绪平复了一些，然后回到座位，点燃另一支烟说道：

"如果我没弄错的话，我们共同的朋友已经把事情的背景跟您交代过了……"

安东尼点头表示肯定，见对方沉默不语，于是开口说道：

"您可爱的女儿无意间告诉我，你们可能会去往国外生活。我想我们之间的事就是与这些计划有关。"

公爵叹了口气，低声说道：

"我女儿非常聪明。我没跟她说过任何与此相关的事，但显然她已经猜出了我的意图。上街看看就知道局势有多么不稳定。为了安全起见，一个月前我就没让她再去学校了。一位神父临时担任她的教师，在思想上和学识上对她进行教育。"

他掐灭了香烟，不假思索地又点燃了一支，继续道：

"革命爆发只是时间问题。引线已经点燃,没有什么能把它熄灭。说实话,怀特兰兹先生,我并不害怕革命。我不至于盲目到看不见西班牙几个世纪以来盛行的不公。我的阶级特权不能阻止我支持改革措施,首当其冲的就是土地改革。经营庄园和与佃农打交道教会了我很多,远胜于任何咖啡馆、走廊和政府里政客们的演讲、报告和辩论。我认为阶级关系和经济体制的现代化是有可能的,总体上将有利于国家,从而造福所有西班牙人,无论贫富贵贱。假使我们自己的仆人正磨刀霍霍想要割断我们的脖子,那么财富还有什么用?但是,改革为时已晚。无论是出于疏忽、无能还是自私,改革没能为人们所理解,现阶段,以和平的方式解决冲突已经远不可行了。一年多以前,阿斯图里亚爆发了共产主义革命,虽已被镇压,但革命期间发生了许多暴行,特别是针对神职人员。修女的尸体被人从石棺中挖出来踩躏,众多主教被暗杀,其中一位甚至被曝尸街头,身上还挂了一块招牌:出售猪肉。这些行为本身并非共产主义,也不属于任何意识形态,怀特兰兹先生。这是纯粹的野蛮行径和血腥屠杀。之后,军队和民防军的镇压也是可怕的。我们已经丧失理智,没什么可说的了。在这种情况下,除了带家眷离开祖国,我已经别无选择。我有妻子和四个孩子,两男两女。莉莉是最小的一个。我五十八岁了,虽然还算不上一个老人,但也活了很久,并且活得很好。我不向往死亡,但也并不恐惧和忧虑。如果只是我一个人,我会考虑留下来。逃跑的想法有违我的本性,并不是因为我怯懦,而是因为一些别的事。此刻抛弃西班牙就好像抛弃一位身患绝症弥留之际的爱人。我什么都做不了,但会一直待在病床前陪他。然而,我的家人需要我。从实际的角度考虑,一个死了的英雄和一个死了的懦夫同样没有任何用处。"

他突然站起来,在书房里踱步,然后伸开双臂。

"很抱歉我说得太多了。我的担忧与您无关。但我只想向您表明我并非艺术品投机者。并且最近我说话的机会很少。我尽可能地保留自己的观点，外面的世界已不可同日而语。人们害怕表达自己的想法，更不要说透露他们的计划了。现在人与人之间已经没有朋友关系，只有合作关系了。"

英国人有些慌张，面对有人会误解公爵高尚审慎的决定的影射，他想要反驳。安东尼·怀特兰兹是肯定不会误解的。在他作出声明之前，悠扬的钟声在透蓝的天色中回响。伊瓜拉达公爵好像时钟的部件一样站了起来，面带笑容地感慨道：

"我的天哪，一点半了，我们一直聊个没完！时间过得真快，朋友，特别是当一个话匣子和一个包容理解的听众在一块啊。无论如何，我们都不要在午餐时间工作。我们找个更合适的时间再谈吧。如果您不介意的话，同我和我的家人一起共进午餐，我会感到很荣幸的。当然，如果您另有安排，我也不强求。"

"完全没有，"英国人回答，"但我绝不想打扰您的家庭生活。"

"哪有的事，朋友！在这个家里，什么都是允许的，不用跟我客气。不要被这个老房子给迷惑了，您会发现我们都是很简单的人。"

还没等他回答，公爵拉了一下天花板垂下来的流苏绳，片刻过后，管家走进书房，匆忙地问公爵有什么需求。公爵问他吉耶尔莫少爷有没有回来。管家说没有看见他。

"那好吧，"主人不耐烦地说，"让他们在桌上多加一套餐具。两点半准时开饭。如果到时吉耶尔莫少爷还没有回来，那就等他回来把剩菜热了给他吃吧。告诉公爵夫人我们先去音乐厅吃些开胃菜。"管家得令离开后，公爵严肃却不怎么有底气地解释说："吉耶尔莫是我的小儿子，却是最鲁莽的。他在马德里学习法律，但每年有大半时间往来于各个庄园。我打算逐步放手，让他来管理家族产业。两个月前，他不再离家。他母亲不太了解农村的情况，这也难怪。我倒愿意家人都聚在一起，但没办法强迫年轻人。在家待上四十八小时对他来说就好像墙要倒塌了一样，前天又和几个朋友去打猎，答应说今天中午回来。您瞧瞧。我的另一个儿子正与系里的两个同学在意大利旅行。佛罗伦萨，锡耶纳，佩鲁贾，还能有谁！他刚从法律系毕业，但是迷上了艺术，我也不打算责怪他。来吧，怀特兰兹先生，给您介绍我的夫人，我们一起喝杯雪莉酒。这里暖气系统有点老旧，冷得像个陵墓。哦，对了，在我夫人和女儿面前，我们讨论的事情一个字也不要提。没理由让她们比现在更加惊恐。"

五

音乐厅的壁炉里,柴禾在欢快地燃烧着,壁炉上方的隔板上摆放着贝多芬忧郁的白色半身像。房间里很大一块地方被三角钢琴所占据。钢琴谱架上搁着一本摊开的乐谱,其他一些乐谱则堆放在钢琴凳上,看得出这件乐器经常被使用。墙壁上挂着蓝色丝绸帷幔作为装饰。透过窗户可以看到花园的一角,里面种着橘子树和柠檬树。

他们前脚刚进入房间,公爵夫人后脚也走了进来。她是一个身材瘦小的女人,并不十分漂亮,年龄和不做作在她身上演化成庄重,举手投足间流露出智慧、能力和毅力。她说话带有一些安达卢西亚口音,散发着与生俱来的魅力。她这种挡不住的自然与率真,让她经常因为无心之失出点岔子,但这样的性格却被熟识她并真心待她的人所称道。不难看出,这个女人就是整个家庭的核心。

"欢迎光临敝宅,特别是来这个房间:我的避难所,我的圣殿。"她说话的声音清脆、轻快,近乎急促。"我的丈夫为绘画而生,而我则为音乐而生。因此我们从不吵架。他喜欢停留的美好,而我喜欢流淌的音符。您是音乐爱好者吗……先生?"

"怀特兰兹。"

"天哪,多么奇怪的名字!您的受洗名是什么?"

"安东尼。"

"安东尼托[①]?瞧,这听上去好多了。"

---

① 安东尼的昵称。

"怀特兰兹先生,"公爵插话道,语气宽厚却不失敬意,"就是我跟你提过的那位西班牙绘画专家,佩德罗·提亚切尔的朋友。他直接从英国过来就是为了看看我们微薄的收藏,但是时间过得很快,于是我留他一起吃饭。吉耶尔莫还没回来吗?"

"刚才胡里安跟我说,他已经回来一会儿了,但是蓬头垢面的像个土匪,就先上楼洗漱换衣服去了。"

这时,莉莉在一个年轻女子的陪伴下走了进来。大家是这样向英国人介绍的:她叫维多利亚·弗朗西斯卡·尤金妮娅·玛利亚·德尔巴耶·伊马丁内斯·德阿尔坎塔拉,科尔内拉女侯爵,大家都叫她帕琪塔,公爵的女儿,莉莉的姐姐。她身材瘦高,长相平平,和母亲长得很像,但很矛盾地被塑造成了极有魅力的女人。她不苟言笑地拉住客人伸过来的手,简短有力地握了一下,几乎有点像男人。随后退到大厅的一角,拿起一本画册翻了起来。虽然她没有身穿绿色的衣服,但是安东尼内心自问:这个腼腆的女孩难道不是刚才在花园中与一位陌生男子站在一起的那个神秘女子吗?与此同时,莉莉坐到了他旁边,天真地肆无忌惮地拉住他的手。英国人把注意力转向她时,她说:

"我为之前说的话感到很抱歉,无意冒犯你。"

"哦,说我长得像莱斯利·霍华德并不是冒犯。"

女孩脸红了,松开了手。

"莉莉,让安东尼托好好喝杯雪莉酒。"公爵夫人说。

"没有关系。"英国人含糊地说,这回换成他脸红了。

一位瘦弱的女仆走了进来,她眉头紧锁,神情拘谨地大声说午餐已经准备好了。大家放下酒杯,向餐厅走去。帕琪塔不顾礼节,走到安东尼旁边,挽起了他的手臂。

"您真的很懂绘画吗?"她直截了当地问道,"您喜欢毕加索吗?"

"哦,"英国人赶忙回答,面对这样直接的提问显得有些茫然,"毕加索无疑很有天分,但是说实话我对他的画并没有什么热情,正如我对其他现代绘画也没什么热情一样。我能从技术的角度理解立体主义和抽象派的画法,但是我看不出他们将走向何方,停在哪里。艺术总要找到一个地方停留。您是先锋派的拥护者吗?"

"不是,既不先锋也不落伍。我属于这个家庭音乐的部分。我很讨厌绘画。"

"我不明白。您身边围绕着这么多伟大的绘画作品。"

"您的意思是我是个乳臭未干的黄毛丫头?"

"不是,拜托,我可没这么说。而且,我怎么可能这么想——我都不认识您。"

"我还以为您的专长是一眼辨真伪呢。"

"哈,我明白了,您是在拿我寻开心呢,帕琪塔小姐。"

"一点点吧,安东尼托先生。"

英国人愈发感觉茫然。据他的估计,像帕琪塔这样在良好家庭长大,特别是优雅、聪明又俏皮的女孩早已到了可以结婚,至少也该订婚的年纪。眼前的情况恰恰相反,女孩要么是经常假装正经,要么夸大自己的不羁和独立,以强调独身的意愿。正因如此,安东尼从这个年轻有魅力的女孩奚落的口吻中觉察到了一丝神秘,并且此时此刻,在她的陪伴下,走进了这座大宅的豪华餐厅。

宽大的餐桌同时容纳三十几位宾客用餐绰绰有余,当时还只是在桌子的一端摆放了七套餐具而已。天花板上挂着两盏吊灯,安东尼的注意力暂时从开玩笑挖苦他的神秘女人身上转移到了墙壁上的画作。毫无疑问,这是祖先们的画廊,上至以范戴克手法绘制的十七世纪的宫廷人物,下至二十世纪初僵化的学院派画作。看着这些画,安东尼再一次肯定西班牙贵族并没有屈从于欧洲其他地方盛行的矫饰之风。他们高傲而坚定地拒绝了那些与他们褐色的皮肤和克己、粗犷的性格并不搭调的庸俗的服饰和打扮，特别是浮夸的假发。他们最多只愿意将头发收拢成一条发辫，但仍保持马夫一样的粗糙形象和褴褛衣衫。安东尼欣赏这种崇高且不屈从的精神，如果将英国细腻的肖像画中身着绣衣、脸色红润、头戴长及肩膀的假发、打扮时髦的人物与戈雅画中粗犷、邋遢、面容憔悴、但却被赋予重要人性使命的人物相比，他更加坚信自己选择了对抗中正确的一边。

五个人在餐桌旁就坐，他们在公爵夫人的左侧，给还没来的吉耶尔莫和另一个人各留出了一把椅子和一套餐具。夫人看所有人都坐定后向丈夫示意，后者点点头并低下了头。除了安东尼以外，所有人都做了同样的动作，公爵面对即将进食的食物画十字祈祷。结束后，大家抬起头，莉莉问新教徒是否也会进行餐前祈祷。父亲斥责她唐突不懂礼貌，但是英国人和蔼地回答她说新教徒热衷于祈祷，并且在任何时间和场合都会诵读《圣经》的段落。

"但是英国国教教徒从来都不进行餐前祷告，作为惩罚，英国的食物非常难吃。"

这时，走进来一位脸色阴沉的神父，使得无伤大雅的笑话变成了大不敬。在他自我介绍之前，罗德里格神父已经向英国人投去了质询的目光，其中透露出一种对外来事物本能的反感。他是一个中年男人，身材魁梧，毛发粗硬，眉头紧锁，教士服上明显的污渍表达了穿它的人对于世俗世界的蔑视。

直到一位手捧汤盆的女仆走进来，紧张的气氛才得以缓解，紧跟着走进来一个刚洗过澡、换过衣服、头发湿漉漉的男孩。他亲吻了一下母亲的额头，并伸出手与访客握手。

"这是我儿子，吉耶尔莫。"公爵语气中略带自豪地说。

吉耶尔莫是一个帅小伙，长得也像他母亲，但是他的态度，正如其他俊俏、富有、聪明的年轻男子一样，不自觉地流露出一丝傲慢。

他看上去很兴奋，兴致勃勃地开始讲述发生的一切。那天早上，刚出太阳，已经筋疲力尽、冻僵了的猎人们和他们的向导走进一个小村庄想找点吃的，一碗汤或者其他什么热乎乎的东西，好让他们恢复体力。他们走到镇子的广场上，猜想可能会有旅店，在那儿碰上了一个乐队正在演奏《国际歌》，所有的镇民正朝着市政厅和教堂呼喊着尖叫着，尽管教堂大门紧锁，市政厅阳台上的三色旗仍在飘扬。猎人们过了一会儿才意识到危险，就是这一刻的犹豫，已经足够当地人意识到他们的存在，所有人的注意力都转向了这一伙外来人。其中一位猎人打算伸手拿斜背的猎枪，但是那位年长、有些经验的向导阻止了他。猎人们保持冷静，收起挑衅的态度，一步一步往后退，最终得以从原路离开村庄。当他们走出几英里远之后，回头一看，发现空中冒着烟，可以推断当地的民众点燃了教堂，正如西班牙其他地方正在发生的一样。

"每年的这个时候，"故事讲完后公爵夫人说，"你们去打猎都会碰上这些事。我不明白为什么早晨刺骨的寒冷都没能让你们得肺炎或者其他更严重的毛病。讨厌的狩猎。你们在这个年纪应该做的是回到课堂学习。"

"但是，妈妈，"年轻人反驳说，"大学关门了，我们怎么去上课啊？"

"关门了？"公爵夫人惊叹道，"大学在三月份就关门？发生了什么？"

莉莉低声偷笑，罗德里格神父暗暗地咒骂。为了不让妻子担心，公爵转移了话题。

"除此之外，"他问，"这次打猎收获怎么样？"

这次狩猎并不怎么顺利。起先，大家追逐一只十分狡猾的鹿，它在岩石间跳跃，成功摆脱了猎狗；然后大家向一只金鹰射击，但是它飞得实在太高了。最后，猎人们背着瘪瘪的皮口袋返程：只有一些野兔和两只鹅。更令人沮丧的是，此行最初的目的只是为了猎只大鸨。

"每年的这个时候很难见到鸨,山上就更没有了。"

讨论持续了一会儿。安东尼一边吃一边观察:桌子中间摆放着一个结实、工艺精湛的大银盘;其他餐具和器皿也都很精美。食物虽然简单却营养丰富。除了公爵夫人看起来并不怎么饿,其他人都吃得很香,包括两个女儿,完全不像故作高雅的人那样装腔作势。仆人的服务高效且恭敬,却有乡下人的粗朴。安东尼·怀特兰兹忍不住暗暗将这典型的西班牙贵族家庭与他所了解的英国家庭进行比较,并且再一次很欣赏这种差异。在这里,家庭生活的低调与奢华,乡村的宁静质朴与宫廷的成熟精致,不拘礼节与智慧和文化完美有机地结合在一起。与此完全相反的是僵硬死板的新英国贵族,他们只迷恋头衔、亲属关系和收入,与人交往时,妄自尊大且毫无教养。

公爵夫人的声音打断了他的思绪。

"看在上帝的份上,别再聊狩猎的事了。该让我们的客人觉得多无聊啊。你看,安东尼托,跟我们说说您自己吧。您来马德里做些什么呢,除了听我们无聊的对话?是要去文化中心做讲座吗?如果讲座有趣我就喜欢,如果不是,我就会打瞌睡。不管怎么说,我经常会听说一些奇闻轶事。有一次来了一个德国人,他说克里斯托弗·哥伦布是一个爱斯基摩男人和一个马略卡女人生的孩子。真是很有趣。但他没说这两个人是怎么把孩子培养成海军上将的。您也知道一些这样的逸闻野史吗?"

"不知道,夫人。恐怕我是一个无聊的人。我从不演讲,偶尔在专业杂志上发表一些文章。"

"嗯,没关系,您还年轻。"公爵夫人说。

大家自在地吃完余下的食物,安东尼本以为他们会各自回到自己的房间,而他则可以着手进行委托给他的工作。但是公爵可能觉得已经完成了一天的工作,或者忘记了出现在他家的陌生人此行的目的,准备让大家重新回到音乐厅喝杯咖啡和酒,并且他自己也可以去好好地品一支哈瓦那雪茄。

大家都去了音乐厅,罗德里格神父除外,他以不知所云的借口告别了大家。公爵夫人喝了一杯咖啡,坐到钢琴前面,弹起了轻快的旋律。莉莉坐到她旁边,两人演奏了一首四手联弹曲目。弹罢,安东尼鼓起掌来,莉莉离开凳子,向他跑去,毫无顾忌地用双臂搂住他的脖子问他是否喜欢刚才的乐曲。他亲昵地拍了拍她的脸颊,压低声音说了一些赞美的话。就在那时,吉耶尔莫已经不知从哪里拿出一把吉他,调好琴弦,弹奏起一些和弦,帕琪塔坐在他旁边,用有些沙哑却非常细腻和优美的嗓音唱了起来。安东尼陶醉其中。两兄妹轮流弹吉他演唱了好一会儿。莉莉还坐在英国人身边,对他轻声耳语道:这是方当果舞曲,那是赛格蒂亚舞曲。公爵心不在焉地抽着烟,而公爵夫人在一张躺椅上小憩。外面,暮色渐渐地模糊了花园里的景物。当光线暗到已经无法分辨在场人们的脸庞时,公爵站起来,点上了灯。突如其来的光亮令人目眩,打破了音乐的迷醉。大家都站了起来,略显迷茫。

"见鬼,"这个家的主人终于惊呼道,"有点晚了,尽管还有些工作时间,我必须去处理一些不能耽搁的事情。而怀特兰兹先生您现在看画也没有什么意义:在电灯下没法鉴赏画的颜色,什么都看不了。恐怕您可能还得再来一趟,如果我们全家没有太麻烦您的话。"

"噢,如果还能再来是我的荣幸,"英国人诚恳地强调,"希望这样不会是在利用你们的热情好客。"

"正相反,"公爵打断他说,"最近一段时间,我们接待的客人很少,您来的正是时候。不多说了。我希望您明天早上能过来,如果您方便的话,最好不要太晚,不能再一次让时间从我们的手中溜走了。我们还有很多事要处理。莉莉,跟我们的朋友道别,然后赶快去做功课。不上学不代表要放弃学业变成一个文盲。罗德里格神父正等着你去上课呢,你应该知道神父阁下的脾气。"

大家一一跟他道别,轮到帕琪塔时,她提出送安东尼到大门口。他们一起走过从音乐厅到门厅的走廊,妙龄女子对她的同伴说:

"不要轻易对我们家下结论。目前的情况下,每个人都表现得很夸张,对于陌生人来说,可能会觉得这很幼稚。当未来并不确定时,我们只能将精力集中在目前的生活,在正常的日子里,我们可能会表现得更加冷静和稳重。当然,这也包括我自己。另一方面,我的家人非常随心所欲且封建:几个世纪以来,我们都习惯于将自己所喜欢的事物据为己有。我们家人都挺喜欢您,可能因为来自外国的您,给这个家带来些许对于另一个更多欢乐、更少痛苦的现实世界的憧憬。"

"很高兴能给你们全家留下好印象,"英国人回答说,"但我更关心给您留下了什么印象。"

"怀特兰兹先生,这您得自己想办法弄明白了。我会把我喜欢的东西据为己有,但我不会让任何人占有我。"

安东尼打开通向街道的大门,刚要跨过门槛,回过头说:

"明天上午还能见到您吗?"

"我也不知道。我从来不做这么长远的计划。"她一边回答一边关上大门。

安东尼独自走在卡斯泰拉纳大道上,有几辆车开过,没有行人。路灯的灯光在马德里寒冷透明的夜里变得柔和,透过林荫大道的树丛和灌木投射出一个个圆圈。英国人正欲前行,从暗处走出来一个高个男人的身影,坚定地向公爵府走去。英国人停下脚步,陌生人可能是察觉到有人在看他,快步朝着那个方向走去,双手插在大衣兜里,立起的衣领遮住了脸,不一会儿又消失在黑暗中。尽管之前和现在都没能看清他的脸,安东尼还是很确信这个人就是早上在花园中与身穿绿色裙装的神秘女子私下会面的人。

六

旅馆接待员把房间钥匙交给他的时候告诉他下午有一位先生来找过他。

"您确定?"

"非常确定。是我接待的他,他跟我说了您的姓名。他没留下任何口信,也没说会不会再来。据我观察,他长得像外国人,但是跟您一样说一口流利的西班牙语,口音更纯正。"

安东尼一边上楼,一边寻思谁最有可能是那位匿名的访客,并且是如何找到他的,因为他从来没有告诉过任何人他的住处。当然他刚到的时候肯定要在旅馆的登记簿上登记,也许是旅馆老板向警察报告了新入住的外国房客的情况。很多外国人来往于马德里,可能现在的局势比较特殊吧,他想。不过,如果是警察问过他的情况,为什么不表明身份呢?特别是,警方或者其他什么人为什么有兴趣找他呢?是不是伦敦发生了什么情况,是大使馆的人在找他吗?最重要的是,为什么要搞得这么神秘呢?

他试图不再去想这件事,拿起一本火车上就想读但没读的书。即便是一个人在房间中,他也很难聚精会神。过了一会儿,他合上书,出去散步。

街上依旧很冷,但是马德里市中心聚满了人。市民们无忧无虑地在街上闲逛,所有人都加入到能说会道的马德里人特有的口舌之争中,看着这样的景象,英国人忘记了所有的烦恼,被空气中弥漫的快乐气氛所感染,感觉自己在西班牙十分愉悦。

他漫无目的地溜达着，忽然发现前面的小酒馆好像之前某次旅行时来过。欢声笑语透过酒馆的门传了出来。酒馆里面感觉多一个人都容不下了，但没过一会儿他就设法穿过人群，把胳膊撑在吧台上。在喧闹声中一个酒保迅速过来招待他，态度异常亲切，就好像整个酒馆只有他一个人一样。安东尼点了一份大虾和一杯葡萄酒。他一边等一边回忆上次来这家酒吧的情景，那时墙上挂满了斗牛士的照片，因为这里是一家爱好者众多且非常好斗的斗牛俱乐部总部。有时候斗牛士们也喜欢来这里与他们的追随者一起喝上几杯。每当这时候，争执就会暂时休止，因为斗牛士是真正的偶像，谁都不会很没礼貌地说些可能会让斗牛士们反感的观点。这里尽管吵闹，但是气氛是友好的，歌声一直从傍晚持续到深夜。安东尼喜欢这样的气氛。几年前的一个晚上，有人告诉他酒馆来了一位非常有名的斗牛士，传说中的伊格那西奥·桑切斯·梅西亚斯，一个散发着成熟魅力、气度非凡的男人。安东尼听说过他并且知道他不仅是一位受人尊敬的斗牛士，还是个文采出众的诗人。在那次偶遇后不久，安东尼就听说他死在了斗牛场上。费德里科·加西亚·洛尔卡专门为他写诗悼念，这件事给安东尼留下了深刻的印象，他把这首诗严格地按照语法翻译成英语，但在诗意上却少了些感动。

这段回忆和自己当时的诚实令他不禁笑了起来，看到他笑，吧台的同伴对他说：

"您觉得很有趣吧？"

"对不起，您说什么？"

"您是外国人，对吧？"

"是的，先生。"

"显而易见您觉得刚才发生的事很有趣。"

"抱歉，我不知道您指什么。是一段回忆让我发笑，与现在发生的没有关系。"

他在道歉时明白了产生误解的原因。他身后有两拨人正激烈粗暴地争吵着。起初他以为这不过是寻常斗牛爱好者的争执,但是现在看来,斗牛并非引发混乱的原因。对立的双方中,人数比较少的一方由长得好、穿得好、吃得好的年轻男子组成。而另一方,根据他们的衣服、帽子和脖子上的圆点围巾判断,应该是一些粗人、手工匠和工人。最初的争执已经升级为谩骂。工人们大喊:法西斯!另一方则回敬道:赤色分子!最后两拨人互相骂对方:"王八蛋!"但是言语冲突并没有升级为动手的迹象。双方都在衡量着对手的实力,而这种较量的结果就是互相挑衅,骂得越来越难听。在某一时刻一个年轻人仿佛把手伸进了口袋。他的一个同伴看出了他的意图,阻止了他,跟他说了些什么,然后向门口走去。其他人头也不回地也跟着走了过去,里面的人依旧面带挑衅地盯着他们。

"您也看到啦,"酒馆恢复平静后,安东尼旁边的人对他说,"以前人们来这里吵架只是为了争论卡冈乔厉害还是吉塔尼约·德特里亚纳厉害……斗牛士,你懂吧?"

"是的,当然,我也是斗牛爱好者。"

"哦,您客气了。马蒂奥,再给我来杯红酒,给这位先生也来杯一样的。好啦,老兄,一会儿您来付下一轮的,不就结了。好吧,我是说,这是以前了。现在,不是墨索里尼就是列宁,这些狗娘养的东西,如有冒犯请您原谅。眼下您也看到啦,事情并不是一报还一报这么简单。比吹牛,没人赢得过我们,但是动武西班牙人可就不行了。现在,一旦开始这样的日子,连上帝都阻止不了。"

西班牙人听到事不关己的对话时,听觉会变得十分灵敏,并且会毫不客气地打断别人,发表自己的观点,不仅如此,还言之凿凿。没过一会儿,就聚集了好些人,七嘴八舌地议论起来。其中有几个老主顾还竞相向外国人提出他们对西班牙弊病无可辩驳的诊断和他们简单的解决方案。发言者大多是工人,也不乏一些职员、手艺人、商人和记者,由于共同的志向团结在一起,向往着革命的"公牛"能够推倒一切社会屏障。刚才酒吧里来了一帮长枪党人,一看就是来寻衅滋事的,但是和平的聚会氛围和酒吧的非政治性质让他们的企图落了空。长枪党人数不多,大多是年轻人,因而鲁莽又轻率;长枪党在上次大选中受挫以后,现在主要干些制造混乱的勾当。他们自认为是街头霸王,特别是在马德里,但偶尔也会遭到社会党人和无政府主义者的"修理"。最近一段时间,冲突升级了,有些人受伤甚至死亡也就不稀奇了。有人说长枪党净是一些养尊处优的富家少爷;更要命的是,他们的爸爸不仅给他们钱,还给他们枪。就在当天早上,一群身着蓝衬衫的小混混出现在一次社会党人的集会中,并拿散弹枪朝主席台射击。还没等集会的人们回过神来,肇事者就上了一辆车逃走了。如果当时,一个顾客继续说道,正好一个资本家样貌的人路过,或者更糟,神父模样的人,肯定会遭到暴打。就这样殃及无辜的人,他最后说。

另一个人说,问题严重到一定程度时,已经没有所谓的正义和邪恶之分了。将所有的罪恶都归咎给长枪党人很容易,但不要忘了,是谁为他们铺平了道路;袭击、罢工和破坏,烧教堂和修道院,炮弹和炸药,这些行动的最终目标无非是摧毁国家、瓦解家庭和废除财产私有制。当然还有当局的容忍、退让乃至共谋。鉴于此种情况,也难怪一些社会阶层要采取措施发出自己的声音,或者至少拿起武器战斗至死。

他还没讲完,另一个头戴破帽的男人插话说他叫莫斯卡,是工人联盟的成员。这位莫斯卡先生认为,冲突的根源在于加泰罗尼亚人的态度。假借改革西班牙国家行政结构,加泰罗尼亚人实际上是在破坏西班牙的统一,现在这个国家就像一堵即将土崩瓦解的墙一样摇摇欲坠。因为当时在场的并没有加泰罗尼亚人,所以没有人驳斥他的言论,也没有人质疑这个比喻的准确性,因此莫斯卡先生继续说,一旦同属一个家园的感觉消失,那么每个公民在面对从自己家门口走过的游行队伍时,并不会将他们视为邻居亲友,而是将他们视为敌人。说完之前他沉默了一会儿,因为大家都在喊着嚷着希望别人听到他们对于局势的分析。为了使大家听到他说话,莫斯卡先生踮起脚尖,伸长脖子,不料帽子却被另一个人的夸张手势打飞了。

他提高了辩论的声调,安东尼趁酒保给他斟酒的空当,插话表达他自己的观点,他相信任何问题都可以通过对话和协商解决。这句话让他招来了众人的敌意,因为没有捍卫任何一方的立场,各方都将他视为敌人。最后,一个人走到他旁边,拉起他的胳膊,示意他到酒吧出口。安东尼扔了几枚硬币在柜台上,按照另一个人的指示向门口走去。他俩好不容易才从人群中挤出来,安然无恙地来到街上,陌生人对他说:

"您不用无故受人巴掌。"

"您觉得他们会这样对我?"

"有可能。您是那里身高最高的,还是外国人,没有人会替您还击。如果您想试试,尽管进去好了。不过,您要是真进去,可跟我没有关系。"

"不,您说得有道理,感谢您让我看清这些。现在很晚了,我必须回旅馆了,而不是去不受欢迎的地方凑热闹。"

说着,他把手伸向不知名的恩人,而这人不但没与他握手,反而把手插进大衣口袋中,说:

"这样吧,我送您回到住处。街上本来就不太平,这个时间更是危险。我当然不能给您提供任何安全保障,但是作为本地人,老油条了,我知道什么时候该走哪条路,什么时候该撒腿就跑。"

"您太客气了，我不想这样麻烦您。我的旅馆很近。"

"这样说来，一点都不麻烦。与其直接回旅馆，不如一起找个地方坐坐，我知道转角那儿有个不错的地方，非常干净，价格合理，服务员也漂亮。"

"啊，"英国人感到酒精的作用正在消散，受到夜晚寒冷以及附近潜在危险的刺激，感官也变得清醒起来，说，"当我还是学生的时候，有一次在马德里，曾去过妓院。"

"那么不如故地重游。"对方接茬道。他们沿着格兰大道走了一段，然后转进旁边一条黑暗的小巷。在一所简陋的、墙面有些剥落的小房子门前，他们拍了拍手，直到守夜人手里晃着一串钥匙，出现在他们面前。老远就能闻到一身酒气，他眼睛眯成一条缝。他非常殷勤地开了门，恭敬地收下小费，打了个饱嗝，然后离开。他们走进一条黑暗的走廊，那位热情的向导说：

"您上二楼右转，到那里去找托妮娜。我就不陪您去了，今天没有兴致，但我在这儿等您，慢慢等，抽根烟，不着急；没什么着急的。啊，对了，上去前，我建议您把钱包、护照和其他值钱的东西放在我这边，除了服务费和一些零钱，以备不时之需。姑娘们都很诚实，但是即使在最好的地方也不能保证没有小偷。"

安东尼觉得他同伴的建议很合理，于是把钱、证件、表和自来水笔都交给了他。然后，在楼梯间不断闪烁着的灯泡发出的昏暗灯光下，上到二楼，敲了敲门。一个穿着大衣和披肩的老女人给他开了门。里面还有四个女人，年纪不轻了，围坐在一张下面烤着炭火的桌子旁边，一边听收音机一边玩着扑克。英国人说他找托妮娜。老女人露出惊讶的表情，但什么都没说，消失在窗帘后面，很快就在一个非常年轻、苗条、漂亮的姑娘的陪伴下回来了，这个姑娘肯定是未成年人并且刻意隐瞒了年龄。姑娘拉起英国人的手，把他带到一间有单人床和洗脸池的房间，过了一会儿英国人觉得非常满意。付完钱后，走下楼梯，他没有发现任何人等在大厅，也没在街上。到处都大门紧闭，他只好大步返回旅馆，一头倒在床上。关灯的一瞬间他忽然疑心自己成了一场骗局的受害者，但由于精疲力竭，禁不住闭上眼睛，很快就睡着了。

七

打开百叶窗,他看到灰蒙蒙的天空飘着细雨,润湿了屋顶。突然,他想到了这种天气在西班牙语中的名称:毛毛雨,只有傻瓜才会在这样的雨中被淋湿,而他现在就好像那个被淋成落汤鸡的傻瓜。昨夜过度纵欲导致的宿醉并不妨碍他清楚地意识到自己所处的窘境。身体的不适和焦虑令他觉得反胃。他打算坐下吃点能填饱肚子的东西,喝杯浓咖啡,但很快打消了这个想法,因为身上一毛钱也不剩,而且没有了护照,也不能去银行取钱。他别无选择,只能去英国大使馆寻求帮助,把自己当作一个无辜的旅客,满心羞愧地出现在不耐烦的公务人员面前。

他在屋檐的遮挡下走在普拉多大街上,一边走一边想如何才能在没有任何证件的情况下,让使馆的人辨识出他的身份。如果哪个公务人员读过他写的有关西班牙黄金时期绘画的文章,那么只消报出他的姓名即可。否则,他就不得不去找在外事办公室工作的老朋友了,这种可能性不禁让他有些不安,因为在外事办公室的朋友是他在剑桥大学的老同学,现在是凯瑟琳的丈夫,也就是近些年来一直被他欺骗的人,假如分手信已然落在他手上,那么等待安东尼的将是愤怒的反馈或者对于偷情的当面坦白。无论会出现哪种情况,求助他朋友显然都不是一个好主意。此外,这次安东尼·怀特兰兹来到马德里的目的是极为隐秘的。他自问这次委托的性质是否需要他严格保密而不能让外事人员知道他在马德里。不过,如果使馆不保护他,那该如何解决他目前近乎绝望的处境?唯一另外的选择是告诉伊瓜拉达公爵所发生的一切，寻求他的帮助。当然这个办法意味着他的尊严和信誉在公爵和其家人面前丧失殆尽。他感到羞愧不已，特别是想到帕琪塔知道这件事后可能会有的表情，他愈发觉得无地自容。真是诸事不顺，他心想。

他走到海王星喷泉的时候，雨变大了。不知道去哪儿避雨，他三步并作两步走到普拉多博物馆的台阶处，往售票处走去。因为时间尚早，没什么游客，售票员认出了他，友善的态度让他在痛苦中感到些许感动，没有查他的证件，让他进去了，当然其实证件也都被骗走了。在博物馆里面，当他还在犹豫走哪条路时，他的脚步已经不自觉地再一次带他来到了委拉斯开兹展厅。他本打算去看《纺纱女》，但是路过《梅尼泊》时受到画中半哲人半无赖主人公眼神的威胁，突然停下了脚步。委拉斯开兹选择的事件总是令他感到很奇怪。1640年他画了两幅肖像画，《梅尼泊》和《埃索泊》，志在与佩德罗·巴勃罗·鲁本斯成熟时期在马德里绘制的两幅很相似的作品竞争，希望赢得国王的青睐。鲁本斯画的人物是德谟克利特与赫拉克利特，两位举世闻名的希腊哲学家。而委拉斯开兹却选择了两位无足轻重的人物，其中一位几乎没人知道。埃索泊是一位寓言作家，梅尼泊是一位犬儒哲学家，但是否真的如此我们无从知晓，仅能从琉善和第欧根尼·拉尔修的作品中获得一些线索。根据他们的叙述，梅尼泊奴隶出身，后来加入犬儒学派，通过不正当手段赚取了很多钱，却在底比斯失去了所有的一切。传说他后来上过奥林波斯山（天堂）也下过哈底斯（地狱），然后发现这两个地方其实是一样的，充满了腐败、欺骗和邪恶。委拉斯开兹将他画成了一位体形偏瘦的男人，上了些年纪，精神矍铄，衣衫褴褛，没有家也没有财产，面对逆境，有的是智慧与从容。埃索泊，画中的同伴，右手拿一本厚重的书，里面无疑书写着他著名却谦逊的寓言故事。梅尼泊旁边也有一本书，但是摊开在地上，有一页残缺了，仿佛书里的内容都很无趣。委拉斯开兹选择这样昙花一现的人物想说明什么呢？

没有任何目的,还是出于不断重复的失望呢?想当年,委拉斯开兹的处境正相反:一位寻求艺术成就和社会高层认可的年轻画家。也许创作《梅尼泊》是一种警告,提醒自己在通往巅峰的路上,等待我们的并非荣耀,而是醒悟。

受到这个想法的启发,英国人快步离开展厅和博物馆,他决定用更为实际的办法解决眼前的问题。雨已经停了,太阳透过云彩探出头来。他毫不犹豫地向伊瓜拉达公爵的宅邸走去。在西贝莱斯广场,他走到路的一边,给一大帮戴着帽子和围裙的工人让路,从一些人手中的标语牌和旗帜可以看出,他们正在游行或者集会。由于身高优势,安东尼看到在格兰大街上聚集着一些穿蓝色衬衫的青年,正充满挑衅地看着游行的队伍。工人们向他们投去了怨恨的目光。想到昨晚在斗牛俱乐部发生的事情,安东尼决定尽量避免任何冲突,问题解决后在马德里一刻也不多耽搁,立即返回伦敦。同时,暴力和危险的感觉让一个平素有条不紊、习惯未雨绸缪甚至有些怯懦的男人感到异常的兴奋。帕琪塔上次与他告别时说过,在现在这样不稳定的时候,当人们的生命和死亡充满偶然性的时候,人们往往会表现出异于往常的激动。现在他明白了这些话的含义,琢磨着那位美丽的谜一样的少女没有说明这些话的具体含义,是否就是为了鼓励他听从内心的冲动,而不考虑直接或间接的后果。

他来到公爵的大宅,用力敲了敲门。像上次一样,冷漠的管家给他开了门,把他让到大厅里,然后去通知公爵。公爵很快就过来了,亲切温和地向英国人打招呼,像接待最近刚见过面的朋友一般。

"这次我不会耽误您的时间了,"他说,然后转向管家说,"胡里安,去通知吉耶尔莫少爷,我们在办公室。我希望我儿子在场。"然后他又转向安东尼说:"抱歉我的另一个儿子不能参与。我对于遗产的观念很传统。我从不认为我的庄园和财产真正属于我,我只不过是世世代代继承链条上的一环而已，只保管这些遗产，尽可能地保护、增加这些财产，时候一到，就将他们转交给下一代。如果这么想的话，财产就变成了一种义务，财富所带来的满足感变成了一种责任感，诱惑力大大削弱。我并不是说羡慕穷人。尽管他们很快乐，但听说他们没有衬衫，很难熬过马德里的冬天。我跟您说这些是希望您分担我的一些焦虑，因为我即将出售我的很大一部分财产。"

他们边说边走，来到了公爵的办公室，上次会面公爵意识到了自己的悲哀。这次，靠着墙壁的地上依次摆放了十几幅画作。

"我儿子一会儿就来。"公爵说。

英国人理解这个家庭的女性为什么在这些事上并不参与决策，但他对此还是稍微有些不以为然，因为根据他的经验，女性在对待艺术品上更为现实，也许正是由于缺乏家族自豪感让她们可以接受艺术品在审美价值、情感价值和市场价值上必要的妥协。

吉耶尔莫·德尔巴耶的突然而至打断了他的思路。两人冷冷地打了招呼，目光不约而同地投向房子的主人。

"我们尽快开始吧，"公爵用一种像是要接受手术般的假装轻松的语调说道，"您看，怀特兰兹朋友，为了方便您以专业的眼光进行鉴定，根据我的认知和理解，我们特意选出了最符合这次目的的画作，集中放在办公室里。这是一些中等尺寸的作品，以装饰为目的，大部分是有签名、经过鉴定的。您看一眼，然后告诉我们您的初步意见，拜托了。"

安东尼·怀特兰兹用手帕擦了擦眼镜片，走到画作前面。公爵和他的继承人保持一定距离，默不作声，难以掩饰的期望使得他们无法正视对于作品的客观评鉴。他无论如何都不愿看到这个高贵和充满苦楚的家庭的希望破灭，出于种种原因，他觉得自己和这个家庭已然密不可分。但是对于画的第一印象让他意识到他只能提供一些溢美之词。

虽然他已经做出判断，但还是在每幅画前面停留了一阵，来排除赝品这个几乎不存在的可能性，评估作品的质量，检视画作的保存状况，这一切反而让他更加坚信最初的判断。最后，他决定不再拖延，直面事实，因为他愈发感觉到不安，不仅是因为无法实现公爵寄托在他专业上的希望，更因为觉得白白进行了一次充满不便甚至是危险的旅行，这种想法让他越来越感到后悔：一开始就不该听从佩德罗·提亚切尔那种骗子的话。

当他转身走向公爵时，表情出卖了他的想法，还没开口，公爵就问道：

"您觉得有这么差？"

"不，没有。怎么可能。这些画是非常好的收藏品。每幅画都有自己独特的价值，这点我深信不疑。但是我的专业知识……有限。我并非十九世纪西班牙绘画的专家，以我的浅见，我觉得这也许并非属于西班牙绘画最辉煌的时期。这并不公平，当然不，因为没有什么能跟委拉斯开兹、戈雅相提并论的。但是事实就是这样：在国外，一些有名的画家，像是马德拉索、达里奥·德雷戈约斯、欧亨尼奥·卢卡斯，还有很多，他们的光芒都被古人的伟大掩盖了。也许弗图尼、索罗亚……名气稍大一些……"

"是，我理解您的意思，怀特兰兹朋友，"公爵谨慎地打断他，"这些我都同意，但尽管如此，您觉得这些作品在英国能找到买家吗？如果能，能卖个什么价钱呢？当然，我并不是要您给出确切数字，只希望您粗略地估计一下。"

安东尼开口之前清了清喉咙：

"坦白地说，阁下，我不知道并且不认为谁有资格做出这种估计。我并不清楚什么人可能对这些画作感兴趣。唯一可行的，我认为，是将这些作品放到拍卖行，比如克里斯蒂和苏富比。但是现在这形势……"

伊瓜拉达公爵做了一个慷慨善意的手势。

"别担心,怀特兰兹朋友。感谢您的审慎,我认为我已经很明白您想告诉我的了。我们不能以此来集资,"面对英国人的沉默,他叹了口气,苦笑着说,"没关系。上帝会裁决的。抱歉我白白浪费了您宝贵的时间,当然您的工作会得到相应的报酬。我向您保证:我绝不会否定您的努力,并且友谊绝不该干扰做出的承诺,特别是商业性质的承诺。你们英国人在这一标准上做到了真正的教条,也正因如此才走到了文明世界的前列。有机会我们应该深入探讨探讨。让我们暂时抛开令人不快的事,走,去看看开胃菜有没有准备好。自然,我希望您留下与我们共进微薄之餐。"

安东尼本没指望会留他吃饭,但是听到这个邀请后感觉豁然开朗,不仅是因为这样就有机会再见帕琪塔一面,更是因为他一天都没有吃东西了,马上就要昏倒了。还没等他答应,吉耶尔莫的脸上摆出了一副反对的表情。很明显,年轻的继承人感受到了羞辱,因为这些画作不仅是他将会继承的遗产,更被视为家族姓氏尊严的象征,而一个外国人却给出了轻蔑的评价。

"爸爸,"英国人听到吉耶尔莫低声说,"别忘了今天有客人来。"

公爵看着他儿子,眼神中同时充满了责备与慈爱,说道:

"我知道,吉耶尔莫,我记得。"

英国人感到他有必要主动请退,尽管他不想。

"真是不好意思……我正好还有别的事……"

"别骗人了,怀特兰兹先生,"公爵回答说,"就算撒谎,也要找个好点的理由。不用理会我的儿子。现在依然是我来决定谁是我的座上宾。今天我们是有一个客人来访,但是是可靠的人,是我们家的好友。另外,我相信他也会愿意认识您的,认识他您也会觉得大有裨益。别再推脱了。"

他拉了拉铃,看到管家进来后说:

"胡里安,这位先生留下吃饭。另外,把画挂回原处,一定要多加小心。算了,还是我看着你们挂吧。吉耶尔莫,你来招待我们的朋友。"

公爵离开后,屋里一片寂静,气氛凝重。为了打破僵局,安东尼决定不兜圈子,直奔问题而去。

"抱歉,让您失望了。"他说。

吉耶尔莫向他投去了敌视的目光。

"事实上,"他回答说,"我确实很失望,但不是因为您想的那样。我从来没有打算离开这个国家。正相反,这正是我们应当坚守岗位,拿起武器保卫家园的时刻。我们不能眼看西班牙落入贼人的手中。但是我也希望我的母亲和姐妹们平安。也许也包括我的父亲:尽管他不服老,但他已经老了,不中用了。现在我的家庭有双重担心。对他们来说,时候一到,就会阻止我。他们认为我还是个孩子,可我都已经十八岁了。现在,如果我留下,所有人都会认为这不是我自己的决定,而是无奈之举,这让我很痛苦。您不会理解,因为您不是西班牙人。"

说完这些,他放松下来,如释重负。

八

他们走近音乐厅的时候,传来一阵钢琴声和帕琪塔独特的嗓音,低沉而洪亮,她正唱着欢快的歌曲。

> 骑士头顶羽毛冠,
> 英姿俊朗为哪般?

安东尼·怀特兰兹在门口停下脚步,另外陪伴他的两人也停了下来。一阵颤音过后,英国人听得越来越起劲:

> 荣耀路上多艰险,
> 谨慎镇定行向前。

然而,紧接着的男中音唱段,令热情听众的愉悦感瞬间消失:

> 姑娘忙着浇罗勒,
> 可知绿叶有几多?
> 我看多过百十片,
> 好比头顶羽毛冠。

伊瓜拉达公爵阁下推开音乐厅的门,打断了浪漫曲。莉莉坐在钢琴前,姐姐站在她身旁,一袭绿衣,正是安东尼第一次看到她在花园里穿的那件。她旁边站着一位三十多岁的男人，肤色黝黑，相貌英俊，正值壮年的他大大的眼睛里透着聪敏，前额宽大，头发乌黑，举止有西班牙贵族的尊贵和朴实。他们进来后，歌者沉默了，但还是互相凝视，嘴唇半开，依然沉浸在二重唱的音乐情境中。等回过神来，两人的目光转向了门口。英国人和英俊的陌生人的目光短暂地交会了一下。当他们意识到公爵夫人正坐在沙发上，两个男人之间刚开始的较量暂告一段落。英国人向女主人献殷勤，公爵夫人拉着他的手说：

"上帝仁慈，安东尼托，我们都想你了。"

安东尼不知道这番话是出自真心还是嘲弄他。也许公爵夫人对他的频繁出现很是反感，他想。他内心惶恐不安，不知如何应对这风趣的艺术，后来还是莉莉为他解了围，天真地投入他的怀抱。公爵斥责道：

"阿尔芭·玛利亚，饶了你心爱的新教徒先生吧，表现得像个淑女点。"然后转向安东尼，语调轻快地说，"请原谅这个被宠坏了的孩子，怀特兰兹朋友，请允许我向您介绍刚才我提到过的我们的好朋友。"

刚从年幼的崇拜者手中解脱开来，他不得不过一会儿再去跟帕琪塔打招呼，把注意力放在这个英俊的陌生人身上。公爵正式地介绍道：

"这位是埃斯特拉侯爵，不仅在我们家深受喜爱，还是一位爱好广泛的人。我相信你们一定会有很多共同话题。怀特兰兹先生是一位杰出的西班牙绘画专家，刚好路过马德里，我就请他来鉴赏几幅作品，"公爵又说，"埃斯特拉侯爵知道我们的打算。"

侯爵用力地和他握了握手，用一个充满阳光、毫无保留的微笑，一扫之前的紧张气氛。

"在这个家里，大家都对您赞不绝口呢！"他说，"非常高兴认识您。"

"我很荣幸。"安东尼回答道，为英俊男子的应变自如所折服。

管家用银质托盘为他们端上几杯甜雪利酒。

"可不要被他的礼貌骗了，"公爵略带讽刺地说，"侯爵和我是两个时代的人，显然属于两个不同的世界。我是一个坚定的君主制支持者，而他是个有能耐将世界搅个底朝天的革命者。"

"您言重了，阿尔瓦罗先生。"侯爵笑道。

"我可没有责备的意思，"公爵答道，"年老让人变得谦虚。年轻就是激进。不说别的，怀特兰兹朋友尽管有着英国人的冷静，也是个叛逆的人。所有不是委拉斯开兹的作品都会扔进火炉，不是吗？"

英国人依然饿着肚子，醇香的酒令他思维迟钝，舌头打结。

"我从未说过这样的话，"他说，"每件作品都应按照它独特的艺术价值进行鉴赏。"

说到这儿，英国人不由自主地瞟了一眼帕琪塔，脸立刻红了。女孩狡黠的神情增添了他的忧虑。

"怀特兰兹先生正在冷冰冰的学识与似火的激情间挣扎。"英俊的侯爵温文尔雅地为英国人辩护道。

"自然如此。没有激情很难有真正的信念。感情是深刻思想的根源与支柱。在我看来，我们应该感到荣幸和感激：一个英国人能够把全身心都放在委拉斯开兹这样的西班牙代表人物身上。怀特兰兹先生，跟我们聊聊您对这位艺术家的热爱以及爱上他的原因吧。"

"我的故事太无聊了。"安东尼辩解道。

"哎哟，孩子，"公爵夫人用她尖酸的幽默打断他，"在这个家你只能听到狩猎、斗牛和政治。如果这都没让我无聊死，我还有什么好怕的呢。您尽管说吧。"

"我的故事没有任何激情可言。我是一名学者，大学老师，简洁的数据比充满激情的评价更实用。我与同行的争论更像是公证书而非宣传册。"

"这种态度,"埃斯特拉侯爵说,"与委拉斯开兹如此戏剧化的画家并不相符。"

"哦,不,抱歉,我不能同意您的意见。委拉斯开兹一点也不戏剧化。米开朗基罗戏剧化,格列柯戏剧化。委拉斯开兹正相反,是疏离的、安静的,像是不情愿地画画一样,作品总是半成品,很少选择主题,喜欢静态的人物胜过动态的场景,甚至把动作画成静态的,好像时间停止一般。你们想想那幅巴尔塔萨·卡洛斯王子的骑马肖像:马一跃而起,仿佛永远也不会停下脚步,而从王子身上看不出骑手有多么用力。委拉斯开兹本身是一个冷血的人。他的个人生活乏味,从未对政治产生兴趣:他一生在宫廷度过却从未参与任何宫廷的阴谋,这是很难想象的。他宁可当一名官员而不是艺术家,当他最终升任高官后,他就放弃了绘画,很少画画。"

"听您这么说,"公爵说道,"没人会觉得您谈论的是一位伟大的艺术家,一位无可争辩的天才。"

帕琪塔站在远处凝思着什么,突然打断了他们的对话。

"我看怀特兰兹先生这是开沟引水浇自家田呢。"她说。

"您这话是什么意思?"安东尼问。

帕琪塔向他投去了逗趣和挑衅的目光。

"我的意思是,您凭借从博物馆和图书馆获取的知识,将委拉斯开兹'据为己有',根据自己的想象塑造了他的形象。"

公爵阁下插话调和两个人的对话。

"帕琪塔,客人面前不得无礼。真是傲慢又莽撞。怀特兰兹是世界知名的权威人士:他对委拉斯开兹的评价是世界公认的,如果我没说错的话。"

"一些东西是众所周知的,另一些则是说教。"女孩反驳道,眼神并没有从安东尼的脸上移开,安东尼则异常紧张,又喝了一杯雪利酒,眼神不停地在房间的家具和他周围人身上飘忽。"我一点也不懂委拉斯开兹,这点是肯定的。但是这就能说明怀特兰兹先生对于他无所不知吗?我不否认他知道所有他能知道的。但是,对于一个生活在几个世纪以前的人,一生都活在礼数、虚假和伪装的迷宫中,想必西班牙宫廷就是这样,此外,他还是一位伟大的艺术家,我们怎么能知道他没有把一些秘密带进坟墓,或者他曾经没有狡猾地过着一种双重生活呢?"

安东尼努力克服酒醉和慌乱,这也不能完全归咎于空腹饮酒。在他辉煌的学术生涯中,他也曾驳斥同级别同事的质疑,捍卫自己的观点,但始终围绕一些细节问题,引经据典就是他最好的武器。但是现在他面对的是一位漂亮女子对他专业的质疑,面对面地向他挑战。这不禁让他感到面对的是另一种更直接和急切的对抗,而不是他的学术声望受到威胁。他清了清嗓子,回答说:

"不要误会我的意思。基本上我非常同意您对于我的话的看法。我们可以一点点重建委拉斯开兹的生活,哪怕是最微小的事件。他生活在腓力四世的宫廷,正如所有伟大君主的宫廷一样,里面充满了虚伪、诽谤和流言,也许正是出于这个原因,也成了官方文件、细致观察、绯闻轶事的源泉。并且这一切都有文字记录。只要有耐心、适当的方法和常识,不难抽丝剥茧。然而这些仅仅能为我们揭示一些日常生活,却没有人能够为我们揭开他为人和为艺术家的终极秘密。随着我对委拉斯开兹本人和他画作的研究愈加深入,我愈发意识到在我眼前的是深刻的谜题。而这个谜题永远都不可能解开的信念,正是我热爱我工作的原因,使我卑微乏味的教授生活变得更有尊严。"

他说完,屋里一片沉默,仿佛英国人的话语中隐含着某种指责。幸好公爵及时用他的善意解围。

"我都跟你说不要插话了，帕琪塔。"

她向英国人投去一种意味深长的眼光，然后回应道：

"很有说服力，但是剑仍然高悬。"

"那么我建议把剑换成刀叉怎么样？"公爵一边说一边指向餐厅的门，女仆刚刚把它打开，并宣布食物已经准备好了。

所有人都向餐厅走去，就在这时，可能是出于礼仪，抑或是不快，帕琪塔挽起了埃斯特拉侯爵的手臂，并在他耳边低声说了些什么，别人根本无法听清。

九

大家很快落座，然后开始向食物祷告，这次祷告是孤僻保守的罗德里格神父主持的。在女仆为每一个人盛汤的间歇，公爵夫人问起了画作估价的情况。公爵按照约定，仅仅表达了满意。

"怀特兰兹朋友名不虚传：给出了他认为合理的估价，既不过高也不过低。他还说交易不会太令人满意。如果我错误地理解了您的意思，请尽管纠正我。"

"不，哪里，"英国人赶忙应道，"正如阁下所说的那样。"

公爵夫人，尽管只理解了她愿意理解的那部分，双手合十，抬头望着天花板感叹道：

"仁慈万有的主啊，我们终将摆脱地狱！我曾虔诚地向圣心和圣母祈祷，我的心愿没有被忽视啊。亲爱的安东尼托，全靠有您在，承蒙神的庇佑，尽管您是不折不扣的新教徒！上帝总能化腐朽为神奇。我真是不善言辞。不管怎样，我代表全家人和我自己向您表达最衷心的祝福。"

安东尼含糊地回应，希望大家以为他是在表达谦卑或礼貌，尽管他觉得自己做的是对的，但内心还是经历了初次违背心意的痛苦挣扎。丰盛的汤让他得以从虚脱的状态恢复过来，但他心里还是很想拒绝并逃离这个不得不撒谎的场景。伊瓜拉达公爵察觉到他的不适，又说：

"可惜的是，我们朋友完成了使命，就要回国了，谁知道我们什么时候才能再见到他。"

"别这么说，阿尔瓦罗，"公爵夫人说，"不管我们去哪儿，哪怕是美洲，安东尼托都是受我和我们全家欢迎的。"

没有人来附和这种情感的表达，但是安东尼从帕琪塔美丽的双眸中察觉到一丝讽刺的意味，而她妹妹的眼中流露出些许真切的悲伤。一直没说话的埃斯特拉侯爵打破了尴尬的沉默，淡淡地说道：

"如果他不在，我会感到很遗憾的，尽管是出于个人的原因。像所有马德里良好家庭的孩子一样，我从小就去普拉多博物馆，不得不承认，并不总是心甘情愿的。我的兴趣一直偏向于诗歌。然而，家庭教师经常带我和我的兄弟去博物馆，作为教育的一部分，尽管他也没教给我们什么。我在这方面的知识几乎为零，对我来说，委拉斯开兹就像丽池公园里的树一样稀松平常。现在，听您一说，我发觉身边有一座待开采的金矿。我非常期待在您的专业指导下探索一番。"

安东尼很感激侯爵用这样没有实际意义的评论改变了话题的方向，赶紧说：

"如果条件允许，我很愿意这样做。我看您是一位有文化的人，但我感觉您的生活重心在其他方面。侯爵先生，恕我冒昧，请问您是从事什么工作的？"

"完全不会，因为我的职业是众所周知的。我是律师，近期开始从政，一方面是为了家族传统，一方面是个人爱好，还有很重要的一方面是我把效忠国家当作近乎我的信仰。"

"侯爵先生，"公爵夫人插话道，"之前当过国会议员。"

"太有趣了。"安东尼说。

"有趣？"侯爵说，"也许是吧。但我认为没什么意义。当然，我曾是议员，毫无信心和不受尊重的议员。在西班牙，自由民主的实验已经轰然失败。历史没有为这个体制做好准备，它的优点不容置疑，只要它还是应有的样子，而不是宗派主义、庶民统治和腐败的借口。每天在马德里的大街上都能感觉到失败和崩盘。"

英国人默默地点点头,避免在他并不了解的问题上发生什么争论,特别是在他作为外国人不便发表言论的问题上。但是帕琪塔总是很狡猾,好像从没打算放过他。

"您让我很吃惊,怀特兰兹先生,"她假装无辜地说,"作为英国人,不就应该捍卫议会民主制吗?还是您本质上和委拉斯开兹一样是怀疑论者?"

"抱歉,帕琪塔小姐,我并不认为委拉斯开兹是怀疑论者,"安东尼严肃地回答,"他总是效忠国王,从而换来了国王对他的青睐和私人友谊。在这种情况下,委拉斯开兹态度轻松并没有什么特别,就好比我对我的国家和国王的态度并没有什么特别一样,我并没有任何理由造反。说到这里,我承认在社会繁荣和平的时期,忠诚并没有什么意义。"

"您说得对,"埃斯特拉侯爵表示认同,"一道鸿沟将我们两国区别开来,出于这个原因,这个政治体制英国能接受,而我们这里就失败了。贵国的民主和平均主义是基于各方都满意的社会关系,并且只有在像英国这样拥有巨大财富的殖民帝国才有可能。同样地,在一定程度上法国也有可能。但是对于那种没有能解决和缓和一切问题的财富来源的国家,选举的哑剧又有什么用呢?难道就没有其他更合理的方式来决定一个国家的命运吗?看看德国,看看意大利……"

"您主张极权主义政权?"英国人感到震惊地问道。

"不!"对方回答,"恰恰相反,我说的是保卫西班牙不落入比上述两种政体都要糟一千倍的极权主义。苏联的极权主义正在政府和据称是普选产生的议会的纵容下大步向前迈进。"

"侯爵先生,这是很严重的话。"安东尼说。

"事实更加严峻。"对方说。

"您会接受意大利的解决方案吗?"

"不，只接受适合西班牙的。"

对话中没有紧张或者对峙的基调，双方都认为此时应当转移话题，剩余的时间都在谈论琐事中度过。最后，侯爵提出要提前离开，他亲切地与所有家庭成员道别，用力地与英国人握了握手，走之前说：

"很高兴认识您，怀特兰兹先生。您是这家人的朋友，也就是我的朋友，我把他们看做自己的家人一般。期待和您再次会面，我相信还会再见的。如果您要回国，祝您一路顺风，请您不要忘记我们说过的话。"

安东尼继续用餐，与前一天不同的是，没有音乐也没有热闹的气氛。英俊侯爵的离开留下了一个难以填补的空白。就好像尊贵的客人一走，也顺便带走了空气中的氧气，只留下了稀薄的大气层。公爵夫人没有了先前面对即将离开祖国的前景时的兴奋，而陷入一种忧伤的沉默，就好像已经感受到了流亡的窘境。公爵心不在焉。吉耶尔莫感到不安和恼火，喃喃自语了一阵，随便找了个理由离开了。两个女孩的表情也略显沮丧。莉莉时不时地向英国人投去闷闷不乐的眼神，而帕琪塔却毫不掩饰深切的担心。安东尼猜测她单恋帅气的侯爵。没有更合理的解释了：侯爵英俊、尊贵、杰出，也很热情。如果在剑桥肯定会引发轰动，他心想。他内心中并没有排除这种可能性，就目前对于这些人的认识，任何猜测都是很偶然的。像帕琪塔这样有智慧又有地位的女性在现在这种情况并不缺少担心的理由，并不一定与浪漫相关。但是最终，跟我有什么关系？明天这时我就将登上开往汉达牙的火车，再不会见到这些人了。但是这种确切的想法令他感到深切的忧伤。当他再次回到伦敦安全舒适的家，该如何为一次充满职业失败和愚蠢行为的旅程找到内心的平衡呢？别人对他的印象如何，特别是帕琪塔，尤其当他们发现他对于画的评估并没有开启拯救他们全家的道路时，该作何感想？就好像医生诊断出严重的疾病，尽管没有任何责任,但还是很难指望得到病人的同情。在没有什么可能与这家人重聚的情况下,安东尼在帕琪塔对他的印象上没抱任何幻想。白痴,他心想,这个女人对我的看法又有什么关系呢?就算有吸引力又怎么样呢?他才刚刚结束与凯瑟琳关系,这时推测自己对于帕琪塔的感觉是很荒谬的。赶快离开这个家,结束马德里的荒谬旅程,试着去忘记发生的一切,尽管不是最好的选择,却是唯一合理的。让西班牙人自生自灭去吧,他心想。虽然他们现在自相残杀,但当一切都过去时,委拉斯开兹还是会在这里等我回来。

他决定结束这种现状和内心的猜测,开始了预计会很长其实很短暂的道别。只有公爵夫人用在温暖的房间异常冰冷的双手拉着他的手,嗫嚅道:

"如果我们不再回到马德里相见,那么我们将在蔚蓝海岸等您。我们将在那里安顿直到一切都过去,是不是,阿尔瓦罗?"

公爵阁下严肃地点了点头。帕琪塔跟他握了握手,莉莉在他脸上深深地亲了一口。公爵提出送他到门口。

"请您明早来见我一趟,我们来结账。不许拒绝。合同就是合同,您已经完成了您的工作,我会履行我的承诺,尤其要感谢您的谨慎:我知道英国人不喜欢小谎言。"

安东尼拖着疲倦的步伐,怀着沉重的心情离开了公爵府,打算搭乘最近的一班火车返回英国。但这是不可能的,因为他身无分文也没有证件。他已经上千遍地咒骂了自己的愚蠢。然而即便这样也没有任何宽慰作用,他决定想尽办法找回钱包和证件。如果偷他钱包的人是一个职业惯犯,那么很有可能这就是他的惯用手法,并且在一个固定的区域犯案,特别是在那些他熟悉的区域。夜幕降临,小酒馆开始热闹起来。虽然很难重新找到同样的地点,安东尼还是决定从斗牛俱乐部开始,昨天他在长枪党青年引发的争吵中认识的那个骗子。

他在那里没有找到他，走遍了大大小小的酒馆也没有找到。他决定继续更系统地寻找，去那些看上去很热闹的酒馆：一些当地杰出人士经常光顾，一些办事员喜欢，还有一些不明职业的可怕的人光顾的店；然而多数还是各种人都有的、坚定的民主人士喜爱的店。所有的酒馆里都充满震耳欲聋的杂音和不断被消耗的各色美酒和美食。所有人都预测暴动一触即发，安东尼没有理由怀疑这种预测的准确性，但是不到悲剧发生的那一刻，西班牙人是不会停止娱乐的。

在他漫长的波希米亚之夜中，安东尼只得出了这个结论，其他一无所获。他决定最大可能地寻遍更多的酒馆，但因为没钱吃饭，每次一进门就直奔店主、伙计或老主顾，问他们是否见过前一夜偷他钱的那个人。他的直率、口音以及无法给予报答使得他的所有尝试都遇到了困难。他的意图引起了怀疑，还有好几次引起了敌意。他不止一次地选择在发生尴尬之前谨慎离开。最终，只好回头向酒店走去。

在路上，回去之前，他决定再次回到案发现场。他很快找到了那扇破烂的门，拍了拍手，等待巡夜人。当这位摇摇晃晃地从角落里出现时，英国人对他说：

"您还记得我吗？"

"哪位？"

"昨晚那位。"

"昨晚发生了什么吗？"

"没什么。给我开开门。"

昨晚的那个胖女人看到安东尼很是惊喜。她们一定没有什么常客。这样的待遇打消了英国人对于她和扒手是同谋的疑虑。她让他进来，关上门，还没等他说话，就冲着房子里黑暗的走道大喊。

"托妮娜，快点来，你的情郎来了！"然后转身向安东尼，"先生请稍等。她正在梳妆打扮呢。这个小可怜可等您很久了。您不知道她有多喜欢加泰罗尼亚人。托妮娜,能不能快点啊!对了,别忘了穿上那件萨瓦德尔的客人送的小黑裙!"

"女士,我不是加泰罗尼亚人,"安东尼澄清道,"我是英国人。"

"哎呀,抱歉认错人了!您的口音这么奇怪,上次又没给小费……姑娘来了。您看她有多惹火,我的上帝!"

安东尼很清醒,略显失望,第一次注意到了女孩大大的眼睛中饥渴的目光。

"事实上,女士,我来的目的不是您想的那样。"他说。

他言语混乱地描述了昨夜发生的事情,试图平复两个女人的心情。住在这宅子里的人没有对他产生任何怀疑,他也没有打算去报案。现在他身处窘境,作为外国人,没有钱也没有证件,只想知道她们是否认识蒙骗他的那个人。可以看出,这些话并没有打消两个女人的恐惧。她们发誓绝不认识此人,胖女人坚称在这所房子里的规矩就是绝不提问题也不记长相。安东尼道谢并准备离开。走之前,胖女人说道:

"如果您没有钱,一定没吃晚饭吧。"

"没有,女士。"

"您看,我们这儿虽说没钱就没得逍遥,但是一块面包还是不会拒绝给基督徒的。尽管您是英国人。在您的国家,男人真的穿裙子吗?"

"在苏格兰,只有节日的时候才穿。"

"哈哈,我能猜到是什么样的节日。"胖女人笑道。

过了一会儿,托妮娜端着一碗油乎乎的炖汤、一把木勺和一杯水回来了。安东尼一边吃,一边详细地忆起了委拉斯开兹一幅名为《耶稣在马大和玛丽亚家》的画。

十

清晨，怀着对同胞的勤劳的信任，安东尼·怀特兰兹向位于雷克利多路的英国大使馆走去。门口的一位公务员拦住他，要他出示证件。安东尼解释说正因为丢了证件才来到这里。公务员犹豫了一下，说如果不能证明是大英帝国的公民，就不能让他进去。眼见自己的外貌和纯正的剑桥口音不起作用，安东尼感到十分生气，要求见大使本人，如果不能，至少也要见一名高级别的外交官。公务员让他在大厅等一会儿，他上去问一下。

公务员离开了。在大厅旁边的一个房间，安东尼看到一位穿戴整洁的老妇人。看到安东尼在看她，老妇向他点头致意。正当他们谈论天气的时候，公务员回来了，态度冷漠，好像安东尼的到来令他受到了批评，他让安东尼跟他进去。二人走上宽阔的铺着地毯的楼梯，来到二楼。经过一段走道，在一扇门前，公务员用指节敲敲门，没等回应，打开门，站到一边。

在一间中规中矩的办公室中，书架上摆满了法律书籍，还有一张沉重的写字台和几把软垫椅子，一位年轻的男人愉快地接待了他。

"哈利·帕克，大使馆参赞，"一边说一边与他的同胞握手，"有什么能为您效劳的？"

他的举止温文尔雅，但是无论从无精打采的面容，还是暗含机警的眼神中都能看出，这位外交官心中并没有安全感，一种只有在一切都井然有序时才会有的安全感。岁月带给他的是与他稚气未脱的脸庞并不相符的脱发和肥胖。在书桌上的一个角落里，摆放着一个相框，里面嵌的是哈利·帕克和内维尔·张伯伦握手的照片。这张照片以及墙上挂着的爱德华八世国王陛下的照片都很好地揭示了这个办公室的归属。

"很高兴认识您，我的名字是……"

"安东尼·怀特兰兹，"年轻的外交官先说了出来，"您的钱包被偷走了。非常尴尬的情况，真的非常尴尬。事实上，我们昨天一听说这件事之后，就在这边等着您了。我很好奇您是怎么身无分文地度过一整天的。令人钦佩。幸运的是，结果好，万事好，您说对吗？"

他一边说一边打开办公桌的抽屉翻找。然后取出属于安东尼的钱包、一本护照、一块表和一支钢笔，并递给他。

"请您检查一下是不是所有东西都在。当然我们之间不需要核实，但是大使馆签收了，所以您还是需要确认一下。对您来说应该没什么问题。"

安东尼从惊讶的情绪中平复过来，点了点钱包中的物品，什么都没少，并告知了参赞，然后问他自己的东西是如何来到他手中的。

"噢，再简单不过了，"年轻的外交官说，"昨天早上一个西班牙人来这里交给我们的。据他说，是您进妓院的时候交给他保管的。他在门口等了您很久，尽管天气很糟糕，后来看到您还没有出来，他感觉自己快冻僵了而且必须回家了。他的家离市中心有点远，所以决定第二天归还给您。但是他到家才发现并不知道您住哪里。他不知道该怎么办才好，于是想到把这些交给大使馆，觉得您早晚都会来这里的。并且，我们一旦找到您的住处也是会马上和您取得联系的。"

"哎呀！"安东尼惊呼，"我从没想过会是这样的结果。这个人有没有留姓名和住处？我想向他表达一下我的谢意。"

"收据上有他的名字：伊希尼奥·萨莫拉·萨莫拉诺，地址没有。但我记得他好像提到过一个叫纳瓦尔卡内罗的地方，您听说过吗？"

"是的,是个小镇,离马德里很远。我觉得我的恩人不住在那里。可能是他以前的住所或者在市政登记的住所。不管怎样,我不会跟他联系了,既然拿回钱包和护照,我打算离开这里,今天就返回英国。如果没记错的话,下午一点半有一班火车。如果赶得上,今天晚上我就能到达汉达牙了。"

当时他是临时起意做的这个决定,但是年轻的外交官表示非常赞同。

"当然,"他说,"鉴于西班牙的现状,如果没有特别的理由,实在不宜久留。既然说到这里,怀特兰兹先生,我能冒昧地问一下您来西班牙的缘由吗?"

"一些私事。我来看几个朋友。"

"了解。当然,这与我无关。毫无关系。祝您旅途愉快。另外还有一个问题,不知道您是否愿意告诉我,您认识佩德罗·提亚切尔吗?我可以给您拼写这个姓氏。"

"不用了。佩德罗·提亚切尔是伦敦的艺术品经销商。我是艺术方面的专家,鉴于我的专业,听说过提亚切尔也是很正常的事。还有其他问题吗?"

哈利·帕克望向窗外,湛蓝的天空中没有云彩,他耸耸肩,好像要结束这个话题,双眼依旧看着窗外,说道:

"怀特兰兹先生,我猜您一定很了解这个国家。如果是这样的话,我就没必要跟您强调您身处的局势了。我也不需要重申英国政府对于可能发生的重大事件的担忧,这很可能在全欧洲范围内引发一系列严重影响。政府的这种担忧以一种特殊的方式与我们使馆息息相关。首先,它可能会影响居住在西班牙或者经过这里的英国公民的安全;其次,可能会影响我们国家的利益,有战略上的也有经济上的。大使先生以及相应的随员首当其冲负责处理这些棘手的问题。我负责一些没那么棘手的事务,但并不是微不足道。这是我的地盘,我就有必要知道,您觉得呢?"

他把视线从窗口转向安东尼,以同样无辜的神情盯着他。

"这不是秘密,"他接着说,"在这种动荡年代,很多家庭都试图挽救他们的财产,因此被迫离开国家。无论从哪个角度看,都再正常不过了。而恰恰是在动荡年代,我们的政府才特别想要避免因走私违禁品而引发的小摩擦,您明白我的意思。私下跟您说,前些时候,我们得到消息称佩德罗·提亚切尔——梅费尔艺术区的经销商,您知道——一直与他的一些……熟人接触。当然没有人质疑提亚切尔先生的品质。但是,提亚切尔先生不是……怎么说呢?不是个百分之百的英国人。这也没什么错:没有人能决定自己的出身。我的意思只是,您知道,分裂的忠诚……道德困局,也可以这样说。道德困境虽然是事实,但不是我该操心的。最近听说,您是艺术专家……"

"听我说,先生……"

"帕克。哈利·帕克。"

"帕克先生,我以绅士的名义向您保证我并没有涉足任何马德里艺术品的买卖,更没有参与画作的非法交易。"

"哦,当然,"青年外交神色机警地说,"当然。我没有暗示这样的事。您知道,有时候合法和轻微违法的界限十分模糊。但这只是个假设。当然,与您无关,特别是您来到马德里并不是为了参与任何交易,就无所谓合法或非法了。您决定今天回英国?"

"如果没有什么问题的话。"

"没有理由不让您走。西班牙的火车既不准时也不干净还不舒适,在没有罢工或被破坏的时候,运行还是非常良好的。不管怎样,如果您因为任何理由决定留在马德里,希望您能通知我。这是我的名片:哈利·帕克。我的电话号码就是大使馆的电话号码,什么时候都可以打,总会有人值班,然后会联系我。随时打电话,怀特兰兹先生。"

离开大使馆,安东尼长舒了一口气:所有问题都在顷刻间得以解决。他很好地隐藏了此行目的又没有违背承诺,严格意义上来讲,他确实没有参与任何交易,现在既然证件和钱失而复得,他可以返回英国而不用向公爵求援。离开马德里,不再见那热情的一家人令他觉得有些沮丧,但如释重负的感觉更为强烈。他由衷地感激那个已经不记得名字的诚实的西班牙人。他机智地选择了把物品送到使馆,并且不厌其烦地亲自送去而不求任何回报。

天很冷。人们匆匆行走在街上,双手插在口袋,帽檐拉得很低,领子翻得很高。远方地平线上隐约可以看到瓜达拉马山的雪峰。现在是十点半,他还有充分的时间返回旅馆,整理行李,去阿托查火车站乘车。

回到旅馆,他对接待员说要退房。接待员在登记簿上进行了相应的记录,然后交给他一把钥匙和一封信。

"刚才有人送信过来。"

信封是封上的,没有注明发件人和收件人。

"是谁送过来的?是昨天来这里问起过我的那个人吗?"

"不。这次是一个年轻小伙子,本地人,看着像吉卜赛人。他没说他的名字也没透露别的。只说您回来的时候要我亲手把信给您。他说非常重要。"

"好吧,"安东尼一边说一边把信放进口袋,"我去收拾行李。您来算一下账。我一刻也不能耽搁。"

他上楼回到房间,把行李箱放在床上,打开衣柜,自己微薄的财物一览无余。在把衣柜里的物品转移到箱子里之前,他从口袋里拿出那封信,来到窗边,打开信封,展开信纸,字迹清晰,像是有教养的女性所书。信上说:

亲爱的安东尼：

我知道我父亲和您今天上午有约，通过短暂相处，我看到您所具有的高尚品格，所以我恐怕要说您不要去赴约。拜托了，请您不要去：我们能再见一面很重要。对我来说很重要，如果我的直觉和我的理性没有欺骗我的话，我相信对您来说也很重要。

这个理由促使我给您写信。我们的管家，您认识的，将会去给您送信，他并不知道信的内容，也不知道写信人是谁。所以如果您看到他，请不要在他面前读信也不要问他任何问题。读完后请销毁这封信。

当您来到我家时，请不要去敲大门。绕过围墙来到侧面的街上，那里有一扇通往花园的小铁门。十二点整请敲三下，我会去给您开门。您来的时候要确认没有人跟踪或监视您。您来了我再告诉您如此小心的原因。

永远信任您。

帕琪塔

读了信之后，他一头雾水。即便这将耽搁他的行程，他也无论如何都无法忽视这样紧急的召唤。他下楼来到接待处，说要在旅店多住一晚。接待员什么都没问，在注册簿中划掉之前的记录，重新写上日期。这让安东尼觉得很可疑：机密的信，重复的提醒，令他处在一种高度戒备的状态。

他回到房间，把行李放进衣柜，关上柜门。时间是十一点钟。他有充足的时间去赴约，但是不安令他有些坐不住，于是他来到了街上。因为还没有吃早饭，他在圣安娜广场的一家酒馆里喝了一大杯啤酒，吃了一份鱿鱼。然后他上路了，特意绕道而行。走进公爵府邸所在的巷子时，他确定没被任何人跟踪也没有任何可疑的人。他很轻松就找到了信上描述的铁门。他用指节敲了敲，引发金属空洞的回响。很快，古锁被钥匙拧动，门咯吱咯吱地打开了。英国人走进去，一个身着奇特猎人斗篷的女性身影迅速地关上了门。她用一条围巾遮住了容貌。从围巾的空隙中，安东尼瞥见了帕琪塔深邃的眼睛，里面透出冒险般的热烈光芒。拿着大钥匙的手指间缠绕着一串护身用的念珠。

"别担心，"他说，"没人跟踪我。"

她把手指放在嘴唇上悄悄地说：

"嘘！"

然后她轻轻拉起他的手，带他快步穿过通向府中的花园小路。安东尼上次只是透过屋里的窗口隐约看到花园。现在身处其中，他觉得花园更大且更神秘。花园中弥漫着潮湿泥土忧郁的气息，土壤里面的种子正在冬眠。干枯的桃金娘树和玫瑰枝间摆放着一些长满苔藓的石椅。透过光秃秃的树枝，可以瞥见房子的窗户，玻璃上面映射着微微金黄色的冬日阳光。狗叫声从附近的花园传来。在一座拱门前帕琪塔和英国人停下了脚步。一打开门，可以看到一条幽暗的走廊。进去之前，帕琪塔一时冲动，拥抱了安东尼。安东尼的脸上感受到年轻女子脸颊的灼热和冰冷嘴唇的摩擦。"我的生命掌握在您的手里。"他觉得他听到了这样的耳语。怎么理解这句话？凭着仅存的一点点理智，一个稍纵即逝的想法在他脑中闪过：这时我本应该登上开往汉达牙的列车。他把这种反思强加在自己失控的幻想上，决定唤醒所有感官，打起精神，期待这不寻常之事的发展。帕琪塔仍然紧握着他的手，没有给他时间思考，走进了走廊。关上门后，他们被一片黑暗笼罩，直到眼睛逐渐适应了屋顶上悬着的钨丝灯泡发出的微弱光芒。走廊里阴冷潮湿。他们走到另一扇门前，女子熟练地打开门走了进去，安东尼也跟着进去。跨过门槛后是一间宽敞的仓库，里面堆满了古旧家具、旧箱子和大小各异的用毯子盖着的半身像，雕像呈现出幽灵般的外观。见她什么都没说什么都没做，安东尼问道：

"我们在哪里？为什么把我带到这里来？"

一个黑暗的角落里，一个低沉的声音回答道：

"不用害怕，怀特兰兹先生，都是朋友。"

阿尔瓦罗·德尔巴耶，也就是伊瓜拉达公爵阁下，一边说一边走了出来，身穿厚厚的外衣，头戴一顶绿色流苏毡帽。看到他之后，英国人显得很困惑：帕琪塔的行为引发的情绪让他忘记了来到公爵府的原因。

"非常感谢您能来，"公爵说，"我一度担心骄傲会让您拒绝我们的约会。至于这次会面的秘密性，不得不慎之又慎。不能让任何人知道您来这里，特别是知道我们接下来要谈的事情。事不宜迟，让我来解释一下整件事，这是我们欠您的，如果您有耐心听的话，听完之后想必您就能明白和理解这个繁琐的过程。首先，怀特兰兹朋友，我对于一直故意欺瞒您到现在感到万分抱歉，恳请您谅解。为此我不得不违背我一贯的坦诚在您面前演戏，我知道这样辜负了您的信任和绅士精神。当我想到最终您会获得与我对您的伤害程度相当的精神补偿，心中的内疚有所缓解。"

公爵走到满心疑惑的客人旁边，把手放在他的肩膀上，继续以低沉神秘的声音说：

"虽然我是艺术品的外行，但我也不至于无知和自负到认为昨天展示给您的那些画在国外市场上有什么巨大的价值。也不会邀请您这样一位行家仅仅来鉴赏几幅'业余'水平的作品。如果我说请您来我家两次的目的只是为了观察您的话，请不要生气。您品德高尚，我们没有任何理由怀疑您的诚实，但是我们之间关系的性质需要一种信任，而这种信任只能通过相互交往来建立。不用说这次测试的效果不仅令人满意,更大大超出了我最乐观的预期。现在我知道您是一个聪明、诚实、正直的人,我可以毫不犹豫地把我和全家人的生命交到您的手中。说实话,这正是我现在所做的。"

他哽咽了一下,好像一提到亲爱的家人们面临危险就会窒息。虽然他眼神中流露出恐惧,但是很显然,在叙述自己的忧虑时,找到了一些慰藉。

"我现在跟您说的和我即将跟您说的,都没有任何人知道,就连我的家人也不知道,当然,在这儿的帕琪塔除外,虽然她是个女孩子,却有着敏锐的判断力和毋庸置疑的勇气。对于其他人,您来之后所发生的事情都是真实的,包括有关画作价值的善意谎言,虽然他们很快就会明白过来。我这样做,不仅是想保护他们不受任何不良后果的伤害,更重要的是:假如像我担心的那样我们正在受监视的话,无论是谁在监视都将得出我家人和您已经得出的相同结论。说到这儿,怀特兰兹朋友,我要给您展示一幅画,是您马德里之行的动因。没有人知道它的存在,同样为了谨慎起见,虽然地下室灯光微弱,但我不能在除此以外的地方展示给您。以后我会再拿一盏灯过来。目前,您就只能指望这只可悲的灯泡了。我不能再推迟这次谈话了,也不能再不给您看这件无比神秘的物品了。"

公爵不再讲话,没等安东尼回答,他转身走向仓库的深处。英国人跟了过去,心里比公爵解释之前更加疑惑。帕琪塔刚才一直静静地听他们说话,现在站在旁边,双臂交叉,看向地面,嘴角露出了一丝神秘的微笑。

一个中等高度的长方形物体靠在旧大衣柜前,上面盖着厚厚的棕色毯子。伊瓜拉达公爵小心翼翼地掀开毯子,这不寻常的画布完全呈现在了眼神中充满怀疑的英国人面前。

十一

安东尼·怀特兰兹草草在笔记本上写下一个电话号码,要求丽兹酒店的接线员帮他接通。他声音颤抖,语气慌张,英语、西班牙语含混在一起,不得不多次重复这个请求。他走进酒店就是为了打这通电话,同时也想寻求酒店奢华而冷漠的装潢能为他带来某种保护。在那儿他一度觉得脱离了现实世界。为了平复心情,理清思路,他来到酒吧点了一杯威士忌。一杯下肚之后,他觉得撼动他的风暴平息了,但在目前这种前所未有的状况下,仍然看不清前路在何方。第二杯酒还是不能打消他的疑虑,但是他再次确信有必要去冒这个险。一贯偏心于酒店高级客户的接线员,不情愿地拨了号码,等了一会儿,最后给他指了一间电话间。安东尼把自己关在里面,拿起听筒,一听到秘书无精打采的声音立马说:

"我想找帕克先生。我的名字是……"

"请别挂电话。"秘书突然打断他说。

几秒钟后,从电话线的另一端传来哈利·帕克的声音。

"是您吗?"

"是的。"

"不要说名字。您从哪里打来的电话?"

"丽兹酒店,普拉多博物馆对面的那家。"

"我知道在哪儿。您喝酒了吗?"

"几杯威士忌。听得出来吗?"

"没有,怎么会。再喝一杯等我过去,不要跟任何人说话。明白我的意思吗？任何人。我十分钟后到。"

安东尼回到酒吧，又点了一杯威士忌，心满意足，后悔打了刚才那通电话。一杯酒还没喝完，他就看到哈利·帕克走进酒吧。刚要跟他的同胞打招呼，只见年轻的外交官把帽子、大衣、围巾和手套放在椅子上，然后示意服务员。服务员过来后，他递过去一张钞票，说：

"给我一杯欧波尔图红酒，再给这位先生一杯威士忌。我的名字是帕克，帕克钢笔的那个帕克。如果有人问起我，请亲自过来告诉我，不要喊我的名字。我不想听到有人大声喊我的名字。明白了吗？"酒保把钱塞进口袋，点了点头离开了。年轻的外交官转向安东尼说："这里所有人都互相监视着：德国人、法国人、日本人、奥斯曼人。开个玩笑。幸运的是，小费可以顺利解决任何问题。在这个国家一笔不错的小费能搞定一切。我刚来的时候还不能理解，现在我觉得这是一个很棒的制度：保持低工资的同时也划分了等级。劳动者通过劳动获得一半工资，而想要得到另一半就得向主人摇尾乞怜了。您有什么事？如果我没记错的话，上次我们见面的时候，您正要坐火车返回伦敦。是什么改变了您的计划？"

安东尼犹豫了一下才回答：

"发生了一些事情……我不知道给您打电话是否妥当。"

"我们永远都不会知道。如果我们以不同的方式行事，已经发生的一切是否就不会发生呢？这是一个永恒的难题。目前，我们唯一知道的就是您给我打电话了，并且我来了。冷静一下，从头开始讲讲给我打电话的原因。"

服务生端来了酒，待他走了之后，安东尼开始说：

"我不求您发扬骑士精神为我即将讲述的事情保密，但是我想强调这次会面真的极为秘密。我不是把您当作一名外交官来跟您说这些的，而是把您当作同胞和能够理解此事重要性的人。我还想跟您说，"

他稍显犹豫，然后说，"今天早上我说没有参与任何商业交易时并没有骗您。说实话，有人叫我来参与一次可能进行的名画买卖，但是这桩交易在开始前就终止了。"

"叫您参与此事的人叫什么名字？哪国人？"

"噢，帕克先生，我不能透露此人的身份。这是职业秘密。"

参赞抿了一口红酒，闭上眼睛，喃喃道：

"我明白。说下去。"

"他们给我打电话的理由正如您上次暗示的一样：想把画作卖到西班牙之外的地方，在国外获得一笔钱，然后卖画的人和他的家人在政治环境允许的情况下流亡到国外。"

"但是您刚刚才说交易没能进行。"

"的确如此。最初我也不建议他们出售画作，不是出于法律的考虑，而是那些作品在欧洲以及美洲都很难找到买家。今天中午，一切都变了……彻底变了。"

"彻底变了？"青年外交官重复着，"什么叫彻底变了？"

回答这个问题前，安东尼清了清嗓子，目光紧盯着威士忌杯子。他即将做出的是他人生中最重大的揭秘，遗憾的是，对面的陌生人明显无法完全体会此事的重要性，而且还是在一个与他想象的万众瞩目的场所完全不同的地方。

"这是一幅委拉斯开兹的真品。"他终于脱口而出，长长叹了口气。

"噢，这样啊。"哈利·帕克没有表现出任何热情。

"不仅如此，"安东尼·怀特兰兹略显沮丧地继续说道，"这是一幅迄今为止未被列入委拉斯开兹作品目录的完全未知的作品。没人知道它的存在，除了所有者，以及现在您和我。"

"这能让它更有价值吗？"

"肯定非常有价值，但不仅仅是经济角度，还有更多。您了解艺术吗，帕克先生？"

"我不了解，但您了解。请您把该知道的都告诉我吧。"

"我尽量以最简单的方式跟您解释一些要点。委拉斯开兹公开的生活经历众人皆知：生于塞维利亚，在那里成长，青年时代来到马德里，被任命为腓力四世的宫廷画师，六十一岁时自然死亡。从未参与过宫廷阴谋，与宗教裁判所也没有摩擦。如我所说，这都只与他的职业生涯有关。关于他的私人生活，人们知之甚少，尽管看似没有什么需要了解的。十九岁在塞维利亚与他老师的女儿结婚，有两个女儿。他的婚姻中规中矩，没有什么外遇。假设他有这样那样的越矩行径，那么委拉斯开兹的对手，那些嫉妒他的成就和俸禄的人不可能不去大肆传扬丑闻令他失宠。另一方面，委拉斯开兹不同于其他很多流派的画家，他从来没有画过他的妻子，也没有让她做过模特，即便是在事业初期，也就是以身边人物和日常生活场景来作画的时候。他曾两次去意大利旅行，第一次去待了一年，第二次几乎待了三年。他没有带妻子去，也没有发现过夫妻两人互通的信件。委拉斯开兹是一个英俊的男人，并且享有很高的特权。很明显，他对于女性的柔美是很敏感的，这一点从他那幅收藏于英国国家美术馆的《镜前的维纳斯》就可以看出来。"

他稍作停顿，看看听众是否还在认真听他的讲解，谁知青年外交官却眯着眼睛打起了瞌睡。

"帕克！"安东尼·怀特兰兹诧异地叫道，"您对我说的不感兴趣吗？"

"噢，感兴趣，感兴趣，抱歉。我突然想起了一项待处理的公务，明天，明天早上，您也知道，日常工作嘛……但我在听您说，您继续。您刚才说到国家美术馆什么的？"

"根本就不是这么回事，帕克。我正在给您讲述迭戈·德席尔瓦·委拉斯开兹的私人生活呢。"

"听我说，怀特兰兹，您在一个不合适的时间紧急把我叫来，大冬天的，真的只是为了推测一下委拉斯开兹并不是传记里所写的好丈夫？我承认，外交官们从不会蔑视卧房里的秘密，但是，说真的，我不觉得研究一个三世纪前就翘辫子的好事之徒的花边绯闻有什么意义。"

安东尼·怀特兰兹把酒杯放在桌上，站起身来。

"帕克，您的态度让我觉得很可悲，"他语气严厉地嚷道，"我完全不认同您贬低我的知识，质疑我的判断，更不要说将委拉斯开兹当成好事之徒了。"

"什么判断？"

"我对于这幅画作重要性的判断。听着，我几小时前看见的不仅是一幅品质极高的委拉斯开兹真品，这点本身就是一个轰动性的发现，此外，这幅画还会对整个绘画史带来极大的贡献。给您举个简单的例子，想象一下某一天您突然得到一份莎士比亚的手稿，一部质量可与《奥赛罗》或《罗密欧与朱丽叶》相媲美的作品，并且里面还有自传性的内容，可以揭开'游吟诗人'的生活谜团，帕克先生，您觉得这样有意义吗？"

青年外交官刚才一直耷着眼皮听着抨击的话，现在他抬起头来，环顾大厅，然后并没有直视安东尼，回答说：

"怀特兰兹先生，我感不感兴趣并不重要。我离开舒适的家并不是为了寻找新的兴趣。如果我来这儿是为了研究您感兴趣的事，那么如果您不打算把别人不该知道的事告诉所有人，请不要这么敏感和激动。看在上帝的份上，连个小孩子都能感觉出来我在试探您。认真您就输了。现在您能不能花几分钟放下您亲爱的画家绯闻的话题，跟我说说我在这整件事中扮演什么角色。"

安东尼沉默了一会儿整理思绪。大厅伴着音乐旋转，他本该沉浸在愉悦的感觉中，却想以最精确的语言来表达如此敏感的事件。

"是这样，有一个人，国家美术馆馆长，名叫埃德温·加里戈，出身体面家庭，曾经是我在剑桥大学的老师，现在应该上了年纪。在剑桥，人们都叫他紫罗兰或者类似的名字。如果您这么叫他，我会否认我说过……这位先生，叫他埃德温或者紫罗兰都一样，是一位西班牙绘画专家：委拉斯开兹、穆里略、里维拉，您懂的。因为这些，我们在多个场合争吵了很多年，显然不是当面争执，是在专业杂志的文章上，有一次是在写给泰晤士报的信件上，措辞严谨，但不乏酸涩，兼具讽刺。他并不欣赏我。我怀疑他担心我会取代他的位置，但不可否认一些年后，这种想法确实掠过我的脑海……但是现在并非如此。总之，我同样不欣赏他，我只当他是一只臭美的白鹦鹉，这就是我的看法。但是我承认他具有很强的竞争力，也因此我……我给他写了这封信……"

他从上衣口袋中掏出一个厚厚的信封，然后伸手要把它交给他同伴，但在最后一秒钟他又收回了手，眼含泪水地盯着信封。

"看在上帝的份上，怀特兰兹，克制一点，"外交官见他同伴情绪有些失控，小声地说，"您的态度令人有些尴尬。还要来杯威士忌吗？"

他招手示意服务生，服务生明白了他的意图，迅速斟了一杯威士忌端过来。那时，安东尼的激动情绪已经平复了一些，掏出手帕擦了擦眼镜片。

"抱歉，帕克，"他断断续续地说，"我……我刚才有点脆弱……现在好了。这封信，"他喝了一口酒，继续说，"这封信要交给埃德温·加里戈，但是只有当我发生不测时才能给他。明白我的意思吧。只有在这个条件下，如果我……如果我不幸遇上什么事，发生不测……您一定要把这封信交到加里戈先生的手上。我在信中把一切都告诉了他……我指的是刚才跟您提起的那幅委拉斯开兹的画。这幅画无论在任何情况下，无论任何理由都不应该再继续隐藏下去了。世界有必要知道它的存在，不管怎么说，画都应该运到英国。埃德温知道怎么操作。如果他不知道，就把尼尔森勋爵和弗兰西斯·德雷克爵士挖出来，无论怎样我们都要弄到那幅该死的画，帕克，不管付出任何代价。您明白我的意思吗？不管任何代价。这幅画的价值超过里奥廷托矿。您明白了吗，帕克？您现在知道您的使命的性质和重要性了吗？"

"是的，伙计。没什么问题。把这封信交给一个在伦敦的人。"

"只有当我发生不测的时候，好吗？如果没有，无论如何都不要给他。此外，如果出于某些原因，您把信交给了紫罗兰，别忘了告诉他是我最先发现的并鉴定了真伪。我不想他把画和荣誉据为己有。如果我发生意外，至少，帕克，至少还能留下一点尊严。"

"放心吧，怀特兰兹，"见安东尼的眼泪又要夺眶而出，青年外交官立即说，"信我会好好保管的。我相信一定不会有机会把它交给收信人的。现在您打算怎么办？"

"信……"

"对，对，信。如果您发生不测。我知道了。您现在活得好好的，如果您不参与不正当的交易，什么都不会发生的。现在我问您，您打算怎么做？我说的是这幅画的事。"

安东尼茫然地看着外交官，就好像这个问题对他来说很荒谬一样。过了一会儿，他用手擦了把脸，说道：

"怎么做？还……不知道。我还没想过。"

"理解，理解。您做什么与我无关。但是，既然您信任我，叫我来了，我认为要对得起这份信任，还是想从朋友角度给您一些建议。"

"啊,我知道您要说什么。但是我还是觉得不听从您的建议比较好。无意冒犯,帕克。您是一个好人,非常感谢您能过来。事实上……事实上您是我在这个世界上唯一的朋友……"

看到痛苦的倾诉者恢复了平静,青年外交官轻轻地拿起信,放进口袋,站起身说:

"那么,怀特兰兹,不管怎样我还是说说我的建议:回旅馆好好睡一觉。明天再看一切就会清晰很多,今晚别再跟任何人交谈了。"

十二

酒后的安东尼·怀特兰兹跟跄地沿着冬日马德里荒凉的街道向旅馆走去,忽然听到一个声音在叫他,看到一个乞丐模样的人走到他旁边,头上还戴着一顶过时的宽檐帽。这个人看上去像画里的人物,安东尼以为是幻觉,没有搭理他,继续往前走,直到身旁那人轻轻拽住他的胳膊肘,迫使他停在一盏路灯的光线下,怨恨地说:

"喂,您不认识我了吗?好好看看:我是伊西尼奥·萨莫拉·萨莫拉诺,那天晚上帮您保管钱包的人。"

他一边说一边掀起帽檐,让灯光能够照亮他消瘦的脸庞。看到他的脸,英国人吓了一跳,叫道:

"见鬼,伊西尼奥先生,请原谅。路灯比较暗,我一定是把眼镜落在丽兹酒店了。"

"不,先生,您正戴着呢。别叫我伊西尼奥先生。叫我伊西尼奥就行了,你觉得怎么样?"

"哦,当然,太好了。碰巧遇到您真是太好了,我要向您表达谢意。我曾经试图寻找您,想给您一些酬劳,感谢您把我的东西带到使馆,但却没有找到。"

伊西尼奥·萨莫拉·萨莫拉诺挥了挥帽子,又重新戴上。

"完全不用,您太客气了。但现在这个点,您晃晃悠悠的是要去哪儿?当然,如果您愿意告诉我的话。"

安东尼指了指前面的街道,无奈地说:

"回旅馆睡觉。"

"噢，还远吗？"

"不远了，如果我的方向感没错的话，就在前边了。"

伊西尼奥·萨莫拉再次抓住他说：

"那您不该朝那边走。我从那儿过来的，听到叫喊声和游行队伍的声音。是全国劳工联合会的和长枪党在争斗。我们应该等风暴平息了再过去。对了，我们为何不去一趟上次的地方？胡斯塔肯定还没睡，至于姑娘们，如果需要的话，就叫醒她们。至少那里很暖和，也不会受到骚扰，我们可以喝几杯白兰地暖暖身子。您觉得呢？夜还不深呢。"

英国人耸耸肩。

"好吧，"他说，"事实上，我也不太想回旅馆。我有没有跟您说过您很像委拉斯开兹画中的曼尼坡？"

"没说过，"另一个人回答，"走吧，我们绕小路过去，不走大路：那里正在发生冲突。"

安东尼竖起耳朵，也还是没有听到同伴所说的暴动的声响。他任由自己被带着走，不想这么快结束这不同寻常的一天。安东尼的胳膊被拉着，穿过瓦齐拉小广场，夏天这里十分热闹，聚满了撑着遮阳伞摆摊的二手商贩，而现在正是冷清的季节。他们俩走进一条蜿蜒黑暗的小巷。没多久英国人就不知身处何处了。这让他意识到尽管来过马德里很多次，待的时间也都不短，但是对马德里其实知之甚少。此时，他有一种身为外国人的双重感觉，一方面是深深的忧伤，另一方面是对于未知的兴奋，毫无过渡地从一种孩子般的热情转变为近乎绝望的忧伤。这两种感觉都令他茫然，任由别人带他到任何地方。但是伊西尼奥·萨莫拉·萨莫拉诺只想带他去之前说的地方，绕了几个弯之后，他们重新出现在那个破旧的小门前，使劲拍手，直到穿着斗篷的守夜人出现，拖着两只脚，在寒风中瑟瑟发抖。帽子下面是一双布满血丝的眼睛,鼻子尖上还有一滴棕色的东西。

他们走上二楼,按响了门铃。过了一会儿,传来有人走动的声音,穿着毛绒袍和拖鞋、戴着手套的胖女人打开了门。看到英国人,她双手叉腰,用嘶哑的声音叫道:

"拜托,你在马德里就没别的去处吗?现在不是时候,白痴!如果你没钱吃饭,滚回你的老家去。或者去直布罗陀,你们从我们手里偷走的地方。"

安东尼鞠了个躬,前额却撞到门槛。

"您理解错啦,胡斯塔女士。"他喃喃道出伊西尼奥·萨莫拉刚才提过的他好不容易才记住的名字,"我现在不像那晚那么穷了,也不是来蹭汤喝的。我找到钱包了,里面的钱都在,多亏了这位跟我一起来的正直的好朋友。"

胡斯塔这才注意到伊西尼奥·萨莫拉,脸色变得柔和了许多。

"怎么不早说。伊西尼奥的朋友在这里都是受欢迎的。那就进来吧,别在楼道里冻着了,不然该着凉了。夜深了,虽然我们都是女的,但有个火盆,就能过活。"

两个男人走进安东尼来过两次的客厅。桌上放着一盏点得只剩半瓶的油灯、两只小杯子和一个布满面包屑的盘子。桌边坐着一位满脸皱纹的老太太,非常瘦小,裹得严严实实的,很难把她和坐垫以及随意裹在家具上的用来遮挡破损处的破布区分开来。夜里静得能够听到水龙头的滴水声和邻居院子里的猫咪叫声。伊西尼奥把大衣和帽子挂在衣架上,并帮助英国人脱下他的大衣。然后他们来到烧着炭火的桌子边取暖,胡斯塔从柜子里又拿了两个杯子,为他们倒上酒。

"我去叫醒姑娘们。"她说。

"噢,如果她们睡了就不用打扰了,"安东尼小声地说,"我……不是来……"

伊西尼奥帮他同伴说话：

"算了吧，胡斯塔。我们只是来打发时间的：街上又有枪响了。"

"该死的政治！"女人嘟囔着，又坐回了暖桌边，对英国人说，"以前学生经常来这里，引发了不少骚乱，没带来多少钱，但有多少是多少。现在，他们更喜欢去打架和被打，没有比这更糟的了。总之，在寒冷和动乱中，这里也不会来一个基督徒。这个国家正在走下坡路，尼塞托和奥尔特加·伊加塞特真该遭雷劈。"

"这不是他们的错。"伊西尼奥插话道。为了转变话题，他提高声调向老妇人询问她的健康状况。老妇人好像活了过来，张开没有牙的嘴，像是要说些什么，但马上又闭了起来，打起了瞌睡。

"原谅她吧，"胡斯塔对安东尼说，"阿加皮塔女士独自住在隔壁，这个年纪的人有些糊涂。聋得像一堵墙，半瞎，没有一个真正照顾她的人。天气冷的时候，我就让她过来，她家连个火盆都没有。"

安东尼同情地看着无依无靠的老妇，而老妇人仿佛感觉到一时间成了众人关注的焦点，大声叫起来，声音好像乌鸦一般：

"炸油条、烧酒和柠檬汁！"

"这些枪声是什么？"胡斯塔问，假装没听见她邻居的话。

"谁知道！"伊西尼奥说。然后他对英国人说："西班牙的情况从几个世纪前开始就越来越不尽如人意，而最近几个月简直是混乱不堪。长枪党人向社会党人开火；社会党，不仅向长枪党开火，还向无政府主义者开火，有时候甚至自己人打自己人。同时所有人都吵着要革命。纯粹的屁话。要革命，无论是左派还是右派，首要问题就是严肃对待这件事：团结和纪律不可少。"

安东尼喝了一口玻璃杯中的酒，感觉喉咙像被烧过一样。他咳嗽了一声，说：

"最好还是不要革命，即便是因为懒惰。"

"革命不会有,"伊西尼奥回答,"但是会有政变。军队会发起政变,大家都这么说。只是不知道什么时候:今晚,明天,还是三个月以后,时间会说明一切的。"

"好吧,"胡斯塔说,"但愿军队能够解决一些问题。我们不能这样继续下去了。"

"别说废话了,胡斯塔,"伊西尼奥非常严肃地回应道,"如果有军事政变,这里一定会出大事。全体人民都会拿起武器自卫。"

女人挥舞着双手指着这房间对他们俩说:

"捍卫什么?这破烂吗?"

伊西尼奥干了杯子里的酒,把酒杯重重地往桌上一拍。

"捍卫自由啊!"

"炸油条、烧酒和柠檬汁!"阿加皮塔女士提高音量喊道。

胡斯塔笑了起来,重新把酒杯斟满。附近的一个修道院敲了两下钟。

"别理他,"女人对英国人说,"他就是这样,什么都说。不过他也就是刀子嘴豆腐心,其实是个老好人。"

"打住,胡斯塔。外国人对这些事不感兴趣。"

"但是我感兴趣,"胡斯塔回答说,"现在可是在我家,拜托!"

反对意见没有起到任何作用,胡斯塔给安东尼讲了一个又长又混乱的故事,并且时不时地被邻居老女人的咯咯声打断,导致安东尼几乎没怎么听明白这个故事的要义。在她年轻的时候,如同大多数在大城市迷失自我的乡下姑娘一样,她失足站街当了妓女,直到遇上一位帅气、公证且明事理的工人,在一次反抗资产阶级腐化道德的运动中,救她出苦海,娶她为妻。过了几年幸福(或者说乏味)的生活之后,工人由于自然或者非自然原因(这里安东尼没有完全理解)而去世了,抛下了胡斯塔和年幼的女儿。眼看着天就要塌下来的时候,伊西尼奥·萨莫拉出现在他们家，她们之前从来没有听说过这个人。这个人对她们说，他在摩洛哥战争中曾经是胡斯塔丈夫的战友，像当时很多年轻人一样通过抽签去了那里，后者救了前者的命，或者正好相反，前者救了后者的命，于是伊西尼奥在得知他老战友妻女的处境后，来还人情债或者履行在战场上或者战斗前夜或者在整个不幸的战争期间许下的诺言。

胡斯塔一边讲故事，伊西尼奥一边微笑着摇头表示自谦。他说他只是做了任何人在这样的情况下都会做的事，特别是在那个时期，他作为助理水管工收入还不错，也没有家庭负担，父母亲已经离世，两个兄弟也已移民委内瑞拉，没有妻子，尽管有这样的财产和收入的他并不缺追求者。他不属于任何工会，也不属于任何政治或军事组织，但他坚定地认为无产阶级应该互相帮助。胡斯塔马上补充道，伊西尼奥没有任何要求，也不接受任何回报。可能是因为听到故事或一些片段，阿加皮塔女士在那一刻仿佛想起了什么，宣称没有比军人更好的男人了，比如她很久之前的一个男朋友。

"我觉得他就在我面前，"她好像变了一个人一样，说，"留着胡子，戴着蓝色的罗斯帽。我认识他的时候，他正在为伊莎贝拉二世效劳。是不是在双人床上服侍她，我就不知道了，他也没告诉我。但他确实在为女王陛下效力。女王的轻骑兵！每次和他拥抱时，他腰上的流苏结就会碰到我，还有佩剑，还有佩剑……炸油条、烧酒和柠檬汁！"

胡斯塔食指抵着太阳穴，充满同情，微笑着说：

"不用理她。她受到的伤害最严重。她一个肾坏了，只能依赖吗啡过活。可怜的阿加皮塔，看看她现在这个模样！她说的那个男朋友，对，她有过，的确有；现在又变成为女王效力了，还没提假发呢。她一喝醉就灵魂出窍。"

在酒精和疲劳的作用下,英国人什么也没听到。他强打精神站起身来,想要去厕所。小解之后,他往脸盆里倒满了冰水,把脸浸在水里。这让他神志清楚了些,却无法缓解身体的疲劳。他正拿着抹布擦脸,仿佛听到背后传来了婴儿的啼哭声。他并不觉得奇怪,回到客厅,他发现托妮娜正在那里休息,怀里还抱着一个小小的爱哭鬼。托妮娜看上去比上次更加憔悴,或许是因为现在并没有睡醒。一条棕色的羊毛长袍把她从脖子到脚都罩住了,脚上穿着一双厚厚的、脚尖和脚跟处都破了洞的男士袜子。没人跟他说这个婴儿从哪儿来的,安东尼也没兴趣知道。为了避免摔倒,他双手撑在桌子上,导致桌上的瓶子和煤油灯危险地摇晃着,然后说他要走了。听到他的声音,婴儿停止了啼哭,其他人一致反对:什么?这个时候走!太鲁莽了!别做梦了!绝对不可以!此外,您都没法独自走在街上。托妮娜把婴儿交给胡斯塔,双臂从背后抱住英国人。

"留下吧,就在这儿睡吧。"她在他耳边轻声道,"有什么急事呢?旅馆里也没有人在等着您。"

"姑娘说得有理,"伊西尼奥说,"这里都是自己人。"

安东尼妄图从姑娘瘦弱的手臂中挣脱开来。

"非常感谢你们的款待,我不想显得很没礼貌,但是明天一大早我必须去一个地方,在那之前我要睡几个小时,醒醒酒。"他说。

"这一点都不难,"胡斯塔说,"您就睡在这儿,您说几点我们叫您起来就行了。喝杯牛奶咖啡配面包,然后该干啥干啥去。"

"不,不,"英国人争辩说,"你们没理解我的意思。我现在要走了。我的任务……我的任务非常重要。一个极为重要的买卖。你们都是简单的人,不会理解的。是有关一幅画……一幅无与伦比的画,无论是从质量上还是意义上来说都是如此。必须尽快把它送出西班牙。你们不会、不会理解的。"

他失去了知觉，等他醒过来的时候，发现自己躺在一张硬板床上，身上盖着一张厚实的散发着臭味的毯子。他能感受到身旁另一个人深深的呼吸，摸上去像是托妮娜。他继续摸索，然后惊喜地在毯子中摸到了婴儿的小身躯。伊西尼奥说得没错：西班牙没救了，然后又深深地睡了过去。

十三

早晨的空气冰冷刺骨,他找到了回旅店的路,虽然一路走得晃晃悠悠,但还是保持直线走了回去。他的胃里翻江倒海,口干舌燥,喉咙火辣辣的,身体变得迟钝,记忆模糊,他很惊讶随身物品竟然一样都没丢,包括外套、帽子和手套。天空阴沉沉的,寒冷潮湿的空气预示着即将下雪。

英国人走进酒店,看到一个男人正倚着墙读报纸,戴着太阳眼镜,穿着雨衣,戴着帽子,一身打扮使他尤为显眼。这人一看到英国人就放下伪装,合上报纸,走到他旁边,语气严厉而急促地说:

"您该不会就是安东尼奥·维特拉斯先生吧?"

英国人并没有觉得这样翻译自己的名字有什么不妥,但穿雨衣男人的一举一动令他有些不安。他瞟了一眼旅馆前台接待员,而这位只是挑了挑眉毛,眯缝着眼,双手一摊,表示不关心一切与他严格的接待工作无关的事。就在这时,还没等安东尼发问,穿雨衣的男人抓起他的前臂,把他推到大街上,含糊其辞地说:

"您最好跟我来一趟。我是科斯科约拉队长,之前在步兵队,现隶属于安全总局。如果您合作的话,就没什么好担心的。"

他走起路来一瘸一拐,脸部扭曲,表情痛苦。很明显,身体上的残疾消磨着他的尊严。

"我被捕了吗?"英国人问,"我被指控什么罪名?"

"什么也没有,"那人一边走一边回答,"您没有被捕,因此没有罪名。我说了您跟我来一趟,您跟着我走就是了。"

"至少让我回房间洗个澡换身衣服。我这样哪儿也不能去。"

"去我们要去的地方没关系。"穿雨衣男人直截了当地说,没有松开抓着他手臂的手。

旅店门口停着一辆黑色的轿车,方向盘前坐着一位司机,车门是开着的。他们上了车,车子开动起来,过了一会儿,车停在位于维克多·雨果街和印方达街转角处的安全总局大楼门前。安东尼松了一口气,因为刚才他在恍惚之间忘了要求穿雨衣男人出示证件核实他所谓执法人员的身份,一路上英国人生怕自己被绑架了,虽然他想不出来有什么人有什么理由要这样做。看到车停了,他悬着的心也放了下来。他们没有理会驻守在门口的卫兵,径直走进大楼,卫兵也没有拦他们。

大厅里笼罩着一种阴郁的气氛,并且安静至极。大厅的一边,几个男人正在窃窃私语,其中还有一个穿着丧服的胖女人,手里拿着一个笔记本。空气里弥漫着一股酸苦的冷鼻烟味道。安东尼和他的同伴穿过大厅,并没有任何人注意到他们,到达大理石台阶之前,他们转而进入一个侧门,从又窄又黑的楼梯间里走上二楼。之后他们又穿过几个走廊,来到一间办公室门口,没敲门,走了进去。这是一间正方形的办公室,很小,勉强放下一个轻木文件柜,一张大写字台和几把椅子,一个衣架,一个陶瓷痰盂,还有一个铁丝网垃圾桶。一扇装有栅栏的小窗后面是阴暗的院子。一面墙上用图钉挂着一幅马德里地图,边角已经泛黄、打卷,中间部分已经非常模糊了。写字台上散乱地铺满了文件,除此之外还放着台灯、文具、电话和一台不合时宜的电扇。在这一片混乱中,一个人正在聚精会神地阅读着其中一份文件,他的脸尽管被阴影遮挡,还是带给安东尼一种异常的熟悉感。他不知道什么时候在哪里见过,但他确定之前见过眼前这个男人。

过了一会儿,男人抬起头,仔细打量着英国人,说:

"请坐。"

然后他转向正打算离开办公室的穿雨衣的男人。

"请不要走，科斯科约拉。确切地说，帮我一个忙：去找比拉尔，告诉她把我刚才给她的文件夹一起带过来。如果能拿一杯咖啡和一些油条过来就更好了，非常感谢。"

穿雨衣的男人稍微点了点头，离开房间，关上了门。屋里只剩下他们两人，另一个人一直看着安东尼，一言不发，于是安东尼问：

"先生，能不能告诉我叫我来这里的原因呢？"

"我叫马兰侬。古梅辛多·马兰侬中校，愿为您效劳。我以为您还记得我，因为我记得您。但是您忘了也没关系：记住人的长相也是我工作的一部分，不是单单针对您。如果我说我们是几天前在火车上认识的，也许您能想起来。您是从边境过来的，据您自己说，您是从英国老家来的。我们是在本塔德巴尼奥斯车站碰上的，车上我们有过简短但热切的交谈。因此，当我得知您的住处时，昨天去旅馆想跟您打个招呼，看看您有没有什么需要。我等了一晚上您也没有回来，我今天不能再去了，于是今早我派我的同事去请您过来。您也看到了，我这儿忙得喘不过气来。科斯科约拉队长在我看来是一个机敏有教养的人。我们同在非洲打过仗。他腿上的伤导致他不能再服现役。由于他的英勇行为，他曾被授予圣费尔南多奖，但是他的政治思想……您也知道。我相信他会对您以礼相待。"

"噢，对，对，当然，"安东尼赶忙说，"不过，这次……见面……虽然很愉快，但是我觉得这个时间非常不方便。特别是我已经和一些人约好了……"

"唉呀，这个我倒没想到。是我的疏忽，万分抱歉。幸好，这个很好解决。拿我的电话打给您的朋友，告诉他们要耽搁一会儿。他们会理解的：幸亏这是在西班牙，我们不像你们一样对准时那么苛刻。如果您不知道电话号码，请告诉我那个人或那些人的名字，我马上就能查到。"

"不用了，非常感谢，"安东尼马上说，"说到底，也不是特别确切的约会。没必要这么麻烦。"

电话铃响了起来。中校摘下听筒，没说话就挂上了电话，目光依然没有离开安东尼。

"您随意吧，"马兰侬中校愉快地说，"啊，皮拉尔来了。皮拉尔，我来给你介绍维特拉斯（怀特兰兹）先生。他是英国人，但是西班牙语说得比你我加起来还好。"

安东尼注意到皮拉尔正是刚才大厅里看到的那个胖女人，她拿来的笔记本似乎也和刚才那个一样。从这种双重的巧合，他推断正在进行的这些程序都是提前精心准备好的。皮拉尔把笔记本放到上司的桌上，中校解开丝带，浏览笔记本的内容，科斯科约拉队长又走了进来，手中托着个托盘，上面放着一个冒着热气的杯子和一包油乎乎的撒着糖霜的炸油条。他挪开桌上的纸张，把托盘放在桌上。科斯科约拉脱下雨衣和帽子，挂在衣架上，然后坐下来。皮拉尔也坐下，从口袋中拿出一本速记本和一支笔，做好了记录谈话内容的准备。一切准备停当之后，中校坚定地看着安东尼说：

"我不知道科斯科约拉队长是不是给您讲清楚了，您来这里并不是出于任何官方理由，而是完全自愿的，甚至可以说友好的。这点必须澄清。这里所说的话将不会被记录下来。"他说得好像刚才没有注意到皮拉尔已经做好记录的准备一样，而皮拉尔手里依然握着笔，但并没有做记录。"我刚才说的意思就是，"中校继续说，"您随时可以离开。但是我希望耽误您几分钟时间。当然这完全是朋友之间的谈话。其实，科斯科约拉队长带来的咖啡和油条就是为您准备的。您刚才一进来我就对自己说：这个人还没有吃饭。我没说错吧？当然没有，这些小事情从来都逃不过警察的目光。所以就别客气啦，维特拉斯先生，吃完点心再走吧。"

从尊严的角度考虑，他非常想拒绝这份好意，但是他已经饿得没力气了，心想，吃点油条喝点咖啡应该能头脑更清楚地面对他们毫无疑问已经准备好对他进行的审问。

"还有件事我没说，"中校看到他大口吞下早饭时感叹道，"马德里的炸油条可是世界其他任何地方都找不到的。"

说着他从文件夹中抽出一张纸，拿给英国人看。这是一张照片，上面的男人正在激动地挥舞双手，发表演说。虽然不是一张清晰的照片，也不是精细的复制品，安东尼还是立即认出这个在伊瓜拉达公爵家见过的男人。幸好他此时嘴里塞满了食物，正好给他一个借口掩饰混乱的思维，拖延回答问题的时间。他努力保持平静，掏出手帕擦拭着嘴边和手指上的油腻，然后说：

"这人是谁？"

"这正是我想问您的，既然如此，我可以理解为您不认识他，也从来没见过他。"中校虽这样说，却没有把照片从英国人眼前拿开。"没关系，我并不是认为您和这个人之间有什么联系。但是有没有可能，我不知道，在朋友家聚会喝咖啡时，您知道，碰巧见过之类的……至于这个人的身份，"中校把照片放回卷宗，继续说道，"您没有听说过他很正常，但我向您保证西班牙没有几个人不知道他的。"

他朝科斯科约拉队长和皮拉尔眨了眨眼，随后简要描述了这个人的情况。

这人是1923年到1930年的西班牙独裁者，政变将军米盖尔·普利莫·德里维拉的大儿子。何塞·安东尼奥·普利莫·德里维拉·伊萨恩斯·德赫雷迪亚，在他混迹的贵族圈子里时常使用的是埃斯特拉侯爵的名号。他的追随者称呼他为何塞·安东尼奥，或者叫他长官。他生在马德里，职业是律师，单身，现年三十三岁。后来由于在公共场合对一名将军进行人身攻击而遭到贬黜，被军队开除，虽然当时二人都未穿军装。他于1933年建立西班牙长枪党，一个法西斯倾向的政党。一年后，长枪党与拉米罗·莱德斯马·拉莫斯的进攻性国民工团议会，简称JONS的政党合并，此党的政治倾向与长枪党相似，但主张更为激进。没过多久，他们之间产生了分歧，拉米罗·莱德斯马离开了组织，不知道是出于信念还是为了泄愤，他发起了一场恶意诽谤长枪党和其长官的运动，指控他们将JONS党的计划和标志据为己有。结果却是徒劳，因为该党的大部分成员都选择抛弃老领导，留在长枪党，但分裂过程是痛苦的，一些矛盾凸显出来，至今仍未得到解决。后来，当何塞·玛利亚·吉尔·罗布雷斯看上去要成为西班牙的墨索里尼时，何塞·安东尼奥·普利莫·德里维拉提出长枪党将全力支持他发动政变，但吉尔·罗布雷斯始终未能走出决定性的一步，并拒绝了这项提议。这两次挫折使得何塞·安东尼奥坚信要让长枪党加入战斗不能依靠其他人，而必须依靠自身的力量。不久，这个信念让他拒绝了一个潜在的联盟者，何塞·卡尔沃·索特罗，这人主张君主制、权威统治，是一个杰出的演说家，个性很强，已然成了右派保守派的领袖，企图在西班牙发动法西斯运动。长枪党与军队之间的关系既密切又摇摆不定：一方面是因为何塞·安东尼奥对军队普遍不信任，指责他们抛弃了他的父亲；另一方面，军队也不相信一个思想混乱、不按规矩行事的政党。自西班牙长枪党建立以来，暴力是其计划的组成部分。在与左派团体接连的冲突中，长枪党伤亡不断，也给对方造成很多伤亡。在1933年的立法选举中，普利莫·德里维拉赢得了一个席位；而在1936年的选举中，他却被排除在外。从此以后，他们加剧了暴力行动，以此来报复。

"我们不知道如今他在密谋什么，"中校总结道，"但是他一直在号召武装暴动，不排除他企图发动政变的可能。"

他搓了搓手,又继续说。

"您可能会问,维特拉斯,"他慢条斯理地说,"作为一个路过我国的外国人,这些与您没有任何关系,为什么我们要告诉您这些。我很难回答这个问题。然而,自从那一天我们在火车上聊天开始,我就认定,虽然您是英国人,却对西班牙有着十分特殊的感觉,您却视而不见,可以这么说,您处于水深火热之中。我没说错吧?"

"没错,"安东尼说,"您说得对。我十分关心西班牙,但这并不意味着我要干涉内政,更不要说涉及高层政治的问题了。不过,既然我们聊到这个话题,请您告诉我一件事:您真的认为所谓的普利莫·德里维拉会发动一场政变吗?"

中校和科斯科约拉队长互换了一下眼神,好像都希望对方能够率先预言。最后,马兰侬中校说:

"很难回答。当然我可以试着回答。发动政变?我觉得不会。除非他有外界的支援。仅靠他们自己的力量走不了多远。事实上,西班牙长枪党以及 JONS 组织并没有什么真正的影响力。他们的创始人都是一些游手好闲的少爷们;追随者里有一些学生,最近也雇了几个枪手。右翼保守派支持他们,娇媚的姑娘们以及深宅大院里的富家子弟们愿意为他们投票。有了这些,不能否认他们具备一定的行动力。科斯科约拉,你来讲。"

科斯科约拉队长侧脸看了一眼他的长官,重新整理了一下表述方式,从听从命令转变为胸有成竹地讲了起来:

"何塞·安东尼奥的长枪党是一个金字塔形的组织,分为:小组、小队、方队、百人队、大队和军团。最小的单位是小组,有三个成员,一个组长和一个副组长。最大的单位是军团,约有四千个人。这个体系使他们在任何武装战斗形式中都能具备极强的行动力:无论是游击战还是突击战,他们都能够适应任何情况,除非是在开放的空地。这支长枪党队伍的总人数很难确定。所有人都在夸大，根据他们的喜好，有的说多点，有的说少点。但是不论怎样，仅靠他们自己夺取政权是不够的。普利莫·德里维拉曾在多个场合向军队提出合作的请求，看是否有军队愿意与他发动一场起义。军人们肯定当面给他闭门羹吃。他们只有认为时机成熟时才会行动，并且没时间也没兴趣了解一个并不承认军队官阶的武装派别，因为长枪党人只听一个人的指挥，这个人还和他们的一个将军发生过肢体冲突，如果他当权的话，肯定想把他的政治目的强加于军队。即便如此，也不能排除发生冲突的可能性，军队把长枪党当作辅助力量，或者利用他们做些不光彩的事。长枪党员们也不是些娇气的人。总之我们并不知道会发生什么。除去这些逻辑分析，我们不要忘了何塞·安东尼奥是一个愚蠢、不负责任的人，他狂热的追随者们会不假思索地按照他说的去做。他们之中净是一些小青年、极端主义者和浪漫主义者。他们在这个年纪并不惧怕死亡，因为他们根本不知道死亡的存在。长官所鼓吹的英雄主义和自我牺牲无不令他们头脑发热。"

中校礼貌地摆了摆手。

"可以了，科斯科约拉。别让我们的客人无聊。讲这么多足够了，他还有其他的约要赴。维特拉斯先生，请您原谅我们过分热心了。"

安东尼含糊地应了一句。短暂的沉默过后，中校再次发言。

"说到底，"他用一贯平静的语气说，"我和您想的一样。我对政治也没兴趣。我不属于任何政党、任何工会、任何宗教派别，也不对任何政治家抱有同情和尊重。但我是为国效力的公务人员。我的职责是维护公共治安，为了维护治安，我必须采取预防措施，防止发生重大事件。我不能在这里无所事事地坐等，暴乱随时都可能发生。如果真出了乱子，那么维特拉斯先生，无论是警察还是民防军乃至军队，都不能阻止屠杀。但是我可以。为此我必须先搞清楚谁在什么时间打算用什么方式做些什么。然后迅速行动而不纠结于细节。找出煽动暴乱的分子，在事发之前逮捕他们，而不是之后。还要抓住他们的同谋以及包庇他们的人。认识何塞·安东尼奥·普利莫·德里维拉并不是什么罪过。但是欺瞒警察就是犯罪了。我相信您不会做这样的事情。说了这么多，我就不再多耽误您了。我只有一个请求，确切地说，两个。第一个是如果您发现任何我可能感兴趣的事，请及时通知我。以您的聪明才智，您一定能够理解我这话的意思。第二个请求是，只要您还在西班牙，请确保我们知道上哪儿去找您。不要改变住处，如果变了，请通知我们。科斯科约拉队长可能会时不时地去拜访您，如果您需要联系我们，您知道，这里的大门二十四小时都为您敞开。"

十四

离开安全总局后,安东尼·怀特兰兹惊讶地发现自己身处一个熟悉的地方,熙熙攘攘的街上,受到寒冷刺激的人群匆匆忙忙地从这头走到那头。阴云密布的天空中映射出金属光芒,空气中正酝酿着一种暴风雪前的宁静,习以为常的城市喧嚣声此刻仿佛远在天边。安东尼还沉浸在刚才的对话中,对身边发生的一切似乎都没有觉察。他知道自己正面对道德困境,却太过茫然,无法判定孰是孰非。他在拥挤的人群中穿行,思忖着那些人如此肆意地将他扣留问话的理由。可以肯定的是,他们知道他的行踪以及他在马德里的一些关系,但是从他们的话中很难推断出他们到底知道多少。也许他们知道的很少,不然他们也不会说得如此拐弯抹角。或许他们并不知道具体情况,只是想试探试探他,或者吓唬吓唬他,或者打预防针。但是防的是什么呢?接触何塞·安东尼奥·普利莫·德里维拉的潜在危险?假设是这样,莫非他们知道他在公爵家与这个人的零星接触?谁会告诉他们?至于何塞·安东尼奥,他一直不能信任这个神秘的人物,尽管面对面的交谈给他留下了不错的印象。不管怎么说,重点不是他个人的评判,而是自己在整件事中扮演的角色。何塞·安东尼奥是否知道公爵的计划?他们是否同在一条船上?那么他对于帕琪塔的兴趣呢,是真实的还是另有隐情?最后,一个英国来的西班牙绘画专家又能起到什么作用呢?这些问题并没有答案,却改变了他对现状的理解:他不能再继续假装什么都不知道了。但是在采取下一步行动之前,他必须要弄清楚一些事情,搞清楚他到底在做什么。直觉明确地告诉他要理智行动:

放弃这里的一切尽快赶回英国。但这也意味着放弃他职业生涯中难得的不会再有第二次的机会。目前，没有任何迹象表明，警察的解释、推测与卖画及其潜在非法性有任何关联，即使有，也是行政方面的，没有任何政治内涵或者其他什么内涵掺杂其中。另外，就算这是非法的，也影响不到一个仅仅参与鉴别画作真伪的人。之后发生的事就与他无关了，调查越深入，所调查的越是那些他根本没参与的事。他之前并不知道可能会犯罪。他是一个外国人，身处一个局势混乱的国家，再者说，职业机密制度能够保护他。但是最好还是不要展开调查。

另一方面，还有其他并不意外的急事在等着他：他必须及时去公爵家里赴约，并给出一个合理的迟到理由，让人家不会以为他正好打算在交易的关键时刻放弃。但是去之前，他需要剃须、洗漱、换身衣服。更糟的是，天空中开始飘起雪花，雪花落在沥青地面上，留下了黑色的斑点。

他加快脚步，径直回到旅店。他在门垫上小心地蹭干净鞋底，以免接待员责怪，因为这人一看见他，脸上就摆出一副严肃的表情，像是刚刚见证了当局特工把旅店里的客人抓走一般。他心烦意乱地向接待员拿钥匙，问起自己短暂离开的间歇是否有人来找。

"我看看，"接待员冷冷地回答，"您比其他住客全部加起来的事都多。"

事实上英国人之前刚离开旅馆没一会儿，就有一个男人打电话过来问他在旅馆还是已经离开了。接待员说英国人已经离开了，那人想知道他何时离开并去了哪里。接待员说什么也不知道，他对客人没有这种承诺，更不想惹什么麻烦。总之，打电话的人显得很烦躁或者很惊慌或者两者兼有。接待员让他留下名字和电话以便联络，但是那人什么都没有留下。差不多半小时之后，有个漂亮的姑娘送来了一封信。说到这儿，接待员皱起了眉头：他并不喜欢小姑娘来给旅馆的客人送信，更不喜欢当传话筒。安东尼并没有想出一个合理的解释，沉默不语。接待员依旧皱着眉，把信交给了他。

他回到房间，拆开信，在一张笔记本纸页上读到这条信息："您去哪儿了？看在上帝的份上，给36126这个号码打电话。"

房间里没有电话，安东尼又下楼来到前台，请求使用旅馆的电话。接待员给他指了指柜台上的电话。安东尼更希望是个不这么明显的电话，但是为了避免引起怀疑，还是接受了，拨了号码。帕琪塔立即接起了电话。英国人表明身份，帕琪塔仿佛怕被别人听到一样，小声地说：

"您从哪里打的电话？"

"我在旅馆前台。"

"我们对于您的迟到感到很不安。发生什么事了吗？"

"是的。我会赶上下次会面。"安东尼像商人做买卖时那样故作镇定。

她沉默了一会儿，然后说：

"别来家里。您知道梅迪纳塞利的基督吗？"

"知道，十七世纪的塞维利亚雕塑。"

"我指的是那个教堂。"

"我知道在哪里。"

"那么请您立即赶去那里，坐在最右边的一条长凳上。我尽快去那里与您会合。"

"给我半个小时洗漱一下，换身衣服。我现在像个乞丐。"

"好吧，这样比较不引人注目。别在没用的事上耽搁时间了。"姑娘恢复了她一贯的作风，说道。

他假装没有察觉到接待员扭曲的表情，挂上电话，表达谢意，回到楼上，穿上大衣，抓起雨伞，下楼，把钥匙放在柜台上，然后离开。

穿过乌尔塔街,他提早了很多时间到达约会地点。雪一直在下,落下的雪花已经开始在行人足迹未曾踏及之处凝结。在华丽得有些不和谐的大门前,他停下脚步喘口气,想要恢复平静。一路上他的心跳得很快,一方面是因为可能的风险,另一方面则是即将与神秘的科尔内拉女侯爵再次会面。他看到对面人行道上虔诚的信徒们排起了长长的队伍,不畏恶劣的天气,前来祷告祈求保佑。在受苦的人群中,有来自各个年龄段和各个社会阶层的人。安东尼不禁暗暗赞叹帕琪塔的智慧,选择在这里见面不会引起任何人的注意。他穿过马路,本能地排到队尾,耐心地等待轮到他的时候,但立即反应过来他的公民行为欠妥,随后选择走侧门,他相信小小逾矩会因为他的外国人面孔而得到原谅。为了做到这一点,他不得不穿过拥挤的中庭,那里聚满盲人和瘫痪人士,还有一个披着黑色毯子御寒挡雪的卖花人。乞丐的哭闹声和乞求声构成了不和谐的悲伤的合唱。英国人顺利地穿过这些障碍很快进入教堂里面。成千上万支点燃的蜡烛将它们摇曳的光芒投射在五颜六色的墙壁上。空气中混杂着汗味、烟味和香烛味,融化的蜡油随着此起彼伏的祈祷声微微抖动着。找到约定好的座位对他来说并不困难,因为大部分的信徒都希望更靠近神坛来献上供品,更近距离地向万人景仰的神像轻声道出他们的祈求。大量涌入的人潮折射出城市中弥漫着的焦虑情绪。

出于对这个时期西班牙艺术的兴趣,安东尼曾好几次来研究过这尊雕像,但每每都令他产生近乎反感的不快情绪。人物的神态、华丽的长袍,特别是一头长发虽然没有削弱雕塑的艺术价值,却赋予了人物一种浪荡公子华而不实的气质。但转念一想,也许正因为如此,形象才深入人心:一位化身市井小民的神。当他还在剑桥读书的时候,曾经听一位这方面的专家说过,反宗教改革的天主教教义是南方的感官基督教对于北方人倡导的理智基督教的反抗。西班牙流行过一种美貌圣女基督教，黑色的眼眸和微张的红唇是对世俗情感的表达。信徒眼中的基督是《福音书》里的基督：一个地中海男人，每天吃饭、喝水，与朋友聊天，与妇女们保持着良好的关系，身体受尽折磨而死；他的思想从好到坏，从愉悦到痛苦，从生到死，没有形而上学的疑云，也没有模棱两可的论证。那是一种充满色彩和气味、鲜艳的衣衫、朝圣节日、白兰地、鲜花和歌声的宗教。那时的安东尼不信仰任何宗教，是接受过高等教育的实证主义者，对哪怕一丝神秘主义或巫术都持怀疑态度，这个解释对他来说或许是满意的，但却无关紧要。

正想得入神，他被一只戴着长筒手套的手轻柔地拍了一下，猛然一抖：有那么一瞬间，他甚至以为警察又回来抓他了。但是拍他的并不是警察，而是一位身着丧服的女士，厚厚的蕾丝面纱遮住了脸。另一只手里拿着一串煤玉念珠。听到她的声音之前，安东尼知道那是帕琪塔。

"吓了我一大跳，"他小声念叨了一句，"这么打扮没有人能认出您。"

"正是这个意思，"帕琪塔口气中略带恶作剧似的回答道，"您也太神经过敏了。"

"谁说不是呢。"英国人说。

"我们跪下，把头凑得更近些。"她说。

他们跪在跪椅上，前额几乎贴在扶手上，看上去像两个虔诚的灵魂在真挚地祈祷。安东尼能感觉到体侧与年轻姑娘身体轻微的触碰。他给女侯爵讲了最近去安全总局的事情。帕琪塔低着头静静地听，时不时暗暗地点头。

"我毫无理由地跟警察撒了谎，"英国人故事讲到最后时说，"仅凭心血来潮，我就触犯了法律。告诉我这么做没错。"

"不，您做得很好。"她停顿了一下，回答道。"现在，"她故意拉长声音,好像在寻找合适的词语,"现在我有一个不情之请。"

"告诉我是什么,只要是我能做到的……"

"您可以。但是您必须做出一个巨大的牺牲,"她说,"昨天给您看的那幅……"

"委拉斯开兹?"

"对,就是那幅画。您确信它是真品吗?"

"哦,当然,我还得更仔细地看一下。但我可以担保……"

"如果我说它是赝品呢?"姑娘打断他说道。

英国人压抑着自己不要喊出声来。

"什么!赝品?"他努力克制着自己,叫道,"您确定吗?"

为了保留一丝悬念,姑娘又一次语气中略带戏谑地说:

"不。我相信是真品。这正是我所说的不情之请:请您给出此画确为赝品的结论。"

安东尼哑口无言。她又变得严肃起来,说:

"我理解您的惊异和抗拒。我说了这是一个巨大的牺牲。我没有丧失理智,我这么做有充分的理由。您自然想知道理由是什么,时机成熟的时候我会亲自告诉您。但现在还不行。您现在能做的只有相信我的话。当然,我不能强迫您答应这个要求或是其他什么要求。我只是请求您,我在万能的上帝面前发誓,我对您的慷慨付出感激不尽,也无以为报。请记住下面的话,安东尼·怀特兰兹,对于您做出的牺牲,我愿意做任何事来补偿。昨天,在家里的花园,我说过我的命运掌握在您的手里。今天我心怀信念再次重申。请不要说话,听我说。下面是您要做的:今天下午去我家,随便找个理由告诉我父亲为什么早上您没能赴约。千万不要告诉他您刚才跟我说的一切。不要提安全总局,更不要提何塞·安东尼奥。只告诉他那幅委拉斯开兹是假的,不值钱。要有说服力:我父亲很自负,但不是傻瓜。他对于您无论是人品还是专业水平都很信任，只要您表现得沉稳可靠，他就会相信。现在对不起了，我必须要走了。我的家人都不知道我来这里，我也不希望他们发现我不在家。您再多待几分钟。这里人多，也许会有人认得您，我们不要一起走。如果今天下午我们在家里碰上，当然肯定会碰上，请表现得好像我们从昨天开始就没见过面一样。记住，我的命在您手里。"

她在胸前画了十字，亲吻了念珠上的十字架，然后把它放入口袋，站起来，缓步离开，留下安东尼一个人迷失在疑惑的海洋中。

十五

安东尼·怀特兰兹惊得目瞪口呆,脸上痛苦的表情像极了神坛上的基督,他跟跟跄跄地走到街上,时不时地撞上源源不断迎面而来的教友。外面的雪越下越大了,他刚走出中庭,立刻被鹅毛般的雪片包围,漫天白雪似乎是要将整个世界拖入无边的黑暗。这景象倒是很符合他现在的情绪,内心正在进行激烈的斗争。每当他的意志倾向于答应帕琪塔令人费解的请求时,就会本能地反抗这个残酷的要求。当然,帕琪塔给了他巨大的勇气,毫无保留地激起他的欲望,但不管怎么说,代价都超出了他能承受的范围。一定要在眼看就能获得全世界认可的节骨眼上放弃这份荣誉吗?更重要的是,她没有给他任何解释,仅仅寄希望于他的心软!这不可能!

寒风和大雪让他的头脑清醒了起来,起码意识到自己不能继续待在暴风雪中,他像一个疯子一样自言自语。他的精神依旧恍惚,随便走进了一家附近的小酒馆,找了个凳子坐下,点了一杯葡萄酒暖身。酒馆老板问他想不想吃点什么。

"我丈母娘做了一些杂碎汤,你想不想来点?私下跟你说,那老太婆其他什么优点不值得一提,但是烹饪?上帝啊!她做的杂碎汤能让死人复活,而您,恕我直言,看上去像刚刚撞见鬼一样。"

"别瞎扯了,"安东尼说,高兴的是与老板的闲聊暂时转移了他的苦闷,"那就来点杂碎汤。再来一份火腿,一些罗马烤鱿鱼,再来杯葡萄酒。"

吃完午饭,他觉得好多了。他还没有做出决定,但是这个问题已经不再困扰他了。暴雪慢慢停息了,风也平静了很多,街上覆盖着厚厚的积雪,被英国人蹒跚的步子踩得吱吱作响。他回到被寂静包围的旅店,走到楼上的房间,脱下大衣和鞋子,躺在床上,熟睡过去。

他好不容易才睡了个好觉,没有做噩梦,也没有惊醒。等他醒来已经是晚上了。窗外的天空映着白雪珍珠般的光芒。他探出头去,看见所有的房顶上都覆盖了一层厚厚的白雪。大街上,汽车和马车往来行驶,留下黑黑的沟,马路牙子下面也慢慢积出水洼。安东尼洗了脸,刮了胡子,换上干净的衣服,走上街向伊瓜拉达公爵的府邸走去,甚至还没想好借口,也没有做出可怕的二选一的抉择,他打算听从他的直觉,任由他内心的冲动支配他的决定和行动。

他绕道来到卡斯泰拉纳街,避开那些人多的街道,雪阻碍了交通,车流和人流都变得很缓慢。尽管做了防护措施,他还是难免穿着被雪水泡了的鞋子、浸污的裤子到达目的地。

管家开了门让他进来,接过他的大衣,然后去通知一家之主。独自一人在宽敞的大厅里,面对《阿克泰翁之死》这幅画的仿品,安东尼觉得刚才那种令人愉悦的勇气消失殆尽。他试图为早上没能赴约编出一个似是而非的理由,但是什么都没有想出来。最后他决定说身体不适,憔悴的面容可以为他作证,经过前一天晚上的折腾和今天白天发生的令他内心激荡不安的事情之后,也难怪如此疲惫。即便如此,他还是极不情愿撒谎。在与凯瑟琳发生婚外情的那段时期,他不得不经常撒谎,而这种束缚最终毒害了他们的关系,将它变成一种恨意。恋情画上句号之后,安东尼原以为不会再有机会编造令人痛苦却迫不得已的谎言了,而现在,这还没过几天,又要编造不必要的谎言了,并且只可能衍生出对他不利的后果。正在这时,管家回来了,让他稍事休息。

"公爵阁下正在会客,家里的其他人已经离开了。如果您愿意,可以去客厅等。"

安东尼独自一人待在与家庭成员们一起喝过咖啡的那个客厅里，在这里他还曾被帕琪塔的美妙歌声打动。现在钢琴盖已经合上，琴架上也没有任何乐谱。他感到很不安，像个囚徒一样在房间里走来走去。水已经浸透了鞋子，他感到双脚和脚踝都很不舒服。洛可可式挂钟敲了六下。当同一个时钟的指针又走了一刻钟依旧没有人来见他的时候，安东尼从神经紧张变成了焦躁不安。前夜催促他对画作给出意见的冲动劲儿过去之后，一定发生了什么重要的事让公爵推迟与他见面。当时英国人为了准确起见，没有立即答应为这么敏感的问题给出结论，而建议转天早上更冷静地对这幅画进行鉴定，因为这幅画给他的第一印象动摇了他的判断力，公爵当时对他的理由表示理解，也同意了延期的建议，但是并没有掩饰他的不耐烦，希望尽快了结这桩买卖。这期间到底发生了什么造成这样根本性的转变？不管怎样他不能整晚都困在这儿。

他悄悄地打开客厅的门，探出头去，环视了一下门厅四周。见四下没人，他走到通向公爵办公室的走廊。在门外他听到屋里传来说话声。幸好西班牙人讲话总是很大声，他想。他听出了公爵和他儿子吉耶尔莫的声音，但还有第三个人的声音他听不出是谁，也听不懂他们在讲什么。他见没什么好调查的，而且害怕被人发现，于是回到门厅里，打算取回外套然后离开。在门口，一个女孩子的声音叫住了他。

"安东尼！没人告诉我你在这里。你在做什么？"

是莉莉，公爵的小女儿。英国人清了清嗓子。

"没什么。我在等你的父亲，但他没有来，刚才出来想找洗手间。"

"别骗人了。房子里到处都有你的脚印。你在四下窥探。"

两人都进了客厅，莉莉关上门，很端庄地坐在一把椅子上，整理好裙褶，然后说：

"很抱歉，我父亲让你久等了。可能有什么重要的事拖得他走不开，不然他也不会这样不尊重人的。刚才经过办公室，我听到里面有争吵声。我不敢问，但我可以陪着你。"

"荣幸之至。"英国人略带讽刺地回答道，想到要与这活泼的小孩子共处一室继续困在这里，他并不感到高兴，她显然继承了这家人独有的令他慌乱的能力。

"我怎么没看出来，"她说，"但我不在乎。我陪你是因为我喜欢你，托尼。在你的国家，别人是不是叫你托尼？"

"不。安东尼。"

"我在巴塞罗那有个表兄就叫托尼。托尼这名字挺适合你，听上去更亲切一点。当然并不是说你叫安东尼就不是这样，不要理解错我的意思。"莉莉乐呵呵地说。然后她突然严肃起来，继续说："今天早上我到酒店去给你送信了。接待员真是一个粗鲁的家伙。"

"这点我同意。谢谢你帮我送信。"

女孩儿停顿了一下，眼神盯着地板，声音微弱地说：

"你在和我姐姐谈恋爱吗？"

"没有！你怎么会这么想！你知道我跟你家也只是业务往来。信上也只有这样的目的，没有别的。"

莉莉抬起眼睛，眼神略带忧伤地盯着英国人。

"不要把我当傻瓜，托尼。姐姐亲自把信交给我，从她的表情和语言我就知道她托给我的不是什么商业信函。"

安东尼意识到面前的不是一个女孩，而是一个情窦初开、聪明、敏感、美丽动人的女人。他反倒脸红了，说：

"你别生气。我从不觉得你傻。恰恰相反。事情是这样的：目前把你家和我联系在一起的那件事并没有那么简单。某些方面已经超越了商业的界限。你知道，我不能向你透露你父亲并没有告诉你的那些细节。但我可以向你保证,我和你姐姐之间什么都没有。此外,这对你很重要吗?"

莉莉没有回答,慢慢走到钢琴前面,打开琴盖,用一个手指按下了两个高音,眼睛看着键盘答道:

"我很快也会获得一个贵族头衔。我也会从祖母那里继承一定份额的遗产。到那时,我将会是一个成熟的女人,而帕琪塔就变成老女人了。"

她合上琴盖,看见英国人满脸疑惑的表情,笑了起来。
"你没有什么好担心的。我还是个口无遮拦的小女孩。"
这时管家走了进来,把他从紧张的氛围中解救出来。
"公爵阁下让我把这个交给您。"说完递给他一张对折的纸条。
安东尼把纸条展开,读道:"今天不能如约见您,我有我的理由,虽然我也很想见您。我会尽快与您联络。很抱歉给您添麻烦了,祝您一切都好。"签名是潦草的花体字。安东尼把信叠好,放入口袋,问管家拿大衣和帽子。

"托尼,你这就走吗?"莉莉问道。
"是的,有你陪伴很开心,但是在这里我显然是多余的。"
女孩张开嘴想要说些什么,但马上又闭上了,她匆忙地从通向餐厅的那个门离开了客厅。在门厅里,安东尼穿上管家递过来的大衣,点了点头跟他告别,走上街去。大门在他背后猛地关上。寒风吹散了云彩,天空中点点繁星闪着通透的光芒。积雪已经开始上冻,路面很滑。安东尼把大衣领子立起来,快步行走,目光搜寻着路上的出租车。走到街角他突然停下来,脑袋里冒出一个可怕的想法。他试图为公爵令人费解的行为寻求一个合理的解释,觉得公爵可能另找了一个专家来咨询。也许安东尼已经辜负了他的期望,但他想不出到底哪里有可能做得不对,无论是专业领域还是个人角度。当然也不能排除不确定因素：或许严厉的公爵已经得知帕琪塔与他在教堂会面的事了，一个无关紧要的小插曲，也不太可能归罪于他，但是鉴于莉莉问的那个问题，可能会造成误解。而莉莉丝毫不掩饰对安东尼的爱慕，可能会告发他从而引发她父亲的反感，然后结束一段只存在于她想象中的恋爱。这想法是荒谬的，意味着把莉莉想成了一个邪恶的人，而到目前为止，并没有什么事可以归咎于她。但是众所周知儿童天生很自我，有时由于经验不足，无法预计他们的行为可能造成的后果。当然，即便是在这种情况下，认为公爵把安东尼的工作交由其他能力相当的专家来做的这种想法也是很荒谬的。如果他这样做，必定是草率和鲁莽的举动：交易必须极为保密地进行，有恶意的学者是一种危险的动物。

安东尼意识到他的担心是毫无根据的、幼稚的，并且对身体是有害的：如果他再这样静静地在严寒中多待一会儿，肯定会患上重病。但是这些推断没一条能打消他的恐惧。在我没把那个房子里发生的事情查清楚之前是不会走的，他对自己说。

幸好他没有等太久。没过几分钟，公爵府的大门打开了，可以看到灯下有两个男人的影子，正在亲切地道别。由于背光并且灯光太微弱，很难辨别两名男子的身份，但可以假定的是，其中一人是这房子的主人。另一个人转身走了。安东尼藏在胡同里，等他多走了一会儿，他觉得距离比较合适的时候，开始跟踪那名男子。

因为路不好走，所以尾随者只能缓缓地前行。走了二十多米后，突然从道路两旁的树后跳出两个人，截住了安东尼。安东尼停下脚步，其中一人毫无征兆地一拳打在他下巴上。大衣领缓冲了一些力量，但突如其来的冲击使他失去平衡，他还是仰面朝天倒在结冰的地面上。从冰面的倒影上他看到另一个人掏出一把手枪，上了膛，对准了他。显然英国人的处境每况愈下。

十六

埃德温·加里戈，绰号紫罗兰，在自己的地盘大步地徘徊，面色凝重。下午稍晚的时候，他接到了一通重要的电话，现在正试图通过欣赏佳作来舒缓心情。再过一会儿就闭馆了，此刻国家美术馆的展厅里并没有多少参观者，每年的这个时候，游人本来就很少。因为没有什么人，大楼里的暖气并不是很足，宽敞的空间里就更冷了。高高穹顶中，回荡着老馆长沉稳的脚步声。电话内容简明扼要：把一切都准备好，等待时机成熟。无需明确具体指的是什么时候。埃德温·加里戈从很多年前就一直期盼但又害怕这一刻的到来。现在似乎这一刻已经到来或者即将到来，他觉得不会再等太久了。在他这个年纪，任何改变都会令他疲于奔命。他一边想一边走，脚步不自觉地把他引向西班牙绘画区，而他毫无疑问是这里的主宰：没有人质疑他在这庄严机构里的权威。当然外界并不乏对他的批评。年轻人相信他们发现了月亮并质疑一切。但总体而言，没有什么太严重的：狂风暴雨也仅限于学者圈内。老馆长对此看得很开：鉴于他的年龄，他的职位和声望都不再岌岌可危了。

他在一幅画前停下脚步。展签上写着：《穿着栗色和银色服饰的腓力四世肖像》，内行都称之为"银色腓力"。画中是一名年轻男子，他气质高贵但并不好看，脸的两侧是金色的长卷发，眼神中不禁流露出警惕和担忧，他努力展现伟岸的姿态，实则感到的只有恐惧。命运给软弱无能的臂膀背上了沉重的负担。腓力四世穿着棕色的紧身上衣和裤子，衣料上饰有华丽的银色刺绣。于是这幅画作有了这样的名称和别名。他一只戴手套的手潇洒地扶在剑柄上；另一只手捏着一张折叠的纸，上面写有肖像画家的名称：迭戈·德席尔瓦。委拉斯开兹1622年追随他的同胞奥利瓦尔斯公爵来到马德里，正是腓力四世登上王位的一年后。委拉斯开兹当年二十四岁，比国王大六岁，拥有卓越的绘画技巧，但尚未摆脱外省人的土气。腓力四世虽然治国资质愚钝，但艺术天赋过人，他看过身为候补宫廷画师的委拉斯开兹的画作之后，意识到面前是一位天才，于是不顾专家的反对，决定把自己和家庭成员的肖像画交给那个大胆、质朴、初出茅庐的年轻人来绘制。他从此踏入了历史的大门。也许两人之间的交往也仅仅是出于宫廷礼节。但是在错综复杂、阴谋丛生的宫廷里，国王对于他喜爱的画师的支持从来没有动摇过。两个人的命运交错，各自度过了几十年的寂寞时光。上帝赋予了腓力四世无与伦比的权力，而他却只对艺术感兴趣。委拉斯开兹拥有在任何时代都能成为伟大画家的才能，但他只是想要一点点权力。最终，二人的愿望都得以实现。腓力四世死后留下一个破败的国家，一个分崩离析的王国，还有一个注定要使哈布斯堡王朝走向衰亡的病态继承人，但却给西班牙留下了世界上最为杰出的艺术遗产。委拉斯开兹则更渴望在宫中平步青云，而不是发挥自己艺术方面的天赋。他极少作画并且很不情愿，画也仅仅是为了服从和取悦国王，以此来谋求社会地位的提升，并无其他目的。在他生命即将终结的时候，终于获得了渴望已久的贵族徽章。

在同一个展厅里，同一面墙上，距离宏伟巨作数米之遥的地方还有一幅腓力四世的画像，也是出自委拉斯开兹之手。两者之间相差三十年。第一幅画高近两米，宽一米多，展示了君主身体的全貌；第二幅画边长不足半米，仅在黑色背景上展示了国王的头像，而紧身上衣几乎都没有露出来。虽然两幅画上呈现的面庞属于同一人，但是第二幅明显面色苍白无光，脸颊和下巴上的肉微微下垂，忧伤的眼睛下面有明显的眼袋，目光呆滞。

委拉斯开兹通常只是按别人的要求作画，自己很少有画画的欲望，因此很少绘制自画像。年轻时，在《勃鲁达的投降》中，他把自己画成一个将信将疑的见证人；之后在他的职业生涯晚期，在《宫娥》中展示了自己的形象。在这幅画里，他已经在炫耀证明他贵族身份的圣雅各教派十字徽章，但画中的他依旧是一个通过一辈子劳碌终于得偿所愿的疲惫男人的形象，仿佛正在自问这样做是否值得。今天，埃德温·加里戈也在问自己同样的问题。也许时候到了，当他每天以近乎强迫一般的频率照镜子时，看到的不再是那张怀揣梦想、充满期待的年轻男孩的脸。那时的他皮肤红润光滑，眼睛炯炯有神，头发蓬乱，面庞略带稚气和女性气质。一位名誉教授曾时不时地匿名给他寄拉丁语写的十四行诗还有紫罗兰花束，暗指他的别名。剑桥是他展示学术成就的舞台，也是恋情的发生地，却充斥着反复的背叛与不忠。他在这些游戏中挥霍了青春，在职业的斗争中，度过了成熟岁月。现在他的脸颊松弛了，皮肤起皱了，两鬓斑白了，没有任何治疗能够阻止的谢顶也拉开序幕。近来他时常想，是否也该找一位伴侣以免孤独终老，只能靠养老金过活，但不过是想想罢了。虽然他很快就要让出职位给更年轻的同事，但这事并不令他困扰：他的工作已经不能为他带来更多的成就了。此外，为他庞大的著作书目添加一些额外的溢美之词未免有些华而不实，肯定会招致年轻一代的非议，甚至嘲讽。不过这对他来说也不再重要了：曾经他很担心名誉受损，现在他只是畏惧衰老。总之，若非特殊原因他是不愿再继续无休止痛苦地争斗下去的，他不相信到如今这个地步，还能有什么特殊情况，哪怕仅仅是一些怪事会在他身上发生。他毕生热爱的佳作似乎背叛了他，并没有与他一起老去。历经三百多年，银色腓力如今还是和他当年第一眼见到时一样年轻，并将继续年轻下去，而他的青春却一去不复返了。他会给这些华丽空旷的大厅留下些什么呢？如果他的工作能得到某种形式的认可该有多好，或许一个贵族头衔：埃德温爵士，正合他意。哪怕是，紫罗兰爵士……

闭馆的铃声响了起来。老馆长回到办公室，问秘书他不在的时候是否有人打电话找他。秘书的回答是否定的，他穿上大衣，拿起雨伞、公文包和礼帽，与员工们告别，扭动着胯部，穿过每天都要经过的阴暗走廊和楼梯间离开美术馆。出门后他发现整个城市都笼罩在浓雾之中。这并不会令他感到惊讶或不适。在走向地铁站的途中，他觉得好像看到熟人了，停下脚步。大雾使得他无法准确地判断对方是谁，但同时也避免了对方认出他来。老馆长绕了一个弯。此刻他最不想的就是与那个他讨厌的人相遇。随后那人不见了踪影，他放慢脚步前行，沉浸在自己的猜测中。他确定那个人是要去美术馆，而且肯定是去找他。幸好，他比平时提早了一些离开，不会与那人碰面。这点让他感到很高兴，但是这样他也就无从知道佩德罗·提亚切尔到底想要什么了，为什么偏偏今天要去找他，而他刚好下午接到了那样一通电话。

与此同时身在异国他乡的他的学生、前同事，在很多争议问题上的对手，吃了一拳后正躺在卡斯泰拉纳街的地上，眼前一把上了膛的手枪正对准他。情况是如此的荒谬，他感到更多的是愤怒而不是害怕。

"我是英国人！"他尖声叫道。

还没等攻击他的人对这个信息做出反应，他听到一声半军事化半调侃的命令。

"放了他。没什么危险。"

攻击者没有动。随后，安东尼一直跟踪的男人向这边走来，攻击者恭敬地退后，并伸出一只手帮助安东尼站起来。在灯光下，安东尼·怀特兰兹认出了那健硕的身材、威严的举止、男子的气概和坦诚的微笑。他站起来，不屑地拍了拍粘在大衣上的冰碴和污泥。他这样做时，发现浑身颤抖得厉害。

"我需要一个解释。"他说得含糊其辞，企图掩盖自己的软弱，找回一点失去的尊严。

"正有此意，怀特兰兹先生。"对方略带讽刺地说。然后他凝视着安东尼，语调更加和缓地说："不知道您还记不记得我。几天前我们在共同的朋友家里见过……"

"当然，我的记忆力还没有那么差，"英国人打断道，"埃斯特拉侯爵。"

"朋友都叫我何塞·安东尼奥。不幸的是，敌人也这么叫我。这可能也是造成这场误会的原因。我遭受了几次袭击，因此不得不带上保镖。我为这些同伴的鲁莽向您道歉。他们由于过分小心做得有些过火了。可悲的现实没有给人留下任何彬彬有礼的余地。我们遭受了许多创伤，而暴力依然肆虐。您受伤了吗？"

"不，我没事。我接受道歉。现在，如果您允许……"

"没有问题，"何塞·安东尼奥热情地回答，"我得补偿您，我没有想到比共进晚餐更好的主意了。鉴于我们一起吃过饭，我想您是不会拒绝一顿美餐的吧。借此机会我们可以加深对彼此的了解。我知道我们一定有很多共同的兴趣。"

"非常乐意。"安东尼回答，部分原因是因为拒绝全副武装、办事果断的人不是理智的行为，另外一部分是因为他很好奇对方最后一句话的用意。

"那么，话不多说，"何塞·安东尼奥说，"不过，在此之前，我要回趟总部看看有什么消息，并且下达一些指令。并不远，而且时候尚早。如果您愿意和我一起去，您将有机会认识一批有识之士，并且看看我们党是怎么运行的，如果我们仍然可以这么叫它的话。来吧，怀特兰兹朋友，我的车就停在转角。"

十七

凭借着狂妄自大，何塞·安东尼奥·普利莫·德里维拉把冒险当作自己生活的重心，一脚深深地踩住小巧但功能强大的黄色雪佛兰的油门，完全不顾路上结了冰的水坑。他们从卡斯泰拉纳街出发，取道苏巴朗街，一直开到尼卡西奥·加耶戈街，然后把车停在了二十一号门口。首先下车的是他忠诚的保镖，手里拿着枪，确保附近没有敌人，然后何塞·安东尼奥和安东尼·怀特兰兹才下车。大楼的门口站着两个身穿皮夹克、头戴贝雷帽的卫兵，听到口令后就让他们进去了，扬起手臂敬礼并大喊："前进，西班牙！"

被西班牙长枪党和进攻性国民工团议会成员称作"中心"的司令部，是一座独栋宽敞的房子。前不久他们还待在奎斯塔德圣多明各街的一座公寓中，但是让邻居们备感欣慰的是，由于拖欠房租，房东把他们赶走了：搞运动的资金并不是很充裕。终于，算他们走运，在中介的努力下，经过层层转租，才得以在现在这个地方栖身。即便如此，他们还是穷得响叮当。当权者们不择手段压抑他们的声音时，做什么都没有用，何塞·安东尼奥在来的路上这样说。刚才在车上，英国人也只是静静地听他解释，没做任何评论，更担心会遇上有人针对疯狂司机和他爪牙密谋策划的交通意外。好几次车子都在冰上打滑，仅凭一点点技术和运气，他们才没有撞上路灯杆。安东尼虽然无动于衷，却一点也不想冒不必要的风险，担心已经把自己交到了疯子手中。

尽管时间已经不早了而且天气很差，中心里面依然人声鼎沸。在场的大多数人都是乳臭未干的小伙子。一些人穿着蓝色粗布衫，上面有红色的徽标。墙上挂着的红黑竖条相间的旗帜中央也有这个标志，五支箭穿过一个犁轭。无论他们工作有多投入，一见何塞·安东尼奥进来，所有人都放下手中的活儿，立正站好，举起手臂敬礼。手下人对长官的尊敬和崇拜令英国人大为震撼，虽然他尽力不表露出来，但很难不被狂热的气氛所感染。他瞥了一眼同伴，注意到他跨进中心门槛之后，像变了一个人一样。他在公爵府里认识的那个面带微笑、彬彬有礼、略带羞涩的贵族青年，转眼间变成了一个面容坚毅、气度非凡、声音洪亮的男人。何塞·安东尼奥后背挺直，眼睛明亮，面色红润，以不容违抗权威下达命令。看着他，安东尼想起了新闻影片中墨索里尼的形象，不知道他有几分模仿有几分假装，也不知道帕琪塔有没有看过他现在这个模样，还是只见过他温文尔雅的一面。也许，他想，他是想给我留下深刻的印象而不是给她。如果他害怕我成为他的对手，这是令我却步最好的办法。

但是这些想法都不能转移他对于自身情况的担忧。只身前往充满原始暴力渴望的地方是鲁莽的，更何况这些人都投身于一个模仿外国的暴力团体。他小心翼翼地站在何塞·安东尼奥的旁边，身处理想主义者、疯子和罪犯之中，何塞·安东尼奥是他唯一的保护伞。

一个身材魁梧、中等个头、额头突出的男人向他们走过来，他走到何塞·安东尼奥旁边，想跟他说些什么重要的事情，当发现有个外人在的时候，他欲言又止，皱起了眉头。

"跟我来，"何塞·安东尼奥注意到同志为难的样子，说，"他是英国人。"

"哎呀，"那个人与安东尼握了握手说，语气中略带讽刺，"莫斯利给我们派来了援兵。"

"怀特兰兹先生跟政治没有任何关系，"何塞·安东尼奥澄清道，"事实上他是西班牙绘画的大专家。雷蒙多，你刚才想说什么来着？"

"塞维利亚的桑丘刚打过电话。没什么要紧事,一会儿再跟您解释。"

何塞·安东尼奥转头对安东尼说:

"桑丘·达维拉是塞维利亚长枪党分部的长官。与各地的中心保持联络很重要,在现在这个时候尤为重要。这位同志是雷蒙多·费尔南德斯·奎斯塔,律师、朋友、老同学。雷蒙多·费尔南德斯·奎斯塔同志是西班牙长枪党的创始人之一,现任秘书长之职。那边那个长得跟我有些像但是留着小胡子的人是我兄弟米盖尔。看您的周围好比野兽们的领地。这里是联合工会、宣传部和民兵队的总部。"

"非常有趣,"安东尼说,"感谢您对我的信任,带我来这里。"

"瞧您说的,"何塞·安东尼奥说,"不知道是幸运还是不幸,臭名昭著让我们不用保守秘密,无论是我们同志身份的秘密还是我们行动的秘密,甚至于我们意图的秘密。警方有我们所有人的档案,毫无疑问肯定有卧底渗入我们的队伍。异想天开太天真了。请允许我去处理一些事情,然后我们去吃晚饭。我时刻准备为国牺牲,但不是饿死。"

一些长枪党成员聚过来与他们的长官开会。何塞·安东尼奥一一介绍,而英国人完全没办法记住他们每个人的名字。尽管所有人说话都简明扼要,模仿军事用语的简练精确,但何塞·安东尼奥的措辞和举止无不彰显了他较高的社会地位和教育水平。担任要职的人都像何塞·安东尼奥一样年近三十;其他人都非常年轻,可能是大学生。出于这个原因,英国人最初的紧张情绪得到了些许的宽慰,得益于大家对他表示出的友好。也许大家以为他的思想与他们相近,作为长官亲自邀请来的人,他了解自己的处境,因而也没必要与大家唱反调。大家问起有关不列颠法西斯联盟的事,他也只能说没有机会与奥斯瓦尔德·莫斯利本人打交道,他的外籍身份让含糊其辞显得比较有说服力。

过了一会儿,何塞·安东尼奥的表情不失亲切友好,但明显有些不耐烦，打断了一连串的咨询，敦促大家不要放弃努力，不要失去对他们计划的信心，付诸实施指日可待，然后挽起安东尼的胳膊，说：

"我们赶紧走吧，不然就走不了啦。"

他提高声调问他的兄弟是否愿意与他们共进晚餐。米盖尔·普利莫·德里维拉声称有事要做，拒绝了他的邀请。安东尼猜测也许他有意无意地不愿被人看见和他哥哥在一起，这样他哥哥张扬的个性，以及更高、更帅、更阳光的形象就不会遮掩他的光芒。米盖尔忠心于何塞·安东尼奥，自然也不想引起没必要的可能对他哥哥不利的比较。

虽然他邀请的是米盖尔，但从何塞·安东尼奥的态度来看，更像是没有针对性的邀约，于是本次晚餐小团体中又加入了雷蒙多·费尔南德斯·奎斯塔和另一个孤僻、干瘦的男人，这人戴了一副厚厚的圆框眼镜，遮掉了几分英气。拉法埃尔·桑切斯·马萨斯与其说是个行动派，不如说是个知识分子，尽管如此，何塞·安东尼奥一边走一边跟英国人解释说，他也是西班牙长枪党的创始人和高层领导之一。现在所有人高呼的口号就是他想出来的："前进，西班牙！"安东尼立刻对他产生了好感。

他们四个人和两个保镖挤进了何塞·安东尼奥的黄色雪佛兰里，前往位于圣赫罗尼莫路的一家名叫阿玛亚的巴斯克餐厅。刚一进门，老板就举起手臂迎接他们。

"你别理他。"何塞·安东尼奥开起了玩笑，很自然地改了第二人称，"如果来的是拉尔戈·卡瓦耶罗，他也会高举拳头迎接的。重要的是这里的菜很好吃。"

他们给来客们做了一顿丰盛可口的晚餐，还上了红酒，却分文未取。何塞·安东尼奥吃得津津有味，没一会儿大家兴致都很高，包括安东尼，一直保持中立的他感受到了更大的宽慰。他觉得没必要再隐瞒自己的观点了。此外，何塞·安东尼奥毫不掩饰对于英国人的喜爱，结果是其他人也这样对他，若不是发自内心也是出于敬意。第一盘辣椒炒鸡蛋吃到一半时，长官说：

"安东尼，我希望你回到伦敦后，能够客观准确地向别人描述你所看到和听到的一切。我知道现在有很多关于我们的谣言，大多是利己主义而非公正的看法。多数情况下，那些提供虚假证词的人并没有恶意。西班牙政府正不遗余力地堵我们的嘴。因此，人们只能听到他们的说法，而不是我们的。他们审查没收我们的出版物，如果我们申请集会许可，总是被拒绝。然后，他们号称为了民主的信念不能剥夺宪法赋予我们的权利，在最后一刻给我们许可，这样我们就没有时间组织集会和发布相应的通知了。即便如此，还是会有大队人马来参会，集会很成功，第二天，报纸只是在专门收集异见的版面发布一条简短的消息，无非是几句断章取义、扭曲事实的话。如果发生了冲突——虽然时有发生——但如果他们发现有其他组织的人员伤亡，而非我们的人员，毫无疑问会像往常一样把发生的一切归咎于我们，就好像我们是唯一能够挑起骚乱的组织一样，好像我们故意引发了一场受害人都是我们自己的暴力冲突一样。"

"还有最近，"桑切斯·马萨斯闷闷不乐地插话道，"我们党派被宣布为非法组织，我们也无从申辩。"

安东尼想了一会儿说：

"不过，如果批评如此一致，也许有一定的道理。"

话一出口大家都惊呆了。桑切斯·马萨斯镜片后的眼睛睁得老大，雷蒙多·费尔南德斯·奎斯塔做出掏枪的姿势。幸好，何塞·安东尼奥哈哈大笑，缓解了紧张的局面。

"啊！这就是传说中的英国式'公平对待'吧！"他用一只手拍着安东尼的肩膀，大声说道。很快，他恢复平静，继续说："但是没有这种事，我的朋友。他们压制我们是因为害怕我们。害怕我们是因为历史和正义站在我们这边。我们就是未来,过去的武器对付未来一点用都没有。"

"一点没错,"桑切斯·玛萨斯信念坚定地说,"即便现在,今天,有人在这里胁迫我们,堵我们的嘴,也不能阻止我们前进,而我们的决心也会日益坚定,要是让我们放手去干会发生什么呢?"

"那我们会在一眨眼的工夫扫平所有政党。"费尔南德斯·奎斯塔总结道。

"如果你们想要除掉他们,"安东尼斗胆争辩道,"各党派理所当然都会试图自卫。"

"这个论点不对,"桑切斯·马萨斯回答道,"我们想要消除政党本身,不是消灭党员。消除议会制度里虚伪和蒙昧的东西,让民众有机会参与到一个大型的公共议会中。"

"现在不是就有一个。"安东尼说。

"不,"何塞·安东尼奥说,"西班牙现有的不是议会,而是一个没有灵魂和信仰的机器。自由政体党什么都不相信,连他们自己都不相信。社会党人都是一些暴徒,激进派都是一些流氓,西班牙自治权利联盟只会见风使舵。民主议会的任务是立法,但是有这些败类的存在,已经堕落成最卑鄙的阴谋和最可耻的妥协的集合。如今的西班牙宫廷只是粗俗的摆设,除此之外什么都不是。在这种氛围中,共和党只有被暴力劳动组织中的严苛群众取乐的份儿。这个时代一无是处。"

何塞·安东尼奥越说声调越高,餐馆里一片安静以示尊重。两个保镖一动不动地坐在桌前,盯着门口,检视进店用餐的食客。何塞·安东尼奥注意到自己演说产生的效果,露出满意的微笑。安东尼为演说人的信念和气魄所打动。而他本来对政治一点兴趣也没有。上次英国大选,他在凯瑟琳的央求下投了工党的票,再之前的大选,他为了取悦岳父而投了保守党的票。在这两次选举中,他对选举人的情况以及各政党的政策主张都一无所知。他在自由主义原则下接受教育，认为一个体制只要不被证明是无效就是好的，他对其他政治体制皆无好感。他在剑桥读书期间，本能地拒绝接受在学生中大受欢迎的马克思主义思想。他觉得墨索里尼是个江湖骗子，虽然承认他知道如何管理意大利人。相反，希特勒令他反感，不是因为他太过华而不实的思想，而是他的虚张声势给整个欧洲带来的威胁：虽然他在1914年到1918年间应征入伍时还很年轻，但已然亲眼见证了一次世界大战带来的后果，而现在眼看着那场屠杀的缔造国以愚蠢的方式重复着同样的疯狂。基本上，安东尼只想专注于他的工作，不想给自己找比他混乱的私生活更加麻烦的事。尽管如此，他还是不能把注意力从何塞·安东尼奥身上移开，假如这人能对一个陌生的外国人产生如此的影响，而且还是面对着一锅炖肉，那么在一个极为适合煽风点火的场合面对一群心存偏见的受众呢，还有什么是他不能号召的？

在他还没有想出这个问题的答案之前，何塞·安东尼奥举起酒杯缓和气氛，声音里充满愉悦地说：

"让我们为未来干杯，但必须把握好当下。让一桌子珍馐美味冷却简直是犯罪，是比用我们国家的问题去烦一个外国人更大的犯罪。尽情地吃吧，喝吧，换点更轻松的话题来聊吧。"

拉法埃尔·桑切斯·马萨斯响应了这一建议，问英国人是否对于黄金世纪西班牙绘画的了解也延伸到了那个时代的文学作品。安东尼很高兴话题又回到了他更熟悉、更不容易出错的领域，回答说，虽然他的主要学业和兴趣所在的确是绘画，确切地说，是委拉斯开兹的作品，但并不能说他对于那个辉煌时代杰出的西班牙文化的其他表现形式一无所知。委拉斯开兹，严格意义上来说，好比那个时代的卡尔德隆和格拉西安，他与文学之间的联系有据可查。他为贡戈拉画过像，虽然克韦多的画像不能完全说是他的作品，正如一些人怀疑的那样，但是这种错误的归因很好地证明他可能画过类似的肖像。在他那个时代的马德里，委拉斯开兹的生活轨迹，一定与塞万提斯、洛佩·德·维加以及提尔索交汇过，智慧的氛围都渗透进了圣女大德兰、弗莱·路易斯·德·雷昂以及圣十字若望的诗歌中。为了证明他在这方面的能耐，他开始背诵起来：

果园山中辟，
亲手来栽植，
待到春来日，
繁花兆丰实。

他背诵得并不是特别好，但他的意愿是好的，他对于所有西班牙式文化的爱，特别是他优美的口音，都值得同桌的朋友为他鼓掌，也赢得了其他一些食客和许多服务员的掌声。就这样，这顿晚餐在欢笑的气氛和友好的情谊中结束。

夜晚的空气使得情绪高涨的一众人感觉更加兴奋和意犹未尽。安东尼提出要走，何塞·安东尼奥完全没有给他告辞的机会，英国人无法拒绝长官的魅力，再次与其他人一起挤进汽车里。

他们原路返回，经过塞达塞洛斯街，来到了阿尔卡拉街。开过西贝莱斯广场后，他们停下车，步行来到一家位于金狮咖啡馆地下室的小酒馆。这个喧闹的烟雾缭绕的小酒馆名叫"快乐的鲸鱼"，墙上贴满了水手主题的绘画，是何塞·安东尼奥和他的亲信们经常光顾的文学俱乐部。新进来的人忙着和大家互致问候，简要地为大家介绍与他们一道而来的外国人，没有过多的寒暄，立即开始了辩论。在这个嘈杂的环境中，何塞·安东尼奥似乎感觉很惬意，安东尼已经习惯了马德里人的聚会，很快融入到了这个亲切友好的地方。圈子里的大部分人，除了诗人、小说家和剧作家,都是信念坚定的长枪党人,但是在这个轻松的氛围里,大家都无拘无束,毫无保留地发表意见,驳斥与自己相悖的观点。安东尼惊喜地发现,在热火朝天的意见交换过程中,何塞·安东尼奥在思想上显得比同伴更为灵活变通。那些日子,一部亚历杭德罗·卡松纳的戏剧《圣母娜塔莎》大受欢迎,根据"快乐的鲸鱼"里的人说,剧中隐含的苏维埃式的宣传,是这部剧大受好评、人们蜂拥去看的,不说唯一吧,但也是最重要的原因。何塞·安东尼奥没有看过这部剧,但是称赞了这位剧作家之前的一部作品《搁浅的海妖》。过了一会儿,他再一次出乎大家的意料,毫无保留地表达了对卓别林电影《摩登时代》的喜爱,不顾电影里明确传递的社会主义信息。

就这样在威士忌和激烈的讨论中,几个小时很快就过去了。根据西班牙的习惯,离开时,大家会在过道逗留很久,互相拥抱,大声聊天,就好像很久没见或者即将永别一样。一个衣衫褴褛、极为娇小的女人走过来兜售彩票。桑切斯·马萨斯向她买了一张。临走的时候,卖彩票的女子微笑地对买主说:

"如果中了,就当是为了你们的事业。"

"不要寄希望于运气,拉法埃尔。"何塞·安东尼奥抬起头说道。

终于,大家各自离开了。

安东尼喝得醉醺醺的,准备返回旅馆。他沿着冷清的阿尔卡拉街走了一段,忽然听到背后传来急促的脚步声。看到来人是雷蒙多·费尔南德斯·奎斯特,他放松了警惕。安东尼觉得在那个人面前很拘束,因为他一整夜都沉默寡言的,而现在表情更为严肃。

"我们同路吗?"安东尼问道。

"不,"那个人气喘吁吁地回答,"我借故离开他们,特意追上你,有些话想对你说。"

"你说吧。"

说之前,长枪党秘书长四下看了看。然后,确定只有他们俩,他慢条斯理地说:

"何塞·安东尼奥一出生我就认识他了。我像了解我自己一样了解他。以前从来没有过像他这样的人,以后也不会有。"

这句话说完,他沉默了许久,安东尼以为这也许就是谈话的内容,正打算无关痛痒地回应,那人又略带神秘地说道:

"很明显,他对待你像兄弟般亲切,一开始我不是很清楚原因。最后我明白何塞·安东尼奥和你之间一定共有什么对于他来说很有价值的东西,非常崇高而且重要。在其他情况下,你们会是对手。但是现在的情况很不正常,而他高贵的灵魂忽略了仇恨和自私。"

他又沉默了一会儿,然后声音嘶哑地说:

"而我只能尊重他的感受,并给你一个警告:不要欺骗他很珍视的与你之间的友谊。就这事。晚安,前进,西班牙!"

他猛地转身,大步离开。安东尼站在原地思索着这奇怪的口信以及其中暗含的隐晦的威胁。他是一个糟糕的心理学家,但是毕生都致力于研究大师的肖像画,可以根据人物的表情和神态做出一些推断:雷蒙多·费尔南德斯·奎斯塔不像一般的长枪党人那样行事冲动,而是受到冷静头脑的驱使。安东尼明白,如果他们一旦行动起来,长枪党的行为不可预知,但是某些人一定是冷酷无情的。

十八

远处的一声轰响把他惊醒,听上去像是大口径火炮射击发出的响声。一定是发生了什么可怕的事,他想。第一声炮响之后没再响,安东尼觉得那也许是噩梦的一部分。为了不再做噩梦,他起身走到窗户边,打开百叶窗。依旧是夜里,但是天空中呈现出一种黎明前过于均匀的紫色。广场上没有车也没有人。假如马德里在燃烧,一定是哀号遍野,他自言自语道,而非这种不祥的宁静。有一点是肯定的,人们都说,飓风的中心是平静。

他回到床上,感觉很疲劳,冻得瑟瑟发抖,不安的情绪令他难以重返梦乡。他一直开着百叶窗,透过窗框看到天亮了起来,于是起身,裹上厚厚的毛巾浴袍,又把头探出窗外。广场上依旧空无一人,周围的街道也没有卡车的轰鸣声,没有马车轧过石板路的咯吱声,也没有汽车的喇叭声,总之任何惯常的噪音都没有。

维拉和科尔的建筑物隐藏在外墙内,整个城市在静默地等待。

伴随着清晨第一缕阳光,安全总局彻夜通明的电灯都熄灭了,阿隆索·马约尔正在这里等候内政部长的到来,部长已经与内阁总理开了几个小时的会。

自2月16日糟糕的大选以来,马约尔先生可算是在错误的时间接手了安全总局。冲突成倍增加,政府发布的命令模棱两可、自相矛盾,他甚至不知道能不能相信自己的下属,因为他们都是上届政府的人,就连他自己也是上届政府来的。关键职位上他任用的都是半生不熟的人,只能凭直觉信任他们,而不能听取任何可能有倾向性的意见和报告。他知道在马德里,任何报告都是由一分事实三分谎言编造而成的。其他职位上的公务员有的更多的是懒惰,而不是忠诚。

八点整的时候,勤务兵通知他古梅辛多·马兰侬中校到了。局长立马请他进来,中校在跛脚的科斯科约拉队长的陪同下走了进来。双方礼貌地问候了半天,然后中校简要地进行汇报,好像索然无味是客观性的保证一样。阿隆索听得很认真,不枉中校是他信任的人之一。

故事千篇一律,但一点也不令人松心:在马德里和西班牙的其他地方又烧了几座教堂。事情发生的时候,受波及的地方没有信徒在,财产损失也不是很大。有些时候,暴徒们也仅限于在教堂门廊里燃烧一些纸和破布,制造出很大的烟雾而已。虽然是些象征性的行动,但是不排除始作俑者的目的就是挑衅。如果真是这样,那么他们的目的达到了,因为在马德里,一位消防员在试图扑灭一场火灾时牺牲了,于是有人准备发起一场抗议游行,其中肯定少不了长枪党人。如果这还不够,那么西班牙长枪党已经打算在下周六晚上七点钟在欧洲电影院举行一场集会。一个月之前,因为竞选,他们已经在同样的地方举办过一次集会,参与人数众多。上次集会没有导致严重事故。但是当时各党派都忙于各自的竞选活动。现在情况不一样了。阿隆索询问集会的理由。中校耸了耸肩。他预感长枪党可能是想挽回一些颜面,因为在上次选举中,他们没有赢得一个席位,同时为未来的政策奠定基础。长枪党似乎不愿意淡出人们的视线,如果想继续存在于西班牙的政治圈中,他们需要进行一些改变。无论如何,集会就是动乱的温床。

中校停顿了一下,看看局长有什么意见,局长做了一个默许的手势:批准和禁止游行集会同样危险;任何小火星都可能点燃导火索,引爆火药库。最好还是让内政部来做决定,而内政部很有可能去征求内阁总理的意见。这一连串责任的推诿,并不是胆怯也不是自保的表现,而是纯粹的共识:在整个西班牙,内阁总理是唯一还相信能够以和平的方式解决当前局势的人。

这种审慎的乐观并不是免费的。曼努埃尔·阿萨尼亚有着长期政府工作经验，他经常说，什么大风大浪没见过。1931年西班牙刚宣布成立共和国，他就担任了战争部长一职，之后不久当选内阁总理。1933年反对派掌权。而现在他重新执掌内阁，时局不是黯淡，而是绝望。但是对他来说不是这样：他首先是知识分子，然后才是政治家，他时常随着瞬息万变、不可预测的历史潮流登上权力顶峰，而非达成自己的意愿，因而他不了解也不愿意了解真实政治的错综复杂，正是因为这一点他遭到对手和追随者的诟病。也许还是出于同样的原因，他相信忠实的对手完全没有打算不择手段地将权力从暂时拥有它的人手里夺走。直到现在他还认为通过对话和协商解决西班牙目前的问题是有可能的：劳工骚乱、土地改革、武装对抗、加泰罗尼亚问题，等等。

很少有人认同他这个观点。与共和国初期不同的是，工人组织已经背弃了政治家，他们没有冲上街头武力夺权只是因为犹豫不决和组织内部的分歧。他们并不缺乏动机：当前的右派政府正尽一切努力使迄今为止取得的劳动成果变为徒劳，并极端残酷地压制动乱。如今，人民阵线试图扭转局势，但是却碰上了难以逾越的障碍：以吉尔·罗布雷斯和卡尔沃·索特罗为首的反对派，在议会中抨击新政府的社会改革方案，大笔西班牙资本操控欧洲股市，使得比塞塔贬值、失业率上升和经济崩溃。教会和报业大多掌握在右派的手里，他们大肆散布危机言论，那些最有影响力的知识分子们（奥尔特加、乌纳姆诺、巴洛哈、阿索林）否定共和国，要求进行彻底的改革。为了预防即将发生的军事或法西斯政变，各工会筹集资金用于购买武器，工人民兵一天到晚地站岗准备在警报拉响的第一时间投入战斗。

曼努埃尔·阿萨尼亚了解这些因素，但是不同意别人对其重要性的判断。在他的观念中，工人们不会走上街头：社会党和反政府主义者不会联手，共产主义者接受了共产国际的命令，时刻保持警惕静候时机；此时不宜革命，试图强制实行无产阶级专政无疑是一个错误的计算。出于同样的原因，右派政变也是没可能的。主张君主制的人已经要求吉尔·罗布雷斯宣布独裁，但是他拒绝了。

那就只剩下军队了。但是阿萨尼亚很了解他们，不枉他当过战争部长。他知道军人虽然看起来很可怕，但是却不牢靠，顺从但善变；一方面喜欢恐吓和批判别人，另一方面又渴求晋升和授勋；他们一边吃着皇粮，一边嫉妒着别人，总认为那些功劳不如他们的人都已经超过了他们；总之，他们像孩子一样喜欢巴结讨好。他们习惯于严格的等级制度，只会听从别人的决定行事，而且是不会同意采取联合行动的。所有的武装部队（炮兵、步兵、工程兵）都在自相残杀，海军随便做一件事，空军自会反其道而行之。人民阵线最近一次胜利之后，佛朗哥将军去见了当时的内阁总理，威胁他借助军队的力量结束这场混乱。弗朗西斯科·佛朗哥是一位年轻的将军，有着实战经验和经得起考验的勇气：在非洲他晋升得很快，并在军官之间赢得了声誉。以他个人的才华和影响力很有可能当上反对派的领导人之一，假使他保守柔美的性格没有引起其他将军的反对的话。很难说佛朗哥对于内阁总理含蓄的威胁是否获得了整个军队的支持，但是对于波特拉·巴利亚达雷斯来说，这次访问使他全身心都陷入了恐惧，匆匆地辞职了。正是这次辞职产生的空缺让曼努埃尔·阿萨尼亚得以重新担任内阁总理。

一个勤务兵获得许可后走进局长办公室，手里端着一个托盘，上面的杯子里正冒着热气，旁边有一小篮面包。另一个勤务兵端来了茶杯、盘子、水杯、餐具、餐巾和一壶白水，整理好桌子摆上小吃。他们吃完早餐后，内政部长阿莫斯·萨尔瓦多和内政部副部长卡洛斯·艾斯普拉走进办公室。大家微笑着互致问候。马约尔和艾斯普拉是共济会会员，二人迅速地打了十字手势。与此同时，办公室里挤进了很多的副官、公务员、巡官以及一位刚好途经马德里的治安官。桌子上面堆满了公文包，衣架不堪大衣的重负摇摇欲坠。屋里有抽卷烟的、抽烟斗的还有抽雪茄的，空气中弥漫着浓浓的烟雾。

正如预期的那样，内阁总理决定批准为牺牲的消防员举行游行，但没有批准长枪党在欧洲电影院的集会。各方将采取适当的措施应对可能发生的任何事情。如果长枪党人露面并引起骚动的话，正好可以借此次机会宣布他们为非法党派，并且把主要领导人关进监狱。如果有必要的话将会实施宵禁。在他的助手科斯科约拉队长惯常的装腔作势和偶尔的配合之下，马兰侬中校对普利莫·德里维拉和他的小集团近期的动向作了汇报，包括首都和其他省份。随后，他们又处理了一些其他的事情。

据可靠消息称，共产国际的领袖格奥尔基·季米特洛夫依旧打算不计一切代价保卫共和国。这一边至少没有危险。当然，军人们仍在密谋。他们中有很多人与长枪党或者曼努埃尔·法尔·康德领导的传统主义教派有着密切的联系。为了以防万一，那些最为反叛的将军们已经被调派到远离战略中心的外围地区。

针对焚烧教堂在内的暴力行径，以及全国各地各行业的罢工，将继续实施信息审查制度。治安官提出使用军队来补足受到罢工影响的基础服务和日常供给的可能性。原则上不是个好主意，但是也要根据各地区不同的情况来看。目前，加泰罗尼亚已经平静下来，而安达卢西亚依旧非常动荡。

随后，官员们又在百忙之中抽出一个小时处理了一些不是很紧要却对管理的顺利运行至关重要的文书工作。随后，在熬夜和烟雾的作用下，官员们眼睛里布满血丝，纷纷离开回到了各自的办公室。当又只剩下安全局长、马兰侬中校和科斯科约拉队长三人的时候，马约尔先生忍住了一个哈欠，伸了伸懒腰，疲惫地喃喃道：

"英国人方面有什么新的消息？"

中校本来已经站起来，又坐了下来，侧身看了看身边的助手，声音低沉地回答：

"目前还没有什么明确的消息。他看上去像个傻瓜，但想必不是。我们审问他的时候，他故意撒了谎。"

他简要地叙述了一下前夜与安东尼·怀特兰兹对话的情况，停顿了一会儿，以便他的长官能够消化他所说的，又继续说：

"昨天，快下班的时候，我接到之前在伦敦安排好的一位线人的电话。所有迹象都表明，我们这位英国人就是他所说的那样：绘画鉴赏家。他发表了不少文章，在自己的圈子里很受尊重。虽然在剑桥学习过，但不是同性恋，也不是共产主义者。他与法西斯党派或者其他党派都没有联系。目前来看他是不问政治的。没有什么生财的手段。前几年开始与英国外交部一位官员的妻子发生婚外情。他收入微薄。他从工作中得到的好处一文不值。"

"这也许可以解释他来西班牙的目的。"局长说，"看来是为钱而来。"

"事实上有这种可能性。"中校点点头，"有人多次看到他出入伊瓜拉达公爵的宅邸。"

马约尔先生哼了一声嘟囔道：

"那个老家伙在策划什么吗？"

"我并不感到惊讶。普利莫·德里维拉也经常出入公爵的家。"

"一定是为了那姑娘。"

"哈，那可没戏。不过女人嘛，谁也说不准……有一点是肯定的，昨夜英国人与普利莫和他的手下一起去了'快乐的鲸鱼'聚会。"

阿隆索·马约尔摆了摆手。他累了，想尽快解决这个问题，不想再拖下去了。

"有什么消息就跟我汇报。"他以告别的口吻说道。

苍白的阳光透过窗子照进来，街上渐渐有了城市的喧闹声。此时此刻，还不知道自己已经成为监视目标的安东尼·怀特兰兹，正在圣安娜广场的一家馆子里吃早餐，喝着牛奶咖啡，吃着面包，同时还在忙着翻阅一份日报。他被普遍存在的不确定感染了，但是作为英国人，他不理解为什么报纸对一个充满悬念的国家发生的事件保持沉默。他不是不知道政府施加的严格审查制度，因为这些报纸都在第一页的突出位置，用很大的字体表达着自己的愤怒，宣称他们都是受害者，他不明白的是一项有害于政府甚至会起到反效果的措施有什么用处。由于缺乏确凿的消息，谣言不绝于耳，大众的想象力已经被过分地夸大。每个人都说自己从可靠的渠道获得了一些耸人听闻的消息，了解非常重大的秘密，然后毫不犹豫地四下传播。这种信息流动的渠道是纷繁复杂的，因为西班牙人的社交能力是无限的。在酒馆和咖啡馆，办公室和商店，在交通工具和邻居的院子里，人们十分冷静地与认识的或不认识的人大声聊着、评论着、争辩着西班牙现在和未来的真实情况。高层亦是如此，但是又增加了一个额外的干扰因素，因为每一个政治派别都可以与他们所在的家庭、职业、体育俱乐部、文化或娱乐圈子共存。狂热的右翼分子和狂热的左翼分子可以同时出现在斗牛场或者足球场，然后互相交换这样那样的、这人那人的或者任何有关丑闻的新的消息。同样的事情也发生在文化场所、弥撒结束时的出口或者共济会堂中。西班牙人特别是马德里人通过这些方式获取信息，有些是真的，有些是假的，却无从辨别。

对此，安东尼·怀特兰兹有个模糊的概念，他对西班牙的认知在某些方面很深刻，在其他一些方面又很浅薄，很容易就迷失在现实、猜测与幻想的无限迷局中。此外，他自身的担忧更是耗神。

ABC新闻社公开抨击政府面对教堂和修道院遭受破坏的不作为。在阿萨尼亚先生愿意采取强有力的措施打击犯罪之前还有多少人会遭难，还有多少受损的艺术遗产会令我们扼腕叹息呢？我们是不是要等到民众把仇恨延伸到其他社会部门，并且开始焚烧市民的房屋，特别是当他们还在家的时候？

这种可能性令他倒抽一口冷气。真是这样的话，不排除公爵府遭受攻击的可能性，如果发生了，那么地下室里那幅等待怀特兰兹先生发表意见的绘画作品又会怎么样呢？

十九

安东尼·怀特兰兹没有回旅店,也没有提前打招呼,快步走到位于卡斯泰拉纳街的公爵府,按响了门铃。一开门,管家没有谢绝他不合时宜的到访,也没有费心掩饰自己的紧张。

"我有急事要见公爵先生。"他说。

管家用讽刺的口吻拒绝了他。

"公爵大人如果在家的话一定会接待您的,"他说,"但是现在我看是不行了。阁下一早就出门了,没说什么时候回来。公爵夫人在家,但是十二点之前不会见客。如果您愿意的话,我去通知吉耶尔莫少爷。"

因为失望,安东尼的激动情绪冷却下来,他采取了一种淡漠的态度。

"我不想跟吉耶尔莫少爷说。"他冷冷地答道,暗示他没有打算与小孩打交道,"帕琪塔小姐在吗?"

管家露出一丝微笑,他虽然身份低微,却知道如何掌控局面。

"我去看看。"说着,他侧身到一边给英国人让出路,表情恭顺,礼貌地走开。

安东尼又一次单独待在宽敞的门厅,面对着《阿克特翁之死》的复制品。那个暴力混乱的场景展示了一场突发和不可逆转的变故,他十分钦佩,但也十分抗拒。提香受西班牙皇室的委托画了这幅画,但是出于一些安东尼并不知道的原因,那幅画最终并未到达真正的主人手里。也许腓力二世了解画中的事件,认为不太合适。尽管西班牙人性格火热,但西班牙绘画中从来没有表现过愤怒和复仇。委拉斯开兹从不会去描绘类似的场景。他的世界是由日常琐事组成的,充满了淡淡的忧伤,平静淡然地面对这世上不可避免的幻景的破灭。提香的复制品出现在公爵家这样高贵朴实的地方一直令他感到很奇怪,即便署名者的名望以及时间的推移能够为这选择正名。还有其他更糟糕的:安东尼见过在吃点心、跳舞、聊天的厅里挂满了恐怖的割喉场景的绘画,可能仅仅因为这些画是高价购得或者继承自显赫的祖先,现在只是作为炫耀财富和家世的资本。安东尼反感这种艺术的堕落。对他来说,画的内涵至关重要,艺术家最初作画的意图不仅几个世纪后依旧鲜活,对于一幅真正的艺术品来说,更重要的是精神,这一点超越其他所有的衡量因素,无论是技术、历史还是经济因素。

他沉浸于自己的想法中,已经走到离画很近的地方,用手指轻拂画面。然后他退后几步,走到前厅中间位置,略带微笑地观赏这幅宏伟的场景。哎呀,他在内心里面暗暗叹道,好一个猎人被猎的古老故事啊。

"您在默念些什么呢,怀特兰兹先生?"背后传来帕琪塔的声音。

安东尼不慌不忙地转过身。

"抱歉,"他说,"我没有听到您进来。我在看画。"

"只是件复制品。"

"我知道,但是没关系。这是一幅不错的复制品。临摹者捕捉到了原画的精髓,甚至保持了原有的神秘感。我在琢磨他是在哪里临摹的,这画怎么到了这里。也许您知道。"

"我不知道,"她说着向后挥了挥手,就好像指出了一条很长的通向过去的路,"我想可能来自家族收藏。胡利安说您想见我。"

"是的,"英国人顿时觉得很尴尬地说,"您父亲不在,您是最合适的人。您看,我在报上看到……您知道,那些大火……这座宅子不符合条件……但是骚乱有升级的趋势。"

"是的,我知道您想说什么了。这座宅子可能会成为暴民袭击的目标,在这种情况下,您担心的是那幅画的命运,而不是我们。"

"帕琪塔小姐,"安东尼怨怼地回答,"现在不是做游戏的时候。您对我的担心再清楚不过了,甚至可以说是痛苦不堪。在我看来您揭我的伤疤很是卑鄙。我刚才说的是很实际的考虑:发生火灾时,人们逃生相对容易些,而画布会在几秒钟之内化为灰烬。我相信您很清楚那幅画的价值并且应该理解我,和我有同样的担心。"

帕琪塔伸手握住他的手臂,认真地看着他的眼睛,立即撤回了伸出去的手。

"原谅我,安东尼,我不该取笑您的。第一天我就跟您说了,我们的神经都是绷紧的,这让我们忽略了别人的感受。至于那幅该死的画,我不在乎看到它变成灰烬。那天我跟您说了,今天我再重复一次:无论真假,放过那幅画吧。不要再为它担忧了,它在很安全的地方。您可以放心。"

"我可以重新再看一次那幅画吗?"

"您还真是比骡子还固执。好吧,我陪您去地下室。我去拿钥匙和大衣,地下室里冷得要命。您在这里等我,别和任何人提起这事。仆役们不知道地下室里有什么,也不必知道。"

她话语的严重性与她的幽默感并不相符,听上去更像是嘲讽而不是忧虑。她迈着少年轻快的步伐,离开了门厅,安东尼自言自语道:多么年轻貌美啊!她不该卷入这个烂摊子。但是已经卷入了,我也一样。

帕琪塔很快就回来了。确保没人看到后,他们走进一条走廊,走廊深处,在直通宅子顶楼的楼梯下面有一个矮门。帕琪塔挑了一把黑色的大钥匙,一边将钥匙插入锁眼一边说:

"这钥匙总是让我想起蓝胡子的故事。您在英国听说过吗?"

"是的,当然,只不过我们英语叫 Bluebeard。"他一边回答一边用肉眼估摸着门板的厚度。

门后有一段通向地下室的楼梯。帕琪塔拧开一个开关。进去之后,帕琪塔关上身后的门,二人被包围在一片黑暗之中。唯一的灯光来自一只挂在地下室天花板上的裸露的灯泡,窗户上的通风口都被关闭了。来自地下室的寒冷空气带来一股粉尘和樟脑味。安东尼穿上了手中拿着的大衣。他们慢慢地走下窄窄的楼梯,帕琪塔说:

"地下室属于建筑的原始结构。一开始不是为了贮酒,而是仆役们的住处。出于这个原因,这里防潮也防洪,也没有老鼠和害虫。否则,我们也不会在里面储藏家具了。即便如此,那幅画一直都在别处,最近才把它挪到这里的。"

他们来到那个挤满家具的宽敞空间。那幅画上盖着毯子,还放在原处。

"谁搬来的?"安东尼问,"那人一定很壮实。"

"不知道。我父亲雇的人吧,我猜,应当是很谨慎的人并且没有看过搬的东西。那画是包起来的。一到地下室,我父亲和我就把包装拆掉,然后给它盖上毯子。只有他和我见过,现在您也见过。"

"帮我揭开毯子,"他说,"这世上我最不想破坏的就是这幅画了。"

两人让画布重现于眼前。安东尼没有做任何评论,也没有流露任何情感,只是仔细地看着这幅画,竖起眉毛,眯起眼睛,紧闭嘴唇。在阴森寂静的地下室里可以听到他深深的规律的呼吸声。帕琪塔看着他,一个无视周围一切的人,把所有精力都投在了他熟知、重视和尊重的物品上,她无法把吸引他的魔力抽离。就这样过了好一会儿。终于,英国人如梦初醒,露出微笑,自然地说:

"保存的状态很好。画布和油彩都没有遭受不可弥补的损坏。没有什么不能修复的地方。这真是一幅杰作，真正的杰作。"

"您依旧认为是真品？"

"是的。这样重要的一幅画是怎么到您家里的呢？这您一定知道。"

"也不全知道。就像我第一次跟您说的那样，我对绘画没有特别的兴趣。可能是间接继承自家族某个旁系的祖先。就像任何祖先的房子一样，我们西班牙贵族之间都沾亲带故。我们的家谱混乱不堪。这使得我们有了很多遗产和很多恶习。"

"您的恶习是什么？"

"跟大家一样：自私、冷漠、傲慢和缺乏常识。"

"上帝啊……还有谁知道这幅画的存在？"

"没有了。奇怪的是，这幅画尘封了好几代。可能是题材的关系。此外听说，我们家人都正经和虔诚。"

"但是一定被清点过啊。"安东尼说。

"前几次转手一定有案可查。随后连续的继承可能是私下进行的，没有官方的干预，原因不言自明。如果有这样的文件存在，一定在某个档案里，在某个房子的阁楼里，只有上帝才知道。花点时间可能找得到。毫无疑问，时候到了，一定会重见光明。现在，不幸的是，我们只有您的猜测。您冷吗？"

"很冷。但是我还需要一些时间。能让我单独待会儿吗？"

"不可能。为什么不能告诉我您现在所想的呢？"

"等我们离开这里，我自会告诉您的。非常感谢您让我看到它，感谢您为我花的时间。"

"不用谢我，"年轻的姑娘回答，"我也要请您帮个忙。"

"力所能及的事自然不在话下，"安东尼说，"帮我解决一个疑问。您的家庭有没有哪个祖先曾在意大利担任要职？"

"曾经听说有个父系的祖先当过枢机主教。这对您来说有用吗？"

"我想是的。我们把画盖起来吧。"

他们重新用毯子把画盖上。正要离开时,屋顶的灯泡忽明忽暗地闪了起来,然后就灭了,把两人完全置于黑暗之中。

"真讨厌!"帕琪塔语气平静地说,"一定是灯丝熔了。或者是其他什么坏了。重新恢复光亮可能需要好几个小时呢。如果我们不从这里出去,一定会染上肺炎的。不要乱动,不然您会受伤的。把手给我,我们试试能不能走到花园门口。我比您更熟悉地下室。"

英国人很快就摸到了姑娘的手。她的手冰凉,紧紧地握住他的手。

"您不怕黑吗?"他问。

"谁都怕,"她语气坚定地说,"但是有人陪伴会好一点。"

他们双脚非常缓慢地试探着往前走。黑暗中寒冷显得更加剧烈,时间好像停止了一般。

"摸索着前进让一切都显得那么遥远。"帕琪塔说。

"小心点走,别迷路了,不然我们都要钻进某个柜子里了。"

"那想必装得下您,笨蛋。"她说。

很快,他们来到地下室通向花园的那个门。帕琪塔松开英国人的手,摸索了半天钥匙,打开门。习惯了黑暗之后,突如其来的阳光令人目眩。帕琪塔缩在披肩里,探出头看了看,确保外面没有别人。安东尼记起两天前就在这个地方她拥抱了他。一时冲动,他把她揽入怀中。帕琪塔没有抗拒,只是扭开了脸,说:

"可别习惯成自然了。"

随后两人分开,偷偷摸摸地穿过花园。在铁门前,帕琪塔说:

"就在后面的塞拉诺街,有个叫密歇根的咖啡馆。您在那里等我。我一会儿去与您会合。"

二十

"二十世纪以前,"安东尼流利地讲解着,没有丝毫停顿,就好像提前备过课一样,"裸体在西班牙绘画中并不存在。戈雅所画的《裸体的马哈》是一个例外,另一个更早一些的更为著名的例外正是出自委拉斯开兹之手的《镜前的维纳斯》。裸体元素缺失的原因显而易见:在西班牙,绘画委托主要来自于教会,一小部分来自于皇室,主要的题材是宗教意象、人物肖像还有一些生活场景。在意大利或者荷兰,情况不太一样。那里的贵族和富翁们委托别人作画主要是用来装饰自家的厅堂。因为道德标准没有那么严格,所以包含大量裸体女性形象的神话题材绘画作品颇受欢迎。那个时期的西班牙画家了解裸体的绘画技法,但是在反改革的西班牙,他们只能将之运用于男性身体上:无数的耶稣受难、被钉上十字架,以及被人从十字架上放下来的场景。不管怎样,委拉斯开兹处在一个享有特权的地位:作为朝臣他接受私人委托,可以绘制任何题材的艺术品,包括神话题材,例如《酒神的胜利》《火神的锻炉》,等等。其中,现藏于伦敦国家美术馆的《维纳斯和丘比特》是第一幅含有裸体女性形象的西班牙绘画,并且是在很长的一段时间内的唯一一幅。"

密歇根咖啡馆里人很少,吧台旁没有人,只有几张桌子有人占着。起得最晚的人也已经吃过早餐了,并且还没到热闹的点心时间。两个独自落座的客人正分别悠闲地翻阅着《ABC报》和《太阳报》;第三名客人正面露微笑地写作;一名炮兵军官正在盯着天花板抽烟。窗边,两位中年妇女已经聊了半天了,她们的桌子上,在盛着牛奶咖啡的杯子和银质糖罐的旁边,整齐地叠放着弥撒书和黑色的头巾。安东尼很喜欢马德里向市民开放的各式各样的小馆。他曾多次到过维也纳参观艺术史博物馆,认为即使是著名的维也纳咖啡馆也不能与马德里的相媲美。维也纳的咖啡有一种令人反感的揽客行为和衰败的感觉;而在马德里正相反,在那些热闹的咖啡馆里,没有什么是不合时宜的。马德里的咖啡馆不像维也纳的那样墙上装满镜子,因为马德里人不需要。在马德里的咖啡馆里,客人们很大方地看着彼此,毫不掩饰他们的好奇。这种不拘小节并没有什么坏处,因为在马德里的咖啡馆里,人们看过很快就忘。这一切让这个欢乐、大方、外放的城市充满了甜蜜的亲切感。然而,环境、帕琪塔的陪伴,以及和她讲自己擅长的话题给他带来的愉悦,没有让他忘记手上还有一件对于很多人来说都很重要的事。这件事对于安东尼本人来说尤为重要。他的职业生涯正处于一个意想不到的转折点,假设他的猜测得以证实并且没有犯无法挽回的错误的话。

"1640年到1650年的十年间,委拉斯开兹的名气达到了顶峰,"他继续说,努力使自己的语气保持中立,"在他作为宫廷画师的职责之外,他还接受其他重要贵族和神职人员的委托。其中一名客户是加斯帕·戈麦斯·德哈罗先生,他是卡尔皮奥侯爵的儿子,卡尔皮奥侯爵曾接替奥利瓦尔斯伯公爵担任腓力四世的宠臣。我不知道您是否了解这些历史事件。如果不了解也没关系。重要的是,卡斯帕先生是一个位高权重的人,热爱艺术品收藏,曾委托委拉斯开兹画一幅神话题材的画:以提香的手法画一幅裸体的维纳斯。尽管这请求不同寻常,但是从结果来看,委拉斯开兹欣然接受了委托。画成之后,卡斯帕先生谨慎地将画收藏于自己的宫殿中,一直都没有人见过,直到这段历史中所有的当事人都死去多年以后。"

他停顿了一下,以便更加准确谨慎地讲下去。他不想用粗俗下流的细节伤害他美丽听众的感情。

"加斯帕·戈麦斯·德哈罗先生,"他降低声调,低下头,说,"不仅是艺术行家,还是一个生活放荡的人。说得客气一点,相比于圣十字若望,他的性格更接近于胡安·特诺里奥(唐璜)。也许正是这个恶习促使他委托委拉斯开兹画一幅并不符合当时道德观的画。不管怎样,问题是:画中的女人是谁?委拉斯开兹是不是随便找了一个模特来代表维纳斯呢,说不定是个妓女,或者像有些人说的那样,模特是加斯帕先生的情人之一,他想用画布令她的容貌永驻?还是像另一些人说的那样,画中的女人不是别人,正是加斯帕先生的妻子?这种观点的拥护者的证据就是,画中丘比特举着的镜子映出来的维纳斯的容貌,被画家故意画得很模糊,避免被人认出,如果是随便一个妓女的话,就没有必要这样做。"

"那么您的理论是什么?"姑娘问道。

"我不太支持这个观点。一位尊贵的已婚女士裸体摆姿势实在是太奇怪了,更何况是在宗教裁判所时期的西班牙,但也并非不可能。总有一些例外。加斯帕先生的妻子安东尼娅·德拉塞尔达女士是当过腓力二世情人的艾波利公主,安娜·德门多萨·伊德拉塞尔达女士的亲戚。两位都是非常貌美、性格坚强和作风大胆的女性。即使这样,我认为一个时常出轨的丈夫想要拥有一幅自己妻子的裸体画像很不合逻辑,还是委拉斯开兹画的。画一幅她穿戴整齐的画像不是更简单吗?无论如何,我们永远都无法得知绝对确凿的真相。艺术史里充满了惊喜。"

"我毫不怀疑。"帕琪塔说。

"我感到您的语气里带着一丝讽刺,"英国人回答说,"也许我的偏题让您无聊了。但我要说您错了。专家们的理论和辩论也许会令人昏昏欲睡,我的文章肯定也是这样,但是艺术一定不是这样,因为每幅画都是有含义的，就像诗歌和音乐一样，有很重要的含义。我知道，对于很多人来说，一幅古画只是一件值钱的财产或者收藏品，或者炫耀学识和进入学术界的托词，我不否认这些因素的存在，而且还必须把它们纳入考虑。但是一件艺术品，更为重要的是，一种深深扎根于我们信仰和感官的情绪在表达上的升华。我更喜欢审判官即将烧毁一幅被判为非法的画作时那种野蛮，而不是只关心画作年代、背景和价值的那些人的冷漠。对我们来说，一个画家、一个客户和一个十七世纪的模特仅仅是百科全书上的资料。但是在他们的年代，他们都是如同你我一样鲜活的个体，他们出于某种原因和深厚的情感把自己的生活框进一幅画中，有时候面对着风险，有时候挥金如土。他们从不会想到这一切最终都进了博物馆的展厅，或者某个仓库的角落。"

"哎呀，"她说，"我又要请您原谅了。看来您和我的关系就是一连串的抱怨和道歉啊。"

"等您不再欺负我时就不会这样了，如果这个俗语用对了的话。但应该道歉的是我，不是您。每每谈这个话题我总会激动起来。"

"没关系，这让话题更吸引人。继续说您的假设吧。"

"人们对于委拉斯开兹绘制《维纳斯和丘比特》的日期颇有争议。一切都表明画是完成于十七世纪四十年代后期，因为1648年委拉斯开兹去了意大利，到了1651年才回来，那个时候画已经在加斯帕先生的宫殿里了。可能是在意大利画的，因为那里盛产裸体画，可以启发委拉斯开兹的灵感，但是我不这么认为。在马德里曾有大量出自大师之手的人体画，比如提香或者鲁本斯，甚至皇家收藏里也有很多，只不过没有向公众展出，作为皇室艺术遗产的管理者，委拉斯开兹自然对这些画再熟悉不过。我相信《镜前的维纳斯》是在马德里完成的，就在他去意大利之前，也许是1648年初，在严格保密的情况下画的。"

这话就好像驱动了一个弹簧一样，炮兵军官蹭地站了起来。服务员赶忙跑过去把挂在衣架上的大衣拿过去给他穿上。军官给了服务员一个硬币，然后走向门口。经过他们的桌子时，军官看了一眼英国人，然后更仔细地看了一眼已经低下头、垂下眼睑的帕琪塔。军官没有停下脚步，行了个礼，然后走出门上了街。安东尼看出同伴有一些不适，但是觉得要求对方解释刚刚发生的一切有些不妥。

"1648 年 11 月，"他继续说，"委拉斯开兹听从腓力四世的命令第二次游历意大利，目的是购置艺术品丰富皇家收藏。不过这次旅行历时比预期更长一些：两年零八个月。国王是个急性子，召唤他最喜欢的画家回国，但委拉斯开兹却不紧不慢。在意大利漫长的逗留期间，他画得很少：在罗马，为教皇英诺森十世和梵蒂冈教廷的高层人士画像。此外为了在发烧恢复期间打发时间，他还画了两小幅充满忧郁的麦第奇山庄风景画。剩下的时间他都是在意大利四处游荡，联络艺术家、收藏家、外交官和赞助人，购买绘画和雕塑，并确保艺术品安全到达目的地。他的妻子和两个女儿一直待在马德里。当终于返回西班牙时，委拉斯开兹已经累得筋疲力尽。他从意大利返回直到他去世，也就是 1660 年 8 月 6 日的十年间，只画了一些皇室成员肖像，其中就包含那幅著名的《宫娥》。"

"好家伙，那不错啊。"帕琪塔说，似乎已经忘了刚才炮兵军官的小插曲。

"当然，那是幅极好的作品，也证明了委拉斯开兹才华出众，拥有充分的创作才能。如果是这样的话，那为什么要放弃呢？"

"你认为那幅维纳斯为他带来了坏运气？"

"我认为，他画完那幅画之后，或者正在画的时候，委拉斯开兹经历了巨大的个人危机，再也没能恢复过来，危机的真正原因就藏在那幅画里。我和一位英国专家就这一点已经争论了很多年，他曾是剑桥的教授，现在是英国伦敦国家美术馆的馆长。他支持……与我完全相反的理论。他不喜欢女人，也许是出于这个原因……算了，不说这个。现在委拉斯开兹的个人问题比我的重要。"

"也许二者是相通的，"帕琪塔说，"如果您愿意，可以告诉我。谈谈自己的担忧还是比等着委拉斯开兹把它们画出来容易多了。"

"不不，还是别说了。我们不能偏离主题。您看，我正打算告诉您我认为当时发生了什么：1648年，加斯帕·戈麦斯·德哈罗委托委拉斯开兹画一幅代表维纳斯的女性裸体画。这个女人是他的妻子还是别人目前不重要。委拉斯开兹接受了委托并且画了不是一幅，而是两幅：第一幅是维纳斯对着镜子，五官被刻意模糊以防被人认出来，而第二幅也是裸体，但是面容描绘得很清晰，也没有借助神话托词。很显然第二幅画是为他自己画的。这幅画从未出现在加斯帕·戈麦斯·德哈罗先生的财产清单中。画完第二幅画后，委拉斯开兹陷入诸多危险之中。如果这幅画的存在泄露出去，必将是一个巨大的丑闻，宗教裁判所可能也会采取行动介入事件的调查，即便是在最乐观的情况下，委拉斯开兹也会失去国王的青睐。自从他来到马德里，以其新颖的风格取代了宫廷老画师之后，就不乏想扳倒他的敌人。再有就是加斯帕·戈麦斯·德哈罗本人：如果画家与模特之间的关系超越了纯艺术的界限，进入情爱或者更严重的领域，如画中所呈现的那样，那么无论肖像中画的是他正式的妻子还是他的情人，都会掀起一场血雨腥风。那可是加尔德隆荣耀时期的西班牙，而且加斯帕先生有权有势。只有一种抑制不住的激情才能驱使一个平静甚至冷漠如委拉斯开兹的男人陷入如此的疯狂。"

他说着激动地提高声调，然后顿了顿，让自己镇定下来。帕琪塔皱着眉头看着他，眼神中流露出一丝悲伤。安东尼没注意到这些，用手抹了把脸，又继续说：

"这些委拉斯开兹都知道，他很聪明，知道他的激情是不可能长久的，于是决定远离这一切。他很容易地说服了腓力四世派他去意大利执行公务，然后他听从国王的命令去了意大利，随身带着那第两幅画。"

"可怜的替代品。"帕琪塔说。

"也比什么都没有强。此外，对于委拉斯开兹来说，现实和绘画常常混为一谈，不过这又扯远了。重点是，当他久别之后又回来时，激情已经平复下来，而他则把画留在了意大利，很可能是罗马。随着时间的推移，有人拿走了画又把它带回了西班牙，现在就在这里，离这个咖啡馆几米之遥，等待着……"

"安东尼·怀特兰兹将之公诸于世。"帕琪塔插嘴道。

这一次，姑娘的语气使英国人警惕起来。

"自然，"他说，"还需搞清一些细节。您生气了吗？"

"是的，但不是对您。所有出现在我身边的男人都是一些幻想家，我有些厌倦了。但是现在先不谈这个。重要的不是我，而是委拉斯开兹。"

她声音哽咽，迅速一扭头，好像有什么突然吸引了她的注意一样，把脸扭向一旁。安东尼被这突如其来的变化搞得不知所措。几秒钟之后，她又把脸转回来对着安东尼，泪眼蒙眬，但是声音平静地说：

"昨天，在梅迪纳切利基督面前，我请求您不要说画是真的。后来我想我可以给您一些有价值的东西作为回报。现在看来，对您来说没有什么的价值能超过那幅画或者那幅画的意义所在。没有什么能让您偏离自己的道路，这我不怪您。被一个死于三个世纪之前，我们只知道她的脸和身体的女人击败并不会令我觉得羞辱，我只是觉得有些奇怪，请您理解。"

"如果您不给我解释您这么做的理由，我恐怕很难理解。"英国人说。

"给我您的手帕。"

安东尼递给她手帕,她拿起来擦了擦几乎无法察觉的眼泪,又把手帕还给了他。

"刚才,"见她没有打算继续说下去,他说,"您说我可以告诉您我的忧虑。我长话短说。多年来,我的生活近乎停滞。无论是在专业的领域还是在个人的生活上,我都止步不前,这种情况似乎没有改变的迹象。我见过太多类似的情况足以让我担忧:辉煌的研究,广阔的前景,几年的荣耀,然后就什么也没有了:倦怠、重复和平庸。我正在重复这个轨迹:青春已逝,我像螃蟹一样倒退着行走。突然,一个千载难逢的机会以最意想不到的方式,呈现在我的生活和整个艺术界面前。想要抓住这个机会,就要承担一定风险,游走于法律边缘,仿佛这还不够,过程中还掺杂着强大的情感因素。假使抛开这些因素不管,一切进行得顺利的话,我将获得比满足我可笑的学术虚荣心更有价值的东西。我将获得名望。还有钱,是的,钱能够用来买我的独立和尊严。我终于可以停止乞讨……您知不知道这意味着什么,帕琪塔小姐?"

"所有女人都知道,怀特兰兹先生,"她回答道,"但是别害怕,我不再坚持了,我太骄傲了。当然,我能理解您的苦衷,就像如果我说出来,您也会理解我的一样。但是我不能。现在还不能。不过我可以给您一些线索。剩下的要由您自己去搞清楚,我们看看到时您的洞察力是不是依旧像解开十七世纪纷繁复杂的谜题那样敏锐,足以解开目前这个迷局。"

随着谈话的深入,最初几位和他们一起在咖啡馆里的客人已经纷纷离开,咖啡馆里开始拥入一些新的嘈杂的客人。安东尼叫来服务员付了账,然后他们走了出去。外面风已经停了,艳阳高照,万里无云,四处洋溢着春天即将到来的温暖气息。树枝上面已经冒了新芽。他们默而不语地走到府邸花园的侧门口,在那里停下来,姑娘开始找钥匙。

"早些时候,"帕琪塔半开着门说,"我说想请您帮个忙,不知您忘了没有。"

"没有,您说。"

"今天晚上七点,何塞·安东尼奥·普利莫·德里维拉要在欧洲电影院举行一场集会。我想您陪我一起去。我们六点在塞拉诺街和赫尔莫西亚街的转角见面,然后乘坐出租车过去。我可以指望您吗?"

"乐意之至。"

"到时就知道了。但是我敢肯定这次经历对您是有益的。六点整。要像英国人一样准时哦。"

二十一

历史的倒退、管理不善的国家和人民的分歧，所有这些在1936年的西班牙不断积聚的痛苦，都会在茶点时间，在有关各方的一致同意之下暂时停歇。萨拉曼卡区优雅的咖啡馆里聚满了衣着讲究的顾客，而拉瓦皮耶区油腻腻的馆子里则聚满了粗俗的市井小民，安东尼·怀特兰兹走在返回旅店的路上，沉浸在这些形形色色的想法当中。自从他抵达马德里以来，这是他第一次对事情的进展感到满意。最近这次在密歇根咖啡馆与帕琪塔的谈话正朝着对英国人有利的方向发展，他认为，她已经不像前几次与他见面时那样深藏不露，已经放下了傲慢的架子，而他也得以不卑不亢地表达出自己的观点，总之，没有犯下什么令他后悔的过失，也不像前几次那样表现得愚蠢可笑。两人关系的未来仍不可预测，但至少会步入正轨。今天晚上她给他的这个机会就是态度转变的证明。这是一种信任的表现，也许是一次邀请，将他们的关系提升到另一个层次，也是一种许可，允许他与对手转入直接竞争，虽然对手的优势很可能就是真诚，但是如果自己多一些技巧和耐心的话，也不是没有赢的机会。但是这些，对于安东尼来说终究是次要的，重要性远比不上委拉斯开兹的画作。这件事令他兴奋无比，好在他性格中的隐忍和严格的教育经历令他不至于在大街上表现得像个神经病患者。他大步朝前走着，不经意间挥舞着手臂，嘴里时不时地冒出一些感叹，一些句子还有零散的单词，吸引了路人的注意。他打算尽快回到旅店，把脑子里冒出的想法写到纸上，一方面为了理清思路，一方面为了平复自己激动的情绪。带着这个目的，尽管饥肠辘辘,他也不顾餐馆里传来的诱人的歌声,快步经过了街边林立的饭馆。

眼看离目的地还有一百米远的时候,忽然听到背后有个声音在叫他,他转过头,看到伊西尼奥·萨莫拉·萨莫拉诺站在他面前。

"怎么可能!"他叫道,"又是您!不会有这么多巧合吧?"

伊西尼奥·萨莫拉·萨莫拉诺笑道:

"您说得有理。如果是偶遇那也太巧了点。但不是,我刚从您住的旅店出来,我刚才去找您,前台的先生说您不在。"

"原来如此。如果可以的话,能不能告诉我为什么找我?"

"当然,当然。无非是想您了,于是就来找您了。但是我们最好不要站着在这儿说,不如一边吃杂烩菜一边聊,再有一瓶巴尔德佩尼亚斯就更好了。"

"对不起,"安东尼说,"今天我不打算吃饭。"

"哦,先生,刚才我没说清楚。今天我请客。"

"不是这个原因。我有工作要做,必须马上回旅店。"

伊西尼奥·萨莫拉的眼睛在笑,脸上却没有。

"如果您真的有工作,最好还是不要去旅店。门口有一个很像警察的家伙,刚才我在前台问起您,他就上下打量我来着。所以我推测他可能在等您。有这种可能性吗?"

"有可能。"

"那么就让他等着吧,我们去吃我们的杂烩菜。仅仅是提到它就已经让我垂涎三尺啦。不要担心,我不会问他为什么监视您的。"

安东尼没有迟疑。如果有谁会在旅店门口等他,那一定是科斯科约拉队长,要么就是马兰侬中校派的其他人,他还是不现身的好,因为有太多事需要隐瞒。如果再把他带回安全总局,就没办法赴帕琪塔的约了,也不能和她一起去何塞·安东尼奥·普利莫·德里维拉的集会了。

"好吧，我们去吧，饭钱我们还是分摊吧。"

"这不是西班牙的习俗，"对方说，"不过可以接受。"

他们离开旅店，步行了一会儿，伊西尼奥·萨莫拉走进一家饭馆，英国人也跟着走了进去。里面有很多人，但是却静得像修道院，只听见碗碟的声音。在服务员的指引下，他们走上阁楼，占了一张空桌。很快，桌子上就摆满了卷心菜、鹰嘴豆、腌肉、香肠、土豆和血肠。一个戴着脏兮兮围裙的胖女人给他们端上了黏土碗盛的汤，一个男孩拿来了酒。伊西尼奥·萨莫拉一点都没客气，胃口大开自顾自地吃上了。安东尼见对方已经顾不上他了，也跟着吃了起来。菜肴很美味，红酒虽然一般，但他们喝得很开心，酒过半巡，两人的脸颊已经泛红，眼睛里闪着满足的光芒。伊西尼奥·萨莫拉选择在这个时候把餐具放在盘子里，利落地擦了擦嘴，显得很有教养，开始说道：

"首先，请允许我重申，即便这话是我第一次说，接下来要对您说的没有半点是出于个人利益或是为了我自己。"

安东尼随便挥了挥手表示认可，然后对方继续说：

"我完全信任您才跟您说这些。依我看，您可能是英国贵族或者国王，但是比一架侦察机还要孤独，无依无靠。别介意，我把您当朋友才这么说。"

"我不介意，但是我不懂您想说什么。我怎么样是我自己的事。"

"在您的地盘可能是。在这里个人的就是大家的。如果一个人快乐，大家就一起庆祝，如果一个人痛苦，那么大家就与他共同分担。"

"那如果一个人想静一静，是不是就没人掺和他的私事了？"

"这您就理解错了。您看，跟您这么说吧：这里不是一个贫穷的国家，没什么好说的。这是一个穷人的国家，我不知道您有没有听出其中的区别。在一个穷国，每个人有什么样的能耐就过什么样的日子。这里不是。这里一个人有什么虽然很重要，但是更重要的是邻居有什么和没有什么。但是，这也不是我要说的。我指的是您的个人情况，而不是您的钱。而那正是您痛苦的地方。您风度翩翩、举止优雅的样子也许能骗骗别人，但是骗不了我伊西尼奥·萨莫拉·萨莫拉诺。我是见过您真本性的。我指的是托妮娜。别害怕，我不是敲诈，我刚才就跟您说了，这事不是为了我。再说了，您也没做什么坏事。我要说的是那可怜的一家：胡斯塔、托妮娜和没有爸爸的小可怜，那个孽种。您也听到胡斯塔说了，她们在这世上无依无靠。现在，那姑娘已经准备好啦，干净、少有的谨慎，也没有傻乎乎的发型。如果没有人帮她，等待她的将是一个苦涩的未来。而您的未来不是问题，现在是痛苦的。缘分让你们的命运交汇在一起。现在明白我想说什么了？"

安东尼一直在吃，也没有用心听他说，直到他说完这些，安东尼放下刀叉，盯着他的同伴，说道：

"您是想把那个姑娘卖给我吗，萨莫拉先生？"

对方喝了一口酒，把酒杯放桌上，抬头看着天花板，脸上一副想要教训小孩子似的表情。

"哎哟！"他叫道，"买卖买卖。好像这世界上除了买卖没有别的了！你们什么事都用商人的眼光来看待。之前我们为如何给这顿饭买单讨论半天，现在又说这个。不，先生，托妮娜不是用来卖的。不是这样的。如果她父亲还活着的话，她绝不会干上这行当。她一定会上学，成为一个淑女，甚至还会去读大学。但是这可怜的男人，戎马一生，结局悲惨，社会抛弃了她们娘儿俩。她们能做的就是想办法不饿死。为此这个不幸的姑娘就可以被当成二手商品吗？"

"我没这么说。都是您说的。"

"您什么都不懂，"伊西尼奥·萨莫拉温柔地回答，语气近乎亲昵，"这就是问题所在。不是您和我的问题，而是西班牙和世界的问题。你们不懂无产阶级。你们认为他们没教养、粗俗、可怕、衣衫褴褛，心里想着：我的上帝啊！如果无产阶级提出点要求什么的，比如权利或者更好的待遇，你们就吓坏了，说那会让我们倾家荡产。这其中有一些道理。但是无产阶级要的不仅是钱。他们要的是正义与尊严。但是只要你们不明白这点，就不会有社会和谐与和平，暴力就会增加。您也看到了现在马德里和其他地方正在发生的一切：工人们烧了一些教堂。我并不赞同，但是您告诉我，这些教堂是谁建造的？"

他停顿了一下，又喝了一杯酒，以说教的口吻继续说：

"如果工人煽动事端，人们不问青红皂白就让警察来抓他，如果这还不够，就找民防军，甚至发动军队。欲加之罪何患无辞。想想阿斯图里亚斯那次。但有一点是肯定的，那就是无产阶级是不会灭亡的。看看您周围，听听人民的声音：他们认为果实已经成熟，机不可失时不再来，因此肯定会发动革命的。当年共和国建立之初，所有人都说：是时候了，不公结束了。但是这都是很多年前了，现在还不是老样子：富人更富，穷人更穷，对于那些抗议的，严厉打击。要么无产阶级武力夺权，发财致富，要么这里不会有什么真正有价值的改变。看看苏联发生的一切。那里是人间天堂吗？这很难说，但是苏联至少已经不再干傻事了。"

他又停住嘴，环顾四周看看他的发言是否激起了别人的反应，见邻桌的客人依旧无动于衷地吃饭，他狼吞虎咽地把讲话时没顾上吃的杂烩菜吃了下去。英国人利用这个机会插嘴道：

"那么如果我和托妮娜成家，布尔什维克革命就不会发生吗？"

"非常有趣！"伊西尼奥·萨莫拉回答，似乎对英国人的暗讽感到不快，但是不能失了风度。"我看您还是没理解我的意思。我不光是在和您讨论时局，也是在和您说其他的事。您看，先生，没有什么能阻止历史的进程，当然，对此您和我都无可奈何。但是我们能解决的是那个可怜姑娘的问题。说心里话，那是我唯一关心的，却不知道怎么办才好。我快被忧虑折磨死了。我答应照顾那个家庭，但是我什么都没做到。胡斯塔，不管怎么说，人生也已过半。但是那个不幸的小可怜呢，看在上帝的份上，除了屈辱和贫穷一无所知。"

他声音颤抖了，眼睛里噙满了泪水。尽管他与委拉斯开兹笔下的《梅尼泊》并无相似之处，安东尼还是断定他有着传说中古代哲学家的智力特征，现在，面对这突如其来的感伤，他觉得比刚才对方指责他促进了布尔什维克的胜利时更加不舒服。

"您克制一下，"他小声说，"别人会听到的。"

"我不在乎。不会有人因为哭泣被关进监狱。请原谅我的失态，但是每当我想起那可怜的孩子……她的生活苦不堪言。她的未来，就更不必说了。"

"拜托，如果革命爆发，说不定事情就解决了呢。"

"当然不是。我只是说革命一定会爆发，但没说革命一定会胜利。相反，无论情况如何，一旦爆发起义，他们一定会把大炮搬上街。如果对方取得胜利，到时情况一定比现在更糟。这是我最害怕的。"

安东尼偷偷看了看表。杂烩菜已经吃完了，如果他想回一趟旅店再去赴约，就必须抓紧时间了。

"我知道您很沮丧，"他用安慰的语气说道，"但是您寻求的解决办法并不在我手中。我是一个外国人，我只是路过，几天后我就要回到我的祖国。"

伊西尼奥·萨莫拉不再哭丧着脸，重新饶有兴致地看着英国人。

"哈，"他兴奋地说，"细节问题我们在您方便的时候再谈。我想说的是，您回国并不是问题，而恰恰相反。把她带出国将是一件伟大的事。那姑娘如果去了英国，一定如鱼得水。她有成为淑女的潜质。她还很勤劳，忠实并且非常懂得感恩。她从不会忘记别人的恩情。"他严肃地说，就好像他比困惑的对方更关心这方面的问题一样。"我知道这个计划违背了马克思主义者的信条。一个无产阶级者不应该寻求个人解放,而是整个阶级的解放。但是我相信,如果马克思本人认识那个姑娘的话,也把这事当作一个例外的。而她的孩子,不用说:在英国接受教育,不会逊色的,有着西班牙人天生的英勇,说不定以后还会在不列颠驻印度部队谋得一官半职,您试想一下。"

这是一次聋子对话。安东尼受的教育是要谨慎地尊重每一个人,无论其身份地位如何,但是这种教育正是基于严格的社会阶级划分的,因此对方的自命不凡不仅让他觉得荒谬,甚至是忍无可忍。在安东尼的眼里,伊西尼奥·萨莫拉的一番话简直是胡言乱语。但是作为一个说话做事一向很有分寸的人,他觉得他的计划中虽不涉及个人利益,但却是愚昧的慷慨,他选择不过多关注他所说的话。也许,他想,那个可怜的男人就是需要发泄一下。这个时候最重要的就是尽快结束饭后谈话,而这只能通过采取同情对方、含糊答应的态度才能实现。

"您放心,我会想一个可行的办法满足您的愿望,而不影响我个人的情况,"他说,"但是现在我必须走了。我已经重新考虑过我们一开始商量好的事:这顿还是我请吧。"

最后这个举动,旨在取悦伊西尼奥·萨莫拉,结果适得其反。他拒绝安东尼请客,坚持自己付款,更多的是因为他厚着脸皮提出如此过分的要求并且得到了一个如此积极的回复。为了避免事态进一步复杂化,安东尼接受了对方的提议,还没等对方结完账,他就站起来,跟他握握手,快步离开了饭馆。上了街,他也不顾自己的肠胃能不能吃得消,以最快的速度赶往旅店。在离目的地还有一定距离的时候,他停下脚步,小心前行,以防伊西尼奥·萨莫拉刚才见面时描述的那个监视他的人还在。见旅店附近没有什么可疑人物,最后这一小段路他几乎是跑过去的。然后他跟前台接待要了钥匙,把自己关在房间里。

屋里的气氛很适合工作:炉子散发出宜人的温暖,西下夕阳苍白的光芒透过窗子投射进来而角度刚好。安东尼掏出笔记本和钢笔，坐在桌前，打算补上有关早前与帕琪塔见面和美餐的笔记，但是他很快趴在桌上，垂下头，睡着了。他并没有意识到自己睡着了，梦到街上来了一个大型的合唱团正唱着《国际歌》。窗外红色的天空中升腾起浓重的黑烟。很显然革命爆发了，因此他的生命处于危险之中。在梦里奇怪的逻辑中，他被革命的旋风卷走。我无处可逃，他想，他们强迫我穿破衣烂衫，满脸胡子拉碴，还让我喊"苏维埃必胜"！这个想法给他造成了身体上的不适：满头大汗，胃里灼热，他想逃跑，但是肌肉拒绝执行大脑的指令。出于不安和害怕误了约会时间，他醒了过来。时钟上显示的时间令他平静下来。他收好本子和笔，在脸上和头上泼了点水，略微修饰一下外表，穿上外套，戴上帽子，匆匆离开房间和旅店。街灯管理员点亮了广场上的路灯。

在他跑向约会地点的路上，他记起了噩梦的细节，心想，吃饭时伊西尼奥·萨莫拉的预测，给他造成的影响比当时胡思乱想时得出的结论更为深刻。也许我正走向深渊的边缘，他自言自语地说。

二十二

安东尼·怀特兰兹气喘吁吁地来到约好的街角,不祥的预感仍在他脑中萦绕。在赫尔莫西亚街,帕琪塔正站在一辆出租车旁等他。帕琪塔把大衣领子立着,优雅的紫色便帽帽檐拉低至眉毛的位置,与其说是御寒,不如说是不想被人认出来。看到英国人来了,从貂皮手笼中伸出一只手,跟他打了个手势,然后没等他,先钻进出租车里。英国人跟着她上了车,关上车门。出租车起动了,在要去"犯罪"的两个人密谋一样的沉默中开了好一会儿。

在冬日黄昏忧郁昏暗的光线下,他们途经四道口往布拉沃穆里约街的方向开去。他们越来越接近目的地,路上的行人也越聚越多,都朝着集会的方向行进。人们占满了人行道,甚至挤到了车行道上。出租车开得越来越慢,好几次都不得不急刹车,因为从路人的表情上来看,他们并不喜欢别人按喇叭。终于,出租司机说他不敢往前开了。他解释说自己和那些人不是一路的。安东尼付了车费,帕琪塔和他下了车,步行前进。人群越来越庞大,帕琪塔紧紧地抓住了英国人的手臂。

"我们不会是去自投罗网吧?"安东尼问。

"别像个胆小鬼似的,"帕琪塔说,"现在后悔已经晚了。您害怕了吗?"

"我是担心您。"

"我能保护自己。"

"这话没有意义。这是公共场合,"英国人回答说,还在为刚才被当作胆小鬼而生气,"此外,发生什么意外我都会平安无事的:我是英国公民。"

帕琪塔低声笑了起来。

"这活动是被警方禁止的,"她说,"我们是在违法呢。"

"我就说我是被骗来的。"

"您觉得可能吗?"她半认真半开玩笑地说。

尽管两人有说有笑,安东尼还是不太放心。他悄悄地左顾右盼,寻找警察的踪迹,但即便借助身高的优势,也没有看到任何穿制服的人。也许突击卫队的出现会起到反效果,他想,又或者他们是在等所有人都到齐之后再一网打尽。那么现在,如果警察没来,别的组织袭击我们的话,谁来维持秩序?他思来想去得出的结论就是一定有什么便衣人员隐藏在附近,随时准备着一旦出现暴力迹象立即进行干预。这种可能性令他既放心,同时又很警惕。

电影院占了整幢三层楼建筑。外墙的大型公告牌被罩上了黑色的幕布,上面列出了街头冲突或遭受伏击死去的长枪党员的名字。安东尼心存疑虑地读了那份长长的死亡者名单,仅存的一点幽默感也消失殆尽。电影院的门大敞四开,人们排成长队等待入内,几个穿蓝色衬衫的年轻人严格监视着每个人,试图找出混在人群中的特工。一切都井然有序地进行着。安东尼和帕琪塔排队进入大堂。大堂里,人们通过各个入口走进影院池座,有的走上楼梯去了更高的楼层。正当他们犹豫往哪个方向走时,一个身材魁梧、皮肤黝黑、头发油光锃亮、留着两撇小胡子的男人向他们走来。身穿的粗布蓝衬衣上绣着犁轭和箭的红色徽标,腰上别着一把手枪,这两样东西赋予他非同一般的地位。但是,他蛮横的态度掩饰不了一种正在蔓延的紧张情绪。他看也没看英国人,神情忧虑地走向帕琪塔。

"没人通知我们你要来。"他说。

"我知道。我悄悄来的,"她回答道,"我陪同一位国际观察员一起来的。"

这个头头用充满怀疑的眼光打量了一下安东尼。安东尼从刚才听到帕琪塔撒谎时的惊讶中恢复过来，表情漠然，近乎轻蔑。那人又转头对帕琪塔说：

"跟我来，我带你们去包厢。"

"不，"帕琪塔急忙说，"他不知道我在这里。哪儿有空位我们就坐哪儿。重要的是，你什么都别跟他说。"

"好吧。你随便吧。在池座的两边还有一些空位。你们还是赶快过去吧，一会儿就满座了。"

他们在某一排的最边上找到两个相邻的座位，离紧急出口不太远。这让安东尼很高兴，他一直在急切地寻找一个出路，一旦发生骚动，就能迅速离开，并且在同伴眼中不失体面。从这个意义上来说，情况一直在恶化：拥入的群众超过了这个地方的承载能力；过道上和所有空地上都有人站着，包厢以及包厢休息室里也挤满了人。

舞台中央摆了一张铺着黑色台布的长桌。舞台正前方的座位齐刷刷地坐了一排身穿带有长枪党旗帜的蓝色衬衫的人。随着时间的推移，气氛逐渐热烈起来。终于，比预定的时间推迟了二十分钟之后，三位发言人在大家热烈的欢呼声中走上舞台。安东尼认出了雷蒙多·费尔南德斯·奎斯塔和拉法埃尔·桑切斯·马萨斯，但是第三个人他不认识。那是一个高个儿、健壮和秃顶的男人，经询问，帕琪塔说他叫胡里奥·鲁伊斯·德阿尔达，是一名传奇飞行员，十年前曾驾驶水上飞机横穿大西洋，也是长枪党的创始人之一。与此同时，三名发言人已经坐在桌前，等待全场恢复安静。过了一会儿，费尔南多·奎斯塔站起来，接过话筒说："安静！"欢呼声立即停止，然后费尔南多·奎斯塔开始讲话。

"众所周知，"他一开始说，"本次集会的目的就是总结一下这几次大选的情况。人民阵线赢了:进一步把西班牙推向马克思主义的怀抱。那么现在——"他用一个霸道的手势压抑住群众的抗议声,说,"假如胜出的是右派联盟而不是左派联盟,最终结果也是一样的,因为选举无非是让一群懒惰腐败的人和国家叛徒的始终掌权变为合法的、可悲的假象。"

"那人会让我们全都被抓起来的。"安东尼小声在帕琪塔的耳边说。

"别紧张,"她回答,"这还只是刚刚开始。"

"正因为如此,"发言人继续说,"长枪党才没有倚靠这样那样的派别参加大选。长枪党是独自参选的,明知会输,但是并不介意在一场从来没有相信过的比赛中输掉。我们参加选举就是为了宣传,没有其他目的。"他刻意顿了顿,然后压低声音继续说,"但是这个努力也是无果而终,因为理解我们的人都讨厌我们,应当喜爱我们的人都不理解我们。因为我们既不是左派也不是右派。我们有着左派的改革热情,也有右派的民族感,但是我们没有一派的仇恨,也没有另一派的自私。"

这些矛盾让现场大部分听众和发言人自己都有些脱离演讲的主线,他语调高昂继续讲着,但是却偏离了主题。公众不想失去他们的激情,但是热情的表达越来越不那么自发了。费尔南多·奎斯塔声音和表情更加夸张地讲了一会儿,最后以一声大喊"前进,西班牙!"结束了讲话。全体观众起立鼓掌作为回应。

拉法埃尔·桑切斯·马萨斯接着发言。与之前的演讲者不同的是,他声音微弱,像一个对自己布道的效力并不抱幻想的传教士一样。但是他的思想却更加充实。安东尼觉得他可能不是为了煽动观众,而是为了说服他们,这一点赢得了安东尼的好感,尽管其目的似乎是要误导大众,因为在场的除了安东尼之外,都对传播给他们的意识形态深信不疑。

"当长枪党宣布只身参加竞选的时候,"桑切斯·马萨斯说,"有人说我们人数寥寥,也没有钱,想找棵树吊死都没有。倒是没有人说我们死无葬身之地,因为我们长枪党横尸遍野。我们穷,是事实。贫穷就是长枪党的力量,因为穷,长枪党更能理解穷人,捍卫穷人的权利,无论他们是小农、水手、士兵还是乡村神父。我们想成为人民的卫士,而不是在满是奸商的大银行、大企业里当执行官。社会党说要提高工资,人们会生活得更好。也许会,也许不会。唯一可以肯定的是,他们并不关心西班牙会怎样。那么,面对这种蝇头小利,长枪党主张一些不一样的东西:目标的一致性和强大的救世使命感。不受左右的公正,纯粹的公正,这才是我们想要的,为了西班牙的复兴!"

桑切斯·马萨斯讲完的时候也得到了热烈的鼓掌,但最初的热情正在消退。想必大家已经在选举过程中多次听到过这番言论了。

胡里奥·鲁伊斯·德阿尔是下一个发言人。他以特有的纳瓦罗军人严肃的气质和高尚的勇气赢得了掌声和欢呼声。他说用民主的手段让西班牙从萎靡不振中崛起是不可想象的。因此长枪党已经做好了不择手段夺取权力的准备,无论合法与否。他坚定地说,只有这样,一年、两年、三年、四年之后,不用再多,新的一代就会把国家工团主义带到西班牙壮大我们祖国。

欢呼声和掌声再次响起。安东尼看了看表,已经八点半多了,活动无疑已经接近尾声。因为外面很冷,每个人都裹得很严,但是剧场里挤满了人,里面热得令人窒息。安东尼有些失望,但内心很满意:之前他从未参加过法西斯游行,现在看来,除了多余的形式之外,他们的观点并不像迄今为止人们说得那样离经叛道。如果情况不变的话,我们就能安然无恙地离开了,他心想。忽然,人群里的一个动静让他以为观众们已经打算有序地离开会场了。但是就在那时,雷蒙多·费尔南德斯·奎斯塔又一次拿起麦克风声音洪亮地说:

"立正！欢迎国家总长！"

何塞·安东尼奥·普利莫·德里维拉刚一入场，整个欧洲电影院像发生了地震一般。所有观众都站了起来，高举手臂敬礼。安东尼为现场一致的举动所折服，也站起来，但是没有举起手臂。后面一排一个沙哑的声音斥责他道：

"怎么回事，您不行礼吗？"

"我没有资格。"安东尼回过头去回答，刻意突出自己的英国口音。

这样的解释显然令对方很满意。安东尼转过头，看向帕琪塔，那时所有人的手臂都已经放下，观众们也都充满期待地安静地坐下了，因此无法得知她是否也避开了观众的普遍反应。与此同时，何塞·安东尼奥走到桌前，与演讲人一一拥抱和击掌。随后，他来到桌子后面正中央的位置，他没有坐下，身体向前倾，开门见山地说：

"首先我要重申一下他们刚刚已经跟大家讲过的话，以免大家不了解是什么原因让我们聚到一起的。这没什么复杂的。人民阵线赢得了选举。西班牙已死。苏联万岁！"

这简短的陈词赢得了雷鸣般的掌声。瞬间观众的情绪再次沸腾了。虽然这突如其来的转折令安东尼有些沮丧，但他依旧冷静地审视着命运的无常为他带来的这些非同一般的境遇。一周前他对西班牙现状的了解仅限于英国报纸向读者提供的有限的消息。什么长枪党，什么安东尼奥·普利莫·德里维拉，他听都没听过。而现在，他不仅了解这个党派，还了解他们的指导思想和他们的最高领导人；不仅熟知他们的创始人和国家总长，甚至和他成了朋友，因此不仅引来安全总局的监视，还和何塞·安东尼奥成了竞争对手，争夺此刻坐在他旁边的这位年轻迷人的马德里贵族姑娘的芳心。他挺直腰板，大口喘气，继续听这个独特的、冲动的甚至有些疯狂的男人公然宣扬发起政变的必要性和必然性。当然，与他激动人心的生活相比，上一周安东尼还在伦敦享受着轻松愉快的生活，而现在却在一场法西斯集会中命悬一线。

"还是有人真的相信，"等现场重新安静下来后，何塞·安东尼奥说，"每两年让公民往票箱里投几张纸，我们的社会问题就能够解决吗？我们不要异想天开了！1931年4月14日，共和国战胜了君主制，被推翻的不是一种政府的形式，而是造就了这种政府形式的社会、经济和政治基础。阿萨尼亚和他的追随者们很清楚这一点。他的计划不是用资产阶级共和国取代自由君主制，而是用另一个国家取代被毁掉的国家。等待我们的新国家是什么呢？无非是两者选其一：不是一个迄今为止发动革命还算成功的社会主义国家，就是一个通过拥护大家的利益达到国内和平的极权主义国家。"

给何塞·安东尼奥、长枪党和普利莫·德里维拉将军的掌声和欢呼声此起彼伏，多次打断他的讲话，安东尼想，也许此刻的他会想和我对调位置，走下舞台，来到我的位置，坐在帕琪塔的旁边，听着台上沉醉于修辞的疯子讲的满口胡言。这人想干什么？他真的相信他所说的吗，还是为了打动她？那她呢？在想什么？为什么硬要我来？为了给我展示何塞·安东尼奥最好的一面还是最坏的一面？我的判断对她有什么意义？

"我们不要再自欺欺人了，也不要再把该做的事推到另一天了！"何塞·安东尼奥越说越激动，"我们要做的就是去参加内战，无论结果如何。没有中间地带，西班牙非红即蓝！你们放心，在这个二选一的选择中，我们的果敢终将取得胜利。到那时我们就会看到多少人该迫不及待地穿上蓝色衬衫了。首先穿上的那批人，经过最初的困难时期，身上可能会充满火药味和子弹的伤痕……但是他们的肩膀上将会长出帝国的羽翼！"

他已经不能再多说什么了：全体观众又站起来，举起手臂，扯着嗓子高唱《向着太阳》。

"我们走。"帕琪塔拉起安东尼的手臂说。

"现在？"

"不然就走不了了。所有人都站起来了，在人声嘈杂中，他们不会注意到什么。"

帕琪塔的决策是对的。在高高举起的手臂丛林中，他们从一个侧门出来，经过过道，来到大堂，穿上大衣，成功地在没有任何人发现的情况下来到街上。夜幕已经降临，街上空无一人，就好像交通被切断了一样。一阵冷风把散落在地上的集会传单吹得在空中打转。对英国人来说，任何阴暗处都让他觉得好像潜藏了敌人。

"这种寂静让我有不好的感觉，"他说，"我们找辆出租车尽快离开这里。"

他们刚刚走出的大楼里传来了赞歌的最后几段，声音越来越弱，淹没在党人们的呐喊声中。他们走在布拉沃穆里约大街上，看到迎面来了一队工人，面目狰狞，态度敌对。帕琪塔向她的伙伴身旁凑了凑，把头依偎在英国人的肩头。英国人理解了她的意图，两人像两只迷途的小鸟一样继续往前走。人潮将他们包围起来，但是没有碰到他们，就把他们甩到了身后。脱离危险之后，两人分开来，加快步伐前行。在四道口，突击卫队的一个小分队正在拦截车流，让他们绕道而行。由于没看到一辆出租车，他们钻进了得土安地铁站，乘坐地铁去往里奥斯罗萨斯站，然后从那里走出地铁站，叫了一辆出租车。安东尼指出卡斯泰拉纳街公爵府的方向。出租车开动以后，帕琪塔靠在座位背上，叹气道：

"好了，您都已经看到了。老实告诉我您的想法。"

"真实想法？比如您的朋友像一个疯子一样。"英国人回答道。

帕琪塔苦笑着，思忖片刻，低声回答道：

"跟您作对肯定不会是我。尽管如此,还是有比理性因素更强烈的感情因素将我和他紧密联系在一起。无论是好是坏,我的命运和他的密不可分。不要按字面意思理解我的话,这个声明没有任何实际作用,以后也不会有。我们的宿命是两条平行线,永远不会有交集。聊细节是令我痛苦的,也会让您觉得无聊。此外,感情并不会令我盲目。我清楚地知道何塞·安东尼奥的思想是站不住脚的,党派没有规划也没有社会基础,他那出众的口才也只是用来夸夸其谈,没有任何实际内容。至于其他人,鲁伊斯·德阿尔达只是个符号;雷蒙多·费尔南德斯·奎斯塔是个没有政治能力的公证员,而拉法埃尔·桑切斯·马萨斯是个知识分子,不是一个行动派。他们中没有一个人具备领导一场革命运动必不可少的权威以及战略意识。何塞·安东尼奥有这样的素质,但是他讨厌这样做。若非为时已晚,他早就放弃了:为了扭转局面已经流了太多的血,继续下去就是疯了。假使在最不可思议的情况下长枪党获得了他们渴望的权力,何塞·安东尼奥的命运依旧不会改变。最好的情况也就是他们会利用他,最差的就是他自己的盟友把他杀了。"

安东尼明白,如果此时说话,她就会闭嘴不再说下去,如果他不说的话,她就不会停止表露自己内心的想法,于是他保持沉默,帕琪塔不停地说:

"您也许会问我为什么告诉您这些,为什么让您去参与活动,为什么相信您。首先,我这样做是因为不久就该是您做最终决定的时刻,我希望到时您能拥有必要的判断依据。其次,我欣赏您、尊重您,尽管我毫无利用您的意图,如您所见,我还是希望您不要把我当成一个喜欢操控别人的女人。两次我跟您说我会报答您的恩情,我从不会收回已经说出去的话。"

出租车停在公爵府门口,安东尼很庆幸不用马上对这个模糊的请求给出答复。他做了一个模棱两可的表态，她突然把手从手笼里伸出来，伸向他。

"晚安，安东尼，"她小声说，"感谢您所做的一切。"

"不客气，"英国人回答，随后严肃地说，"刚才我还以为您要从袖口掏出一把左轮手枪呢。"

"我没带任何武器，"帕琪塔笑着说，"跟您在一起不用带。别让我改变我的主意。"

她握了握他的手，打开车门，走下出租车。还没等安东尼下车走到人行道上与她道别，她已经穿过铁栅拉门，消失在花园的黑暗中。安东尼意识到已经没什么可做的了，给司机指了指旅店的方向。在回去的路上他一直思索帕琪塔的话。他的个人经验直到刚才为止都让他以为，西班牙的法西斯主义是一个坚实、天衣无缝的运动。而现在，一个真诚得毋庸置疑的人的一席话就让这个形象轰然倒塌。无论他们的发言人如何狂妄自大，长枪党就是一个小型的边缘团体，由创始人的口才和长期面临生命危险的状态结合而成，团员无法对形势做出冷静判断。尽管这一切对于他本人没有什么影响，但是这个结论还是令英国人内心感到十分的消沉。

二十三

"抱歉，在这个时候打扰您，阿隆索先生，但是我们不得不告诉您，目标人物终于被抓到，现在正在送来总局的路上。"

电话的另一头，阿隆索·马约尔先生，安全总局局长，接到马兰侬中校的电话，叹了一口气：这消息会让他高兴，但是肯定无法像预期那样在家吃顿舒心的晚饭了。他回答道：

"我二十分钟后到。"

马兰侬中校挂上电话，皱着眉头卷了一支细切烟。让人从酒馆点个鲭鱼三明治送上来的想法也令他高兴不起来。引起种种不快的那个人想必要为两人的坏脾气付出代价，他一边想一边点燃卷烟，开始收拾办公桌，打算给领导留下一个好印象。然后他叫来秘书，告诉她目前的情况。胖胖的书记员举起了粗粗的手臂，做了一个顺从的手势。她并没生气。然而，很多年前，她的丈夫患上了某种慢性病，不能工作，于是她只身挑起了养活两个人、做家务以及照顾病患的重担。加班工作对她来说是巨大的麻烦：她必须叫来一个邻居，请她帮忙做晚饭并且照顾病人直到她回来。但是胖胖的书记员从不抱怨，心态也不失平和。科斯科约拉队长可不是这样，他的脾气越来越坏，中校心烦地思索着。队长是个行动派，习惯了打仗和军旅生活，现在由于受伤的关系，他不得不在长时间的等待中保持耐心，在繁冗的文书工作中浪费自己的精力。

阿隆索·马约尔先生比预计的时间提早来到办公室。他穿着一件精致的海蓝色配黑色天鹅绒翻领大衣，头戴一顶圆顶礼帽。接到电话的时候,他正在文化中心参加活动,他宁愿走路来到安全局避开市中心拥挤的交通。下午,有一群天主教学生聚在太阳门广场抗议神学教育被取消,现在还有一些滞留的团体在那边阻碍通行,他在中校的帮助下把大衣和礼帽挂在衣架上,一边评论道:

"我就不明白,他们已经是天主教徒了,为什么还需要神学教育?"

"现在问题是他们不去学习,而去挑起事端,阿隆索先生。"中校点头道。

马约尔先生和他的部下坐下来。马约尔先生从烟盒里拿出一支烟,给了他部下一支,但是没有给皮拉尔。他把自己的那支烟插进长长的烟嘴中,点燃香烟,然后借火给中校。二人抽着烟沉默不语。

"我们要的人到底去哪儿了?"马约尔先生终于张口问道。

"您一定不会相信,阿隆索先生。他去了欧洲电影院,去听普利莫和那些法西斯主义者的演说!抓他的时候,他还否认这项指控,但是我们的特工亲眼看见他和伊瓜拉达公爵的女儿一起进去的。"

"我的天哪,那个疯狂的丫头让所有人都为她奋不顾身!她能给他们什么?"

"跟所有女人一样,阿隆索先生:虚幻的希望。"

马约尔先生微微一笑表示赞同,随后问起集会是否没有被禁止。的确被禁止了,内政部拒绝给他们相应的许可,但是他们没有当回事。那个场地的所有者声称自己也是被迫的。临开会之前,内政部副部长先生选择不让警察干预此事,避免引发更大的混乱。最终,补救措施比疾病本身更要命:在出口处,他们与社会党青年们发生了一场争执。有几人受伤,一人被子弹打死,是一名十八岁的长枪党员,先波苏埃洛斯人,当地一家药店的售货员。

一阵强有力的敲门声打断了中校的汇报。科斯科约拉队长走进来,安东尼·怀特兰兹在两名身穿制服的特工的护送下也走了进来。看见他们之后,皮拉尔拿出笔记本,检查铅笔的笔芯。从此刻开始,那里所说的一切都具有官方性质了。英国人吓坏了,但还是摆出一副大英帝国子民傲慢的样子。开始说话之前,阿隆索·马约尔先生在堆满烟头的烟灰缸里掐灭香烟,拔出烟嘴,放进美式西装的口袋里,站起身来。

"您就是怀特兰兹先生?"他伸出手去,机械地与他握了握手,"我想我们还没有正式见过面。阿隆索·马约尔,安全局长。很抱歉在这种场合与您相识。"

"我可以问一下……"英国人嘟囔说。

"不要恶化局势,维特拉斯。"中校冷冷地插话道,"我们来提问。现在,如果您想知道被捕的原因,我可以提供很多条。"

"我只是想给英国大使馆打电话。"安东尼说。

"这个时候没有人在,怀特兰兹先生。"马约尔先生说,"时间是有的。谈话之前,您先请坐吧。"

在警卫的注视下,安东尼把大衣挂在衣架上,就挂在马约尔先生的大衣旁边,坐在上次问话时坐过的同一把藤编椅上。胖胖的书记员把自己的椅子拖到即将展开对话的人旁边,科斯科约拉队长不假思索地把身体的重心移到另一条腿支撑,抑制住呻吟声:长时间的等待让残废的腿有些疼痛。马兰侬中校摆手示意,突击卫队士兵敬了个礼,皮革金属相碰发出巨大响声,然后转身离开。走廊里回荡着他们离去的脚步声。紧接着是一种不祥的沉默,局长语调平平又不乏紧张地打破沉默。

"怀特兰兹先生,鉴于您今天参加了长枪党在欧洲电影院的集会,一定能够推断出我们手中有比监视您更重要的事情要处理。如果在座的各位正在把宝贵的时间浪费在您身上的话,一定是另有原因。我解释清楚了吗？如果是的话，那我们就直奔主题了。您已经听到了在电影院里反复发表的言论，也看到了观众们的反应。知道欧洲法西斯运动的存在，了解他们的意图：叛乱，暴力夺权，如果没有别的办法就发动内战，最终实行极权主义统治。他们没有隐藏这些意图，也不只是说说而已：意大利、德国已经如此，其他国家决心以他们为榜样。但是，不论其严重程度如何，这事归西班牙政府管，与您无关，从某种程度上说，与我也无关。法西斯主义是政治家的事，我管的是公共秩序。您抽烟吗？"

安东尼摇头拒绝。局长掏出烟盒，重复了插烟嘴的环节，抽了一口，继续说：

"何塞·安东尼奥·普利莫·德里维拉是个白痴，"他说，"但是他并不自知，这是问题所在。作为独裁者的儿子，他像一个王子一样长大，听惯了阿谀奉承。然后，当那些推举他父亲上台的同一拨人又把他父亲推下台时，他不知该如何是好。这事让他决心从政。他样貌俊俏，口才出众，身边聚了一群和他一样傻乎乎的、喜欢对他溜须拍马的小青年们。在正常情况下，他可能会成为一名成功的律师，举行一场精彩的婚礼，不会如此偏执狂妄。"

他顿了顿，叹了口气又说：

"但是他爱上了那个姑娘，事情就麻烦了，完全搅乱了他的心智。更糟糕的是，西班牙的政治和社会局势助长了这种疯狂。结果就在眼前。今天晚上，欧洲电影院的活动结束之后，街上发生了冲突，后果如同往常：一名长枪党员死了，一个十八岁的小伙子。何塞·安东尼奥给他们的大脑里灌满了幻觉，派他们去送死，还如此镇静。您也看到长枪党的死亡名单了，比起他们的名字，也许您会对那些殉难者的年龄更感兴趣：大部分是些孩子，甚至都不理解他们为之付出生命的思想到底是什么。普利莫·德里维拉觉得这很有诗意。我觉得是个灾难。"

安东尼听得起劲，但是关注点已经转移到何塞·安东尼奥与帕琪塔没有出路的爱情上面，从局长的暗示中可以听出故事的主角非她莫属。他们两人的关系出了什么问题呢？这个问题让他忧心，但现在不是迷失在猜想中的时候，他都自身难保了，必须发挥所有的聪明才智想想怎样在不透露太多的情况下安全离开。

屋子里烟雾慢慢缭绕起来。咳嗽迫使皮拉尔中断工作。中校站起来打开窗户。从黑暗的院子里吹来一阵冷风，传来敲击打字机的空旷的哒哒声。过了一会儿，中校见空气清新了许多，又把窗户关上。马约尔先生继续他的陈词：

"除了是个不负责任的傻瓜之外，普利莫·德里维拉还是个疯子，这一点显而易见。他曾去拜访墨索里尼和希特勒，请求他们给予恩惠和帮助。二人一开始热情接待他，但很快就对他忍无可忍，好言好语把他打发走了。墨索里尼每月给他一些钱，但是几乎不够负担组织的开销。而希特勒，一分钱没给。他还去找过极右翼势力和极左翼势力，但是结果都是一样的。社会党人用武力迎接他；无政府主义者就当听一个疯子演讲，厌烦的时候就给他吃闭门羹。吉尔·罗布雷斯也抛弃了他，尽管很多军人被法西斯主义吸引，但是他们就连做梦也不会想到指望长枪党去发动政变。他们不需要一群乳臭未干的毛头小子们的帮助，也不希望一个蠢货来告诉他们要做什么。如果这些还不够，那么他们不会忘记何塞·安东尼奥因为和凯波·德亚诺将军拳脚相向而被开除出军队。就凭这一点可不会从最高统帅那里赢得好感。就其本身而言，何塞·安东尼奥鄙视那些将军们，他觉得当时他们因为怯懦没有力挺他的父亲，或者完全背叛了他。上流社会人士把普利莫·德里维拉当成自己人，对他很好，但是在关键时刻，既不出钱也不出力。毕竟，何塞·安东尼奥承诺过要终结阶级特权，实施银行国有化。如此种种，逼得长枪党不得不只身走上街头，夺取政权，等着军队主动伸出援手。当然，假使他们真的这样做了，也将一无所获。军人们只会在自己决定之后才发动政变，而不是在长枪党人觉得合适的时候，而长枪党亦没有资本：没有武器，也没有钱买武器。"

安全局长说完沉默了一会儿，想让他的听众更好地消化这些信息，并且在从普遍问题过渡到具体问题之前得出自己的结论。

"长枪党一直很急切地想搞到武器，上次选举之后，他们更加大了这方面的努力。除了墨索里尼的帮助之外，还有一些财大气粗的蠢蛋们给他们提供一部分资金。当然，武器必须从国外购买，用外币支付。一些人有境外存款，但都视若至宝。如果发生什么事，那些钱还能保证他们宽裕地生活。另一些，一小部分人，则时刻准备着为革命事业做出任何牺牲。这些人之中，最惹眼的就是您的朋友，伊瓜拉达公爵。"

这个揭示令安东尼感到震惊，不仅是因为涉及公爵的思想，更是因为他被故意蒙在鼓里。他的反应没有逃过另外几个人的眼睛，局长和中校心领神会地交换了一下眼神。马约尔先生装腔作势地点烟，中校接过了他的话茬，解释道：

"那个时候，伊瓜拉达公爵曾经是普利莫·德里维拉独裁坚定的支持者，他们是亲密无间的朋友，后者倒台之后，他把对他的忠诚转移到独裁者的儿子身上。他一直在经济上，利用自己的威望为何塞·安东尼奥提供保护和帮助。在他被开除的那几年里，他一直像对待自己的家人一样对待他。随后，事情变得复杂起来……"

"那是另一码事，"马约尔先生打断道，"现在重要的是眼前这件事。"

所有迹象表明，伊瓜拉达公爵打算从西班牙搞到一大笔钱用于购买武器。他的大儿子在法国和意大利旅行数月，表面上是学习艺术，真正目的是与法西斯团体接触，筹划资金到位后购买和运送武器的事宜。公爵在欧洲各个银行没有账户，据可信的报告称，他没有进行任何买卖，也没有把大笔资本转移到西班牙。但是他肯定在暗中策划着什么。"

"而恰巧在这个时刻，您出现了，全世界最无辜的人，"中校讽刺说，"您去拜访公爵，与何塞·安东尼奥一起吃饭，讨好公爵的女儿，但是我们所说的事您一无所知。"

"我们知道伦敦一个名叫佩德罗·提亚切尔的商人曾与您联系过，"局长说，"他是否以伊瓜拉达公爵的名义去见您的？"

"是谁告诉了你们有关佩德罗·提亚切尔的事？"安东尼问，"这是我自己的私事。"

这一次，站在角落里的科斯科约拉队长回答说：

"从多年前开始，佩德罗·提亚切尔一直是西班牙和英国法西斯团体的联络人。您不知道吗？"

"我怎么会知道？他什么都没跟我说。佩德罗·提亚切尔是英国艺术界里有名的人，而我从不参与政治。我没有任何理由怀疑他拜访背后还隐藏着国际阴谋。"

"这么说，您不否认七天前在伦敦见过佩德罗·提亚切尔。"中校问道，皮拉尔挺直腰背侧耳倾听，生怕错过对方答复中的任何音节。

"你们对我了如指掌嘛。我们别再浪费时间了，先生们。佩德罗·提亚切尔以一个西班牙家庭的名义来见我，提出让我对他们家的一系列绘画作品进行估价。佩德罗·提亚切尔和之后的当事人都没有向我隐瞒估价的目的：鉴于西班牙目前不稳定的局势，他们正在考虑变卖一些财产，移居他国。这个意图，当然，无论以前还是现在都与我无关。他们只是要求我进行估价，对画作进行估价也是我专业的一部分。"

"您承认接受这份工作了。"中校说。

"是的,当然。我是西班牙绘画的专家,通过一系列我可能感兴趣的作品来丰富我的见识对我来说很有诱惑力。再说,我在英国也没有其他必须要做的事情,因此我很高兴地接受了这个返回马德里的由头。"

"如果像您说的那样,想必是七天前的事了。做个鉴定未免也太久了吧?"

"也不尽然。一幅画不是轻易就能定价的。有很多因素需要考虑,一些是艺术因素,还有一些是材质的因素。比如化学成分,还有文献记录因素。每幅画都蕴含了一段故事,这些都是鉴别真伪的参考因素,最终确定其价值。不能简单地说一幅画是真品还是赝品。除了假冒伪造之外,还有其他诸如修复时不小心的改动,考证错误,画家自己画的副本,学生习作画等各种情况。公爵先生的收藏众多,作品分属不同的年代。说实话,进行严格详尽的评估可能需要花上数月甚至一整年。我希望在短时间内完成,但可不是眨眼间。"

这种有所言有所不言的坦白得到了认同,但没过多久就被审讯者们逼得走投无路,他们把问题引向他不擅长的领域和他们手头的事情真是太聪明了。

"粗略估计您觉得公爵的绘画收藏能值多少钱?"局长问。

"难以确定,"英国人回答,"显然,它们的经济价值取决于诸多不确定因素。但不管怎样,你们不要搞混:经济估价不在我的职业范围内,目前的情况是他们要求我这样做。作为专家,我只鉴定作品的真伪,如果是匿名作品,则想办法确定是哪一个作家的作品,或哪个学派、哪个时期,来源地是哪里。这些自然会影响其经济价值,不过那都是后话了。"

"您有没有向公爵建议出售哪些作品呢?在欧洲,您与英国和其他国家的艺术品经销商都有来往。"

"我都跟你们说了我不是艺术品商人。在我们的谈话过程中，也涉及出售的问题，我不否认。遇到这种情况，我已经声明反对进行任何买卖。公爵先生能够证实我刚才所说的这些话。"

"怀特兰兹先生，"局长坚持问道，"您不会跟我们隐瞒了一些我们本该了解的情况吧？您有没有掌握公爵打算向海外进行一定量销售的证据？这个问题再清楚不过了。请您明确地回答，有或没有？"

安东尼之前就已下定决心，毫不犹豫地回答说：

"没有。"

果断的答复之后紧接着是一片沉默。没有人表现出困惑或不耐烦，好像这正是他们期待的答案一样。阿隆索·马约尔先生站起来，在有限的空间中走了几步，然后转向胖胖的书记员。

"您可以回家了，皮拉尔，感谢您的付出。"

"随时为您效劳，阿隆索先生，"她一边回答一边合上笔记本，放进手包中，然后掏出一个铅笔盒，把铅笔放进去。"明天早上我会提交记录。"

"别担心，不用着急。"马约尔先生温和地说。

皮拉尔微微欠身向大家道别，包括安东尼在内，然后离开了。马约尔先生转向英国人说：

"也感谢您的配合，怀特兰兹先生。"他一边跟他握手一边跟马兰侬中校说，"古梅辛多，剩下的事情就交给您了。"

"您放心，阿隆索先生。"

见大家都站了起来，安东尼也站起来，走向衣架。

"我可以走了吗？"穿大衣前他这样问道。

"不行，您因为参与未经批准的公众活动被捕了。您将被送往安全局的牢房，到时候再决定是否诉诸法律，或者驱逐出境，鉴于您是外国人。科斯科约拉会送您过去。我想特工们就没必要跟着了。明天再处理建立档案等事宜。我想现在这时候不会有人来拍照了。"

"什么!你们要把我关起来?"安东尼叫道,"但我还没吃晚饭呢!"

"我们也没吃呢,维特拉斯先生。"中校回答说。

二十四

醒来后,他透过牢房狭小的窗子看到微弱的阳光,估计了一下大概是清晨六点钟。因为一整晚都没办法看清表盘,他无法算清自己到底睡了多久。也许很短。被关进来后,他听到科斯科约拉队长离开时牢门关闭发出的不祥的哐当声,安东尼·怀特兰兹一度困惑,一度惊慌,最后陷入了长时间的沉思。显然他的情况并不乐观:法律保护逮捕他的人,因为他的不配合,他们肯定不愿舍弃任何遵纪守法的好处。从这个角度来看,他的前景顿时变得黯淡。更令他困扰的问题是,从实际角度和道德角度来看,他的所作所为是否妥当。

在反复思量公然撒谎的决定的利弊之后,他得出的结论是自己做得已经很好了,至少没有搞糟。首先,他所卷入的事情跟他只是间接相关,他没有任何理由偏向西班牙复杂权力斗争中的任何一派,这里不是他的祖国,并且他所了解的情况无外乎涉事各方告诉他的一些明显有倾向性的只言片语。原本他打算支持维护政治正确性和既定秩序的那方,但是后来觉得长枪党所宣扬的观点未必只是空中楼阁。他对仗着国家权力蛮横无理的政府官员毫无兴趣,而长枪党们有着年轻人的敏锐和胆识,浑身散发着输家特有的浪漫主义气息。更何况帕琪塔:假如他背叛了何塞·安东尼奥和她家人,靠说实话自保,她会原谅他吗?

最后,如果他当时说出实情,那幅画会怎样呢?也许政府会找到一些法律漏洞,将其没收,然后挂在普拉多博物馆展出。那将是一场具有全球意义的大事件,而安东尼却被排除在外。在所有不好的预兆中，这一点是最要命的。

但是所有这些推理没有得出任何结论。当时在安全局没有说出实情只是为了给自己赢得一些思考时间，现在思考是思考了，却远没有一个可行的解决办法，倒是加剧了他的恐惧。如果他想重获自由，那么不披露大量实情，他们是不会让他离开那里的。但是，他能跟他们说什么呢？撒谎会立即被揭穿，并且肯定会把事情搞糟。他的对手不是傻子。另一方面，即使说实话也没有什么用。他没有谈判的资本。不管怎样，假如公爵的计划落空，他从中并得不到什么好处。总之，驱逐出境总比上法庭和牢狱之灾强多了。被关进西班牙监狱的可能性着实令他恐惧，即便他能经受住考验，他的个人生活和职业生涯也将毁于一旦了。

这漫长多事的一天带来的饥饿疲惫，牢房里的寒冷，阴森的寂静，周围的黑暗，臭虫和跳蚤的围攻都让他提不起精神。这地方臭烘烘的，只有一个水泥台可以靠着。他终于不堪疲惫睡着了，却做了一个好梦：身在伦敦，在圣詹姆斯公园散步，身边有个美貌的姑娘挽着他的手臂，一会儿是帕琪塔，一会儿是那个他已经抛弃的情人凯瑟琳。那是一个春日里阳光明媚的早晨，公园里人很多。经过他们身边的时候，所有的行人，举止优雅的男男女女们，都用英国人并不常有的热情洋溢跟他们打招呼。有些人甚至停下来拍拍他肩膀或者友好地用肘部顶顶他。在这种亲密无间中，安东尼感到一种普遍的愿望，那就是将他们的恋情公诸于众：伦敦上流社会人士为他们不同寻常的浪漫关系献上祝福，毫无保留地表达了他们的赞许。醒来后，他发觉这次散步不过是幻想，痛苦加倍了。反常的幻觉向他真实地展示了一些永远不可能发生的事。

随着天逐渐亮起来，安全局的地下室里面渐渐充满了人声、脚步声和开关门的声音。但是没有人理会他，就好像把他关起来的那些人已经忘了他的存在一样。这种感觉给他的压力比任何威胁都强大。饥饿和干渴已经到达忍耐的极限。早上十点左右，他彻底没有力气了，决定投降。牢房的门是实木质的，上半部分有个正方形的小开窗，里面安装着两根结实的栏杆。安东尼透过小窗向外望去，发出声响吸引警卫们的注意。见没有人回应，他退了回来。过了一小会儿，他又试了一次。直到第三次才有人粗暴地问他发生了什么。

"拜托您去找马兰侬中校或科斯科约拉队长，告诉他们昨晚关进来的那个英国人打算坦白了。他们会明白的。看在上帝的份上，别耽搁了。"

"好吧。在这儿等着。"警卫说，就好像对于囚犯来说还有别的选择一样。

过了一个多小时，安东尼近乎陷入了最黑暗的绝望。帕琪塔还是谁的意见对他来说已经不重要了，驱逐出境还是其他什么屈辱对他来说都比不确定性好很多。终于传来了门闩的声音，门打开了，可以看到门口处一个威严的背着卡宾枪的突击卫队士兵的影子。

"跟我来。"

他艰难地走在警卫后面，安东尼沿着昨晚复杂的路径原路返回。到达一间办公室门口时，警卫和囚犯停住脚步。警卫把门打开，站到一边。安东尼只觉得脑袋发晕，一是因为遭受的折磨，二是因为对自己即将犯下的罪过感到羞愧。他走进去，不敢抬头，眼睛一直盯着地面，直到一个熟悉的声音打破了他消极的态度。

"老天啊，怀特兰兹！能告诉我您这是惹了什么麻烦吗？"

"帕克！哈利·帕克！"安东尼大叫道，"感谢上帝啊！您是怎么找到我的？"

"并不困难，"年轻的外交官回答说，"今天早上我去旅店找您，前台接待员说您被带到了这里。该死的，怀特兰兹，我不得不制造一个真正的国际事端才让他们把您放了。这次您又做了什么？您已经成了他们的头号公敌。"

"说来话长。"

"那先别跟我说了。我们必须快点。有人在等我们。"

"等我？谁？去哪儿？"

"还能去哪儿？你以为斗牛场啊？当然是使馆，伙计，使馆。我们叫辆出租车。"

"但是我不能这样去使馆，帕克。瞧我脏的，我在牢房里过了一夜，身上都是跳蚤。"

"至少您还是清醒的。总比糊涂强。上次我们见面的时候您喝得醉醺醺的。走吧，没时间耽搁了。"他打断了对方的反对，继续说，"要么就这样跟我去使馆，要么我把您扔在这儿。有个什么科科乌艾克拉队长好像看您不顺眼。一个严肃的男人。瘸腿。军人姿态。您自己决定。"

"那好吧。"安东尼只是听到对方提到科斯科约拉队长就浑身颤抖，说道，"但是能不能先去个酒馆，我需要喝水吃点东西。"

他们已经走上街头，年轻的外交官没理会同胞的请求，火急火燎地拦出租车。很快就来了辆出租车停在路边，哈利·帕克立即让安东尼上了车。

"一分钟也不能耽搁，"他重复说道，"使馆里有吃的，有茶和麦片粥，您觉得行吗？"

安东尼觉得浑身瘫软无力，但是经过牢房一夜以及其间时不时袭来的悲惨的想法，现在获救的感觉可以抵偿任何的不便。

"帕克，我还没……还没跟您说谢谢呢……"他斜靠在出租车座位上说，然后很快就睡着了。

一阵摇晃把他弄醒。

"醒醒,怀特兰兹。我们已经到大使馆了。您确定没喝酒吗?"

他们下了出租车,走进使馆,走上大理石台阶,敲了一个房间的门,获得允许后,他们走进房间。安东尼惊讶地发现自己身处一间正规比例的优雅客厅,里面挂着厚重的窗帘,绿色绒布作为前面装饰,墙上悬挂着巨幅爱德华八世国王陛下的油画画像。在壁炉旁边的沙发上,坐着两位中年绅士,职业外交官的精致装束无可挑剔,另一个身穿西装便服的先生,一边专心地抽着烟斗,一边踩着厚厚的地毯走来走去。没人对刚进来的这两人表示欢迎。烟斗男人抽着烟,厌恶地瞥了一眼衣着邋遢的安东尼,皱了皱眉头,继续踱步。安东尼试图摆出一副有尊严的姿态,抑制住想要胡乱抓挠身上寄生虫叮咬处的欲望。哈利·帕克忘记了自己的承诺,面对无动于衷的几个人,做起了介绍。其中一个外交官是大卫·罗斯,使馆一秘,他向其他人转达了大使先生本人有事不能到场参会的歉意。另一位外交官是彼得·阿特金斯,使馆文化参赞,使馆一秘大卫·罗斯出于会议性质考虑召他过来的。烟斗男人是大黄蜂爵士。哈利·帕克压低声音向安东尼解释说,大黄蜂爵士在英国情报部门工作,今早刚从伦敦坐飞机来到这里。显然在飞越海峡时遇上了坏天气。因为自己没有被介绍,安东尼推测他们已经知道了他的身份和情况。否则无法解释他为什么会来到这个房间。一段时间的尴尬过后,一秘示意安东尼坐下。

"来杯欧波尔图?"

"不了,谢谢。"

"那就威士忌。"

"也不要。我胃里是空的。"

"哦。"

又过了一会儿。哈利·帕克一直站在安东尼坐的扶手椅旁边。他提示大家如果觉得时候差不多了,就把发生的事告诉怀特兰兹先生。

一秘考虑了一下这个提议，眼见要把已知的事情再叙述一遍，厌烦地叹了口气。

"几天前，"他说，"您打电话给我们的领事帕克先生，约他在马德里的丽兹酒店见面。见到他后交给他一封信，嘱咐帕克先生如果发生了什么大事，要去找一个特定的人。那次，帕克先生觉得您受到了酒精或者什么其他自然界的有毒物质的影响，把您的行为当作临时精神失常。然而，转天他告诉了我发生的事，我俩决定打开信读一读。"

听完这话，安东尼猛地跳起来，转过身面向年轻的外交官，而他正在平静地微笑，看着眼前这一幕。

"帕克！您怎么能这样对我？我强调了这事要绝对保密，您还向我发誓……！"

"我没有跟您发过任何誓，怀特兰兹。不用担心保密的问题。我们已经尽可能地保守秘密，我保证，"帕克回答说，"请您理解，我只能这样做。我是外交官，任何有可能影响到王国利益的事，您知道……"

"帕克先生，"一秘打断道，"不欠您任何解释，怀特兰兹先生。他做了他应该做的，那就是，他向上级汇报了一个身在西班牙的英国公民的所作所为，因为他怀疑这些行为可能会影响两个国家之间的国际关系。有必要的话，我想提醒您，我们刚把您从安全局的牢房里弄出来，不是没有困难。"他清了清嗓子又继续说，"我本人对于信上内容的印象并不是很好，我想说我倾向于不相信其中任何内容。然而，就西班牙目前的情况来看，我认为最好慎重。总之，我与外交部取得了联系。现在，彼得·阿特金斯，文化参赞，给您讲讲剩下的内容。"

文化参赞也像刚才的一秘一样，很不情愿地接过话茬，他提到，当一秘正在向外交部汇报可能存在的欺诈交易和潜在的外交后果时，作为文化参赞的他则电话联系了收信人，所谓的埃德温·加里戈，伦敦国家美术馆馆长，一个清白的人，在其所在领域享有很高的声望。参赞给他念了信中的内容。埃德温·加里戈先生让参赞重复了一遍信中的内容，然后表示怀特兰兹先生信中所提到的画肯定是幅赝品。他没有质疑怀特兰兹先生的学识以及判断力，埃德温·加里戈先生确信怀特兰兹先生的判断力是受到影响而发生了改变，至于哪些情况导致的，在对他的行为进一步了解之前是没有办法知道的。鉴于此⋯⋯

说到这儿，饥饿疲惫交加的安东尼再也无法抑制住怒火。

"不可容忍！"他从座位上站起来惊呼，充满威胁地用手指着在场的每个人，嚷道，"你们做事的方式与你们的职责和绅士品格太不相符了！不仅辜负了我寄予你们的信任，还把属于我的东西交到了我的对手手中，给我造成了无限的物质和精神损失！埃德温·加里戈⋯⋯好一个勇敢的权威啊！那人就是个无知的自大狂。在剑桥我们都叫他紫罗兰！我再告诉你们一些令人羞愧难当的事吧：十年前，他竟然胆敢在阿道夫·文图里和罗伯托·隆吉面前与他们争执一幅画是不是卡拉瓦乔的作品，你们能想象吗？在文图里和隆吉面前！自然不用说，他们驳得他哑口无言。但是他并没有吸取教训。我见过那幅画，先生们，亲眼所见！我⋯⋯"

怒气的平息如同爆发一样都是那么突然，说完，安东尼瘫坐在扶手椅上，双手掩面，大声地抽泣。外交官们都惊呆了，相互看了看，不知道如何解决这个尴尬的局面，直到大黄蜂爵士猛地停住脚步，面对安东尼，声音平静而坚定地说：

"怀特兰兹先生，把这些痛苦的情绪留到其他时候吧。这里不是发脾气的地方，您对他们的指控也是不对的。这些先生们很好地履行了他们作为外交官和英国人的义务。而您，竟把个人利益置于国家利益之上。我也读过那封有名的信，我的结论是：如果那上面说的是假的，您就是个骗子或者疯子；如果是真的，您就是一场跨国犯罪的帮凶。所以，别再像个白痴一样了，好好听完我下面要对您说的事。由于您的关系，我经历了一次非常不愉快的旅行，别把事情搞得更不愉快了。"

当安东尼控制住悲伤后，大黄蜂爵士走向他旁边的一把椅子，跨坐在上面，拿着烟斗的斗，用烟嘴指着安东尼的鼻子，用一种质询的目光盯着他。

"科里亚这个名字您听着耳熟吗？最近有没有听说过他？"

"没有，"安东尼回答，"无论是最近还是之前都没有听说过。他是谁？"

"我们不知道，"大黄蜂爵士说，他提高声调以便在场的人都能听到，"先生们，这就是问题的关键所在。科里亚是一个在西班牙执行任务的苏联间谍的代号，除此之外我们一无所知。可能是西班牙人或者外国人，男人或者女人，可能是任何人。对于他的身份和行动我们没有掌握任何线索。我们的线人只给了我们一个加密的消息，上面说，苏联驻西班牙大使被共产国际紧急召回议事，火速返回莫斯科，分别去了克里姆林宫、苏联内务部还有苏联内卫军总部。这次会面的结果就是，苏联内卫军为科里亚下达了明确的指令……"

大黄蜂爵士停住嘴，保持着一种充满威胁的沉默。过了一会儿，见沉默会无限延长下去，一秘大胆地说：

"然后呢？"

"没有然后了。"大黄蜂爵士断然答道，就好像这问题无关紧要一样。

墙上的挂钟敲响了一点钟。在场所有人，除了安东尼，都拿出自己的表对时。然后，大黄蜂爵士搓了搓手。

"是吃饭的时候啦，你们觉得呢？"

"看您了，大黄蜂爵士。"

面对秘密会议的新走向,安东尼自问,是就这么被遗忘好还是澄清自己的处境好。最终,他选择了咳嗽一声,吸引注意力。大黄蜂爵士摇了摇头叫道:

"该死的,怀特兰兹,我都忘了您了。总之,时间紧迫,我告诉您下一步该怎么做吧。简而言之,您必须参与那幅假画的买卖……别打断我,该死的。一幅错误地被认为是委拉斯开兹作品的画。"

"抱歉,大黄蜂爵士,但是……"

"闭嘴,怀特兰兹,您的意见对我来说一文不值。我为情报机构工作,不是苏富比拍卖行。我想说国王陛下的政府,"他用烟斗指着墙上国王陛下威严的画像说,"在这场交易中有着非艺术性的利益。明白吗?也就是说,显然,卖掉这幅画的所得将用于为西班牙的法西斯组织购买武器。这一点,西班牙的情报机构也知道,如果他们配得上这个名字的话。现在,先生们,请注意。我以下要说的这些话不能出这间屋子。以国王陛下的名义,怀特兰兹先生,我命令您继续画的买卖,要说这幅画是真的,无论是不是,以便这幅画尽可能达到一个最高价。您听清楚了没有?官方层面,我们对于这些交易一无所知。如果西班牙政府发现这个交易并认定为犯罪,事实上确实如此,您将承担所有后果。我们不会进行干预为您说话,我们会否认任何与此相关的事实,甚至不承认与您取得过联系。我们没有别的办法,英国不会干涉西班牙的内政。另一方面,英国也不会与法西斯主义政府或团体保持友好合作关系,但是对他们也没有敌对的态度。这是我们外交政策的宗旨。"

他狠狠地抽了几口烟斗,然后把烟斗在烟灰缸旁边轻敲,直到烟草和口水的混合物全都清空为止,他把烟斗放进包里,又说:

"现在,所有的迹象都表明西班牙即将发生一场布尔什维克革命,即便这也是他们的内政,英国不能坐视不理。在离我们海岸没有几海里的地方有一个能够控制直布罗陀海峡的共产主义国家，对于维持欧洲大陆和地中海沿岸的武力平衡简直是不可想象的。到目前为止我们一直与法西斯保持和睦，还没有看出希特勒态度有什么转变。墨索里尼就是一个傀儡，正忙于他愚蠢的阿比西尼亚战争。真正的敌人是苏联。不论我们喜不喜欢，在西班牙我们必须支持法西斯主义者而不是马克思主义者。我想我已经说得够清楚了。有问题吗？"

因为事不关己，并且命令来自于高层，外交官们纷纷表示完全同意大黄蜂爵上所说的话，保证完全听明白了。安东尼也没有说什么。对他来说，选择是明确的：要么按大黄蜂爵士所说的去做，要么失去使馆的保护，然后立即落入马兰侬中校的手中。另一方面，他坚持认定委拉斯开兹的作品是真的，只要能以他的名义揭示这件作品，他就没有异议，无论其买卖的目的如何。终于，事情朝着有利于他的方向转变。从那个时刻开始，他按照英国政府明确的意愿行动即可，他可以信任政府对于他本人和他的计划的支持，不管是多谨慎和间接。

"那么我目前在西班牙警方那里的立场是什么？"他问。

"这要去问他们了，"一秘回答，"我们尽可能地恢复您的自由。我想，他们不会来烦您了。他们把您关起来就是看您会不会招供，但是把您关在牢里对他们也没有任何用处。他们更希望您恢复自由，然后带他们找到他们想要的。记住，有关于画的事我们一无所知，这样对您也好。"

说到这儿，一秘正打算与其他参会人一起离开。所有人都急着去吃饭，但是没有人像安东尼那样急切，因此他站起来，看到没有人准备跟他道别，径直走到门口。哈利·帕克跟着走了过去，确保他能够谨慎地离开大使馆。然而，在门口，安东尼突然想到了一个疑问，他停下来转向大黄蜂爵士。

"抱歉，大黄蜂爵士，有一件事我不是很清楚。科里亚在这件事中所扮演的角色是什么?"

"科里亚？我刚才跟您说了，我们不知道。但有一件事我们是确定的，科里亚是您的对手。如果我们已经得知画作买卖的事，并且西班牙当局有所怀疑的话，那么很明显苏联人也知道事情的来龙去脉。自然，他们并不希望法西斯组织得到资金或者武器援助，他们会尽可能地去阻止。出于这个目的，他们派出了科里亚。"

"那我明白了，"安东尼说，"那么科里亚如何能够阻止交易呢？"

"多么傻的问题呀，怀特兰兹！"大黄蜂爵士叫道，"使用惯用的手段：杀您灭口。"

二十五

一份丰盛的扁豆配腊肠、半块白面包和一壶红酒都不能打消大黄蜂爵士的警告之言给他情绪上带来的沮丧。虽然吃东西可以填饱从前一天就开始饿着的肚子，但安东尼·怀特兰兹却没办法驱散想象中被蒙面杀手追杀的感觉。任何人在任何地点、任何时间都能突然捅他一刀或者给他一枪，用领带勒死他，在他的盘子里或者杯子里下毒。安东尼一边满心忧虑地吃着喝着，一边在脑中无数次地权衡明早乘第一班火车返回英国的可行性。想到自己卷入了一场国际阴谋，他又犹豫了，因为这意味着，假如那些阴谋家为了报复或者让他保持沉默，又或者只是因为寻常的敌意打算杀死他的话，地球上不会有任何地方对他来说是安全的。活着回去的唯一出路是尽早结束那桩引他来到马德里的买卖。只有当他的存在不再是敌人计划的障碍时，他们才会放他一条生路。

有了这个似有非有的安慰，他吃完饭，准备往回走。他快步穿行在繁忙的街道上，左顾右盼，时不时地突然转身，以便及时察觉出其不意的袭击。他自己也意识到这种行为的荒谬，因为他并不知道潜在的袭击者长什么样子。他一时心血来潮，幻想那个杀手可能很像乔治·拉夫特，然后窥视着每个行人，试图从中辨认出演员的脸以及他著名角色的精致服装。这种疯狂暂时转移了他的恐惧，催促他尽快走回酒店洗漱、刮胡子、换衣服。如果他注定要惨死，至少也要死得体面。

路过一家食品店货品齐全的橱窗时，他停下脚步，走进去买了各种食品。晚上他不想上街，为了把自己关在房间里不至于被饥饿围困，他打算储备一些食粮。他在一家面包房买了面包，在另一家酒馆里买了酒。置备妥当之后，他顺利地回到旅店的门口。

像往常一样，长相糟糕的接待员用明显带有指责的目光看着他。但在那个时候，英国人并不在意别人怎么想。他冷冷地跟接待员打了招呼，伸出手去拿房间的钥匙。接待员给他钥匙的时候，用眼神示意了一下安东尼背后的什么。安东尼转过身去，克制住尖叫声。但他所看到的并没有什么值得恐慌的。

一个衣衫褴褛的女孩睡在大堂的椅子上。安东尼问接待员这个姑娘跟他有什么关系。

"您会知道的，"接待员说，"她昨天下午来找您，然后就没有离开这里。我本打算叫卫兵，但转念一想，您已经跟他们打够交道了，还是不要再火上浇油了。"

安东尼蹲在女孩面前想看清她的脸，认出是托妮娜之后他大吃一惊。这个女孩好像在睡梦中就感觉到了他的反应一样，睁开眼睛，充满感激地看着英国人，而安东尼好像看到毒蜘蛛一样直起身来。

"你在这里做什么？"

托妮娜揉揉眼睛笑了。

"伊西尼奥·萨莫拉来找我，让我来这家旅店，说您知道发生了什么。他说如果您不在的话就一直等您回来。我从昨天就在这里了，还以为您已经回国了呢。"

"伊西尼奥·萨莫拉让你来的？"安东尼问，"他跟你说了原因吗？"

"他跟我说您会带我一起回英国。"

说到这儿，她指了指椅子下面。安东尼惊讶地看到一大包用包袱皮包裹的行李。

"听着，托妮娜，"安东尼竭力保持冷静，尽可能简单明了地说，

"我不知道伊西尼奥·萨莫拉跟你说了什么,但不管怎样,都毫无根据。的确,昨天中午在他的要求下我和他一起吃的午饭。他当时很激动,吃饭的时候说了很多蠢话,我选择不反驳他,不想让他的情绪恶化。随后,还发生了许多更重要的事情让我忘了这段对话。此外,并没有必要消除可能产生的误会。如果伊西尼奥·萨莫拉由于我的慎重得出了错误的结论,那是他的问题,不是我的问题。你明白我的意思没有?"

托妮娜表示同意。安东尼放心地走向通往房间的楼梯。刚上了一级台阶,他回头想看看托妮娜是否已经离开旅店,却发现她手里拿着行李,跟在他的后面。或许是她没有听见他刚才的一番解释,或许是没有听懂,又或许是听懂了但没有打算照此去做。安东尼明白他必须采取果断明了的行动。唯一的解决办法就是抓着女孩的脖子,把她拖到街上,一脚踢在她骨瘦如柴的屁股上。这是对付头脑简单、出身低微的人唯一合适的语言。也许接待员会谴责他在旅店的大堂使用暴力,但是一定会体谅他的处境,和他站在同一阵线上。在这个想法的鼓舞下,安东尼把手放在托妮娜的肩膀上,直直地看着她的眼睛。

"你从昨天起就没有吃东西,对吗?"他问她,见她默认,又说,"这个包里有一些吃的。上楼到房间里,我给你一些吃的。然后再说吧。"

说完这些,他走向正好奇地看着这场面的接待员。

"我会待在房间里,在任何情况下,都不要打扰我。"他说。

接待员挑了挑眉,暗示会采取措施维护旅店的体面。托妮娜看到后,走上三级台阶以便与英国人保持同一水平,在他耳边小声说:

"给他点小费。"

安东尼赶紧掏出一个杜罗,走到前台,把钱放在柜台上。接待员没说什么,把钱放进口袋,然后假装没事人一样抬头盯着天花板,同时安东尼和托妮娜跑上了楼。

在房间里,安东尼把装有食品的袋子给托妮娜,叮嘱她留一些作为晚饭,然后穿着衣服倒在床上,不一会儿就睡着了。醒来之后,屋里一片昏暗,夜幕降临,只有街灯苍白的光透过窗子照射进来。托妮娜身体蜷曲着睡在他旁边。临睡前,她已经把他的衣服和鞋子脱了,给他盖上了床单和毯子。安东尼转了个身,又进入了平静的梦乡。

这种平静被一阵持续的敲门声打断。他问是谁,一个男人的声音说:

"一个朋友,开门吧。"

"谁能保证您没有恶意。"安东尼说。

"我就能保证,"那个声音回答,"我是吉耶尔莫,吉耶尔莫·德尔巴耶,伊瓜拉达公爵的儿子。我们在我父母家里认识的,那天晚上在'快乐的鲸鱼',何塞·安东尼奥的聚会上也看到你了。"

二人的对话也吵醒了托妮娜。意识到自己的处境,并且很可能习惯了类似的恍惚,她跳下床,藏起行李,捡起地上散落的衣服,然后钻进衣柜里。安东尼见状,打开了门。

吉耶尔莫·德尔巴耶立即进了房间。像之前一样,衣着高雅却很不修边幅。他开朗友好地微笑着,跟安东尼握了握手。

"抱歉在这么个烂摊子中间接待你,"英国人说,"我没有打算见人。说实话,我已经跟前台说好在任何情况下都不要让任何人上来。"

"啊,对,"吉耶尔莫的笑容从微笑转为青少年的大笑,说,"门口那家伙不让我进来。我亮了亮手枪,然后说服了他。我可不是恶霸。"看到对方突然脸色苍白,他赶忙说道:"正常情况下我是不会来打扰你的,但有些急事要跟你说。"

安东尼关上门,指了指唯一的椅子,抻了抻床上的被子不想让人看出刚才用过,然后自己坐在床上。

"别麻烦了,"吉耶尔莫·德尔巴耶说,"我就耽误你几分钟。这里只有我们两个人吗?看上去是这样。我的意思是我们说话安全吗?不会被听到吧?这件事很严重,就像我跟你说的那样。"

安东尼认为在这个时候透露柜子里有一个年龄不大的妓女很不妥当,他请求来客说说此行的来意。吉耶尔莫·德尔巴耶沉默了一会儿,就好像在最后时刻对自己的决定产生了怀疑。他的犹豫显露出了他天生的羞怯和这个年龄的不确定性,他开始为他之前生涩的语气道歉。在父母家,他总是处于紧张状态,因为他们还把他当作一个小孩子对待。出于家庭的压力,他学了法律,尽管毫无天赋和兴趣;气质上看,他是一个诗人,不是浪漫派也不是田园派,而是马里内蒂学院派。诗歌与政治占据了他所有的思想。也许正因如此,他没有女朋友。大学时,他参加了西班牙大学生工会,一开始被长枪党的理念所吸引,后来为他们领导人的人格魅力所折服。目前他会利用业余时间在中心工作,协助一些组织和宣传工作。随后他又赶忙说这些官僚活动不影响他直接参加公共行动,有些还是暴力的。

"至于是什么促使我来到这里,"吉耶尔莫·德尔巴耶说,"我尽可能地表达清楚,尽管我的想法还很混乱。但是如果听我说完,你就会明白我担心的原因,以及选择把这事告诉你的原因。"

他顿了顿,用手搓了搓脸,眼神在房间很有限的空间里游移。

"那我就直奔主题了。长枪党内部正在发生一些奇怪的事。我怀疑我们之中有奸细。我指的不是警察的卧底。我们中间的确有卧底:假如内政部没有自找麻烦近距离监视我们的话,我们还不会这么有影响力呢。我们人数众多,很难保证我们每一个人都是忠诚的。正如我所说,这并不是重点,不然我也不会为这样的小事专门跑来找你。我说的是另一种背叛。"

说完问题的性质之后,吉耶尔莫·德尔巴耶平静下来,他自言自语时的语气更为友好，近乎亲密。尽管他十分年轻，缺乏经验，但是在看待所参加党派中一些错综复杂的问题时，他的观点颇为独特。他不仅看到了何塞·安东尼奥作为领导人精力充沛的一面，了解他的思想和他的战略，同时，在家庭的小圈子里，他也看到了何塞·安东尼奥在帕琪塔身边人性的一面，他的优柔寡断，他的自相矛盾，他疲劳沮丧的时候，还有在他最亲密的朋友面前都不能表露出来的脆弱的一面。这让他能够体会到他们长官心中可怕的孤独。

听他说的时候，安东尼察觉到那个富人家的、娇生惯养的、孩子气、天性活泼的男孩，有着和他姐妹一样令人烦恼的洞察力与智慧。这个发现让英国人警惕起来。最近几天，他好几次都觉得自己仿佛是两个女人的玩物，他可不愿意跟这小子重复这种体验。

"我明白你跟我说的这些，"他说，"但是所谓的背叛跟所有这些有什么关系呢？"

年轻的长枪党员从椅子上站起来，激动地在房间里来回走了几步，尽量避免过分地靠近窗户。

"你不明白吗？"他喊道，"有人想杀了何塞·安东尼奥，取而代之，发动革命或者将其扼杀在摇篮之中。"

"这只是一个猜测，吉耶尔莫。有没有什么证据？"

"就是没有证据，"吉耶尔莫很激动地说，"假如有的话，哪怕只是一个简单的凭据，我都会去找长官，直言不讳地告诉他。但是如果我两手空空地去，仅说我的猜测，他会怎么样？大发雷霆然后让人给我一剂蓖麻毒素。但是我知道直觉不会骗我。一些大事正在发生，一些将会对我们的运动和西班牙产生重大影响的大事。"

安东尼隔了一会儿才回答，刻意强调态度上的差异。

"这就是你们西班牙人共有的问题了，"他一边说一边伸开双臂，好像要覆盖全国人口一样，"你们都有直觉，但是缺乏方法。即便是委拉斯开兹，在这方面也是弱项。你能相信凭借他接受过的技法训练，尽管在意大利待过很多年，却从未掌握透视画法的基本原则吗？你也一样，正如你刚才所说，你接受过法律教育，但是没有像一名法律学家那样专注于已证的事实和证据的真实性，思想和行为却更像一名诗人。现如今很流行把诗歌说成是知识的一种形式，但是我不同意，至少在这样的问题上我不同意。相反，我认为如果我们不想陷入混乱的话，应该把逻辑放在第一位。我们必须在一个利益纷争激烈的世界里共同生活，而共存必须基于人们都遵守明确平等的集体规则。"

他顿了顿，然后面带微笑地继续说，以便抵消自己话语中说教的语气：

"恐怕按照这样的想法，我很难加入你们的行列。"

"我没有要求你这样做，"吉耶尔莫·德尔巴耶回答说，"我只是来求你一件具体的事。你一定会问，为什么偏偏是你？很简单，因为你是外国人，刚来不久，只是路过，这样可以排除你和我所担心的事情有任何关联。你与长枪党或者其他政治流派都没有关系。同时，我认为你聪明、诚实，是个好人，更何况，我感到何塞·安东尼奥和你有些惺惺相惜，你俩思想和脾气完全不同，甚至截然相反，但是在你们友谊基础之上产生了一种莫名的和谐。"

"那么我们言归正传。你希望我做什么？"

"跟他谈谈。当然不要提起我。让他提高警惕。长官思维非常敏锐，会立即明白事情的严重性。"

"或者让人给我一剂蓖麻毒素，"英国人说，"你对于我和何塞·安东尼奥之间关系的直觉跟其他相比，太过武断了。政治局势极其复杂，那些能够决定西班牙未来命运的人们之间相互产生一些担忧和怀疑没有什么特别的。如果一个外国人搅入这个乱局，传播恐惧和怀疑，何塞·安东尼奥一定会对我置之不理或者当我疯了，或者以为我是一个间谍。即便如此,"见到对方失望的表情,他又说,"如果有合适的机会,我会试着跟他说说。但是别的我不敢跟你保证。"

这个模糊的说法重新点亮了这个冲动的长枪党员脸上的光芒,他从椅子上跳起来,紧紧地握住英国人的手。

"我就知道能信任你!"他喊道,"谢谢!以西班牙长枪党和我本人的名义,谢谢你,同志,愿上帝保佑你!"

安东尼试图打断他的慷慨陈词,因为他完全没有打算兑现任何承诺,只是想着尽快离开这个国家,但是这个男孩真诚的感谢却触动了他的良知。吉耶尔莫·德尔巴耶明白该结束这次拜访,想要效仿长枪党所推崇的军队的简洁,但是在谈话过程中却败给了自己诗人的气质,他说:

"就不多打扰你了。最后一个请求:不要告诉我的父母任何我跟你说的事。再见。"

他走了之后,安东尼赶紧跑到柜子前面。由于缺氧,托妮娜毫无生气地躺在衣服里。他抱起她,把她放在床上,一扇一扇打开窗户,他用力地拍她的脸,直到她发出微弱的呼吸他才确认这个可怜的姑娘尚在人世。他放下心来,给她盖上一条毯子使她免受夜晚寒风的侵袭,他穿上大衣,坐在椅子上等待,刚才那个热情的长枪党员就是坐在这把椅子上试图让他卷入一场真实的或者是想象的阴谋之中,但同时对于国家的未来又至关重要。安东尼来到马德里本来是为了给一幅画定价,不知怎的却成了西班牙历史上所有力量的碰撞点。当安东尼正在思索自己如此吃力不讨好的处境时,托妮娜睁开了眼睛,看了看四周想要回忆起自己在什么地方,又怎样来到了这里。终于,她露出抱歉的微笑,低声说:

"对不起。我没留神就睡着了。现在几点?"

"九点半。"

"这么晚了……也许你还没有吃晚饭吧。"

她想要站起来,但是安东尼让她躺在床上,坚持要她休息。然后,他把窗户关上,把椅子拉近桌子,吃掉了剩下的食物,喝掉了大半瓶当天下午买的酒。吃完之后,托妮娜已经睡着了。安东尼打开笔记本,准备写本来打算写的笔记,但是一个字也没写出来。近几天发生的事情造成的疲惫击垮了他,他收起钢笔,合上笔记本,脱了衣服,关上灯,躺上床,轻轻地挪了挪床上的姑娘。明天不管怎样都要跟她告别,他想。但是此刻,在思维混乱的情况下,睡在他旁边的姑娘的温暖的身躯,给他带来一种不真实却很暖心的安全感。

二十六

　　强烈的光线透过百叶窗照射进来，提醒还在打瞌睡的安东尼·怀特兰兹时间已经不早了。时钟指向九点半，托妮娜像弃婴一般睡在他旁边。而安东尼一边在头脑中整理昨夜发生的事，想办法解决当前的问题，一边从床上起来、洗漱、穿衣服，然后蹑手蹑脚地溜出了房间。在前台，他请求使用旅馆的电话，然后拨了伊瓜拉达公爵家的号码。管家接的电话，告诉他公爵阁下目前没法接电话。安东尼坚持说是一件急事，问公爵先生什么时候能接电话。管家也没有办法回答这个问题，公爵没有告诉他日程安排。管家唯一的建议就是安东尼隔一会儿打一次试试，也许会有好运气。

　　安东尼心烦地回到房间，发现托妮娜已经穿好衣服正要离开。作为一个勤劳的女孩，她已经把床铺好，整理了一下房间的其余部分。充沛的阳光透过打开的百叶窗照射进来。

　　"我要出去几个小时，如果你不介意的话，"女孩说，"我要去照顾我的儿子。但我会尽快回来的，如果你愿意的话。"

　　安东尼冷冷地回答了句随便，只要不打扰他就好，托妮娜低着头匆匆离开了。剩他一个人时，安东尼像笼中困兽一样来回溜达。好几次都在放着笔记本的书桌前面坐下，但一个字没写又站了起来。他又一次尝试跟公爵通话，却被管家简短的拒绝顶了回来。安东尼绞尽脑汁试图想明白公爵态度骤然转变的原因。也许他得知警察已经知道了他的计划，于是想等待更合适的时机完成交易，但如果是这样的话，为什么公爵不直接告诉他而是冷落他呢？如果公爵对他的忠诚有所怀疑的话,应尽早打消疑虑才是。

这些想法在头脑中萦绕,他再也受不了继续被关在屋子里了。经过一晚上睡眠修整,看着外面太阳高高挂在碧蓝通透的天空,他突然觉得昨夜的恐惧似乎微不足道。他不否认大黄蜂爵士的话有一定的真实性,但是觉得某个苏联特工想要解决他这个从政治角度来看无足轻重的人似乎不太可能。即使他挡了他们的路,那么光天化日之下,在繁华街道的人群中也不会有什么事情发生。昨晚储备的食物已经所剩无几。无论他不得不面对的问题是不是变少了,现在总是多了一张嘴吃饭。

踏上人行道,他很高兴做了这个决定,感觉已经把忧虑丢在了旅店大堂阴暗的角落里。刚走到圣玛利亚广场,他感受到了近来天气的改变。在马德里的这个地段,少有树木和植物,春天的到来体现在空气和颜色中,仿佛是一种情绪的变化。城市和城市里的人浸沐在这明媚的春光中,好像什么坏事都不会发生。

早餐吃了一个小餐包,喝了一杯咖啡之后,在春天愉悦气息的引领下,他几乎是在不知不觉中,又一次来到了普拉多博物馆的门口。如果他不得不提前离开马德里,他不想在还没有跟他挚爱的画作道别之前离开。走在陡峭的阶梯上,突然一个令人沮丧的想法向他袭来:也许这是最后一次欣赏这些艺术品的机会,在它们的陪伴下,他度过了许多令人陶醉的时光。假如西班牙社会各个部门都在酝酿的那种疯狂,如人们预测的那样变成武力冲突的话,谁来保证散落在国家各地的无数艺术珍宝不会毁于一旦呢?

这个阴郁的想法压得他喘不过气,以至于他走过好几个展厅都没有察觉一个身穿披风大衣、头戴窄边礼帽的男人远远地跟在他的后面,并且如果跟踪目标停留在某一幅展出的画作前面,这人就会躲到角落里或柱子后面。这是一个合理的预防措施,因为在那个时间博物馆里没有其他的参观者，但这也是一个没有必要的预防措施，因为安东尼甚至连他浏览过的画都没有注意。当他远远望见第一幅委拉斯开兹的画之后，他抛开了内心的思索，全神贯注于这些画上。这次他不可抗拒地被两个独特的人物所吸引。

这两个人物就是迭戈·德阿塞多（绰号"傻哥"）和弗朗西斯科·莱斯卡诺，如果不是委拉斯开兹让他们进入不朽的大门，他们的地位可能还不如狗。阿塞多和莱斯卡诺是腓力四世宫廷里众多小丑演员中的两个矮人。这两幅画的尺寸都非常大，高一米、宽八十五厘米。这两幅与玛格丽特公主和玛丽亚·特丽莎公主的画一样大。画家对待模特的眼光也都一样，无论他们是公主还是矮人：人性的眼光，没有奉承，也没有同情。委拉斯开兹不是上帝，没有受到感召来评判一个已经定型和无可救药的世界，他的使命只是如实展现世界的样子，而这也是他所擅长的。

很明显莱斯卡诺患有痴呆症，或许德阿塞多也是如此。尽管灯光很暗，或者为了突出这一事实，两个小丑所做的事情都需要一点点智力和学习能力，这正是他们所缺乏的素质："傻哥"腿上放着一本摊开的书，大小几乎和他自己的身材一样；莱斯卡诺手里拿着一副纸牌，好像正要发牌的样子。德阿塞多翻开的书页上面写着字，甚至还有插画，不过这只是委拉斯开兹惯用的伎俩，走近了看，字和画只是一些颜色均匀的斑点。同样的手法也出现在纸牌上。小丑占了画布的绝大部分；在每幅画的右侧都可以看到瓜达拉马山脉的轮廓；远处的山脉和其他参照物的缺乏让矮人们处于平地上；傍晚的光线；整体感觉很荒凉。远景中山脉的雄伟和近景中人物的渺小和无助形成了鲜明的对比。

安东尼是如此着迷于这些人物，以致没有察觉到自己嘴唇在动，仿佛在和他们交谈。此刻，德阿塞多和莱斯卡诺成为唯一能够理解和分担他的忧伤的生灵,这即将到来的灾难将毁掉他面前的一切,从美丽和尊贵的事物开始,对弱者不会有半分怜悯。这不是我的祖国,英国人嘟囔着,时而看这一幅时而又看向另一幅,把我的命运同一些不相干甚至不知道我存在的人的命运联系在一起是很荒谬的。不能说是临阵脱逃,只能说是明智的撤退。

矮人们没有回答。他们看向前方,但看的不是观众而是其他的什么,肯定是正在作画的委拉斯开兹,或许只是看向远处。这种冷漠并没有让安东尼感到吃惊,因为他没有期待更多。对于他来说,矮人们代表着马德里人,是他通向深渊之旅途中沉默的伙伴。

他转身打算离开,内心却依然沉浸在绘画的平行世界里,突然发现一个身着披风大衣、头戴窄边礼帽的男人步履轻快地向他走来。这让他顿时回到现实之中——这肯定就是心怀谋杀企图的狡诈的科里亚。像一场噩梦一样,恐惧让他双腿瘫痪,想叫但嗓子里却发不出任何声音。求生的本能让他抬起手臂,胡乱地挥舞来保护自己和抵挡攻击。面对这个举动,那个人吓得停下了脚步,他礼貌地摘下帽子,带着浓重的英国口音喊道:

"看在上帝的份上!怀特兰兹,您疯了吗?"

安东尼的情绪从恐慌转变为惊异。

"加里戈?埃德温·加里戈?"

"我不知道如何能找到您,而我又不想求助于官方,于是我来到了博物馆,觉得迟早能在这里遇见您。即使怎么都遇不到,我想,该死的,来普拉多博物馆一游也能与旅行中的不快相抵了。"

惊讶劲儿过去之后,安东尼心中充满了无声的愤怒。

"不要指望我会热情迎接你。"他含糊其辞道。

老馆长耸耸肩。

"对于您我没有期待什么。但是,您应该感谢我,"他指着小丑们说,"我们就不能不在这些不幸的人面前说话吗？我住在离这里不远的皇宫酒店。那里我们可以安静舒适地谈话。"

安东尼犹豫了。按照他的脾气，本该让多管闲事的人见鬼去，但是理智阻止他让一个世界范围内的业界权威对他产生敌意，此人可以给他带来很多好处，也能给他造成很多问题。短暂的思索过后，他做出了一个勉强同意的手势，然后走向出口，老馆长跟在他的后面。他俩穿过普拉多大道，互相没说一句话。他们在那座豪华的圆形建筑里面找到一处僻静的角落，脱下外套，懒散地坐在各自的扶手椅上，紧张的沉默一直延续到老馆长开口说道：

"天哪，怀特兰兹，放下一次您那该死的多疑吧。您不会真的觉得我会抢了您重大发现的荣耀？好好想想吧，我是国家美术馆的馆长，我好歹是个全球知名的人物，请原谅我的不自谦，而且很快就退休了。难道我会为了一场结果不确定，甚至，恕我直言，合法性都很可疑的冒险而毁了我一生的名誉吗？假如我真的决定去犯这个错误，我还会专程来找您，告诉您我的意图吗？"

安东尼等了一会儿才回答。房间的另一端，竖琴圆润的和弦声盖过了谈话的窃窃私语声。

"别装了，加里戈，"终于，他平静地说，"您不会想让我相信您离开特拉法加广场的办公室和萨沃伊茶来捅这个马蜂窝，就是为了跟我说一幅您都没见过的画吗？别让我笑话了。您来这里是为了分一块蛋糕，即便不是整个蛋糕，而您来找我是因为我是唯一能够带您去藏有那幅委拉斯开兹画作的地方的人。幸好谨慎起见我没有在信中告诉您，否则……"

一个服务生走过来问他们想要喝些什么。埃德温·加里戈点了一杯咖啡，而安东尼什么都没要。服务生走后，老馆长一副受到伤害的样子。

"您总是个大胆的家伙，怀特兰兹，"他毫无怨恨地说，就好像在描述一件家具的特征一样，"您还是学生的时候就是这样，这个特征随着年龄的增长愈发突出了。您缺乏职业上的成功，如果您允许我这样说的话。请听好，我不想与那幅画有任何关系。那是假的，怀特兰兹，假的。我不是说那是一件仿品或者故意的欺诈：也许目前的拥有者认为它是真的，也许他们的行为是真诚的。但是那幅画不是委拉斯开兹的作品。我不是放下工作来抢走您什么，怀特兰兹。几天前，我们驻马德里大使馆的一个官员打电话跟我说了这件事，给我读了您亲手写的那封信。然后我立即启程，目的只有一个：阻止您犯下无法弥补的错误。且不论您个人缺点和单纯无知，我一直当您是一个杰出的专业人士，我不想看到您的职业生涯毁于一旦，而变成学术界的笑柄。无论您相信我与否，但是我跟您说的是实话。我爱我们的职业，怀特兰兹，我为此付诸一生，艺术一直是并且仍将是我的乐趣所在和存在的理由。虽然我从来没有回避争议，我也爱我的同行。您就像我的家人，我的……"

自己的这些话产生的情绪令他哽咽而无法继续。为了隐藏他的羞愧，他从美式西装上衣口袋中拿出一条深红色的手帕，擦了擦额头、下巴和脸颊。随后饶有兴致地看了看这一系列动作在手帕上产生的效果。

"马德里的天气破坏了我的妆容。"他一边说一边折好手帕放回原处。"太干燥了。也会破坏油画。希望您也考虑到这一点。"

服务生走过来，手上拿着一个托盘，上面有一杯摩卡、一小壶牛奶、糖罐、小勺、一条亚麻餐巾和一个玻璃虹吸管。加里戈满意地微笑着，而安东尼为他刚才的节制感到有些后悔，利用这个机会跟服务生点了一杯威士忌加苏打水。然后，趁老馆长正噘着嘴喝咖啡的时候，安东尼说：

"您没看到。我指的是那幅画。您没看到那幅画，但是我看到了。"老馆长回答之前像女子一样矫揉造作地抹了一下嘴角。

"我不需要。我是老手了，见过类似的情况。魔鬼驻扎在十字路口，为愿意出卖灵魂的人提供奇迹。但这一切终究会以一个可悲的骗局收场。魔鬼的天性就是欺骗。我也感受过相同的诱惑，梅菲斯托费勒斯闪闪发光的商品也曾在我眼前展示过。一切都是过眼云烟，怀特兰兹，过眼云烟。"

"但是您没有见过那幅画。"安东尼不是很笃定地坚持道。

"正是因为这样我才知道是假的，我才来到这里。假如我见过的话，说不定就会像您一样被那致盲的谬误所击中。这世上最容易的事就是看到自己想看的。若非如此，男人也不会跟女人结婚，人类早就该在几千年前灭绝了。达尔文看得很清楚。哎呀，怀特兰兹，怀特兰兹，我们可以举多少例子啊，我们同仁的例子，最温和稳重的那些人难道不是因为不可抗拒的欲望而声誉受损吗？多少草率的署名鉴定！多少错误的年代鉴定！多少象征性的解释，多少隐藏在风景背后还有藏在圣母衣着褶皱处的细节！还有那些发现和解释所谓的神秘和模棱两可的无节制的欲望！"

他身体前倾，拍了拍安东尼的膝盖，脸上同时露出一种嘲弄和慈父般的表情。

"不要自欺欺人了，怀特兰兹，鉴赏一幅艺术作品，百分之五十是符合实际的，另外百分之五十取决于我们的喜好、判断力、教育水平；特别是当时的情况。如果我们不在画的面前，而仅凭记忆的话，符合现实的部分又要减去百分之十。记忆是薄弱的、理想化的、不完整的，各种回忆彼此之间交换着信息。对于业余爱好者来说，这些变化并不重要，主观意识甚至可能是造型艺术的重要组成部分。但我们是专业人士，怀特兰兹，我们必须与情感的欺骗作斗争。我们的职责不是创造骇人听闻的发现,也不是解释和评价它们。我们的职责仅限于评估画布、颜料、画框、裂纹、销售契约,总之,所有用于鉴别真伪、避免混乱的东西。"

他重新靠在扶手椅上,两手指尖相对,说:

"刚才,在普拉多,我一直在观察您。我在远处,光线很昏暗,我的眼睛不如从前,但即便如此,我依旧相信看到您与迭戈·德阿塞多和弗朗西斯科·莱斯卡诺交谈。我不是责备您。很多时候,我向画中的人物敞开心扉,充满诚意和情感,毫不次于我对待人们和天使那样。我曾在几幅画前哭泣,不是出于审美的情感,而是灵魂的流露,像忏悔一样,作为心理治疗,或者其他什么都无所谓。这没有错,只要我们知道这是瞬间情感的迸发就好。然后,在面对现实的时候,情感必须被锁定,只相信事实,相信第一手的检查,相信对照……您是在什么情况下看到那幅画的,怀特兰兹?独自一人还是有人在旁边?看了好几个小时还是只有几分钟?查阅过什么文献吗?X光检查结果是什么?当今没有人在做X光检查之前就敢得出结论。这些您做过了吗?什么都不用说,怀特兰兹,我知道问题的答案。您现在还坚持与我相反的观点吗?"

威士忌已经端来,安东尼喝了两大口。在酒精的鼓舞下,他说:

"我不是持有与您相反的观点,加里戈。是您从伦敦跑来给我做这个看上去严谨、有条理的学术'前脑叶白质切除术'。至于您的问题,我要说:我能回答,无论回答得好与不好,但是您不能因为您没看到那幅画,就一棒子打死。您没资格跟我谈什么"谨慎"、什么"经验",更不要说友情。您只是害怕我取得成功从而让您充满野心、阴谋诡计的职业生涯变成笑话。您因为这个来到这里,加里戈,来妨碍我的工作,如果没有成功的话,就与我一起宣布发现,从完全属于我一个人的东西里抢走一块。"

老馆长噘起嘴唇，愉悦地挑起眉，吹了声口哨。

"您发泄完了，怀特兰兹？"

"是的。"

"感谢上帝。现在跟我描述一下那幅画。"

"我为什么要这么做？"

"因为我是唯一能够理解这事的人，您一定很想找人聊聊那幅该死的画。此刻，您更需要我，而不是我需要您。您到现在为止一直神经紧张，这很自然。如果我是您，也会火冒三丈。"

老馆长的沉着改变了自古以来师父和徒弟之间的紧张关系。

"高一米三、宽八十厘米。深赭石色背景，没有风景或其他元素。中间是一位裸体的女性，略微向左倾斜。右手握着一块盖过膝头的蓝色织物。姿态让我想到了提香的作品《达娜尔》，委拉斯开兹可能在他第一次去意大利时在佛罗伦萨看到过这幅画。女人的面目清晰，与委拉斯开兹用过的其他任何模特都不一样。调色与《镜前的维纳斯》的相同，无疑画中人是同一位女子。"

"加斯帕·戈麦斯·德哈罗的情人？"

"或者他的妻子。"

"您在开玩笑吧，怀特兰兹？"

"一直有人说画中的维纳斯就是加斯帕·戈麦斯·德哈罗的妻子，安东尼娅·德拉塞尔达夫人，因此委拉斯开兹才模糊了镜子中映出的面容。"

"拜托！这一理论是头脑发热的结果！没有贵族，更不要说西班牙贵族，会允许他们的合法妻子裸体摆姿势，或者订购类似的画了。这是前所未有的……"

"没有任何人类行为需要有先例才成为可能。委拉斯开兹这样的画家也是前无古人。"

"我知道您想说什么了:画家爱上了模特,一幅秘密的画作,不可能的爱,复仇,总之,虚构的故事。您为了获得一点点名声需要如此自贬身价吗?我们是同行,怀特兰兹,别想向我推销这些不值钱的玩意儿。"

"我的理论不是没有根据,"安东尼回答说,在这种情况下,他决定忽略侮辱,利用对方的专业知识,"黄金时代的西班牙社会比英国社会更加自由,与黑暗传说留给我们的印象毫不相同。西班牙比其他国家离意大利更近。无论是洛佩·德·维加或提尔索·德·莫利纳的喜剧,还是堂吉诃德本人都向我们展示了一些非常宽松的生活习惯,甚至加尔德隆式的野蛮都是对女性的脆弱、胆大妄为和躁动的不言而喻的认可。如果我们相信那个时期的文学,那么当时的西班牙女性都是有文化和勇敢的,她们不会被大胆的女扮男装的想法所吓倒。在我看来,事情是这样发生的:一个放荡的贵族与一位聪慧的标新立异的女性结了婚,他订了一幅神话主题的画作,但是基本上是一个感性和不羁的裸女形象。画作从未离开过加斯帕先生的私人房间,因此,他的妻子并不反对参与其中。我们不应该排除,她也可能是她丈夫放荡生活的同伙,而不是一个贞洁顺从的受害者。总之,由委拉斯开兹来为他作画不仅满足了他的虚荣心,还保证了这幅画在艺术史上享有杰出的地位。如果《洛克比的维纳斯》真的是安东尼娅·德拉塞尔达,连您都会同意这是一位美貌非凡的女子,而不是装模作样。我们不要乱了头绪。在安东尼娅·德拉塞尔达夫人和画家之间产生了强大的相互吸引。私底下,委拉斯开兹画了第二幅裸体画,这次没有隐藏模特的面容。这是永远拥有他所爱的女人,延长这段注定短暂的关系的唯一办法。为了避免麻烦,他带着画前往意大利。如果他放在马德里一定会有人发现。两年之后,国王召唤他的画家委拉斯开兹返回西班牙,而画却留在了意大利。后来一位西班牙红衣主教买下画并把它带回西班牙。画一直藏在一个家族丰厚的财产之中，传了一代又一代，现在重新出现。历史上有什么是不可信的？"

"完全不可信，一点都不真实。这都是您想象的产物。可能发生过这样的事，也可能截然相反。画作也可能是其他画家所画，比如马丁内斯·德·马佐。"

安东尼摇头反对。他已经考虑过并且排除了这种可能性。胡安·鲍蒂斯塔·马丁内斯·德·马佐1605年生于昆卡，是委拉斯开兹最好的学生和助手，1633年他与委拉斯开兹的女儿弗朗西斯卡结婚。委拉斯开兹死后，他被任命为宫廷画师。有时候，马丁内斯·德·马佐的画会被误认为是委拉斯开兹的。安东尼本人曾经就写过一篇文章分析两位画家之间的区别。

老馆长耸耸肩。

"我没办法认同。也没什么好争论的。依我看，想要说服您是没有用的。我们暂时搁置这个问题吧。我是为您而来，但是听您胡说不是我在马德里唯一要做的事。我会待上几天，查阅一下文献，拜访朋友和同事，也许会去托莱多或者埃斯科里亚尔夏宫，或者尝试看一场斗牛，我对斗牛士的助手很有兴趣。如果您需要我，在前台留个口信，我就会知道。"

二十七

离开皇宫酒店之后，安东尼·怀特兰兹发现那些落叶乔木的枝头上已经冒出绿色的嫩芽。这种春天到来的微妙迹象莫名地激怒了他，让他流露出刚刚同埃德温·加里戈谈话时陷入的忧虑，任何借口都不为过，这种忧虑不是源于刚才受到的侮辱，而是因为老馆长的理论让他的信念产生了不可否认的裂痕。但是，此时此地的他不能有半点软弱，更不要说考虑放弃的可能性。如果因为害怕犯下大错而半途而废的话，他还能有什么指望？无非是回到令人不满且视野有限的学术生活，整日面对乏味的工作和肮脏的竞争。退缩需要的勇气并不比勇往直前少。更何况，他还担心老谋深算的加里戈劝他不要冒险是想自己取而代之，从而赢得最终的胜利。因为说实话，在正常情况下，埃德温·加里戈才是鉴定一幅如此重要的画作真伪和价值的理想人选，而非安东尼·怀特兰兹。只是因为西班牙动荡的政治局势，特别是刻板冷淡的加里戈和油嘴滑舌的佩德罗·提亚切尔向来交恶，才使得人选降为二线专家。无疑出于这个原因，加里戈意识到自己的位置被别人篡夺，于是来到马德里，打算利用他的威望和奸诈夺回领导地位。但我绝不会拱手相让的，安东尼暗暗发誓。

怀揣这个坚定的信念和从昨天去过的那家食品店里买的一大包食物，他走进旅店大堂，要了房间钥匙。

"我已经给那位小姐了，"接待员回答说，"她正在上面等你。"

安东尼并没有注意到接待员在提到那位姑娘时语气中的恭敬，并且使用了"小姐"的称谓。他以为是托妮娜回来了，她尽到了母亲的职责，并决定若非必须，从此一刻也不与他分开。但是当他一手抓着摇摇欲坠的包裹一手敲门的时候，给他开门的人却是帕琪塔·德尔巴耶，科尔内拉女侯爵。

"早上好，怀特兰兹先生，"她说，对自己的出现产生的效果感到很有趣，"原谅我的无礼。我想跟您谈谈，但是我觉得在大堂里暴露在所有人的好奇心之下等您不太合适。接待员很礼貌地给了我钥匙。如果我打扰到您，就直说好了，我马上走。"

"完全不会，一点都没有，"英国人一边结结巴巴地说，一边把食品袋放在桌子上，把大衣和帽子挂在衣架上，"事实上，我没想到……接待员告诉我有人来了，但我没想到是您，自然……"

姑娘站在窗前。在春日正午明亮阳光的照耀下，她的轮廓被光线镶上了金边，波浪的鬈发闪闪发光。

"您以为是谁？"

"哦，没有谁。只是……最近我过于频繁地受到意想不到的客人的拜访。您知道，警察、大使馆官员……这让我脑子里乱糟糟的，如果这表达正确的话。"

安东尼一边用目光环视着这间小屋里惨淡的景象，一边回忆着皇宫酒店里豪华的休息室，满心遗憾地想象着那里房间的宽敞、优雅和舒适，再一次令他清楚地意识到自己在面对人生的重要时刻时，所处的环境是多么的不堪。

"但是您别站着了，"他又说，努力想给这次见面增添一点体面的感觉，"请坐。我这里只有一把椅子。如您所见，这间房间条件不太……"

"满足我的目的足够了。"她打断道，没有离开窗边的位置。

"那好吧。"

"您不好奇我来的目的是什么吗？"

"是，是，当然……只是……抱歉，有些惊讶。您看，我买了些吃的……这样我才能安心不间断地工作……"

年轻的女侯爵做出了一个不耐烦的手势。

"安东尼，你没必要给我解释你的习惯，"她平静地说，大胆主动地对他用"你"相称，"你不要转移话题。我来这里是因为几天前我请求你帮忙并说要给你一些回报。我来履行我的诺言。"

"哦……但是我什么都没有做。"

"顺序并不影响结果，"帕琪塔说得与之前相矛盾，仿佛是不愿逻辑阻碍她的决心，"我履行我的诺言，然后你再履行你的。你觉得这个交易很糟糕吗？"

"哦，不是，"英国人尴尬地说，"只是……说实话，我没把这事当真。"

"为什么？你是不把女人当回事还是不把我当回事。"

"两者都不是……但是对待像您一样的人，一位贵族女子……"

"别说废话了！"年轻的科尔内拉女侯爵说，"贵族头衔只是传统和保守主义的象征，但是作为贵族人士我们都是按照我们的意愿行事。资产阶级有钱；贵族人士有特权。"

安东尼觉得愚钝的加里戈应该听听这个简洁明了的论断，完全适用于安东尼娅·德拉塞尔达夫人。但是无论对此还是对即将发生的他都无法做出任何论断。

"那么……"他说。

"他？"她说，露出的嘲讽的微笑被逆光遮挡住了，英国人没看见，"你不说他不会知道的。我信任你的绅士风度，此外，你在西班牙'如非必需不再多待一分钟'也是我们约定重要的一部分。我们别浪费时间了。我又说我去参加弥撒出来的，总会有人对我突然热衷于宗教而起疑心的。"

帕琪塔的冷幽默用来唤起英国人的激情再合适不过了，另一方面，他也没有忘记处境的荒谬和这种冒险必定会给两人带来的可怕后果。但是这些思考在这有限的空间里完全无法抵挡帕琪塔的肉体，房间的气氛似乎充满了电力。同样的情况想必委拉斯开兹在面对加斯帕·戈麦斯·德哈罗先生的妻子时也体验过，置自己的社会地位、艺术生涯和生命于危险之中，安东尼这样想着，同时抛开了所有理智的束缚，冲进这可爱的年轻姑娘的怀抱。

半小时后，她捡起地上的手包，拿出香烟和打火机，点燃一支烟。

"我从没见过你抽烟。"安东尼说。

"我只在特殊情况下抽烟。你介意吗？"

她的声音中带有些许的犹豫，安东尼确信从中察觉到了一丝柔情的影子。当他打算拥抱她的时候，她轻柔地推开了他。

"抽完这支烟我就走，"她茫然地看着天花板的污迹，轻声说道，"我已经跟你说了我不能离开太久。更不要说有警察：如果他们正在监视你，那么他们肯定看到我进来，又看到我离开，然后会想办法把事情查清楚。当然，事到如今，这些已经不重要了。"

安东尼明白她最后一句话以及悲伤语气的意思：鉴于她与何塞·安东尼奥·普利莫·德里维拉的关系，无疑任何企图逃避警方监视的预防措施都是徒劳。在那一刻，年轻的女侯爵的心思飞到了另一个男人身上，这令他感到很心痛但并不奇怪。

"我们还会再见吗？"他不抱希望地问。

"有可能，"帕琪塔一字一句地回答，"再见，对。也许我们会再见的。"

她从床上起来，开始穿衣服，嘴里还叼着香烟。就在这时，门口响起了清晰的敲门声。安东尼心头一紧。可能会出现在走廊里的人的名单是漫长而可怕的：恐怖的科里亚，何塞·安东尼奥本人，科斯科约拉队长或者吉耶尔莫·德尔巴耶。他假装若无其事地问是谁，门外传来了托妮娜应答的声音。安东尼放心地叹了口气：她的出现不是危险而是不舒服，他自信能够巧妙地解决这个问题。

"是清洁工。"他低声对帕琪塔说，然后大声说，"我在忙，晚点再来！"

"我等不了了，安东尼奥！"门的另一边，女孩声音很痛苦地回答道，"我把孩子带来了，现在必须给他换尿布。"

迷茫中，安东尼本能地转向帕琪塔，她已经穿好衣服，坐在椅子上穿长筒袜。年轻的女侯爵耸了耸肩，继续默默地穿长筒袜和鞋。她穿好之后，站起来，转过身，看向窗外。安东尼把一条毯子裹在腰上，然后过去开门。手握在门把手上，他停了一下，犹豫了几秒钟，说：

"等等。"

他穿过狭小的房间，站在帕琪塔的身边，喃喃地说：

"这是一个长而愚蠢的故事，一点也不重要……"

帕琪塔没有看他，把烟扔在地上，用鞋底把它踩扁，然后仿佛自言自语地低声道：

"我的上帝啊！我做了什么？我做了什么？"

安东尼把手放在她已经穿好衣服的肩上。她给了他一巴掌。

"别碰我，怀特兰兹先生！"她喊着走向门口。

婴儿在门口啼哭起来。年轻的女侯爵打开门，看着眼前正在摇晃着儿子、哼着摇篮曲的托妮娜。帕琪塔避开阻碍，高傲地走开。托妮娜从惊讶中恢复过来，挡住正在追帕琪塔的英国人。

"安东尼，你怎么一丝不挂！"

安东尼愤怒地把毯子扔在走廊的地板上，然后回到房间，用自己的语言喃喃地咒骂着。婴儿仍然在啼哭。托妮娜捡起毯子，走进房间，关上身后的门，避免丑事被人看到。匆匆穿上衣服的英国人打断她的这些动作，用眼睛瞪着她，大骂道：

"该死的，你和你那讨厌的孩子！"

"原谅我，安东尼奥，原谅我！下面的先生没有告诉我……"

她一边道歉一边护着宝宝，以免英国人在骂过之后会殴打他们。这个反应让英国人泄了劲儿。他穿上外套和鞋，跑下楼，气喘吁吁地来到大堂。在大堂里和街上都没有看到帕琪塔。他回到旅店，问接待员有没有看到她。接待员假装不知道自己引起的这场闹剧，回答说那位小姐已经在街上乘出租车离开了。安东尼没有回去拿大衣和帽子，穿着鞋带松开的鞋，出去拦了一辆出租车，并给司机指了去往卡斯泰拉纳街公爵府的方向。

这些戏剧性事件正在发生的同时，不远处，比不正经的接待员更为负责的伊西尼奥·萨莫拉·萨莫拉诺却不知道事态的发展，他正走向胡斯塔的家打算获取有关自己提议结果的消息。那个女人什么也不能告诉他，即使知道这一连串致命失误，他和她都不会认为买卖没有成功。伊西尼奥和胡斯塔对人生和事物的看法与政治口号和萨苏埃拉戏剧中俏皮话的水平差不多，他们一开始就对安置那姑娘的想法没抱多大期望，但是有一点比起什么都没有还是好很多。无情的社会壁垒和个人错误造就的两个人从一开始就失败的人生道路教会他们，要无视电影世界和连续剧中伟大的思想和高尚的情操。他们几乎是奇迹般地活到了中年，因此他们寄希望于运气和小失误中产生的不可反悔的承诺，以及人性中不守规矩的弱点。

"你不用为姑娘担心，胡斯塔，"伊西尼奥·萨莫拉在跟她的大嫂讲述自己与安东尼·怀特兰兹交谈情况的时候，曾这样跟她说过，"英国人是个好人，如果一开始他虐待她、打她，那么之后反倒会成为他不得不照顾她的理由。"

胡斯塔对此毫无疑问地默许了,将她的信念寄托于伊西尼奥·萨莫拉·萨莫拉诺的智慧上面。而此时,伊西尼奥正感到很自豪地走过阴暗的楼道,轻快地用指节敲门,而另一只手里拿着一束在街边花店买的紫罗兰。胡斯塔立即把门打开,这种迅速的反应和她的态度,而非她在黑暗中难以看清的脸庞,让伊西尼奥本能地警觉起来。

"有人找你,伊西尼奥。"胖女人侧着头说道,双手藏在破白布大褂的褶皱中。

伊西尼奥走进来,怀疑地看着那个人。那人远远避开火盆散发出的有害物,正目不转睛地从大厅地另一侧观察着伊西尼奥。

"我是科里亚。"访客说道。

伊西尼奥和胡斯塔警惕地交换了一下眼神。

二十八

巨大的拱门不仅将他们与平民隔开，更把他们与他们的天敌——城市无产阶级相隔开来。主导贵族们行为的是一种变通的哲学，并不深刻也不缜密，但是与他们的对手所崇尚的粗鄙道义同样有效。他们从出生的那一刻起就举世瞩目，贵族们不可避免地受到束缚，使他们不能对自己的行为、对于自己和对于世界进行思考，假如这三者并不是一体的话。但是即便他们能够反思，也无法改变自己所接受的思想和生活方式。他们必须无私地在神坛上牺牲自己最优秀的品质，取而代之的是非理性、无动于衷和漫不经心，这让他们固步自封，严格地培养一种巩固其地位的缺点，也正是他们的地位助长了他们的这些缺点。他们桀骜不驯，反复无常，主导他们行为的责任感的缺乏让他们陷入犹豫不决：他们主动的努力不会有任何结果，他们的思想无奈地走向轻浮，他们的激情因为不用承担后果而堕落成了恶习。

阿尔瓦罗·德尔巴耶先生，伊瓜拉达公爵，奥兰、瓦尔迪维亚和卡拉瓦卡侯爵，是西班牙显贵，当他在不得不面对历史性的选择时，感觉到自己所肩负的这份遗产压得他喘不过气来。他并不缺乏阴谋策划的智慧、想象力和勇气，也拥有判断依据，但毕竟命中注定的社会地位让他不得不认命，迫使他在面对自己和整个世界的时候必须装出一副脱离时代、脱离实际的愚钝模样。

这些想法在他的头脑里萦绕，他看向窗外，花园仿佛能给烦恼中的他提供些许安慰，因为树枝上已经冒出了嫩芽。公爵看着窗外，默念道：

"你们给我提的要求违背我的良心。"

这句话引来的是他背后那三个人的沉默。他们好像提前就知道自己的努力是徒劳,其中一人置身事外。另一个充满期待地看着到目前为止一直在说话的第三个人。这人说话时语气中带着一种包容,从会议一开始就是如此,他说:

"有时候需要为祖国做些牺牲,阿尔瓦罗。"

说话的这位接近五十岁,高个儿,举止尊贵,外表粗糙,但头脑聪慧。深邃的目光和一副金丝眼镜为他增添了几分知识分子的气质,从某种意义上来说,他就是知识分子。他军人出身,共和国政府没有什么实际理由就把他从军队踢出来之后,他靠与几家报纸合作谋生,后来写了一本象棋手册,受到行家的好评和棋迷们的欢迎。然后,他官复原职,在西班牙和保护国担任重要的职务。虽然他没有参与政变的过去,但并不受到总统的信任,他被派到潘普洛纳,远离马德里。伊瓜拉达公爵和他是老朋友,经常激烈但相互尊重地探讨政治分歧问题。是他几天前从潘普洛纳打电话问公爵他所听到的传言是否属实。公爵很惊讶,仅仅告诉了他官方的说法。

"我正在变卖一些财产,换一些流动资金,以便在必要的时候拯救我的家庭。"

"我听说的不是这个,阿尔瓦里托。"

简短的对话过后,公爵想,如果发生冲突,于人于己都不合适,于是决定推迟卖画,这将会让安东尼·怀特兰兹深感困惑。现在这位将军利用这次来马德里短途旅行的机会,和其他两位知名的将军一起来拜访烦恼中的公爵,来说服他和斥责他。公爵没有摆出斗争的姿态,默默地抵抗着。面对他倔强的沉默,另一位将军用军事术语重提要求。

"把该做的做了。完毕。"

从会议一开始,这位将军一直保持疏离和冷漠的态度。他没有掩饰面对诸多谨慎考虑时的紧张情绪,在他被激怒的语气中暗含着一丝威胁。然而,没人知道如何按他觉得合适的方式慎重地采取行动。他也像其他人一样来马德里参加将军密会。对他来说旅途很漫长,因为不久之前,阿萨尼亚领导的政府把他派到了加那利群岛。随后,在会议进行过程中,他几乎没有发言,而当他发言的时候,却是打击大家的积极性,建议大家谨慎行事,质疑把所说的话付诸实践的可能性。他是他们之中最年轻、最不尚武的一位。矮个儿,大腹便便,有些秃顶,面部松弛,声音高亢。他不抽烟,不喝酒,不嫖不赌。不过,他却在军队享有很高的声望,外界有很多关于他专业素养的传闻。阿萨尼亚一直很仰仗他,不仅是出于他非凡的能力,也考虑到他具有深厚的保守主义思想和一丝不苟的责任感,他是不会允许自己和共和国对着干的。到今天为止,他一直如此。很多次别人向他提议参与到政变谋划以及其他类似的计划当中,他都拒绝了,或者说,至少没有明确同意。他的谨慎,与他在战斗中的勇气和坚决形成鲜明的对比,这激怒了他的战友,但他们却也离不开他。大家一致认为必须依靠他,问题是没人知道是不是真的能够依靠他以及依靠到什么程度。不管怎样,所有人都尝试过吸引他加入自己的事业,并将继续尝试,直到最后一分钟。这其中甚至还有长枪党,由于厌恶自己的平庸和缺乏理想,他们通过熟人向他转达了提议,结果令人失望。他没有回应长枪党人的请求,并且对中间人的多管闲事感到很不快。他不听取也不提出任何建议。他只下命令,完成别人给他的命令,然后说,其他的不归他管。为了防止他改变主意,政府把他派到了远离西班牙动荡局势的平静的地方。他表示遵从甚至满意,但是也有可能他已经在内心里为那些将他排除在政治生活之外的人判刑了。

第一位将军试图缓和对话的气氛。

"不只是钱的问题,阿尔瓦里托,当我们采取军事行动的时候,还有社会声誉的问题……你是一个贵族。"

听到这些过分的尊重,第三位叉腿坐在沙发上的将军嘲弄地弹了声响舌。虽然他举止高雅,衣着整洁,性格却与他胖胖的同僚截然相反:喜怒无常,桀骜不驯,放纵无度,满肚子坏水。他比另外两个人年纪都大,并不把他们放在眼里,他也曾在非洲服役,但是这样的性格是在古巴残酷战争的阴影中形成的。他认为以付出和伤亡的情况计算一次战斗的成本虽谈不上娘气,但是却很天真。为了让他心满意足,上一届政府任命他为武装警察监察长,一个挣得多干得少的职位,需要在西班牙各地巡游,这倒是挺适合他闲散放纵的性格,使他成了分散在各地的军人之间理想的联络人。

他们三人现在在马德里与其他将军密会,为的是做一个决定,也就是协调行动以及确定日期。但是这会议唯一的作用却是凸显了他们之间的分歧。几乎所有人都同意要进行军事干预来结束当前的混乱,阻止西班牙整个国家走向解体,预防莫斯科策划的红色阴谋。但是从这一点往后,他们的观点就发生了分歧。许多人支持不能再等下去了,越是拖延这不可避免的起义,敌人越是准备充分。小部分人反对操之过急。圣胡尔霍将军的例子最令人却步,他几年前发动起义,现在还流亡在葡萄牙。

发动一场政变不是容易的事情。首先,你不能指望军队内部的团结:有一些将军是坚定的共和党人;另一些则不是,但他们的荣誉准则让他们无法奋起反抗投票选举出的合法政府。许多有地方指挥权的官员和中层管理人员都是左派,或者同情左派部门。最后,你不能盲目地指望军队唯命是从,也不能指望一队没有战斗经验的士兵的才能。非洲问题专家针对这些问题有很好的解决方案:军队发动政变,有必要的话,还会从摩洛哥调来正规军;摩尔人很忠诚,倒很愿意发动一场反向殖民战争。但是这一举动并不能解决问题最严重的部分。十九世纪常见的政变宣言出现的背景西班牙还是一个农业国,虽谈不上是封建国家,但人民与世隔绝,对政治漠不关心。如今则截然相反。如果政变遭到武装抵抗,从而演变成一场真正的内战,一个统一团结的军队无疑会在野战中赢得胜利,但是却无法控制城市和工业中心,尤其是在国民卫队和突击卫队没有参加起义的情况下。为避免这种情况的发生,就得去求助于极右翼非正规团体:他们人数众多,有丰富的巷战经验,并愿意参加战斗。但是缺陷也是显而易见的:他们没有被编入正规的军队中,这些团体的成员们只听从各自长官的号令,而不听从其他任何人的。在场的其中一位将军就曾一直与纳瓦罗传统主义团体谈判,并且已经吸取教训了。想让他们合作,民兵团体的要求很多,一些合理,一些则异想天开,此外,团体内部持续不断的分歧也使得那些繁琐的协议起不到任何作用也不会持久。最后得出的结论是,虽然他们追求共同的目标,但是这些准军事组织有思想却缺乏纪律,与军队恰恰相反。而且,他们已经与民兵团体订立了初步的协约。与长枪党的关系更为复杂。在场的几位军人都不赞赏这个党派,更不欣赏他们的领导,因为他多次出言侮辱杰出的军官,怨恨他们当年没有支持普利莫·德里维拉的独裁统治。何塞·安东尼奥认为军队对于他父亲的倒台负有责任,于是他毫不顾忌地在言语和行为上表达心中的怨恨:几年前,在场的一位将军就因此在公共场合,当着众人的面,挨了他一拳。打人者被驱逐出军队,但被打者心里依然铭记着那屈辱的刺痛。排除个人恩怨的原因,其他将军认为何塞·安东尼奥·普利莫·德里维拉是一个妄自尊大的人,他的无能致使一群满腹诗书的少爷们变成了一伙无法无天的枪手。在没有资金和社会支持的情况下,若想让他们上街革命的话,必须有人提供武器,这意味着一种浪费和风险,因为没有迹象表明,使命履行完之后,这些人会自愿解除武装。出于这个原因以及其他的原因,这三位将军现在正在阿尔瓦罗·德尔巴耶先生,也就是伊瓜拉达公爵的办公室里,他们想尽办法尝试用各种豪言壮语、阿谀奉承以及含蓄的胁迫来取得公爵的参与。

公爵先生在顾忌和算计之间挣扎。他们就这件事反反复复跟他说了这么多之后,剩下的也只是双方的不欢而散了。

"我是一个简单的人,艾米里奥,"他用哀怨的语气跟他的朋友说,为的是争取时间,"一个乡下人。在政治上,对于传统的尊重、对于西班牙的热爱和对于我们的担忧让我感动。"

"这正是你值得称道的地方,阿尔瓦罗,但是时局要求得更多。对我们所有人都有要求,特别是对你:你是一个有名望、有地位的人。你的贵族头衔从几个世纪之前就开始记录在《哥达年鉴》中了。"

叉腿坐着的将军心里跟明镜似的,但是眼见一位准将向平民阿谀奉承,心中还是感到愤懑,他扬起眉毛又一次打起了响舌。他不明白的是同僚如此自取其辱也并非徒劳:在这方面,时代也变了,面对法西斯国家的潜在威胁,英国和法国密切关注西班牙发生的一切,并且有可能以直接或间接的方式加以干预。国联的谴责可以稳定未来发生政变的西班牙的局势。至关重要的是保持政变的保守主义特征,与德国和意大利的扩张主义态度撇清关系,并且明确表达只是想恢复秩序的意愿。获得贵族家庭和神职人员的支持不是冠冕堂皇的仪式,而是战前的一种战略演习。

但是著名棋手的这一盘棋下得没有结果。公爵再次看向窗外,风吹得树枝四下摇晃,远处地平线上可以看到乌云。三月天气多变。也许他粗鄙的同僚说的是对的,将军心想,在关键时刻外交手段起不到任何作用。为此必须根据情况采取极端措施,正视后果。在等待答复的时候,他在心里暗自制定一份枪决名单。公爵祈求上帝赐予他一个奇迹使他脱离困境,哪怕只是一会儿也好,而他的祈祷立即得到了应验。密室的双开门突然打开,公爵夫人匆忙地走进来,她站在大家的中间，意识到自己的失误，但想要纠正为时已晚。尽管她很茫然，但还是第一个做出反应的人：反复嘟囔着一些道歉之词，盖过了将军们鞋跟相碰的声音。公爵没有放过这个机会。

"发生什么了，玛鲁哈？你这样像闪电一样突然进来，也没事先通知，一定是有什么严重的事情发生吧。你看，"他没等对方澄清，好像并不在乎一样，继续说，"我正在开会。艾米里奥你已经认识了。和他一起来的这几位先生……"

很明显这家人的这位老朋友不想透露他们的名字，而亲吻了公爵夫人的手。另外两人中，一人正稍稍弯腰整理会议记录；而第三个人，那个爱吹牛的、平庸的、殷勤的将军，捋着整齐的小胡子，声音空洞地说：

"我们刚才正在向您的丈夫建议把国家大事交给别人操心，改去花园种花然后献给您，公爵夫人。"

公爵夫人听觉迟钝，并不理解这蠢话的意味，但是凭直觉感受到其中暗含的阴谋和危险，然后给她丈夫使了一个眼色，公爵正确地理解其中的含义：按他们说的做，然后让他们离开。随后，公爵夫人媚俗地笑着大声说：

"抱歉，阿尔瓦罗以及各位。我并无恶意，因为一件蠢事失礼了。你们继续，就当没见过我。"

她没有道别就走了出去，也没有问他们是否想喝点什么。在门口，她轻浮地微笑着向他们挥了挥手，以便他们打消对她的关注，然后关上门。但她的出现倒成了催化剂。三位将军——艾米里奥·莫拉和冈萨罗·凯波·德亚诺已经缴械投降。唯有弗朗西斯科·佛朗哥依旧很坚决，陷入了沉思。

二十九

既不亲切也不傲慢，科里亚拒绝了胡斯塔递过来的那杯茴香酒。一个本该残酷无情的苏联内卫军特工目前这种近乎慵懒的异常态度，比任何发怒的迹象更令伊西尼奥·萨莫拉·萨莫拉诺感到恐惧。

"我完全是奉命行事，"他语气几乎是在恳求，"偷走英国人的钱包，然后交给英国大使馆，让大使馆的人了解他在马德里的行踪。然后他经常光顾这个简陋的房子。他爱上这儿的姑娘了。"

特工拨弄着伊西尼奥放在桌子上的紫罗兰花束，冷冷地打断了正打算对浪漫爱情幻想进行描述的伊西尼奥。

"大使馆的人作何反应？"他问。

"他们在我面前表现得好像这事很正常一样。他们跟他见过好几次面，也派人监视他。当他被关进安全总局的牢房后，他们迫不及待地把他弄了出来。"

"这事说再多他们也不感兴趣。我们也一样。那人来这儿干什么，知不知道？"

"一个仆人而已。他来了二十四个小时，就像他跟我说的一样，看上去要继续待在这里，没有打算要离开。至于英国人或者警察要搞什么花样，我就说不上来了。"

"可能还有更多方牵涉其中，"间谍嘟囔着说，"不过没什么差别。重要的是摆脱无所事事。在那之前，我们什么也做不了。英国人在哪儿？"

伊西尼奥满意地微笑着，很高兴谈话回到他喜欢的话题。

"自然在酒店，和那姑娘在一起。他爱上她了。"

特工冷冷的眼神又把这故事扼杀在开头部分。然而为了展示他计谋的成果，伊西尼奥提到那个年轻的长枪党员去拜访过英国人。托妮娜一直藏在衣柜里，听到了整个对话，第二天一早把对话内容详尽无遗地复述了出来。为了不让英国人起疑心，她还假装昏了过去。这姑娘非常聪明，只需稍加努力就可在世界上除了西班牙以外的任何地方为自己开拓出一个未来。科里亚又打断了他的话。他认真听过伊西尼奥讲的事后陷入了沉思。过了一会儿，他站起身来，在破烂的屋子里踱了几步。一股来自天井的浓浓的煮白菜味道透过窗户上的裂缝飘进屋子。科里亚用和之前一样的慵懒姿态跟胡斯塔说让她走开。走之前她用充满疑虑的眼神看着伊西尼奥。面对这不祥的警告，伊西尼奥又一次吓得直哆嗦。

"现在重要的是，"当他俩独处时，间谍说，"让他完成工作。扫除任何影响买卖的障碍。"

"但我以为……"

"事情有变。最高层的命令。事情解决之后，我们再了结他。"

"英国人吗？真的有必要让他死吗？他没有任何过错。"

冷酷的间谍重复了颓废的手势，又坐了下来。

"一旦完成工作，他对我们没有任何用。而且他知道太多了。"

"他什么都不会说的，我保证。他正爱着那个小姑娘呢。"

科里亚用冰冷、有穿透力的眼光看着他。

"那她呢？"他说，"可信吗？"

"托妮娜？看在上帝的份上！托妮娜会按我们说的做。"

"这样最好。"

间谍用手指掐掉了紫罗兰的花骨朵，花瓣散落在油布桌布上，被挂在油腻电线上的昏暗灯泡照得微微发亮，这让伊西尼奥觉得好像一个墓地的幻象。

"您不会是在想……"他颤颤发抖地说。

"我什么都没想。我只做必要的事。你记住一件事：不要跟中央委员会胡言乱语。完成你的任务，我会告诉你什么时候，你去搞定英国人。对你来说不难，他信任你。如果你没有胆量，告诉我，我找其他人做。但是你可别说漏嘴了。"

与此同时，在离那里很远的地方，安东尼丝毫不知道苏联内务部特工给他下达的最终审判，他让出租车停在离公爵府一百米远的地方，打算在卡斯泰拉纳大街繁茂的树木和植物的遮挡下，步行走过这最后一段路。他觉得所有这些预防措施都不够，因为经验告诉他，他处在好几个同心圆的中心位置，好几拨人正监视着他，且互相监视着。有一次他被何塞·安东尼奥的贴身保镖发现，幸好他们的长官及时发现和制止才避免了悲剧的发生。现在，他还知道安全总局正在加紧监视伊瓜拉达公爵以及任何与他和他家人有关系的人。但是所有这些因素都不能阻碍他想要找帕琪塔谈谈澄清误会的决心。

谨慎小心被证明是有必要的：在公爵府门口停了两辆汽车，司机正在人行道上抽烟聊天。从车子和司机的着装来看，他们不像是长枪党或者安全部队的人。想到这混乱的事件还有新的参与者令他眩晕，于是他停止思考，继续悄悄地往前走。他绕了一个圈来到旁边的胡同，避免引起司机们的注意。之后他蹭着墙走到铁门处。他试着开门，但是门是锁着的。墙的高度让他看不见花园和房子里面的情况，于是他踩着墙上突出的石头爬到高处，探头往里看。花园里没有人。透过密室的窗子，他看到公爵的身影。为了不被人看见，他迅速松开手跳了下来，下来的时候右手被粗糙的墙面划伤了。他用手帕绑在手上止住伤口冒出来的血，然后往胡同里面走，试图寻找另一个便于观察的角度。在花园另一个背阴的地方，他得以再度爬上墙俯瞰里面，将外国人的好奇心置于几棵柏树的保护之下。从上面他看到宅子的后墙,那里有一扇门通向花园最隐秘的部分:沿着楼梯下去是一个小凉亭,长方形的石板地面上架起一个葡萄藤凉棚,在夏季最炎热的几个月用来遮阴,凉棚下面摆放着一张大理石桌和几把铁艺椅子。冬天赤裸的藤蔓和荒弃的夏季家具给这个角落增添了几分忧郁的气息。

帕琪塔突然出现在这个场景中,匆忙地从后门离开家。她的出现与他此行的目的如此巧合,吓了英国人一跳,他在不暴露自己和失去平衡的情况下,努力想看得更清楚一些。无论是距离、障碍还是他自己的慌乱都不影响他察觉到年轻女侯爵态度中明显表露出来的深深的不安。

安东尼的感觉没有错。前一阵子,公爵夫人也有类似的遭遇,她的母性情怀遭受了剧烈和痛苦的打击。玛丽亚·埃尔维拉·马丁内斯·德阿尔坎塔拉女士,从童年开始,出于社会地位和严苛的教育的关系,不能将她天生的智慧运用到生活中任何实际的方面,结婚后,她成为伊瓜拉达公爵夫人,心甘情愿地接受了相夫教子和装饰性的角色,并且开发出了一种察言观色的非凡能力,并一一予以精准迅速的回应。但是,西班牙宣布成为共和国之后发生的种种不幸变故让她的态度发生了根本的转变。现在她用自己老道的洞察力来感知戏剧性事件萌芽阶段各种微小的细节特征。前不久,她正在豪宅里闲逛,忽然遇上了帕琪塔,从她的衣着判断,应该是刚从外面回来,公爵夫人立即察觉到女儿刻意用冷漠的态度和母女之间关系中特有的傲慢来掩饰内心的不安。母亲的直觉和社交的训练都让她不能直接过问女儿发生了什么事情,但她还是用一个琐碎的借口拦下了帕琪塔。年轻的姑娘只隐瞒了一会儿,很快就泪流满面,然后跑回房间把自己锁了起来。终究是女人,公爵夫人觉得可以猜到女儿如此痛苦的原因,但是自己没办法拿主意,不知如何是好,于是认为这时候理应去找她的丈夫,就这样她才打断了将军们的密谋。说话声和门的响声让帕琪塔有所戒备。为了避免在她情绪不稳定的时候发生家庭冲突,她离开卧室,跑到花园寻求庇护。

安东尼趴在墙上,看见她关上门,看看两边确保没人以后,垂着头慢慢地走向凉亭,时不时地深深叹气又猛地发抖。一棵老榆树最粗的枝干上悬挂了一个秋千。年轻的女侯爵走向秋千,轻轻地抚摸着绳索,仿佛这简易的玩具能让她回忆起那无法追回的童年里的简单快乐。看到她这样伤感,安东尼恨不得跳到花园里,走过去安慰那位不幸的少女,他没有这样做,只是因为觉得她痛苦的真实原因很有可能就是刚才她和他在酒店房间里发生的事。然而这个想法让他很困惑:他不明白她从一开始的大胆傲慢到现在的忧伤难过,如此剧烈转变的原因是什么,他认为若只是因为托妮娜不合时宜的突然出现这一举动并不至于如此。

然而,由于这一困惑产生的思绪停顿的持续时间很短。他背后一声蛮横的大叫让他吓了一大跳,差点从墙上摔下来。

"马上从上面下来,蠢货!"

更多的是出于恐惧,而不是自我保护的本能或者出于算计,安东尼双臂一使劲,越过墙去,也为了逃过质问他的人,然后一头栽进了花园里。

几棵桃金娘树下,为了春季播种而松过的土地给了他一定的缓冲。虽然有些瘀伤,但并无大碍,英国人爬到篱笆后面躲了起来。一切发生得太快了,当帕琪塔向发出响声的方向看去时,只看到一个陌生人在墙上探出了头和肩膀。这个意外和墙头男人面红耳赤的脸庞,给正在沉思的她造成了巨大的恐惧。她大叫着,不顾入侵者让她不要出声的请求,跑向家门口。门已经开了,管家听见帕琪塔的尖叫后,马上举着一把猎枪来到花园里。像一只斗牛犬那样迅速和敏锐,跑下楼梯,四下看了看,发现了入侵者,用枪口对准那人的脸,若不是帕琪塔大叫阻止,他就开枪射击了。

管家并没有放下枪,命令入侵者举起手来,而入侵者说他不能这样做,否则就要摔到街上了。他一边看向花园,一边说出这个明智的解释,然后转过头去向司机们重复了一遍,因为司机们听见叫声之后,离开车子跑到胡同里,手里拿着手枪,命令入侵者投降。

如果不是公爵和三位将军及时从家里出来,这个局面还会一直僵持下去。在主人无声的问询之下,作为回答,管家用双管猎枪指向趴在墙头的入侵者。

"我的天!"公爵看到那个不寻常的人以后叫了起来,"那人是谁啊?他半个身子在里面半个身子在外面,在上面做什么?"

"我不知道,阁下,"管家回答,"但如果阁下允许,我朝他头上开一枪,然后我们再看。"

"不,不要!我不希望家里发生丑闻,胡里安!尤其是今天。"他指着身后的三位将军说。

说完,局面又僵住了,直到佛朗哥将军放下他明显慵懒的姿态,主动走向墙边,用他尖利的声音对入侵者说:

"这位,无论您是谁,马上从墙上跳进花园里来。"

"我做不到。"对方说,"我在战争中伤残了,我的将军。"

"我的将军?"佛朗哥叫道,"难道你认识我?"

"也许您并不认识我,我的将军,但是我很了解您。我很荣幸在您的指挥下在拉腊切战斗过。我在那里受伤、晋升、授勋,然后从前线退下来。目前我隶属于安全总局。我是科斯科约拉队长,听候您的差遣。但请您跟外面那些人说别向我开枪。"

为了不让他的同僚抢了风头,凯波·德亚诺大声喊道:

"收起武器,蠢货们!你们想让全马德里都知道吗?你,墙上那位，你说你在哪里就职？"

"在安全总局，我的将军，听从马兰侬中校的差遣。"科斯科约拉队长回答。

"他妈的！我跟你们说什么来着？阿萨尼亚那混蛋派人来跟踪我们。"

"不是跟踪你们，我的将军，"科斯科约拉队长抗议道，"是跟踪一个英国人。"

"一个英国人？"莫拉说，"一个英国人在伊瓜拉达公爵的家里？你当我们是傻子吗？"

"没有，我的将军。"

"好吧，"凯波·德亚诺说，"说到底，也许杀了他并不是个坏主意。无论他是来监视我们还是其他什么事，回去报告的时候总会提到我们。"

莫拉思考着，眉头紧锁，手抚摸着下巴。

"你会这样做吗，队长？"他问。

"不会，我的将军。我只需汇报英国人的行踪。"

"这个所谓的英国人是谁？"佛朗哥问，"一个间谍吗？"

"不是，我的将军。他是一位教授，或者类似的什么职业。"

这场问话的观众——公爵和帕琪塔——出于各自不同的原因，都没有参与证实队长的言论。安东尼从他的藏身处一直看着他引发的这出闹剧的进展，所有人都参与进去了，唯独他没有。尽管与帕琪塔的肌肤相亲遮蔽了他的理智，但他明白现在没有机会与帕琪塔单独谈话，当务之急是想办法在他们发现他或者科斯科约拉队长告诉其他将军他的存在之前离开公爵府。

如果他可以在篱笆的保护下绕过这些人，也许能够利用当时的混乱穿过凉亭，走上楼梯，钻进家门，刚才最后一个出来的人刚好把门半掩着没有关死。一旦进去，运气好的话，就能找到存放画作的地下室的门，藏在那里等待夜幕降临。到时就可以再次回到花园，爬上墙，安全离开。

这个计划是荒谬的，但是第一部分比他预期的更为容易和幸运。在场所有人的注意力都集中在科斯科约拉队长身上，而科斯科约拉队长还要走上一小段才能发现英国人，他现在一直注视着自己的老上司，而就在那个时刻，这位上司正要发表高谈阔论。

"听好了，队长！无论您现在担任的行政职务是什么，您还是一位军官。一位西班牙军队的军官！您明白吗？明白？那么您应该知道听从谁的命令和不听从谁的命令，不是因为要屈从于我们军衔代表的权威，而是因为与我们利益相反的命令，说难听点，我军的荣誉军官就不该执行。西班牙危在旦夕，队长！共产主义革命只需苏联的一个命令就能爆发，摧毁西班牙。科斯科约拉队长！一位西班牙军官只能效忠西班牙，而目前我们在这里正代表西班牙。"

"谨防假冒！"凯波·德亚诺略带嘲讽地调侃演说人，"不要忘了，任何墙壁都能变成残垣断壁。"

这个不祥的笑话说完之后，安东尼已经来到门口，他悄悄地钻进门缝，来到一处通向一条走廊的方形门厅。

三十

安东尼·怀特兰兹充满胆怯，他静悄悄、迅速地穿过府邸的走廊，他不安地发现，越走向宅子深处，越迷失方向，结果离他设想的就越远。争取来的时间正在流失，可怕的管家和难以对付的三位将军随时可能出现在任何一个拐角。他一度后悔当初没有听从科斯科约拉队长的命令，现在从他身上看到了法制的全部好处，一阵脚步声让他绝望地寻找藏身之处。幸好，在贵族的住所形形色色的装饰之下，并不缺窗帘，一条厚厚的深红色天鹅绒窗帘为他提供了保护和偷听的可能性，虽然没法用眼睛看转角处发生了什么。

当辨认出几声深沉的女性抽泣声只能来自帕琪塔后，他的内心一阵翻腾。他抑制住想突然出现在她面前，把她揽入怀中，给她安慰和爱的强烈愿望，不仅是因为他坚信自己虽非故意，但正是他给她造成如此多的悲伤，更是因为他听到了其他人更坚定的脚步声正从家里的其他地方走向这里。这个不期而遇吓到了这两位主人公，对于不是自己意图的事，他们都不如英国人专注。

"啊，罗德里格神父！"他听到帕琪塔惊呼，"吓我一跳！我没想到会见到您，但既然上天派您来了……"

只听神父语气冷冷地回答：

"现在我不能听你说话，孩子。有更重要的事情等着我。"

"没有什么比救赎灵魂更重要了，教父，"姑娘说，"我真心地恳求您，听听我的忏悔。"

"在走廊中央？孩子，忏悔圣礼并非儿戏。"

暴脾气的神职人员好像正打算以这种方式解决问题，而帕琪塔则不管任何理由，继续固执己见。

"至少，告诉我一件事，教父。爱情真的能够宽恕罪孽吗？"

"神圣的爱也许可以，并非人间的爱情。"

听到忏悔的话题，窗帘后的英国人竖起耳朵认真地听着。

"但是假如一个人，一个年轻的姑娘，无法抗拒对一个男人的爱，犯了错，是不是更容易获得主的宽恕呢？难道不是上帝在我们每个人的心中赋予了忘我之爱的能力吗，教父？"

听到这话，安东尼不得不尽最大的努力不失去理智，不在这个时刻出来现身。严格的导师的反应大为不同。

"孩子，你吓到我了。你打算做什么傻事？"

"傻事我已经做了，教父。我爱上一个男人，并且我有理由相信，他对我也有同样的感觉。但是强大的障碍阻止我们的恋情步入正轨。他尊重我，他是一个正直的典范，从不允许我俩之间存在有损我名誉和贞洁的事。"

"那么，孩子，罪孽何在？"罗德里格神父问。

"您看，教父，我……"姑娘犹豫了一下，罪责带来的羞愧和对于谴责的害怕让她感到窒息，"为了消除阻止他全心爱我的障碍，摒弃道德和世俗的约束，我决定献出我的贞操……"

"不要脸！你在说什么！"

"您看着我长大的，教父，"帕琪塔用微弱却坚定的声音继续说，"自从我懂事以来，您不仅是我的导师，我们之间也存在着感情的纽带。因此我请求您，教父，暂时忘掉清规戒律，从世俗的朋友和向导的角度考虑一下我的痛苦和困惑。我不会向您隐瞒任何事。就在几个小时之前，我把自己给了一个男人。我故意选了一个我觉得并无吸引力也无需尊重的人，可以轻易地、没有痛苦地把他从记忆中抹去。有关于我的动机,我欺骗了他,用假装的放荡引诱他……"

讲到这里,神父一声大吼打断了她的叙述。

"帕琪塔,你需要的不是忏悔师,而是精神病人看护!你不仅忘了信仰,连你的姓氏都忘了吗?你在做这些事的时候,有没有想过永恒的谴责,有没有为你家族的声誉考虑?更不要说那个男人了,是你诱使他犯罪。帕琪塔,你已经如此堕落,无论是你的话还是你的态度都没有半点忏悔之意。就这样你还打算得到宽恕吗?"

"但是,教父……"

"别叫我教父。我不再是你的教父,你也不再是我的孩子了。你总是这样叛逆和高傲,这些正是路西法独有的特征。现在看你属于邪恶的那边,我一点也不感到惊奇。离我远点,离开这个家。你还有个妹妹,当你接近她时,她的天真无邪很可能被你给污染。去个没人认识你的地方,诚心忏悔,祈求上帝给予你宽恕和怜悯。现在我要走了,我有比听你胡说更重要的事情。"

神父离她而去,紧接着是帕琪塔哀怨的声音:

"别忘了,教父,我所说的一切属于忏悔的秘密!"

这个劝诫英国人几乎没有听见,比起暴怒来说,揭露真相的耻辱令他感到更多的是丧气。而此时,伊西尼奥·萨莫拉·萨莫拉诺和胡斯塔这一对,面对眼前的托妮娜和她怀中的孽种还有背上的包袱时,也有同样的感觉。

"托妮娜!"她的妈妈说,"你怎么在这儿?"

"还有你所有的家当!"伊西尼奥补充道,"来吧,告诉我们发生了什么,如果那个花花公子胆敢把你轰走,一定要告诉伊西尼奥·萨莫拉·萨莫拉诺。"

"别生气,伊西尼奥,"托妮娜一边平静地回答,一边把沉重的包裹和婴儿放在桌子上,"还有您,母亲,别摆出一副嫌弃的样子。英国人不是坏人,是我自己要回来的。本人不想掺和他们的游戏。"

接下来,托妮娜讲述了旅店里发生的事情。讲完之后,伊西尼奥做了一个放松的手势。

"那没有什么,小傻瓜!"他一副说教的口吻,不失镇定地说,"英国人就是这样,像蜥蜴一样冷淡。在这儿见到你,在这儿解决你,以后再见你,已不记得你。女孩儿们呢,四分之三的类似:头上插着发梳,肩上披着纱巾,正派端庄,都是这样。那个姑娘尤其如此,不比任何人差。因为那个法西斯向她求爱,现在整个铁门俱乐部都觉得蒙羞。"

胡斯塔把婴儿抱在怀中轻轻摇晃。

"即便如此,"她说,"孩子还是有权觉得被冒犯。就像歌中唱的那样,村子里的人也有他们的小心思。"

托妮娜噘了噘嘴。

"不是你们想的那样,"她说,"女侯爵的血染在了床单上。"

"你说什么?"

"我亲眼看到了血迹。"

伊西尼奥让大家安静,他不想别人打扰他的思考。他低着头,皱着眉,背着手,在小房间里走了几圈。他时不时地停下脚步,舒展眉头,紧闭的嘴唇露出一丝微笑。旁人几乎可以听见他在嘟囔些什么:哎呀呀。随后马上又说:也许这就是解决办法。然后又开始踱步,眼神中带着恭敬地看着那两个女人。就在这个时刻,托妮娜的孽种儿子用震耳欲聋的哭声打破了寂静。与此同时,在公爵府的走廊里,阴谋中被动的那个人,遭到了精神导师的强烈谴责,殊不知自己的忏悔已经被她所伤害的人听到。她止住眼泪,朝天咒骂,然后带着变得更糟却仍然执迷不悟的心情走了。

过了一段时间,安东尼觉得四下无人了,探出头来,继续他无望的路途。还没走几米,一阵脚步声和人声迫使他再次躲藏起来。由于附近并没有窗帘,他紧贴墙壁,坚信走廊某个角落的阴影能够保护他不被别人发现。

不久他就处在了一个和伊瓜拉达公爵以及佛朗哥将军极为靠近的位置,只消伸出手臂就能触碰到他们。他屏住呼吸,听见佛朗哥将军用尖利的声音说:

"有一点是不容置疑的,阁下。这事归西班牙军队管。全权负责!如果您赞助的那位和他的带枪团伙想要参与任何行动,必须完全听从军队的指挥,何时行动、如何行动都必须按照接到的命令行事,不得违抗。若非如此,他们就必须承担不守纪律的后果。形势很严峻,我们不能武断行事。阁下请您如实转告他我所说的话。我很同情那些小伙子们的爱国主义情怀,我并不否认,我去处理他们的毛躁性格,但是这事全权归属西班牙军队管辖,没有别人。"

"我会如实转达,我的将军,请放心,"公爵说,"但是莫拉将军曾暗示我,他的观点……"

"莫拉是一个伟大的军人,模范爱国人士和高尚的人,"佛朗哥压低声音说,"但是有时候有些多愁善感。而凯波·德亚诺是个糊里糊涂的人。局势很严峻,所有人都必须保持头脑清醒和冷血。赢得战争的人必将是知道如何维持队伍秩序的人。"

待他们走远,安东尼贴着墙边朝反方向移动,却看到另外两位将军走过来,于是又迅速跑回刚才的角落。他听到了凯波·德亚诺的声音。

"埃米利奥,如果我们等着佛朗基多(佛朗哥昵称)做决定,肯定没有好果子吃。克制过了头,肯定会被布尔什维克们占得先机,到时你再告诉我该怎么处理。相信我,埃米里奥,先下手为强。"

"这么多人不容易协调。太过犹豫和谨慎了。"

"那么,我们就不协调了。让那些志愿军走上街头,埃米利奥。如果发生流血冲突,就无需再犹豫了。本质上,所有人都认可了。障碍就是个人分歧和恩怨,更不要说某些人的恐惧,或者另一些人的野心:圣胡尔霍想要领导起义,高戴德也想这样,然后是佛朗基多,如果我们不做好准备的话,他就会不声不响地把功劳全部揽入自己怀中。如果你不占据领导位置,我们什么也得不到,埃米利奥,我就这么跟你说吧。"

"我听你的,冈萨罗,但也不宜操之过急。你总是能快刀斩乱麻,目前事情有它的复杂性。"

莫拉将军突然站住了,他的同伴抓着他的手臂,绊了一跤。由于害怕遭到密谋三人组中公认具有最高权威的将军的责难,凯波·德亚诺用眼神质疑着莫拉。莫拉把手指放在嘴唇上让他安静。然后伸出手指着地上的一个东西,在走廊的黑暗中隐约可见。

"哎呀!这是什么?"

莫拉扶了扶眼镜,弯下腰去。

"好像是一条带血的布条。"他说,并没有把它拿起来。

"也许是哪个仆人留下的。"

"在这种贵族家庭里?门都没有,冈萨罗。"

"那你怎么解释?"

"让我想想。"象棋专家说。

安东尼惊恐地发现,他们拾到的令人不安的东西不是别的,正是他的手帕。他从刚才开始就一直把手帕绑在手上,后来不得不蹭着墙往前走,然后发生了这么多令人心烦意乱的事,他已经忘记手帕的存在,也没有注意到什么时候掉落的。

将军们仍然很困惑。

"有人监视我们?"凯波·德亚诺一边说,一边把手伸进上衣口袋中，摸出一把手枪来。

"我不这么认为，快把那破玩意儿收起来，伙计！"

"也许那个瘸子讲的故事并不像看起来那样不真实。"

"我们来调查一下。你往回走，我继续往前走。如果有人出现，我们前后包抄制服他。如果你碰上帕克，告诉他发生的事。"

安东尼虽然已经吓得大脑不能思考，四肢不能动弹，但还是很清楚他如果继续待在那里不久就会被发现，于是蹑手蹑脚地走在莫拉后面。过了一会儿，不知怎的，他就来到了公爵府的前厅。那里是正门，但是一想到门口站着门卫，他打消了从这里出去的念头。焦虑和犹豫让他很茫然，眼神不由地扫到了《阿克特翁之死》这幅画。这幅画总是令他不安，在目前这个情况下，对他来说简直是双重打击。长时间的基督教文明和后来的资产阶级文化已经让希腊神话退居诗歌意象的境地：有着模糊隐喻意义的美丽故事。而现在，傲慢的猎人被猎狗撕咬惨死，只是由于不经意间与近在咫尺但无情的女神有了短暂的接触，这与他的个人经历颇为相似。提香受人之托绘制这幅画，但是画完之后，决定自己留下。比兴趣更强有力的理由是，正直和服从让他不能剥夺其永恒的存在。这幅画一生都在他眼前。也许崇高的威尼斯画家也有不可饶恕的遭遇，遭受过无情的冷箭，安东尼这样想着。

走廊传来的一阵噪音打断了他的遐想，他知道这会让自己的处境更复杂，但却不知道如何避免另一次同样致命的邂逅，他跑上楼梯，躲在了府邸最高层的阴暗角落里。

三十一

时间尚早,天色已近黄昏,伊瓜拉达公爵府渐渐地被昏暗所笼罩。此时,安东尼·怀特兰兹正蜷缩在一个角落里,听见追捕他的人们简短的对话,他们已经再次会合在他跑上楼寻求躲避之前刚刚离开的门厅。

"如果真的有人进来,我觉得,"可怕的管家不容置否地说,"不可能在没人看到的情况下离开。我建议大家进行彻底搜查,一间房一间房地搜。你们去楼上的客房找找看。如果有人混进厨房、茶水间或洗衣房,仆人们肯定能发现。我去搜查宿舍。"

将军们毫不迟疑地接受了命令,他们也知道现在的权威人士是更了解这里地形的人。

安东尼感到自己被困住了,开始权衡是否应该投降,寻求公爵的庇护。公爵不会同意使用暴力对待一个从某种意义上来说正在为他办事的人,更不会同意在自己家里,但前提是公爵还不知道自己女儿和英国人之间发生的事。即便如此,公爵的保护范围也有限。没有什么可以保证一个知道最高军事阴谋的直接证人的生命安全。

出于这个理由,他得出的结论是应该继续努力,想尽办法不被别人发现。他迅速地向后退,视线并没有离开楼梯,因为管家随时都有可能带着猎枪从那里出现。突然一只手轻轻地抓住了他的胳膊,一个欢快略带惊讶的声音说:

"托尼!你蹲在这个黑暗的角落里是在做什么?那些喊声是什么?"

"莉莉!"英国人从震惊中回过神来,低声说,"别喊。他们正在找我，想要杀了我。"

"在家里？谁在找你？"

"我一会儿再告诉你。现在请尽可能帮帮我。"

莉莉运用智慧接管了这个局面，她让安东尼进入自己刚出来的那间房，然后跟在他后面进去并关上了门。英国人现在置身于一个宽敞的房间，四面是白色的墙壁，有一个小阳台，清晰的橙色暮光从那里照射进来。家具很简朴，只有一张轻木写字台、两把椅子、一把花卉布饰的扶手椅，还有一个摆满教科书的书柜。书桌上有一个摊开的笔记本、一只墨水瓶、一支钢笔、一张吸墨纸，还有其他的学习用品。

"这是我的房间，"莉莉解释说，"刚才我正在做作业，听到声响就出来看看。发生了什么？"

"他们正在上上下下搜查整幢房子。他们在找一个闯入者，以为是我，"安东尼慌忙地说，"你听到关门声了吗？他们很快就会来这里。"

"别担心。过来。"

一个侧门通向一间小卧室，正方形，有一张上漆的铁床、一个床头柜、一只衣柜和一张跪垫。床头柜上有一个黄铜烛台和一盒火柴，床头上方的墙上挂着一个美丽的古代雕刻品，可能来自于瓦伦西亚，雕的是圣母和婴儿耶稣。门口传来了敲门声和管家洪亮的声音。

"莉莉小姐！请开门！"

"藏到床底下，"莉莉说，"我把他支走。"

安东尼按她说的做了，从床底下听到了两人之间的对话：

"发生什么了，胡利安？还带着猎枪？"

"别害怕，小姐，只是谨慎起见。你有没有看见或听见什么奇怪的事？"

"没有。我会听到什么？我一直在学习，无聊死了。罗德里格神父一会儿就过来给我上课。"

"那就好。用钥匙把门锁上,别给任何不是这个家里的人开门。"

片刻之后,莉莉返回了卧室。

"你可以出来了。我已经像他说的那样把门锁上了,也拉上了阳台的窗帘。你在这里很安全,外面平静下来后,你就可以走了。我们会找到办法的。罗德里格神父不会来,他在忙自己的事情。"

安东尼从床底下出来,捋了捋衣服。莉莉已经坐在床边,摇摆着腿。她用手示意英国人坐在她旁边。英国人坐下来,而她目不转睛地看着他。

"他们要找的闯入者就是你。如果不是,你也不会躲躲藏藏。你在这里做什么?今天没有听说你要来。"还没等他回答,她又说:"是为了帕琪塔,对不对?不要像上次一样骗我。你已经和我姐姐在一起了。你身上有我姐姐的味道,刚才她身上也有你的味道。我听到她哭了。而现在这场混乱……哦,托尼,你在她身上看到了什么我没有的东西?你看,由于她的关系,他们要开枪打你。而我,却在保护你。不知道为什么,但是我在保护你。"

"真心感谢你,莉莉。至于其他的,我这就跟你解释……"

"我不需要解释,托尼。我爱你。"

她双手握住英国人的右手,依旧注视着他的眼睛,声音颤抖地说:

"我不知道是不是像他们说的那样,有一天会爆发一场革命,但是,如果真的发生了,他们要做的第一件事就是杀了所有人,像俄国发生的那样。我不害怕,托尼。但是我不想没有好好地活一场就死掉。我已经是一个女人,而我所知道的生活是什么?一点算术、埃布罗河的支流和贝克尔的诗歌。这公平吗?"

"唉,事情不一定会像你说的那样……"

"这你并不知道，我也不知道。但是如果发生了……会发生可怕的事情，这我肯定，我不想像祈祷书中的圣人一样死去，一手握着棕榈枝，一手手指含在嘴里。我不想当圣女，托尼，我想成为一个正常人，想知道那是什么样的。如果这也是罪过的话，我不在乎。这并不是我创造的。追求我的身体、理智和灵魂所渴望的东西怎么是坏的呢？我怎么能够无视内心无时无刻不在渴望的东西呢？特别是罗德里格神父一直在跟我讲肉体的诱惑。"

安东尼在恐惧和顾忌之间挣扎。一位前妻、一个情妇、一些不正当的男女关系和对矫饰派绘画充分的认识教会他不要低估一个女人的愤怒，特别是现在这样的情况下。

"亲爱的莉莉，我理解这个问题，"他轻抚着她的手说，"但我不是最适合解决这个问题的人。"

莉莉很轻松地从好色淫荡转变成单纯无辜。

"正相反，托尼，"她严肃地说，"没人比你更合适。首先，你是新教徒，如果我们要犯下的是罪孽的话，那么对你没有影响。"

安东尼起身走到窗前。两姐妹宽松的道德态度令他震惊。几个小时前，帕琪塔也使用过类似的诡辩，虽然之后忏悔了她的罪行，表现出悔过。那是一种道德的狡辩，体现出两人的智慧和从根源上就被误导的教育。这种想法令他感到莫名的悲哀。

"这个说法完全是无稽之谈。"他无奈地说。莉莉变得严肃起来。

"不是无稽之谈，托尼，只是一个借口。我想迈出这一步已经有一段时间了。我并不是盲目地要这样做：我听大人们讨论过很多次这个问题，在父亲的农场我也看过动物们……但我无论如何也做不到。然后你出现了。我说的不是现在，而是你第一次来我家的时候。我看到你茫然地站在前厅里，研究那幅恐怖的画，我对自己说：就是他了，是上天派来给我的。从那时起我就试着让你明白我的感受和意图。但是无果，你什么都不明白。你是个笨蛋。我依旧爱你，但是你是个笨蛋。我以为失去你了。今天下午，突然间，命运又把枪口下的你带到了我的卧室。我应该怎么理解？"

"完全不是这么回事。"英国人冷冷地说。

他微微地拉开窗帘，瞥向花园。也许从阳台上跳下去并没有什么风险：并不是很高，光线很微弱；然后跑几步就到围墙了，爬出去就到街上了；从那里朝着卡斯泰拉纳街的方向跑去，那个时候街上一定有很多路人，他们不敢在众人面前杀他。或者他们照样敢杀他。但如果他继续留在这里，早晚会被发现。特别是假如他们发现他和莉莉在一起，那么他能活着出去的希望非常渺茫。

他一边整理着思路，一边小心地打开窗户计算高度。就在窗户的正下方传来了罗德里格神父刺耳的声音。

"……不要偏离正确的道路。上帝给我启示，您已经做出了决定，公爵先生。陡峭的道路……"

公爵的声音低沉而悲哀，几乎听不清。

"这条道会带我们去哪里，神父？陡峭和荆棘遍布并不意味着正确。"

"阁下，不应依赖军人。"

"难道也不寻求西班牙获得拯救了吗？"

"阁下，在他们的话里，西班牙是一回事，在我们眼里又是另一回事。"

他悄悄地关上窗，放下窗帘，回到莉莉旁边。她还坐在床上。

"你想要的是不可能的。站在我的角度上考虑一下。"

"我不可能站在你的角度考虑。你也不能站在我的角度。每个人都有自己的决定。"

"你还是个孩子，莉莉。"

"玛丽娅娜·德阿斯图里亚斯几岁和腓力四世结婚的？你一定知道，委拉斯开兹为他画过肖像。"

安东尼掩饰不住笑容。

"十四岁，"他承认道，"玛格丽塔公主是十五岁结婚。"

"你看，在那个年纪就已经是女人了。"

"如果你的意思是逢场作戏和搅乱男人的生活，我就答应你。但这是本末倒置。"

"托尼，如果你觉得我不吸引你，告诉我，但是不要把我当小孩子对待。我不是小孩子，这你知道。如果我是的话，就不会从你的眼中看出你在想什么。做你想做的事。别害怕。无论你的决定如何，我不会做任何可能伤害你的事情。因为我爱你，托尼。"

夜已经漆黑，英国人顺着阳台攀爬下来。他毫无困难地来到围墙边，打算寻找一块突出的石头，爬上去之后没有像上一次一样受伤。跳到街上之前他回头看向公爵府。整栋房子被寂静笼罩，所有的窗子都黑着，要么放下了窗帘。借着路灯微弱的灯光，他觉得看到了莉莉倚在阳台上的身影，正看着他，确保他能够成功逃走。

在小胡同里他没命地朝着卡斯泰拉纳大街的方向跑去，到了之后继续在人群中奔跑，跑到喘不过气来的时候才停下。一辆出租车经过。他拦了下来，上车，指向旅店的方向。他的第一反应是去大使馆避难，但是他觉得一定关门了，想着还是回旅店好，可以从那里给哈利·帕克打电话。他敢肯定他们一定会去找他，为他提供保护，换取有关西班牙未来可能发生大事件的有价值的情报，这是英国人很不情愿地冒着很大风险获取到的。没有什么能比一场即将发生的军事政变及其领导人的身份这么确切直接的消息更令英国情报机构感兴趣的了。

他意识到自己可悲的状况，以一种傲慢的姿态走向接待员，要求打一两通电话，然后询问他不在的时候是否有人找他或给他打电话。

"有没有人找您？拜托，如果从您入住的那天开始算起，找您的人都能开一场舞会了！"

一天的冒险已经耗尽了英国人全部体力。他感觉瘫软无力，向接待员要了一杯水。接待员从柜台下面取出一个酒壶递给他。有淡淡茴香酒味道的凉水让他起死回生。

"不该过度透支，"接待员讽刺的口吻中结合了一抹柔情，然后立即开始细数那些来来往往的人，"首先是那个女孩带着她的孩子和家当离开了。这是她的事或您的事，与我无关。然后是那天来过的年轻小伙子，带着手枪的那位，见您没在，很生气，一声不吭地走掉了。他还会回来的。一个多小时前，来的是第一天来过的那位先生。"

"第一天？"

"折腾了一通，我都把这人忘了。您来旅店的第一天，一位优雅的外国先生就来找过您。他说着一口地道的西班牙语，表现出对您的极大兴趣，但是后来没有再来。直到今天。您不在好像是故意跟他作对似的，他留了一个电话号码，拜托我一定要您回来之后给他打电话。"

"他没有留下名字吗？"

"没有。他只留下电话号码，还有一股很女人气的香水味。"

安东尼回忆起这个神秘拜访者，他也曾向哈利·帕克提起过。外交官称并不知情。也许他在撒谎。唯一的打消疑问的办法就是按照电话号码给匿名拜访者打过去。他决定在这之后再给哈利·帕克打电话，以防打电话过程中产生新的问题。至于吉耶尔莫·德尔巴耶，最好就是什么都不做。那一刻他毫不关心长枪党内部又发生什么问题，完全不想与伊瓜拉达公爵的家人再扯上任何关系。

他按照接待员给他的号码拨通了电话，一个含糊、有些颤抖、完全无法辨识的声音接的电话。说明他是安东尼·怀特兰兹之后，另一个人接过了电话。

"我必须马上见您。"他说,"电话里说不保险。一个小时之后我在齐格特等您。别告诉任何人。单独前来。"

"我怎么知道是不是您?"

"我认得您。您也认得我。一个小时。齐格特。我必须挂了。"

三十二

齐格特离旅店并不是很远,而且会面是在一个小时之后,安东尼·怀特兰兹可以先洗漱、换衣服,甚至还有时间去圣安娜广场的小酒馆里面肆意吞下一份营养丰富的鱿鱼三明治,因为他一整天都没有吃东西了。然后他先后途经王子街、塞维利亚街和佩里格罗斯街,走到了约定的地点,并且故意比约好的时间晚了五分钟,以便从门口观察里面的情况,确定约他的人是谁。就在这时,他身后有人用英语对他说:

"我来了。您迟到了。别回头。我们进去。"

齐格特已经成为西班牙第二共和国时期马德里吉卜赛区最为热闹的场所。那天晚上也不例外,大量的客流让安东尼可以放心地遵从命令而不用担心是个陷阱。进去之后,他回过头来看他的同伴。立马不无惊讶地认出那人是佩德罗·提亚切尔。

"为什么不在入口处告诉我是您?"他问。

"不要说我的名字!"油滑的画廊老板喊道,"我是隐姓埋名来的。"

"用礼帽和独目镜吗?这么神秘是做什么?"

佩德罗·提亚切尔推着他往前走,而不回答问题,就这样他们穿过拥挤的人群,奇迹般地占到了一张空桌。佩德罗·提亚切尔把大衣和礼帽挂在一个架子上,把独目镜放进美式西装的上衣口袋。他很不安,眼睛一直环顾四周。服务生走过来,他点了两杯干马提尼,也不问安东尼想要什么。

"这里做得非常不错，"他说，"是西班牙最好的。"

"好吧，那现在澄清一下这些疑问。您在马德里做什么？"

"拼命地找您，"他回答道，"您看，自从您被我说服，离开伦敦后不久，发生了一个意外，结果就是我跟您提过的那个交易走向了完全不同的道路，毫不夸张地说，是致命的。"

"对我来说很致命？"安东尼并无不安地问，因为到目前为止他所经历的事情已经治好了他的恐惧。

"总体来说是致命的，但是对于您，很抱歉地说，您正处在一个双重致命的境地。激烈交火，无论是从其隐喻意义还是字面意义来看都是如此。因此，正如我跟您说的那样，受到天生正义感的驱使，我追随您而来。我比您晚一天到达，及时发现了您的行踪，多亏了我在市政中心的关系，如果可以这么叫他们的话。马德里对我来说没有秘密。作为该国最显赫家庭的供应商，很少有我不能进入的场合或地方。在所有向我敞开大门的场所中，我们共同的朋友伊瓜拉达公爵阁下的家是我最喜爱的地方。理所当然还有他可爱的家人。我想，如果您经常光顾位于卡斯泰拉纳街的公爵府的话，一定注意到了丰富多样的画作收藏，其中很大一部分已经被仆人们出价卖掉了。"

服务生端来两杯马提尼打断了他的独白。安东尼正要伸手拿其中的一杯，却被佩德罗·提亚切尔打断。

"抱歉，怀特兰兹朋友，这两杯都是我的。我不阻止您按您的想法点，但是我需要点兴奋剂提振一下萎靡不振的精神。风险是画廊职业的一部分，但不是这种风险。为了您的健康，干杯。"

他两口干了第一杯马提尼之后，又开始两眼无神地品尝第二杯。安东尼认为到了结束跑题，找出跟踪、约会和见面真正理由的时候了。受到催促之后，佩德罗·提亚切尔用手背擦了擦嘴，继续讲他的故事。

"我去旅店找您，而您没在，您说巧不巧。第二天我又去，但我已经没有办法接近那里,有人密切地监视着您。从那时起,我开始花时间跟踪您。无果。不是警察找您,就是外交官,要么就是长枪党。更不要说一堆皮条客和妓女,在他们的陪伴下您度过了自己的空闲时间。这我当然管不着。"

"那么我们就不要绕圈子,直奔主题吧。为什么找我,提亚切尔先生?"

他的斥责又引起了油滑的画廊老板的疑虑。他略带胆怯的目光不断扫视各个方向,用一块亚麻手帕擦去额头和嘴唇上的汗珠,压低声音说:

"我不能说。"

"您让我来就为这个?"

"我不能在这儿说。有人在监听。"

"没有人听,提亚切尔。大家都在各忙各的。如果这还不够,那么在这个国家,他们不懂英语,也不认识英国文化委员会主席。"

"别这么自信。马德里布满了外国特工。一大群,怀特兰兹!很快,在这土地上发生的一切将决定整个世界的未来。善恶之间的决战。世界末日的对决。"

"也许吧。"看到对方喝完马提尼之后情绪激动,安东尼说,"但是我已经很累了,不想浪费时间听您废话。如果您什么都不打算告诉我,那我要回旅店了,然后上床睡觉。末日对决没有我也可以开始。晚安。"

"别,别。别走,"佩德罗·提亚切尔语气哀怨地央求着,"我必须告诉您一件最重要的事。不管怎样,我为这个大老远跑来的。但是不能被别人听到。"

"在我耳边说。"

"不行。他们会读唇语,有特工专门接受过这方面的训练。我们去别的酒吧。但这也不是个好主意,到处都一样。在大街上他们也可以跟着我们,谁知道会不会给我们拍照。我想到了更好的主意——去我家。我在市中心有个简单的公寓,我把一些特别的商品放在那里,秘密地接待客户什么的。一个安乐窝,怀特兰兹,您会喜欢的。非常安全。因为我把贵重的画放在那里,也安装了最先进、最有效的安保措施。我不能说出地址,但是我可以把地址写在餐巾纸上。记住地址,然后把餐巾纸烧了。不,别烧。太引人注意。吃了它。不,这也会引人议论。总之,您要把地址销毁。我这就走。不要被别人看到我们一起离开。您等一刻钟再离开,然后去餐巾纸上写的地址。您明白了吗?"

"当然。我很平静。但是我哪儿都不想去。我怎么知道您不是给我设了一个陷阱?您本人也提到过致命的陷阱。"

"这种暗示是对我的侮辱,怀特兰兹。我们都是英国人,绅士和同行。"

"并不妨碍。"

"理智一点。我找了您好几天就是为了让您避开巨大的危险。不要拒绝我伸出的手。我们可能没有别的机会了。科里亚这个名字您听着耳熟吗?啊,我看到您皱眉了。我可以给您提供有关这人的额外资料,以及如何挫败他们的企图。我还可以澄清一些有关画的作者的争议……总之,我等您十五分钟。按照您认为合适的方式行动。"

他戴上独目镜,站起身来,取下大衣和礼帽,步态僵硬地离开。安东尼读了地址。是塞拉诺街的一个门牌号,离这里不远。他正想着路径,考虑是否要过去时,服务生拿来两杯马提尼的账单。这种麻木和无耻的举动让他对佩德罗·提亚切尔的意图放下心来。没有坏人做事这么大意。他付了款,离开酒馆。

冬日的寒冷还在延续,但是夜晚的温度比起前几天还是温和了许多，步行帮助他振奋精神和整理自己的思绪。无论从哪个角度来看，前几个小时他一直都很激动，现在他陷入了绝对的疲劳，无论是身体上还是精神上，没有给意志力留下任何缝隙。他坚信已经达到精力的极限，一切关于旅程的事都不再让他感兴趣了。甚至，委拉斯开兹的画现在也让他觉得是一件太遥远、太费劲的事。还未丧失的最后一丁点吸引力，想象中的职业成功，以及在同一时刻累积和释放的情感，可以与他返回平静的工作、家庭和日常生活的强烈愿望相抗争。无论佩德罗·提亚切尔要揭示的事情是什么，他已经做出决定。第二天就返回英国，不咨询任何人，不告诉任何人，不跟任何人告别。

穿过西比雷斯广场，他途经上次那家酒吧，"快乐的鲸鱼"就在它的地下室里，何塞·安东尼奥·普利莫·德里维拉与他的同僚们每天晚上会在那里聚会，喝着威士忌，讨论知识分子生活中的事情。安东尼对于那晚被邀请作为谈话会一员的事情记忆犹新，但他很不想再与何塞·安东尼奥见面，因为帕琪塔以一种欺骗和相当疯狂的方式利用了他，作为与国家长官出双入对之前的步骤。安东尼想到他在那个匪夷所思的三角关系中扮演的可悲角色不由得感到气愤，羞耻地涨红了脸。他已经来到塞拉诺街，几天前与帕琪塔在密歇根咖啡馆的谈话回到了他的记忆中。那次他跟她谈了委拉斯开兹，她跟他讲了自己的个人问题。两人之间建立了一种联系，现在永远地断送了。他们还有可能再见面吗？不太可能了。

这些回忆和思索令他分神，晚了一些时候到达佩德罗·提亚切尔在齐格特酒吧纸巾上写下的地址。时钟指向十一点整，他来到一扇巨大的镶板门前，一边开了一个更小的门，上面装有一个狮子头形状的黄铜门环。敲门之前，他推了推小门，门应力而开。他进去之前四下看了看，那时街上没有人经过。安东尼觉得没有人跟着他并监视他。这么多天处于监视之下，突如其来的自由似乎凶多吉少。即便如此，他还是走进了门厅。街上的灯光让他找到一个开关，他按下开关，一个金色黄铜壁灯里面的灯泡亮了。他关上朝街的门，爬上宽敞的木制楼梯，楼梯由于长期使用磨得发亮，踩下去时吱吱作响。

二楼左侧的门也是虚掩着，正是佩德罗·提亚切尔说的安乐窝的所在。安东尼做了一定的预防措施，跨过门槛。厅里一片漆黑，但是走廊深处可以看到些许光亮。厅里和走廊里都没有家具、地毯或窗帘，也没有任何画挂在墙上。悄悄地，他带着防备往前走，来到一间宽敞的房间，里面点着一盏灯。光秃的墙壁和简陋的家具证实了他的怀疑——没有人使用这个公寓，不是客厅，也不是办公室，更不是展厅。这些信息足以让他意识到自己的错误，只不过另一只眼之所见确切地向他展示出自己是多么的鲁莽和天真。

三十三

首先，佩德罗·提亚切尔已经死了，确确实实死了。毫无疑问。刚才他还把处境归为致命的，而现在就身体力行了，以一种毫无争议的方式证明了自己的判断。尸体脸朝上倒在屋子正中，在一片血泊之中，双腿和双臂打开形成一个"大"字，好像劈着腿倒下去的一样。他仍然穿着外套，礼帽滚到了离他的旧主人头部一米远的地方，脸的旁边是已经碎裂但还保持完整的独目镜。

出于自我保护的本能，安东尼·怀特兰兹没有停下来分析情况，回到楼梯间。楼梯上传来了脚步声。他看了看，看到带着枪的人走上来。一些楼里的居民打开门，探出头来，又缩了回去，闩上门。向他们寻求帮助是不可能了，此外，疲倦让他的思维变得迟钝。该怎么样就怎么样吧，安东尼自言自语道。正思索着这个模糊的想法时，他已经被四个人包围，警告他不要试图反抗。这个说法让英国人不由自主地笑了起来。

"还有其他人吗？"他们问他。

"里面有一个死人。你们是谁？"

他们没有回答他，让他进入公寓，然后关上房门。一个人用枪指着他，另外三个人手里拿着枪，进行粗略的调查。检查结束之后，他们使用挂在走廊墙上的通讯设备打电话。对方应答得很快，好像电话线另一端的人正等着这通电话一样。沟通仅仅用了两个单音节。挂上电话之后，打电话的人对另外几个人说：

"什么都别碰。他五分钟之后到。"

四个男人一边看着他,一边卷了香烟抽起来。安东尼试图猜测自己落在了谁的手里。过了他觉得很漫长的一段时间,马兰侬中校和他助手的到来消除了他的疑问。若非来者直接冲上来,给了英国人一记重拳的话,他们出现本应减缓他的担心。突如其来的冲击把英国人打翻在地。躺在地上的他,向袭击者投去的目光中更多是惊诧而非挫败。

"混蛋!王八蛋!若不是该死的共和国法律,我现在就该一枪崩了你!"中校大声叫道。

平静下来之后,他的助手已经在尸体旁边蹲了半天,撩起大衣的下摆以防被血迹弄脏。他保持这个姿势,宣布了初步的结论。

"尸体还是热的。他胸部中弹,是大口径武器近距离射击造成的。他穿着深色的大衣和西服,很难判断具体的中枪位置,但应该是很突然的。邻居们理应听到了巨响,但是在这个时候,他们应该会装糊涂。"

这个需要谨慎思考的部分令中校恢复了平静。

"是您做的吗?"他直截了当地问英国人。

"不!怎么会是我!"安东尼抗议道,"我是艺术专家,无法杀死任何人,想都不会想。另外,武器在哪儿?"

"我怎么知道!可能扔了,也可能藏起来了。没有凶手会手里拿着枪等着警察来。您认识死者吗?"

"认识,"安东尼说,"事实上,一个小时之前,我和他在一起,在齐格特酒吧。他约我去那里,打算告诉我一些重要的事情,但是害怕被别人听到。为此,他让我来这里。我到的时候,他就已经死了。"

"真麻烦,"中校嘟囔着,"我们这是在哪儿?感觉像是一个安全屋,恐怖分子、暴徒和外国间谍会面的地方。"

"我并不知道,如您所见。他用另一种方式给我描述的。我从齐格特酒吧走过来的。如果科斯科约拉队长像往常一样跟着我,他就能为我作证。"

"科斯科约拉队长今天下午被人杀害了,"中校冷冷地说,"我本该对您做同样的事。对您实施法外处决。由于您的关系,我失去了最好的伙伴。现在这人也被杀了,他本来能为我们提供更多信息的。"

"佩德罗·提亚切尔?"

"随便怎么称呼他。自从他来到马德里之后,我们就一直跟着他,但是这个家伙非常狡猾。如果不是您把写了地址的餐巾纸落在桌子上,我们也不会找到他。当然,他现在这样,也帮不上什么忙了。"

情绪平复之后,安东尼从中校粗糙的脸上察觉到深深的疲倦。中校当英国人不在一样,跟他的副手们交代道:

"两个人留在这里等法官过来移走尸体。其他人跟我走。这位好事之徒跟我们一起去安全总局。到那儿之后无论愿不愿意都得老实交代。"

在去往安全总局的路上,安东尼想知道关于科斯科约拉队长死亡的详情。中校发泄完之后,熄灭了针对英国人的怒火,只是冷冷地叙述着。队长的尸体是晚上六点在丽池公园附近一个废弃的楼房里发现的。有迹象表明,队长是在别处遭受枪击死亡,死后尸体被人移到这个地方的。根据中校的说法,谁是罪犯显而易见:几天之前,在一次街头对峙中,隶属于长枪党的一个右派学生身亡,他的同僚们根据惯例,以这样的方式为他报仇。另一方面,长枪党人正在为准备起义而实施一系列恐怖活动,这次袭击也可算作其中一项。

"您有证据证明您所说的这些吗?"中校叙述完之后,安东尼问,"目击者呢?长枪党承认是他们所为?"

"没这个必要。"

安东尼·怀特兰兹做了一个决定。

"到您办公室之后,我会告诉您我在哪儿最后一次见到可怜的科斯科约拉队长。我建议您致电内政部长。这个故事值得您这样做。"

车里这段对话展开的同时,在尼卡西奥·加耶戈街21号的一间公寓里——长枪党的据点,埃斯特拉侯爵的老熟人罗德里格神父的到访和他带来的消息,使得长枪党员们不得不紧急召开高层会议。

"我听得很清楚,就像你们听我说的一样:现在什么都不要做。"

长枪党秘书长雷蒙多·费尔南德斯·奎斯塔脸色阴郁,但还是出来缓和气氛。

"事情随时都可能发生变化。就像在院子里的时候……"

"如果不改变呢?"曼努埃尔·赫迪拉问道。

何塞·安东尼奥·普利莫·德里维拉用手掌敲着桌子打断他们之间的对话。他开口时,语气平静,略显沮丧:

"赫迪拉同志说得有道理,什么都不会改变。莫拉和高戴德冷酷无情,佛朗哥就是个胆小鬼。"

"还有圣胡尔霍,"何塞·玛利亚·阿尔法罗指出,"他有决心并且信任我们。"

"绝不可能!"何塞·安东尼奥说,"佛朗哥和莫拉谁都不会把指挥棒交给葡萄牙的圣胡尔霍。他们都想独揽大权。这是一场混战。等他们达成一致,一切都晚了。"

高层会议上长枪党人分成了好几派,罗德里格神父从卡斯泰拉纳公爵府带来的可以预见的启示更加深了分歧。温和派认为有必要加入军队,即便这意味着长枪党只能在运动中起到辅助作用。激进派支持采取主动。还有一些党员经过深思熟虑,认为这两个决定都是徒劳的:参军的话,无论谁迈出第一步,不仅指挥权会落入各位将军手中,而且整个长枪党,连同它的思想、它的精神和它的计划,早晚都将不复存在。这其中,不乏有人希望置身事外,并等待未来一个更为明朗的机会。如果发生一场反对人民阵线政府的起义,而长枪党置之不理的话是很奇怪的，简直是可恶的。就连这种战略的支持者都不敢公然提出，他们知道这是怯懦和优柔寡断的代名词。只有一些时候，某些人间接暗示过采取中立的假设。

何塞·安东尼奥·普利莫·德里维拉在疑惑中挣扎着。作为一个小有权势的党派的全国长官，不必咨询任何人也不用告诉任何人他的决定，但从根本上来说他也不是一个政治领袖，而是一个知识分子，一个被教会从各个角度思考问题的律师。他的狂热是文艺气质的。因为他从小就知道，比任何人都了解，那些将军们如同他们浮夸的爱国演讲一般，只是地主、金融资产阶级和贵族的代言人。很多军人，甚至军衔很高的，都很羡慕长枪党的青春气息。但是这种钦佩仅限于怀念那个深陷军阶泥潭之前，尚未变得人穷志短、贪图安逸和追名逐利的自己，或者自己希望变成的样子。除了少数例外，政变将领们平庸愚蠢，而终将变得像和他们打算推翻的政府一样腐败。这种困境出口在哪儿？他不禁自问。一年前他曾制定了一个有可能改变武力分配的方案。利用并不为人所认可的政府更迭，何塞·安东尼奥曾计划在马德里举行一次游行，就像墨索里尼1922年10月28日所做的那样。他十九岁时在一个电影报道中所看到的，身着黑色衬衫的法西斯小队列队进入罗马，帝国横幅和旗帜迎风飘扬的景象令他印象深刻。那时，人民为他们的新领袖热烈欢呼，国王和教会也只能认可，而之前蔑视他们的意大利军队现在除了退居其次之外没有别的路可走。墨索里尼像希特勒一样参加了第一次世界大战，但二人都没有军事生涯。不仅如此，不同于西班牙的独裁世俗传统，在这两个极权国家中，平民和他们的学说体系可以指挥军队，而不是反过来。有了这个意图，何塞·安东尼奥曾计划在1935年人民阵线的威胁初现之时，举行一次游行，由成千上万名长枪党人和阿尔卡萨军校学生从托莱多行进至马德里。在行进过程中会有大量群众加入，也会有国民警卫队进入其中。

但这个计划没能实行：最后一刻，一些军人致使计划破产。何塞·安东尼奥·普利莫·德里维拉知道他们的名字，特别是其中那个参谋长的名字，他的名字最后有这几个字：佛朗哥。

"我来告诉大家怎么办，"他最后说，"我会向军人发出最后通牒。要么现在进行反抗，长枪党当先锋，要么长枪党自己披挂上阵，承担风险。我们已经警告过他们了。至于结果如何，他们只需要对上帝和历史负责了。"

随后他让何塞·玛利亚·阿尔法罗打电话给塞拉诺·苏涅尔。这人进入大厅后，说：

"拉蒙，我想你帮我安排一次与你姐夫的会面，越快越好。如果可能的话，明天最好了。"

会议散了之后，罗德里格神父像一只哈巴狗一样跟着何塞·安东尼奥。

"我不相信军人们，侯爵先生。他们并不为上帝而战，而是为了他们自己。"

三十四

　　五十六岁的曼努埃尔·阿萨尼亚先生面露老态。他肥胖、秃顶、脸色苍白、丑陋，表情带有敌意，厚厚的眼镜片后面是一双眯缝着的眼睛，不知是困倦还是狡黠，取决于看的是谁。安东尼·怀特兰兹只在照片里见过他，也在右翼报纸的漫画中见过以蟾蜍、蝌蚪或蛇的形象出现的他。现在本人就在眼前。在政府元首办公室安东尼再一次讲述了那个故事。他最先是在安全局讲给马兰侬中校听，然后是安全局长阿隆索·马约尔先生和内政部长阿莫斯·萨尔瓦多先生。内政部长已经电话通知了总统。尽管时间很晚了，阿萨尼亚还是立即接待了他们，并且听得很认真，讲完之后他两眼紧盯着英国人。

　　"确定那幅画是委拉斯开兹的作品？"

　　这个问题让安东尼和旁人都很惊诧。阿萨尼亚硬挤出来一个表情，像是一个会心的微笑。

　　"别生气。有关阴谋的事情和将军的名字并非完全没用，不过对我来说并不算什么新鲜事，这大家都很清楚。而画的事情并没有写在剧本里。怀特兰兹先生，我并不太懂艺术。要说文学我还懂点。假如问我最想变成谁，我想变成托尔斯泰或者马塞尔·普鲁斯特。现在我当然这么说。年轻的时候，我曾经想变成鲁道夫·瓦伦蒂诺。"

　　他又笑了笑，没刚才那么勉强了。他接到电话的时候正准备回家。现在看来这次会面将持续很久，他决定用幽默来对待不顺心。

　　"我曾在巴黎待过很长的一段时间，"他继续对着英国人说，因为别人都知道这些，"在一战之前，高级研修局给了我一笔奖学金让我去索邦学院读书。实际上,我只对那个伟大城市的艺术和知识分子生活感兴趣。还有姑娘们,估计您已经猜到了。我每天都泡在卢浮宫里,在摆满古董的厅里待上几个小时,或者如痴如醉地站在一幅画前。然后回到住处,尝试着把印象写出来。抱歉,我跑题了。"他对大家说,还打了一个手势:"已经很晚了,今天对我来说很长也很无聊。想必大家也累了。我这就说完。刚才说到我每天都去卢浮宫。意大利绘画令我着迷,特别是威尼斯画派。因此我去参加过一次有关提香的会议,是您的同胞,一位牛津还是剑桥大学的教授主持的。一个中年男人,英俊,优雅,彬彬有礼,略有些羞怯,但博闻多识且聪明过人,文化程度惊人,与我们这些傲慢无知的学者迥然不同。他给我留下的印象太深了,我还记得他的名字:加里戈。整场会议他都在讲一幅画:《阿克特翁之死》。这不是卢浮宫的展品,也不是其他任何一家博物馆的展品。显然,这幅画一直属于某个幸运儿。会上准备了一幅精美的复制品,教授用它来为我们讲解那则奇异神话的各种细节。可想而知,那寓言和它的表现方式都令我着迷。我不知道诸位是否还记得这个故事。年轻的阿克特翁在打猎时遇到了裸体的狄安娜,羞怯的女神向他射了一箭,将他变成一只鹿,随即被他自己养的猎犬撕咬,而阿克特翁却什么都做不了。为了画出这个事件,提香选择了寓言故事进程中一个中间点:主要部分已经发生或者即将发生。不知道这个故事的开头和结尾的人就会一头雾水。也许在提香作画的时代,希腊神话为众人所皆知。对此我表示怀疑。某些其他原因令画家选择了这一时刻而非其他。这一刻大错已经铸成,箭也已经射了出去。剩下的只是时间问题,结局在所难免。请诸位对我的离题有点耐心。有时当我独自一人在办公室的时候,在这个时间,困倦来袭,我不否认,出于沮丧,我会沉浸在对过往的回忆中,我不知道那时是否更快乐,起码不是很复杂:阿尔卡拉的童年、埃斯科里亚尔的奥古斯丁学校、战前的巴黎……不久前,就像这样神游,我忽然想起了那次介绍提香画作的会议。"

他停顿了一下,点了一支烟,眯缝着的小眼睛扫了一眼听众。随后,他用一种更为活泼的语调继续说道:

"很多人认为我们正处在这种情况之下。无法弥补的错误已经犯下,箭已离弦,只等着自己养的猎狗将我们撕成碎块。我本人更倾向于认为事情并非如此。我要说的是,我认为可以杀死我们的那支箭正是大家的失败主义。西班牙从来没有过一个像今天这样如此广泛的共识。那就是一致相信我们正走向灾难。我自问我是不是唯一持不同意见的,我回答,不是。一个月前的大选表现出了这一点,竞选期间,我们也曾有机会见识到普遍的感觉是什么。"

安东尼陷入沉思,他并不了解这些,但是曼努埃尔·阿萨尼亚先生是对的:以竞选为由曾召开过多次群众大会。尽管他缺乏个人魅力和他所拥有的知识分子名声;尽管在多年政治斗争的中,他和他的党派曾犯下大错;尽管被右派妖魔化,被左派鄙弃,人们仍旧为他投票,大众为他欢呼喝彩,因为他们在阿萨尼亚的身上看到了最后的和解希望。在马德里郊外召开的最后一次会议中,尽管沟通不畅,天气寒冷,以及政府抵制,还是有五十多万人前去赴会。因为他的思想很简单:巩固共和国,不抛弃迄今为止取得的成就,不再助长国家的弊病,不让人民的生活更为拮据。他获得了议会以及绝大多数西班牙人的广泛支持,但他心知肚明,他获得的大多数支持在面对手枪的时候用处不大,面对大炮的时候更是一文不值。尽管如此,他还是希望大众获得胜利,西班牙民族得以自保。他见证了共和国的诞生和发展,也从内部了解共和国,本质上没人愿意走到现在这一步。对于社会主义党人来说,选举条例和政治管理的无情消耗迫使他们采取激进的立场,避免工人离开工人联盟(UGT)而转投全国劳工联合会(CNT),因为在那边,无政府主义者抛弃了任何的可能论和长期不承担责任而保持了原则的纯净。因此，革命性话语在他们眼里只是浪费口舌，社会主义党人认为应该像苏联布尔什维克那样夺取政权。他们断然拒绝任何形式的妥协，转而诉诸残酷镇压，不是没有原因，于是工人阶级成了目标，无论是在君主制时期还是共和国时期。但今时今日，他的决定无异于自杀。从这个意义上来说，右派是比较明智的：维护少数人的利益，因此不必去安抚要求立竿见影效果的气急败坏的群众。右派可以等，他们并没挨饿，只有在别无他法的时候，他们才会发动武装叛乱。右派极端主义组织，无论传统主义者还是所谓的法西斯长枪党，就像四只被主人用"狡诈"皮带拴紧的猫。至于军队，阿萨尼亚摸准了他们的脉，不愧为第一共和国时期政府的战争部长。与普遍的观点相反的是，阿萨尼亚认为军队并不想推翻共和国，究其根本这也是他们的共和国。当他们可以维护君主制的时候，他们一个指头都没动，现在说要恢复君主制也只是嘴上说说而已，更不会去推翻共和国。撇开非洲军人不说，他们倒是能够带来些真正的恐惧，其余的无非是些无能、懒惰的军人，且等级划分错综复杂。现如今的西班牙军队只是一个腐朽的、好逸恶劳的、杂乱无章的机构，没有物力也没有道德，在1898年的古巴和菲律宾扮演了令人失望的角色，随后为了在国家和自己面前维护尊严，将自己的无能归罪于自行裁量的西班牙政治。平衡已被打破，混乱中精明的人正在茁壮成长。

"不可能是马丁内斯·德·马佐的作品吗？"他问。

安东尼·怀特兰兹感谢大家给他这次机会，准备陈述自己的理由。内政部长代表他的同事们发起了牢骚。

"我们难道不应该把注意力集中在更急迫、更具实质性的问题上吗？"

内阁总理和蔼地回应道：

"亲爱的阿莫斯，一切都来得及……或者，来不及。目前，那幅画让我觉得极其可疑。何塞·安东尼奥·普利莫·德里维拉是画作所在之处的常客，几位政变将领也经常出入那里。一位参与买卖的黑市画廊老板因某些不可告人的秘密追随怀特兰兹先生从伦敦来到马德里，但在向怀特兰兹先生告密之前，在一间瑞士进口公司所属的公寓中被杀。英国大使馆对这件事十分感兴趣，于是与他们的情报部门取得联系，情报部门为此派来了一位大人物。而就在今天，一位安全人员被杀，有人最后一次见到他恰恰是在公爵府，密谋的那一日。说真的，这些有可能是一系列巧合，但是如果不是，这幅画可能造成的恶劣影响将把图坦卡门远远抛在后面。"

"这样的话，"内政部长阿莫斯·萨尔瓦多坚持道，"擒贼先擒王难道不是更好吗？现在我去搞一份司法命令，没收那幅画。然后我们再说。"

马兰侬中校受到建议的鼓舞，站起来，准备下达命令。阿萨尼亚示意他坐下。

"说实话这个想法我考虑过，有几个地方比较吸引我，"他说，"首先，我很想看看那幅画。如果真的是委拉斯开兹作品，我会很高兴把它从地下室取出，然后捐给普拉多博物馆。但是我们不能采取违法的行动。现在这个世道，我们必须慎之又慎。据我们所知，阿尔瓦罗·德尔巴耶没有犯过任何罪。拥有一幅价值连城的画或者会见有各种政治倾向的人都不是犯罪。我们顶多对他进行监视，假如他试图把画运出国或者做出任何我们能指控他的非法行为，我们就能逮捕他。在那之前，我们都束手无策。"

"但是总统先生，他们已经杀了一个我的手下。"中校呜咽道。

"这样的不幸让我们大家都很难过，"阿萨尼亚答道，"对于同为市民和政府元首的我，则是双重打击。每一起暴力致死事件都是向深渊更进了一步。如果我们不能阻止这个趋势，很快就没有回头路可走了。

但是有关于那幅画的说法，对于杀手来说足够了。我们要展开调查，澄清事实，让罪犯接受法律的制裁。这不是简单的任务。如果像怀特兰兹先生刚才讲的那样，队长认得密谋者，那么他们就是首要的嫌疑犯，但是很明显所有痕迹都被抹去了。尸体出现在一座楼房里就排除了在街头对峙中意外死亡的可能。但是我们也不能靠臆测行事，更不能把矛头指向将军们，因为事件发生时，他们都身在马德里的千里之外。不管怎样，阴谋似乎已经发展到最后阶段。我们也不能忘了佩德罗·提亚切尔之死。无论是他还是科斯科约拉队长死前都在追踪怀特兰兹先生。也许有什么我们忽略的关联。"

他沉默，点了一支烟，看了看表。已经很晚了。这让他意识到自己的疲劳。其他人也是面色苍白，十分憔悴。他叹了口气继续说：

"先生们，就像我之前说的那样，我们正处在悬崖边缘。现在没有人想再往前踏进一步。轻轻一推便足以让整个国家面临灾难。而且我相信，这个推手，如果有的话，很有可能只是历史发展进程中的一件小事，并且会被子孙后代当作轶事来看待，他们需要把它放大很多倍才能理解为什么在当时国家掀起了一场本可以避免的自相残杀。而我老惦记着那幅画，该死的。"

他停顿了很长一段时间，然后说：

"现在，正如我刚才所说的，我们什么都做不了。但是，没有什么能够阻止我们请求怀特兰兹先生继续他自己的调查。他亲口告诉我们决意尽快返回伦敦，鉴于目前的情况，这是一个非常明智的决定。即便是作为国家元首的我，也不敢建议他推迟行程，与伊瓜拉达公爵进行最后一次会面。但是如果他这么做了，也许能够调查到一些新的情况帮我们解开这个谜团。"

马兰依中校难以抑制内心不断增长的紧张情绪，涩涩地打断道：

"恕我直言，我不觉得这是一个好主意。这个任务风险太高。那些人肆无忌惮,我已经失去一个同伴了。我们不能这样对付政变的威胁,愚蠢!"

安东尼见中校为他的安全担心,有些许的感动,也许只是个错觉。阿隆索·马约尔答道:

"英国人他们不敢。"

"他们什么都敢。佩德罗·提亚切尔也是英国人。英国大使馆不会因为一个多管闲事的人而卷进去。相反,我们可能会惹上麻烦。"

阿萨尼亚出来调停。

"一切都有利有弊,但是争论没有意义。最终的决定权在怀特兰兹先生手里。"

怀特兰兹先生,并未理会大家的混乱,自己已经拿定了主意。

"我去公爵家,"他说,"不管大家觉得合不合适。我知道我不能扔下那些东西不管就走掉。我说那幅画。我是艺术专家,我有我的声誉。那比谨慎重要多了。"

原因显得不那么重要,因为这不是在场各位关心的问题。

"有什么消息我会尽可能跟大家通报,"他继续说道,"不用担心我们使馆。我不会告诉他们,也不会去找他们。当然我知道他们也不会理睬我。"

会议结束。告别很短暂,大家都困了。汽车把英国人放在安赫尔广场附近,让他徒步走回旅馆,这样就没人能看见他和谁一起了。前台接待员坐在椅子上,趴在柜台上,头枕着胳膊睡着了。英国人没有吵醒他,拿了钥匙,径自上楼回到了房间。出于疲倦,当他看见托妮娜睡在床上的时候,并没有很惊讶。他脱了衣服就上了床。托妮娜半睁开眼睛,什么都没说,温柔地照顾他躺下,还带着些许少女的青涩。经历了与帕琪塔和莉莉的感情纠葛之后,这些简单的温情让他觉得很是安慰。

三十五

　　安东尼·怀特兰兹按照惯例开始了新的一天，虽然在马德里没待多久，却养成了一种特定的习惯：在常去的咖啡馆吃早餐，快速浏览一下日报，不紧不慢地溜达到位于卡斯泰拉纳街的公爵府。管家为他开门，脸色一如既往的阴沉。在他吉卜赛人的脸庞上，并没有陌生感也没有敌意，就好像前夜那个凶残的刽子手只存在于英国人的想象中一般。

　　"请进，在大厅等待片刻，我去通知公爵阁下。"

　　又一次独自站在《阿克特翁之死》前，安东尼自问，如果是委拉斯开兹来画，而非提香，他会如何表现这个悲剧情景。受到为威尼斯共和国建立和统一而举行的声势浩大的典礼的感染，提香运用从文艺复兴时期开始积淀的丰厚古典文化底蕴，来表现一位沉溺于自己化身和无限权力的女神所施加的非理性且过于严苛的刑罚。狄安娜占据着整个场景，就好像那些能将人类打倒的不可抗拒的力量一般：比如疾病、战争和狂热的激情。委拉斯开兹并没有无视遍及世界的苦难，却拒绝将它们描绘在画布上。他肯定会选择一个恰巧见证了阿克特翁悲剧命运的证人，通过他的面孔来表现作为见证人的他，看到这恐怖一幕时的反应，无论是惊恐也好，无动于衷也好，却并不理解也不知道如何向世界传达它的意义以及教训。

　　就好像戏剧性的命运也在捉弄着他一样，安东尼的思绪被一个颤抖却充满喜悦的声音打断。

　　"托尼，你回来了！上帝保佑！现在没有危险了吧？"

"不知道，莉莉。但无论如何我都得来。"

"为了我？"

"我不想骗你，我来这里不是因为你。既然我们碰到了，我想借此机会澄清一下昨天我们之间发生的事情。"

莉莉向英国人身边靠过去，用手掌捂住他的嘴。

"什么都不要说。你们新教徒就喜欢讲一些令人不愉快的事情，认为只有那些痛苦、伤人或残忍的事情才是真的。但是事情不是这样。奇迹和神话故事不是欺骗，而是一种幻想。也许天堂也是一个幻想，即便如此，还是可以帮助我们生活。真相不应该是一个幻想的落空。我不需要你解释任何事情，我也不会怪你，我对你没有任何要求。但是托尼，你不能夺去我的希望。不是今天，也不是明天，也许以后的某一天事情会不一样。那么，如果我能活到那一天，你召唤我，我会去任何你约的地方，做任何你希望的事情。那之前，无论是真实还是幻想，我都希望你保持亲密的沉默。什么都别跟别人说。你答应吗？"

还没等他回答，伊瓜拉达公爵阿尔瓦罗·德尔巴耶先生在管家的陪伴下走进大厅。二人的神态中不见一丝惊恐，安东尼顿时感到有些不安。就在这一刻之前，安东尼前往公爵府面见公爵的决心都是如此坚定，与昨晚在政府元首办公室中做这个决定时的态度并没有什么两样。然而，真到了这里，他又不是很确定是否要解释出现在这里的原因，以及接下去该怎么做。公爵本人也有些不知如何是好。最后，他还是选择不绕圈子，直接发问。

"怀特兰兹先生，今日到此有何贵干？"

明确的设问为随后的对话铺平了道路。

"公爵先生，我来取我应得的东西。"

莉莉还在门厅。父亲和管家来了之后，她本打算走，走到门口却又停了下来，偷听他们的对话，无法弃英国人于不顾。公爵发现之后，向她投去了充满理解的目光，示意她放心。

"很好，"他回答，"我们去会客厅吧。那里没人打扰。"

管家以为在说他，点了点头表示同意。

进入会客厅，安东尼的眼睛不由自主地望向窗外，第一次就是在这里看到帕琪塔和一个神秘男子在花园里。就在那个花园里，帕琪塔曾和他短暂地拥抱过，几天之后他也曾在那里为绝望中的她带去惊喜。而现在，浸沐在早晨温暖的阳光中，花园显得有些荒弃。一群麻雀在地面和树之间飞来飞去。两个男人像之前一样坐定之后，安东尼立即开口说道：

"当初找我来的时候，曾经答应给我一笔费用，之后您也多次承诺过。从一开始我就尽力完成自己的任务，我相信我已经做到了，并且足够忠诚，尽职尽责。收费不仅是合理的，而且是应当的。作为专业人士，我们有获取报酬的权利，我们必须捍卫本行业的利益。我必须要批评业余人士的随意性，免收费用就是拒绝承担责任。先生您作为公爵，思考问题和行事方式自然非比寻常，但是我确信您一定能够理解并认同我所说的。"

"毋庸置疑。"

"也许，对于我接下来要说的，刚才的那些还是有必要的。我被聘请来鉴定一些画。之后，一切都似乎不再是应有的样子。不知不觉间，我被迫成了一场密谋活动中的一个零件，重要不重要还好说，关键是这个阴谋究竟是怎么回事，我还蒙在鼓里。这就是我说想要得到的东西。你们欠我一个解释，告诉我，我就走。钱您留着，我没兴趣。"

公爵沉默了很长一段时间后才开口：

"对于您的好奇我十分理解，怀特兰兹先生。我向您保证，我也有很多问题想问您……尽管我不知道自己是否愿意得到答案。也许，为了和谐起见，我们最好各自保密，您觉得呢？"

安东尼心中一紧，但转念一想，公爵可能并不知道他所暗示的那些阴谋，否则他不会用如此微妙和平静的语汇来表述。如果公爵夫人在场的话，情况可能更危险。男人和男人之间，对于英国人来说仍有回旋的余地。

"我所指的事实，"他一边说一边尽量克制脸红，不让谎言太明显，"超越了私事的范畴。在这方面，没有什么难以启齿的。那么，请允许我从头说起。佩德罗·提亚切尔是谁？在这桩闹剧中扮演了什么角色？"

公爵听到问题后看上去如释重负。毫无疑问，他本以为问题会更隐秘，因此毫不迟疑、毫无保留地说出了安东尼早已知道的情况：佩德罗·提亚切尔是一个商人，公爵和其他西班牙贵族家庭一样，向他购买艺术品，特别是有签名的名画。

"佩德罗·提亚切尔可以搞到有意思的作品，以合理的价格出售。他在伦敦以及马德里都拥有高端客户群。通过他我买了一些作品，也在有利的条件下卖了或换掉了一些画作。"

从他说话的方式，安东尼推断公爵并不知道那个油腔滑调的画廊主或者说精湛的骗子已经死了。他在两个选项中选择了前面一个，并说：

"那么现在佩德罗·提亚切尔也参与了您地下室藏的那幅委拉斯开兹作品的销售。"

"这您与我都心知肚明。这件事需要可靠的人。我的意思是在专业领域、私人领域和政治领域都需要这样的人。佩德罗·提亚切尔并不具备这些特质。他的政治思想众所周知，作为委拉斯开兹专家，名气不够。他的见解多少会引起一些猜疑。出于这些原因，我们找到了您。"

"您知道佩德罗·提亚切尔要把出售所得的款项用于何处吗?"

"多少知道一点。佩德罗·提亚切尔完全拥护我们的事业。我指的是我们希望结束当前的混乱,并阻止马克思主义军队接管西班牙。"

"我不懂。佩德罗·提亚切尔怎么说也是英国人,在伦敦有蒸蒸日上的生意。他与外国人士建立贸易关系甚至情感关系不足以解释他为何参与到该国的政治活动中,并为此冒风险,无论是在西班牙还是在英国。"

"您也是这么做的。"

"违背我的意愿。"

"昨天,据我所知,您曾试图爬上我家的墙,而今天再返虎口。不要告诉我您做这两件事都是违背您的意志。往往最理智和最物质的人会感受到一股冲动而不自知,还很愉悦地将他们的个人安危和特权,总之是他们的福利,弃之于不顾。"

"公爵先生,我可不是那样的人。您说的是埃斯特拉侯爵。"

公爵闭上眼睛,就好像他对这个名字产生的反应在一瞬间理顺了他的思路和情感。当他再次睁开时,眼睛里闪烁着与他天生的忧郁截然不同的光芒。

"啊,何塞·安东尼奥!"公爵会心地看着英国人,"我听说您与他志趣相投。我并不奇怪。没有人能不为何塞·安东尼奥的魅力折服,即便是那些想他死的人。您是一个聪明、正直的男人,以及无可救药的理想主义者,虽然您极力否认。他从一开始就发现了这一点,并且也是这么告诉我的。作为一名真正的领导人,他有一眼识人、阅读思想和内心的能力,特别是人们极力向别人掩饰的想法,经常连自己都骗过了。唉,如果我有这样的素质该多好!但无奈的是,当我打算辨别他人意图的时候,总是盲目的。"

他从椅子上站起来,在地毯上踱了几步。他的内心充满矛盾和难以抉择的困境,需要与别人进行探讨,但他身边并没有一个可信的人愿意倾听和理解他。在动荡年代,没人有心情倾听别人的想法或个人问题。作为外国人,并且因为他若无其事的态度,安东尼成了很多人理想的倾诉对象,也令某些人着迷。现在意识到这个特质有些太晚了,他的行为和反应已经令人产生了诸多误解。而现在深陷其中的公爵已经无法不继续说下去。

"当年我是普利莫·德里维拉政权最坚定的拥护者。我与米格尔先生私交甚好,深知他掌权并非出于个人野心,而是挽救君主国以及它所代表的一切的唯一途径。当时,由于有生力量的蛰伏,并且在那些今天反对共和国的知识分子的默许之下,马克思主义的魔咒已经浸染了社会机体的每一个器官。没有人比我更为普利莫·德里维拉的倒台感到遗憾的了,所有人都懦弱自满,尤其是军队,当时我就看到了之后会发生什么事的预示。普利莫·德里维拉下台流放,我成了何塞·安东尼奥的第二个父亲,不仅因为他是我身处困境的朋友的儿子,更是因为捍卫他记忆的那种激情可以让我寄托自己的愤怒。那孩子的勇猛足以对抗任何比他更强大的人和机构,无论是言语相向或者干脆拳脚相加,弥补了我从未拥有过的勇气。"

他又坐下来,以手拂面,点燃一支烟。随后,仿佛发泄为他带来更多的痛苦而非宽慰似的,他满心疲倦地继续说道:

"自然,没有人能阻止发生的一切,我也不能。我指的是帕琪塔和何塞·安东尼奥之间的感情。在正常情况下,没有什么比他做我的女婿更令人欣慰的事情了,但鉴于现在的情况,我不能应允这段关系。何塞·安东尼奥的生活从一开始就被打上了暴力的标签,并且一切都指向一个暴力的结局。我不希望看着我的女儿变成一个右派分子。我天性温和平静,但在这一点上我很坚持。而他们需要违背内心的冲动来遵从我的决定。我知道他们俩为此受了多少苦,但我不后悔。一件件事情的发生更加印证了我的信念,事情总是有希望变得更好的。"

"当还没有发生变化时,您就向何塞·安东尼奥提供武器,或者用来买武器的资金。"

"我别无选择。没有武器来保护自己,他和他的战友早晚会死。何塞·安东尼奥肩负着一项必须完成的历史使命,我无法改变他的人生轨迹,但是我会尽我所能保护他。"

"您可知道长枪党拿着那些武器去做了些什么?"

"我大概知道。没人告诉我,我也没有问。归根结底都是一样的:武器只有一个用途。在这种情况下,有以牙还牙的能力就可以牵制住敌人。"

"别天真了,"安东尼说,"长枪党的目标可不是维持生计。长枪党是要在西班牙建立一个法西斯国家。何塞·安东尼奥拒绝君主制,推行一种类似于社会主义的工会制。我曾在公众场合和私人场合听他以绝佳的口才,满怀壮志地捍卫这一计划。"

公爵耸了耸肩。

"这我知道。我的两个儿子都成了激进的长枪党,无时无刻不给我讲他们的口号。我并不怎么担心。如果有一天,长枪党得以施行他们的意识形态,很快就会从哪儿来就回哪儿去。在意大利,法西斯也抛弃了那些不成熟的小孩,现在墨索里尼与国王和教皇挽手前行。自下而上的布尔什维克革命是不可逆转的;相反,从上至下的改革就是纯粹的幻想,因为它不是从阶级斗争中获得营养,也不会挑起阶级斗争。"

公爵把烟掐灭在烟缸中,重新点了一支,又开始踱步,就好像房间里只有他一个人一样开始发表演说。

"正因如此,我才试图说服那些将军们。他们目光短浅,对不懂和不能掌握的事物持怀疑态度,并且像驴子一样执拗。他们被训练成这样，他们的效率根植于这种方式，我不否认，但在关键时刻，这些特质就成了羁绊。他们憎恶何塞·安东尼奥是因为他不属于部队编制，比任何将军都有着更多的权力和声望，他的队伍更有纪律性，更加勇敢，并且比正规军更可靠。正因如此，而非意识形态的差异，他们对他比对真正的敌人都抱有更多的敌意。也许他们想把武器给长枪党。但他们不会这样做的，因为何塞·安东尼奥拥有比看上去更广泛的支持。爱国者和人民都站在他这边，只是挥之不去的暴力让他不能更明确地表达一种承诺。结果就是，军队勉强容忍他，试图通过间接的手段来排挤他。他们向我们施压，让我们放弃对长枪党的支持，这样就能够遏止运动，或者希望他们没武器也没钱就会一个接一个地倒下。"

他在安东尼面前摆出一副类似于在法庭进行诉讼时的表情和手势。

"妄图说服他们是一个巨大的错误。如果他们同意与长枪党建立联盟，不仅在行动时会拥有强大的盟友，还会获得一种国家的理论，而恰恰是现在所缺乏的。如果没有何塞·安东尼奥在道义上的支持，政变就会成为粗俗的军事政变，最粗暴的人上台，也不会持续很久。"

"这些您都跟何塞·安东尼奥说过吗？"

"没有。何塞·安东尼奥不屑与军队为伍。他记恨军队，因为他们曾背叛过他的父亲，但他没想到正是那些弃陷入困境的统治者普利莫·德里维拉于不顾的军队，正准备跟他的儿子玩同样的把戏。也许他们已经想好了一些阴谋来处理掉长枪党，仅此而已。如果他确切地知道将军们正在暗中策划些什么，那么他一定会做出疯狂的举动。因此我宁愿保持缄默。"

"什么疯狂举动？"

"独自发起政变。这个想法萦绕在他心中已有一段时日。他认为如果长枪党采取主动，那么军队将不得不支持他们。他不知道莫拉和佛朗哥有本事眼也不眨地对长枪党发动屠杀，然后再以此作为武力恢复秩序的借口。所以怀特兰兹先生，我的困境就是：如果我听从将军们放弃对长枪党的支持，那么无异于犯罪；但如果我继续向他们提供必要的武器，也许我犯了更大的罪，令他们必死无疑。我不知道该怎么办。"

"在您犹豫做什么决定的时候，那幅委拉斯开兹作品仍然躺在地下室里。"

"现在它根本不重要。"

"对我来说很重要。"

公爵依旧站在那里。这时安东尼站了起来。两个男人在宽敞的屋子里来回走动。走到窗子前时，安东尼确信瞥见花园里有个移动的身影。定睛一看却没看到任何人，他寻思也许是云彩移动造成的阴影，或者随风摇动的枝丫欺骗了他。

"公爵先生，"他一边走动一边说，"我给您提一个建议。如果我能劝阻何塞·安东尼奥发动起义，并说服他服从军队的指挥，能不能授权我来揭示委拉斯开兹画作的存在？我要求的并不多。我会放弃任何出售画作可能带来的好处，合法的或者不合法的，西班牙之内或之外。像您之前提到的那样，也许我是一个理想主义者，但是我的志向不在于政治。我不追求改变世界。作为我研究的一部分，我有着足够的历史知识来了解是什么引发了改善社会和人性的尝试。但是艺术是我的志向所在，为此我能付出一切，或者几乎是一切。我不是英雄。"

公爵听了英国人的建议，并没有停下脚步，双手背在身后，眼睛盯着地毯。突然，他停下来，坚定地看着对方说：

"有那么一瞬间我还担心您把我的女儿列为交易的筹码。"

英国人微笑着。

"说实话，我考虑过。但是我十分尊重帕琪塔，绝不会把她当作交易的对象。她应该明白我的感受并且不会让我在这方面有任何幻想。有了委拉斯开兹就够了。"

公爵张开双臂以示赞许。

"您真是一个绅士，怀特兰兹先生。"他感叹道。

听到一位对他和自己女儿之间的事毫不知情的父亲的夸赞，安东尼不禁脸红起来。

"您打算怎么说服他？"公爵又问道，"何塞·安东尼奥不是那种会轻易放弃的人。"

"这事就交给我吧，"英国人回答说，"我自有妙计。"

三十六

维多利亚·弗朗西斯卡·尤金妮娅·玛利亚·德尔巴耶·马丁内斯·德阿尔坎塔拉小姐,科尔内拉女侯爵,她的昵称更为大家所熟悉——帕琪塔,她感觉离她放弃名誉和贞操、投入英国人怀抱那决定性的一刻时间过去越久,焦虑感就越往上升。说真的,从那之后,没有什么能够帮助她找回心灵中已经失去的平静。她在宁静的与世隔绝的花园里寻求慰藉,却发现自己身处几位将军和一个攀墙头的伤者之间的疯狂争吵中。她试图获得罗德里格神父的宽恕和精神指导,却被果断拒绝。在这令人难过的事件之后,随之而来的是对可能的闯入者的一场搜索,帕琪塔相信自己猜出了那人的身份,这更增添了她的不安。终于恢复了秩序,家庭晚餐比之前的事件更糟:她父亲明显疲惫不堪,几乎都是出于礼貌,每道菜吃那么一点点;她母亲自称身体有些不适,食物一口未动;她的兄弟吉耶尔莫倒是吃了不少,但却是自顾自地,保持着一种阴郁的沉默;而莉莉本是家里的开心果,却成了最忧伤的那个,专心于自己的思虑而没有什么胃口。晚餐进行到一半,罗德里格神父加入进来,据他说,之前去探望了一个重病患者。他毫不掩饰他的怒气,嘟囔了几句祷词,咬了口面包片,抿了一口酒,向帕琪塔投去一个鄙夷的目光就离开了饭桌和餐厅。

年轻的女侯爵那晚几乎未眠。醒着的时候,她努力想遏制脑子里不停搅扰她的混乱想法和情绪,却是徒劳。即便她最后被困倦打败,梦境中却依然放映着魔鬼拍摄的电影,秽乱不堪。破晓时分,夜晚的"群魔乱舞"被凄凉悲伤所代替,还生出一种模糊的感觉,勉强可以定义为拯救世界于黑暗之中的黎明之光。和经历的所有痛苦相比,这种模糊的感觉更为糟糕。她努力了大半个上午试图赶走这种情绪。在宅子的走廊中她两次遇到莉莉,帕琪塔没有搂住自己的妹妹,亲吻她的脸颊,也没告诉她自己疯狂的大脑中挥之不去的千奇百怪的想法,而只是偷偷地瞄了她一眼,用一种难以名状却类似于憎恨的目光。

直到中午,她感觉家快要把她压垮了,于是打算出去。此刻的心情令她想一个人待着,但却渴望融入人群,与各自忙碌的陌生男女进行无声的接触,通过他们的喜怒哀乐,找到一些慰藉。她已然穿好大衣,戴上手套,拿起手包,这时女仆走进了卧室。一个女人来公爵府找科尔内拉女侯爵,管家看她衣衫褴褛的样子,把她打发到佣人出入口,现在正待在厨房。她不说她的名字,也不说她来公爵府的目的;她说出了女侯爵的名字,没说为什么,只是说有急事要找她。她看上去不像疯子也不危险,背着一个大包袱,怀里抱着一个要吃奶的孩子。

帕琪塔恨不得马上冲过去打发这个不速之客,但听说她还带了个孩子,便改变了想法。谨慎起见,帕琪塔没有让这名陌生女子进入家里,而是去她不幸的外貌让她不得不待的地方找她。在厨房的隔壁,一个丰满的女人正在给一件衬衣上浆、熨烫,衬衣的胸口处以哥特字体绣着几个首字母,字母上面有一个王冠。帕琪塔示意这个女人先离开,就站在那里与托妮娜见了面。

"也许,"终于,在好几声咳嗽和好几次欲言又止之后,她开口了,"也许,小姐还记得昨晚,我们在那个外国人的旅店房间中相遇。我……"

"我记得很清楚。"帕琪塔态度傲慢地打断了她,想从一开始就摆明她所提到的巧遇以及她所有可能的推测,都不能构成任何两人之间的共谋关系,也不能减弱她们之间的鸿沟。

托妮娜理解这一点,在谢意中表达了对那种含蓄高贵的赞赏。她害怕的是被彻底拒绝，这将有可能使她此行的目的落空。

"谢谢，"她压低声音说道，"我这么说是为了……我指的是，奴家不是来向您作解释，而是有其他事情。奴家，抱歉，是个妓女。我来是想说我知道自己的身份。抱歉，我带着孩子来了。我无法找到其他人来照顾他。平时我的母亲照顾他，但今天她不行……不是她，而是一名奴仆……我长话短说，今天奴家要悄悄地离开马德里。我不知道以后还会不会回来。没人知道我逃跑了，只有我，现在小姐您也知道了。"

提到孩子，帕琪塔不由自主地看向包裹着婴儿的毯子。在毯子的褶皱中她依稀看到一双肿眼泡和一副臃肿的脸庞，毫无优雅可言。这张并不怎么像天使的面容令她动容。她回过头不想失去冷静，命令道：

"快告诉我你为什么而来。"

"是为了英国先生。我不知道除了小姐您，我还能去找谁。"

"我与他没有任何瓜葛。我几乎不认识他。"

托妮娜想起了床单上的血迹，但明白现在提那个很不合适。

"奴家无法反对。小姐有认识任何人和不认识任何人的自由。但是如果没人管的话，他就要被杀掉了。就在今晚。一切已经准备好了，命令已下。"

"命令？"

"是的，小姐，杀他的命令。奴家不想跟这件事有任何关系。恕我直言，英国先生总是对我很好，特别是在我服侍他和他付款的时候。一旦有机会，他对我的孩子也很好。他是个好人。"

"那么为什么有人想杀他？"

"还能为什么，小姐？为了政治呗。"

洗衣房里充满温暖的雾气，除了洗衣的必要设备之外，没有其他家具，两个女人只能站在那里。帕琪塔依然穿着大衣，以表示这次见面不会持续很长时间,而托妮娜怀抱着熟睡的婴儿。

"如果你不说得更具体一点,我什么也做不了。"帕琪塔不耐烦并略带愤怒地说道。她希望自己根本没有得知这件事,但现在已经没有回头路了。

"我也说不出太多,"托妮娜回答说,"奴家只知道一些,但我不想牵连任何人。我不能告诉您名字。前几日,有一个人来到我家。我没看到。大家都叫他科里亚。小姐您听说过吗?"

"没有,他是谁?"

"一名莫斯科特工。伊西尼奥……就是说,一个对我像父亲一样的朋友,是一名共产党员。有时候他会收到指令,并且毫不犹豫地执行。科里亚来告诉他要杀掉安东尼奥。安东尼奥就是英国先生。"

"我明白了。你还知道什么,都告诉我。"

"奴家当时不在场。我回去的时候,科里亚已经走了。我母亲和伊尼奥正在讨论。他们在我面前停住了嘴,但是我在屋里听见了。他们十分忧虑,说话很大声。伊西尼奥从来没有杀过人,也没有想过要杀人。他人像圣饼一样好。"

"但是这次他要杀人了。"

"如果接到党的命令,是不能拒绝的。服从党是第一位的。只有这样才能实现我们的目标,就像列宁说的那样。"

提到这个名字,婴儿睁开眼睛,发出几声哭声。

"他饿了。"托妮娜说。

"你喂过奶了吗?"帕琪塔问。

"没有,小姐,他已经长大了。有的话就吃点面包屑加牛奶,没有就吃面包屑和水。"

"我让他们去给他热点牛奶。他喜欢可可吗?"

"哎呀,小姐,我家哪有那种奢侈品。"

帕琪塔来到厨房,里面的热气夹杂着炖肉的味道。她觉得有些眩晕,但坚持没有脱大衣,下达了必要的指令就回到了洗衣房。

"我们说到哪儿了?"她问。

"今天下午,奴家本来是要带英国先生去托莱多门附近的一个地方,带着他闲逛,伊西尼奥,也许还有其他同志,在那里等着他。但奴家不想当他们的同伙,因此没有答应。当然如果我不去做,其他人也会做,除非小姐能够阻止这件事。不过,小姐您要答应我别告诉警察。我不希望伊西尼奥发生任何事情。您能答应我吗?"

帕琪塔感觉快窒息了,头晕目眩。她需要新鲜空气和一些时间来思考。

"来,"她说,"我们离开这里。"

一开门,她差点撞上一个身着制服、手里端着托盘、正要走进洗衣房的侍女。帕琪塔命令她跟她们走,三个女人和一个婴儿顶着寒气沿着花园狭窄阴暗的一侧行走。帕琪塔带她来到一个有阳光的角落,那里有条长凳和一个石桌,旁边用修剪过的柏树做的壁龛里摆着一座大理石雕像。从宅子的窗户里可以看到这个安静的角落,帕琪塔寻思如果有人看到她们该怎么解释这个场面。家里的女人们经常做慈善,帕琪塔也负责几户乞讨人家,但从来没有把乞丐带到家里来,更不要说在这个时候在花园里交谈了。科尔内拉女侯爵的生活正在变得愈加复杂。

侍女把托盘放在桌子上,托盘里有一杯可可牛奶,还有一盘维也纳面包和几片腊肠。

"腊肠是给你的。"侍女退下之后,她对托妮娜说,"我想你也饿了。如果不饿,也可以带着路上吃。"

"太感谢您了,小姐。"托妮娜一边说,一边试着用勺子把可可奶喂进婴儿的嘴里。

由于喂奶并不是那么容易，托妮娜无暇说话，帕琪塔利用这个间歇思考了一下。首先，没有什么能证明一个毫不掩饰自己从事堕落职业的陌生女人跟她讲的事情的真实性。她想，也许这只是肮脏的敲诈勒索计划的一部分。这个荡妇曾看见她从安东尼的房间离开，并打算利用这一发现谋利，但是也没有证据能够证明她的只字片语是想把她卷入什么奇怪的计划当中。唯一该做的就是叫来仆役，把这女人和孩子赶到街上去。

"我还是不太明白，"她大声说道，"从莫斯科派来一个特工的唯一目的就是杀掉一个男人，那么这个男人一定做了什么大事。"

"我不知道该说什么，小姐。奴家只知道一些零碎的事情。英国先生，当他喝多了或者淫欲大发的时候，原谅我的用词，总是提到一幅画。有没有关系奴家不知道，我说出来不知道对小姐有没有用。"

面对安东尼和面前这女子相互信任的确实证据，帕琪塔的疑虑打消了。

"与其来找我，直接告诉英国先生他有危险不是更简单吗，何况我都不认识他？"她问。

"是更简单，"托妮娜回答，"但是没用。英国先生在某些事上是个笨蛋。"

帕琪塔不禁笑了起来。相同的看法在某一瞬间弥合了两个女人之间的鸿沟。随后，一切恢复了原位。

"除此之外，"托妮娜继续说，"就是我承担的风险。背叛党对于无产阶级来说是没有未来的，但是我现在所做的更糟糕。我冒了很大的风险来见小姐。如果我失败了，谁来管这可怜的孩子呀？"

一提到这么悲惨的前景，那可怜的孩子把刚吃进去的都吐了出来，并难过得大哭起来。

"你想过去哪里没有？"帕琪塔问，目光望向别处，希望用这个问题尽快结束她们的会面。

"像大家一样，去巴塞罗那。"

帕琪塔打开手包拿出几张钞票和一张名片。

"拿着，"她说，"你会用到的。如果你想在巴塞罗那改变你的生活，去法赛特男爵家，给他我的名片，就说你在马德里的表妹帕琪塔让你来的。他会帮你的。如果你更愿意等待列宁所说的事情得以实现，那是你自己的事情。"

她带着托妮娜和孩子来到花园的侧门。离开之前，托妮娜想要亲吻她的手以示感谢，但是帕琪塔猛地抽回了手，匆匆与她道别。随后帕琪塔关上门，开始在桃金娘树之间徘徊，试图解决感情、理智和现实之间的纠葛，却不曾想到，就在那一刻，令她忧心的人就在公爵府离她不远的地方。

事实上，在结束与伊瓜拉达公爵的谈话之后，安东尼·怀特兰兹就来到街上，寻找电话，给刚刚离开的那个宅子打电话，但这次是找吉耶尔莫少爷。幸好像往常一样，他还没有出门。昨夜他一直工作到很晚，现在刚刚洗浴过澡，正准备吃早饭。当他接过电话，安东尼自报家门并约他在密歇根咖啡馆见面。吉耶尔莫少爷立马赶了过去。英国人一边吃着早餐，一边问他是否查出什么有关长枪党内部叛徒的新消息。但这方面并没有进展，于是安东尼问他是否依然觉得由自己去跟何塞·安东尼奥说这件事是个好主意。吉耶尔莫表示强烈赞同。于是安东尼让他去安排一场会面。

"找一个隐秘的地方、一个合适的时间，然后告诉他。虽然我会手无寸铁地去，告诉他可以带手枪，但是不要带其他人。我们必须单独见面。"

吉耶尔莫·德尔巴耶准备及时完成任务，但却遇到了比预期更多的困难。在尼卡西奥·加耶戈街的总部，他一直等到下午两点都没有总司令的消息。他曾召集在七点钟开全国委员的会。到那个时间之前，没人知道任何一个委员的行踪。吉耶尔莫·德尔巴耶离开总部，前往安东尼入住的旅店告诉他这个结果。前台接待却告诉他，怀特兰兹先生已经离开旅店一段时间了，并且没说去了哪里。吉耶尔莫·德尔巴耶给他留言说如果打听到什么新的消息他还会去旅店找他，但是像安东尼希望的那样安排当天会面几乎是不可能了。全国委员大会一般都会持续好几个小时，结束之后，成员都会去吃晚餐，然后去"快乐的鲸鱼"喝酒讨论直至深夜。

计划的推迟让英国人不快。他回到房间希望遇到托妮娜，而她也不在，他更为生气。无法集中精力做事，也不知道如何打发时间，安东尼躺在床上不一会儿就睡熟了。

当他再次睁开眼睛的时候，天色已暗。他来到接待处，问起是否有人给他留了口信。接待员的回答是肯定的。大约一个小时之前，一位先生打电话来让接待员告诉怀特兰兹先生八点整去一个地方与他见面。打电话的先生操英国口音，并且留下了一个很难理解的名字。安东尼猜想应该是大使馆的某位官员。接待员给他看了记录下来的约会地点，安东尼并不认识这个地方。

"阿尔甘苏埃拉街远吗？"他问。

"有点远。"接待员回答，"最好先搭出租车或者地铁到托莱多门。阿尔甘苏埃拉街就在那附近。"

三十七

　　独立思考、勇于做决定、毫不犹豫地坚持己见是她与生俱来的特质，曾经为她赢得了熟人的钦佩，有时甚至令人生畏。如果她出生在一个没有这么多约束的家庭，无疑会受到自由教育机构的影响，接受西班牙新生女权运动的原则，并像当时的女性一样，加入文化俱乐部。但这些个人发展道路都不通，她的才华只好用来为自己服务。这种浪费并没有掩盖她的智慧。有时她感到很委屈，曾经多次冒很大风险来释放威胁她理智的压力。她是家里四个孩子中最大的，因为是女孩所以不能继承长子的权利和名分。这些被化为实际行动，父亲深知女儿的优点，给予她比儿子们更多的支持，但是一个深受西班牙重男轻女传统影响的人的默许，在所有人看来是一种软弱的表现，意味着取消可能给予她的头衔，一个举动就能关上可能为她打开的门。

　　这就是1936年3月某天的一个中午，在卡斯泰拉纳街公爵府花园里整齐的小径中徘徊、内心波澜起伏的那个女人，无助地想为自己的困境寻找一条体面的出路。之前说的那些特质在她最需要的时候抛弃了她。她十分困惑，没有听到另一个人正悄悄地向她走去，当被一个轻柔的声音问起时，她着实吓了一大跳。

　　"帕琪塔，你怎么了？我在房间的阳台看你半天了，你看上去很紧张的样子。"

　　看到问话的是妹妹莉莉，帕琪塔松了一口气。年龄上的差异，伴随着人生阶段中迅速和决定性的改变，阻碍了她们之间产生真正的友谊，但姐妹之间的血脉亲情令此时的她们亲密无间，不仅是因为她们性格的相似之处，更是因为两人性格的差异。同帕琪塔一样，莉莉聪明、活泼、机灵，但是她的脾气更为深沉和悲观，且不那么浪漫。帕琪塔喜爱莉莉，一方面是因为在她身上看到了自己，另一方面是因为看到了妹妹更胜于自己的品质：解决问题更加理智，能更好地控制自己的情绪，以及她认为自己所缺乏的利他主义倾向。在这种情况下，莉莉的出现不能更及时了。年龄的障碍早晚会被打破，而这一刻正是质变的最佳时刻，帕琪塔感觉到她的妹妹，瞬间成长为一个女人，完全能够理解她的困惑。

"唉，莉莉，我陷入一个可怕的两难境地。"帕琪塔说。在心意相通的知己面前说出自己的顾虑，她的眼中噙满了泪水。

莉莉抱住姐姐。她的眼中没有一丝厌烦，却闪烁着一种新奇的光芒，此时的帕琪塔被痛苦所占据，并没有察觉到这一点，即便是察觉了，也一定不知如何解读。

"来，"莉莉说，"我们去那边的长凳坐，然后告诉我你在担心什么。我对大人的世界没什么经验，但我是你妹妹，我比任何人都了解你、爱你，这可以弥补我的无知。"

她们相拥走到蔓藤花棚下的一条铁质长凳前，远离还留有先前婴儿不适呕吐痕迹的地方。她们坐下来，帕琪塔向莉莉敞开心扉，告诉了她所有其实莉莉早已知道的事情：她对何塞·安东尼奥的爱以及公爵坚决的反对，他深深知道他们的结合将充满危险和磨难，何塞·安东尼奥肩负着历史的使命，接受了崇高的任务，清楚地知道自己注定壮烈牺牲、英年早逝；这种坚决的反对，虽然很大程度上出于他是这个国家有抱负的勇士，更因为他是个不折不扣的浪荡公子。另一方面，虽然何塞·安东尼奥能够体察现代女性的正当要求，给出一个恰当的答复也没有什么困难，但他对于问题的认识只停留在思想层面。事实上，他绝不会与他爱的女人保持一种社会上并不认可的关系：他在很多方面是革命的,但也是西班牙天主教传统的坚定捍卫者。就这样日复一日、年复一年,帕琪塔的忍让转化成愤怒,怒火又转化成公然的反叛。偶然的机会,一名英俊的外国人闯入狭小的家庭圈子,却注定很快会从他们的生活中永远消失,于是帕琪塔酝酿出一个疯狂的计划。

听到这里,一直聚精会神的莉莉无可奈何地深深叹了口气。帕琪塔以为她是表示同情,苦笑着握住妹妹的手,试图减轻她幼小心灵的恐惧。尽管很困难,她还是解释道,并没有那么可怕。英国人彬彬有礼,不失热情,有一种颇具感染力的激情。总而言之,那事——帕琪塔坦白时不禁脸红到脖子根——远谈不上痛苦和委屈,过程一直很愉悦。

"愿上帝宽恕我!"她叹道,"希望你也能原谅我,最亲爱的莉莉,我给你做了一个坏榜样。你还是个孩子,这些事情你想都不会想。跟你说这些是因为我真的很绝望,也没有别人可以信任。"

帕琪塔迷失在自己的回忆中,被自己所作所为带来的后果搞得不堪重负,显然没有注意到倾听者的神态变化:莉莉抽回手,挺直后背,微微转过头,半闭的双眼中藏着一丝冰冷的眼神。

"然而更糟糕的,"帕琪塔继续说,"还在后面。"

当意识到自己犯的罪孽将在死后给她带来永恒的诅咒,她去找罗德里格神父寻求宽恕。神父的反应让她明白自己的行为不论在上帝眼里,还是在男人的眼里都是十分丑恶的。她发现没有宽恕可言时已经太晚了,她不可告人的行为永远也不能让何塞·安东尼奥知道。

"刚才有个可怜的流浪女人带着孩子来找我,"她说着扫视了一下刚才孩子待过的那条长凳,"虽然跟她对话时我一直保持着我应有的姿态,但我自问我和那女人有什么区别。但是最糟的是,亲爱的莉莉,最糟……"

帕琪塔说着哽咽起来,紧接着泪流满面。而此时莉莉的内心在斗争,一边是拥抱她姐姐并安慰她的冲动,一边是英国人引发的姐妹暗中较劲。结果她愣在那里。过了一会儿,帕琪塔恢复平静,做了很大的努力来面对一个事实,她不敢承认,更不要说提出来。对于一个追求完美的贵族来说,这并不奇怪,因为感受到凡夫俗子般令人羞愧的内心召唤而痛苦不堪。

"我爱他,"她小声说,"多么荒唐,多么可悲,但是我已经爱上了安东尼·怀特兰兹。"

莉莉闭上眼睛保持着镇静。过了一会儿,她清了清嗓子说:
"那现在何塞·安东尼奥怎么办?"

与此同时,何塞·安东尼奥那边,正在处理一件至关重要的事情。

两年前,何塞·安东尼奥·普利莫·德里维拉的挚友兼同事拉蒙·塞拉诺·苏涅尔娶了希塔·波罗,一个家境很好的阿斯图里亚姑娘,她的姐姐卡门则嫁给了弗朗西斯科·佛朗哥将军。何塞·安东尼奥决定穷尽所有资源,想办法与军队联盟的同时,保持长枪党在政变中的独立性,以及确保将来能够接受他先进的社会改革计划。于是他拜托塞拉诺·苏涅尔安排一次与佛朗哥的会面,佛朗哥很快就同意了,仿佛对结果并不看好。塞拉诺·苏涅尔比佛朗哥小十岁,且更加高大、帅气、优雅、和蔼,还是一名优秀的舞者,与他无趣的连襟形成鲜明的对比,尽管如此,两人之间的关系还是非常好。佛朗哥非常尊重家庭成员之间的关系,特别是对他这样一个没有个人财富却有过人才华的军人来说,他最重视家庭所能为他带来的益处,比如社会地位的提升。他并不是不知道塞拉诺·苏涅尔和普利莫·德里维拉之间的友谊和思想上的默契,但他并不在意,因为他十分欣赏小舅子的聪明才智和政治能力,他的忠诚将在不久的将来带来莫大的好处,因为他知道小舅子拥有十分有价值的国际关系,特别是锡安伯爵,也就是墨索里尼的左膀右臂，能够接触到这些潜在的盟友，在决定谁将拥有起义唯一指挥权的时候具有决定性作用。其他阴谋家认为他们的责任就是重建公共秩序、维护西班牙的统一以及恢复君主制，佛朗哥与他们不同，他知道领导军事政变的那个人将主导整个国家的命运，无论有没有国王，他不想把这个任务交给莫拉、圣胡尔霍，也不是高戴德、范胡尔，更不是那些在军旗室里夸夸其谈的酒鬼。出于这些理由，他同意见普利莫·德里维拉，虽然这会耽误他返回秘密隐居地加纳利群岛，尽管他不可能对一个他认为轻浮的人做出什么妥协，更不可能对长枪党做出任何让步，因为在他眼里，他们是一个迟早要被铲除的障碍。

会面是这天早晨在塞拉诺·苏涅尔父母家进行的，结果不仅一无所获，还激怒了何塞·安东尼奥。尽管何塞·安东尼奥表面上能掌控局势且口才出众，但在他朋友圈之外显得有些怯懦；佛朗哥正相反，无比镇静、狡猾、有耐心，并且知道如何利用自己天生的笨口拙舌，让对手厌倦和疲惫，从而赢得所有的争论。当天佛朗哥亲切地接待了何塞·安东尼奥，在他表明来意之前，跟他大谈特谈加纳利群岛是多么气候宜人，风景如画，军人的职业是多么无趣，自己曾下定决心努力学习英语，从他小舅子那里得知何塞·安东尼奥对这种语言深有研究，并且不想错过这次机会，向他求教几个有关这门丰富且非常不同于自己母语的语言的问题。出于礼貌，何塞·安东尼奥当然尽其所能为他答疑解惑，随后试图把话题重新导向自己的来意，但是佛朗哥又把话题转到了不相关的方面，含糊其辞，并且坚持在所有句子中使用"尽管如此"连接，也不管恰不恰当。何塞·安东尼奥开始是不解，之后是恼火，他明白狡猾的将军是在戏弄他。努力几个小时无果之后，长枪党国家总长和将军礼貌地道别，以后再也不会见面了。

可惜这位帅气的埃斯特拉侯爵要是知道，正当他的努力在佛朗哥那里碰钉子的时候，他所爱的并且以为对方也爱自己的那个女人，正在给她妹妹讲述自己内心的波澜,且情况对他很不利,想必会更加沮丧。

"毫无疑问,上帝会惩罚我。我犯了肉体上的罪过,又犯了操纵别人的罪过。我出于不光彩的目的利用了一个男人,上帝派他来羞辱我。我爱上了安东尼,但我永远不会成为他的人。"

"为什么不会?"莉莉问。

对于这个问题,帕琪塔已经思索了一整夜,可以作出详尽的解释。

"首先,他是英国人。他非常喜欢西班牙,这不假,在马德里生活也没有问题。但没有人会在布尔什维克革命前夜做这样的事情。假如我和他一起去伦敦,爸爸可能不会再认我这个女儿。"

"帕琪塔,我都不认识你了!昨天你还打算把命运交给何塞·安东尼奥,无论多么危险困苦,今天就被靠着一个教授的薪水生活的想法吓坏了。"莉莉的语气略带嘲讽,好在她姐姐没有察觉。

帕琪塔低下头,一颗泪珠从她的脸颊滑落。

"唉,莉莉,这要只是钱的问题就好了!实际情况要复杂得多,这是一个名誉问题。首先,他甚至都不知道我的真实情感是什么。为了克服他的抗拒,我假装是个轻浮的女人。现在他肯定认为,我跟他做的事,也会跟我第一个遇到的人做。我们之间发生那样的事之后,我还怎么证明我不是那样的人?其次,到了这个地步,我不能丢下何塞·安东尼奥不管。虽然我们之间的爱情是不可能的,但他信任我,他知道我爱他,在他窘迫无助时我是他的精神支柱,在众多仇恨中激励他、唤醒他。如果我现在抛弃了他,他还能得到什么安慰?更何况我们的关系是一个秘密。如果我跟一个外国人,还是一个有点书呆子气的人,给他戴了绿帽子的消息传出去……唉,莉莉我不敢想象报纸会用什么词形容我!不,不,我已经反复很多次了,没有别的出路了：只能牺牲。我会当作什么都没有发生。刚才我跟你说的那些，一个字都不要说出去，不能跟安东尼说，也不能跟何塞·安东尼奥说，不能跟任何人说。这是你和我之间的秘密。你不会背叛我的，对吗，莉莉？

"上帝啊，帕琪塔，你怎么能怀疑我。"莉莉回答说。过了一会儿，她改变了语气，又说："但是你要揭开一个我很好奇的秘密，我就不说出去。"

"你说吧。"

"安东尼·怀特兰兹到底是谁，来马德里，特别是来我们家做什么？"

因为无法拒绝满足妹妹这个合理的愿望，帕琪塔告诉了莉莉关于地下室藏着委拉斯开兹画作的事，希望通过佩德罗·提亚切尔和安东尼·怀特兰兹卖到国外，以及过程中经历的各种波折。莉莉一直听着，没有发问，最后喊了起来：

"秘密就是这个？一幅委拉斯开兹的画？太让人失望了！"

帕琪塔微笑着回答：

"你可能觉得没有什么，说实话，我同意你的看法。但那幅画除了价值连城之外，对于了解当时最伟大画家的生活和作品具有超凡的意义。至少，我们亲爱的怀特兰兹教授是这么说的。对他来说世界上没有什么更珍贵的了，更不要说我了。当他谈起画作的时候能忘记一切，变成一个奇妙的人，就好像委拉斯开兹附体一般。至少我用充满爱意的眼睛看见的是这样。说实话，我很遗憾不能看到他实现今生的梦想：宣布发现大师之作，就藏在离这里数米之遥的地方。"

莉莉从长凳上站起来，挥舞着双臂表达自己激动的情绪。

"遗憾？帕琪塔，那个男人偷走了你的贞洁，毁了你的生活！与其为他职业生涯的挫折感到遗憾，你应该想个办法杀了他！"

还处在痛苦中的帕琪塔忍不住笑出了声。

"莉莉,你想的都是什么呀!你可真是个可爱的小家伙!"

然后她突然严肃地说:

"其实我们应该做的正相反。刚才来见我的那个可怜女人,就是提前来告诉我那些马克思主义者正密谋杀害安东尼。她没有告诉我理由,但告诉了我时间和大概地点。开始我以为是个廉价小说的故事,后来我确信她说的是事实。很显然,她负责将安东尼骗到刽子手埋伏的地方,但在最后一刻她没能做出这么卑鄙的事情。根据我的推断,安东尼和她也有一腿,但不是认真的。"

"你打算怎么办?"莉莉耐心地问道。

"说实话,我不知道。刚才我们碰到的时候我正在想这个问题。然后,我们就聊其他的了,我现在六神无主。我最初的想法是去找警察,这是合乎逻辑的,但那个女人特意嘱咐叫我不要报警,为了她的安全,可能也是为了安东尼的安全才想。诸如此类的事情,警察也有可能包庇凶手,而不是保护他。如果我们不报警,那么我只想到了一个有能力和胆量的人。但我没有勇气请他帮忙。我担心如果他们两个碰到了,我们的秘密就暴露了。"

莉莉重新坐下来,坚定地看着她姐姐,歪着头用手撑着脸,就好像要在眼前这个茫然无措的人身上找到往常的帕琪塔一样。她似乎在思考:我不相信爱情是这样。她也感受到了刺痛,但她对待这件事的态度完全不同。

三十八

从那一刻起,接二连三发生的不幸很大程度上是由于太多秘密特工卷入此事,小部分原因是遍及整个西班牙的暴力恐怖气氛,还有一部分则是一连串的阴差阳错。

下午六点钟,安东尼·怀特兰兹离开投宿的旅店,前去赴给他打电话那人的约,他并不知道打电话的人是谁,也不知道约会目的是什么。若不是最近伤感的情节令他陷入困惑,以及即将与何塞·安东尼奥·普利莫·德里维拉见面给他造成了紧张,这样的粗心大意对他来说简直可以称为愚蠢。

他按照接待员说的那样,沿着卡雷塔斯大街走到太阳门站乘坐地铁。他刚上街,两名马兰侬中校指派的便衣警员就开始跟踪他,他们得到的命令是一刻也不能让他离开视线。科斯科约拉队长出事后,中校将此任务派给两个人,完全合理的一个措施,但在实践中却是致命的。

在太阳车站,安东尼下车换乘。因为不是很清楚马德里的地铁线路,他不得不在通道中折返很多次,直到找到正确的线路和站台。中心车站人头攒动,加上英国人转了好几次方向,特工们尽管身材高大,但还是失去了他的踪迹。一顿疯狂地寻找过后,他们以为找到了他,但是因为是第一次跟他,不像前任科斯科约拉队长那样熟悉他的外貌,他们认错了人,开始跟踪另一个人,并且没有纠正这个错误,因为每个人都相信他的同伴清楚自己在做什么。其中一人不经意的一句话让他们意识到错误,但已经过去半个小时了。鉴于不太可能再回去找英国人,他们选择先回旅店,在那里通知他们的上级并等待英国人再次现身。错误的跟踪把他们带到了稍远的地方,虽然乘坐了出租车,但是回到旅店门口已经七点十分了,这时,吉耶尔莫·德尔巴耶也刚来没几分钟。

吉耶尔莫·德尔巴耶一下午都待在长枪党位于尼卡西奥·加耶戈大街21号的总部,希望能够遇到何塞·安东尼奥,然后按照怀特兰兹的要求安排一次与全国总长的会面。全国委员会会议定在七点钟,吉耶尔莫相信何塞·安东尼奥会提前来到总部,但实际情况并不是这样。六点半,吉耶尔莫·德尔巴耶听雷蒙多·费尔南德斯·奎斯塔说,何塞·安东尼奥打电话通知他有个人问题需要处理,本次会议推迟,时间另行安排。他们通话时,何塞·安东尼奥跟他的朋友兼同僚说会议推迟也不要紧,因为召开这次会议本来是要讨论他和佛朗哥将军这天早晨见面的情况,但无奈这次见面并没有为长枪党带来任何与军队合作的契机。因此,有必要重新考虑长枪党的政治方针,而这样的讨论不能在没有精心筹备的情况下进行。全国大会可以再等些时候召开。在整个通话过程中,何塞·安东尼奥自始至终也没说他从哪里打的电话以及耽搁他的私事是什么。

得知会议取消,吉耶尔莫·德尔巴耶要把自己安排的结果告诉安东尼,于是在总部给旅店打电话。接待员说怀特兰兹先生不在酒店。吉耶尔莫·德尔巴耶觉得把电话的意图告诉接待员不太妥当,决定在回家途中亲自去一趟酒店。离开总部时已经是晚上了,冷风习习,走路去旅店太远了。他正站在人行道上犹豫是乘出租车还是公共交通时,两名穿着蓝色牛仔衫、佩戴长枪党醒目红色标志的同志从总部出来,问他为何站在这里。了解他要去的地方之后,一名有车的同志提出送吉耶尔莫到旅店。他欣然接受,另一位同志索性也跟他们一起去了。他们把车子停在埃斯波斯街和米纳街交汇处,三人一起走进旅店,吓到了接待员。由于安东尼并没有回来，吉耶尔莫·德尔巴耶写了一张纸条告诉他大会延期，因此他们的见面也只能推迟，他把纸条塞进信封封好，递给接待员，然后，三个人愉快地来到广场上。与此同时，两位跟踪英国人的特工在太阳车站跟丢了他之后，恰好也到这里。他们正在为失职可能带来的后果而担心，突然撞见三名长枪党人令他们猝不及防。他们以为陷入圈套，本能地掏出手枪准备应战。吉耶尔莫的同志们被这两名便衣突然的举动吓了一跳，也掏出枪，四人同时开火。由于更担心被射中而不是射不准，没有人打中对方，子弹在空中错过。紧接着，吉耶尔莫的两个同志拔腿就跑，因为长枪党有命令，遇到街头冲突要尽可能逃跑，避免引发伤亡和政治报复。

吉耶尔莫·德尔巴耶面对这种冲突毫无经验。他不缺乏勇敢，缺的是机敏和沉着。另一方开枪时，他已经吓呆了。当他回过神掏出手枪时，已然是一人面对两个武装警察。见他掏枪，两人没给他留下扣动扳机的时间就又开了枪。吉耶尔莫身中数弹躺倒在人行道上，其中一颗子弹穿透他的胸膛，甚至打碎了旅店旋转门的一扇玻璃。

而在另一头，悲剧的间接制造者安东尼·怀特兰兹出了地铁，步行一段之后，找到托莱多门附近的鱼市空地。这个点，市场商贩们都收摊了，空地上昏暗的灯光下，猫和老鼠展开了一场腥臭残渣争夺战。夜晚的冷风刺骨，腐烂鱼虾的腥臭味令人无法呼吸，成群的苍蝇嗡嗡作响。安东尼无望地在这阴森的地方寻找某个能给他指出阿尔甘苏埃拉街在哪里的人。空地的另一边停了一排卡车。安东尼沿着车辙走到那边，希望能够找到某个正在驾驶室睡觉的卡车司机，但是所有的车都是空的，不过这也难怪，卡车散发着令人作呕的恶臭。

疲惫不堪地兜了半天之后，他终于找到约定的地点。当他终于来到阿尔甘苏埃拉街与梅伊索胡同的拐角处时，已经是晚上七点零八分了。

刚才找路的时候，他就暗暗起疑，觉得一切太奇怪了。在此之前，他对约他的人是谁一直没当回事，因为根据接待员的说法，是一个英国人：见见同胞总不能有什么坏事吧。而现在，他不禁自问什么样的英国人会选择那样一个僻静荒凉的地方作为见面地点，除非是为了躲避当地警察的调查。

目的地竟是一间新厂房，狭窄而简陋，灰色的外墙，窄小的窗户上装有护栏。朝街的大门紧闭，没有办法敲门。旁边是另一扇较宽的木门，也许通向一个商业公司、一间车间或是仓库。这第二扇门也是锁着的，安东尼决定放弃努力准备回去。总之，最有可能的就是接待员记错了口信。还没走两步，大门打开了，一个声音低声道：

"进来。"

安东尼走进去，发现自己置身一个宽敞的空间，里面一大半是空的。房顶上悬挂的灯泡让人看清楚了屋里未经粉刷的墙面、钢梁和一个肮脏的天窗。厂房里面堆了一些纸箱，另一侧放了一辆没有轮子的破车。屋里还有四名身着羊皮大衣、头戴尖顶帽的男子。其中三个表情严峻，猛吸着烟。第四个是给他开门的人，没有跟他的同伴们站在一起，帽檐压得很低，脸侧向一边，好像不想被人认出来。但这个尝试是失败的，尽管灯光很暗，安东尼还是一眼就认出了他，并朝他走过去，希望得到一个解释。

伊西尼奥·萨莫拉·萨莫拉诺低下头，耸耸肩。

"请您原谅，安东尼先生。"他也不看对方，自顾自喃喃地说。

"这说不通啊，"英国人抗议道，"这个点让我来这个破地方……我以为我们已经彻底解决了有关托妮娜的问题。"

"不是这样的，安东尼先生。这里没那姑娘什么事。我和同志们来这里是要杀掉您。真的很抱歉，相信我。"

"杀了我？"安东尼表示难以置信，"拜托，兄弟，别逗了。为什么要杀我？抢劫我吗？我什么都没带，就这块表和……"

"算了吧，安东尼先生。这是上面的命令。我和这几位同志是党员。科里亚同志给我们下达了指令，或者说，处决令。为了事业的成功。"

"什么事业？"

"还能是什么，安东尼先生！国际无产阶级的事业！"

其中一个在场人员打断了对话：

"废话少说，伊西尼奥。我们是来工作的，不是来瞎扯的。早完事早好。"

他说得不紧不慢。很明显，没有人喜欢派给他们的这个任务。

"去你妈的，马诺洛，"伊西尼奥回答，"一种是为十月革命枪决一个男人，另一种是像杀猪一样解决一个人。安东尼先生毕竟不是人民的敌人。您说对吧，安东尼先生？"

"伊西尼奥，判决不是你来下的。"另一个同志插话道。

安东尼决定把对话引向一个不那么理论化的领域。他不敢小觑威胁的严重性，这些人既然已经设下这么复杂的陷阱，一定有什么重大的理由。

"这该不会是一场误会吧？"他提问道，"我不知道科里亚同志是谁，他也不认识我。我们从来没见过面。"

"这您就不知道了。科里亚同志的身份是个秘密。此外，问题不在于此。科里亚同志的命令不容置疑。就是这样。"

"说得对。"一直沉默的第四个男人随声附和道。

说着，他从一直站在上面的纸箱子上跳了下来，安东尼这才发现他是个侏儒。他这才意识到刚刚他们模仿在法庭上对他进行的小型审判并非儿戏，而是他死亡前的简短序曲。这个想法让他产生了一种怪异的平静和冷漠感。他突然觉得起始于剑桥的教室和图书馆，在普拉多博物馆展厅中延续的生涯，在多年工作以后，鲜有成功，多有失败，还有一些小小的期待和幻想，这一切的一切终结于盲目转向暴力和仇恨的马德里，终结于完美地诠释了西班牙巴洛克鲜明特征的歹徒手里，也不是一件坏事。

"当然，马上就好，"他听到伊西尼奥·萨莫拉这样说，"我还需要几分钟搞清安东尼先生与我义女之间关系的一些细节。家庭问题应该有始有终。"他说，希望引起英国人注意，"同志们都清楚您与托妮娜之间的事情。"

安东尼任由伊西尼奥引导。他问在他生命的最后几分钟里还有什么细节这么重要，但是并没有反驳。当他们一起站在门口时，伊西尼奥·萨莫拉抓起他的胳膊，好像要跟他说个秘密似的，在他耳边低声道：

"我把它开着呢。"

安东尼迟疑了一会儿才明白他指的是门。潜心治学很多年并没有令他的反应完全变迟钝。他不假思索地用力推了伊西尼奥·萨莫拉一把，而这位体质虚弱的人经不起这一推，顺势假装跌倒，引开他同志们的注意，给英国人留下短暂的间歇打开大门，跳到街上，然后狂奔逃命。匆忙的脚步声、咒骂声和枪声提醒他那帮人正在穷追不舍。他大跨步向前积攒了足够的优势不被那些不停奔跑的人们射出的不怎么精准的子弹击中。很快他就跑到了刚才在那里徘徊过一阵的市场空地。尽管街灯昏暗，他还是一个很显眼的目标。他迂回来到卡车附近，三个人紧随其后，侏儒落在大部队后面。安东尼正无望地寻找藏身的地方，却听到侏儒喊道：

"切断他的退路！我检查汽车底盘！"

安东尼气喘吁吁，蜷缩在那里，已经放弃抵抗，任由事态发展，内心充满恐惧，身体动弹不得。他闭上眼睛，过了好一会儿，直到听到一阵发动机加速的轰鸣声才睁开眼睛。汽车前大灯的光扫过空地，使得猫和老鼠四散逃窜，随后一辆汽车急速驶入，打了一个半圆，随着一脚刹车声停在卡车旁边。司机从窗口伸出一只握着枪的手。安东尼准确无误地认出那辆黄色雪佛兰，他弯着身子跑向开着的车门，跳上车，雪佛兰迅速开走，扬起一阵尘土，将伊西尼奥·萨莫拉和同志们以及慌忙射出的子弹远远地甩在了身后。

开出一段距离之后，汽车放慢了速度，司机转头看向安东尼，脸上露出略带讽刺的微笑。

"能说说你是怎么卷入这麻烦的吗？"他问，"你想做什么？逞英雄吗？"

"瞧您说的。"英国人回答道。

三十九

与发生在僻静的托莱多门的暴力事件不同的是,安赫尔广场的枪击引来了大量从隔壁圣安娜广场热闹酒吧里来的群众。其中两名医生立即为吉耶尔莫·德尔巴耶进行检查,确定他还活着,但脉搏十分微弱。那两名打伤他的特工帮着医生一起把男孩抬到旅店里,放在一张桌子上,人行道上留下一大摊血迹。接待员一直奉命协助他们,其间不停地颤抖和叹气,默念道他早就料到事情没有好结果。对他来说,等待他的可能是漫长的审问,甚至可能因此丢了工作。

很快两名突击卫队警员来到事发地点,斥责那些看热闹的人们,挥舞着警棍将他们驱散。与此同时,一名医生已经给医院打了电话,救护车已经上路。之后,两名特工给马兰侬中校打电话,汇报发生的事情。中校又给内政部长打了电话,然后立即赶往旅店。到达时,救护车已经把男孩拉走了。中校询问是否有人认得伤者,得到的结果是否定的:男孩身上没有身份证明,只有接待员说之前见过他几次,并描述了当时的情况。

"该死的,"中校嘟囔着,"要不是英国人在这里瞎掺和,这个国家什么事都不会发生。谁知道他最近怎么样了?"

在场的没有人知道。中校要是知道当时安东尼·怀特兰兹的下落和与他在一起的同伴一定会吓一大跳的。正当他询问的时候,旅店的电话响了起来。打电话来的是阿莫斯·萨尔瓦多,内政部长。他已经获悉发生的事情并准备好应对措施了。他还查出了伤者的身份:吉耶尔莫·德尔巴耶,正是那位想卖掉委拉斯开兹画作的伊瓜拉达公爵的儿子。男孩的同僚们已经回到总部,汇报他们以为发生的一次无缘无故的袭击,这样想也不是没有道理。一位长枪党的头头已经给伤者家打了电话,告诉他们这则悲伤的消息。

"公爵正在来酒店的路上,"部长说,"赶紧把肇事者差遣走,再准备个多少说得过去的理由。还有,别待在街上:今晚可能有枪战。"

中校把两名特工打发走,在此之前也没少数落他们:在几个小时之内连续犯了两个错误,每个都可能造成严重的后果。过了一会儿,一辆由穿着制服的司机驾驶的汽车开了过来,坐在车里的是伊瓜拉达公爵和他的女儿弗朗西斯卡·尤金妮娅以及罗德里格神父。

消息传来,不出意外地在卡斯泰拉纳街的公爵府里引起震动。悲痛和愤怒过后,公爵把发生的事告诉了家里的其他人,除了公爵夫人,因为她当时并不在家,令所有家庭成员和仆人们感到奇怪的是,她并没有告诉家里任何人她去了哪里。这么晚了也不可能出去串门或参加宗教活动,这是她平时外出的唯一事由。现在混乱中也很难做调查,公爵、帕琪塔和罗德里格神父只得立刻出发赶往酒店,只留莉莉在家,并交给她一个艰巨的任务,等她母亲回家告诉她发生的一切。

趁着这位饱受折磨的父亲的伤心劲儿还没过,中校省去一通解释、借口和同情,把公爵一行人送到医院。之前他已经与医院的值班医生通过电话,得知伤者正在抢救,情况很严重。再次上车之前,公爵转回去对着中校。

"据我了解,有两位肇事者。"他咬牙切齿地说。

中校顶着公爵的目光说道:

"是这样的,阁下,一个拿出一把手枪交给一个十八岁的男孩,一个拿钱出来买。"

还没等他有空琢磨这句话的意思,帕琪塔就稍稍使劲儿把他父亲送进车里,然后把医院地址告诉司机。她的脸色十分苍白,中校知道她和何塞·安东尼奥·德里维拉的关系，但是从来没有见过她，现在近距离观察她，发现她目光有些呆滞。汽车的最里面，罗德里格神父振臂高呼："前进，西班牙！"暗含着绝罚的意味。

当汽车终于抵达阿托查时，医院的一名外科医生前来迎接这一众人，身上还穿着血迹斑斑的白大褂。他简要叙述了男孩的情况，他已经出了手术室，医生们尽了最大的可能施救，但情况依然不乐观。但是，他用更加缓和的口吻劝大家不要失去希望：医学并非最精确的科学，只有上帝能掌握人的生死，在他的职业生涯中，也见证了许多奇迹。

听了这话，帕琪塔焦急不安。房间里，不断有修女端着盆出来，盆里装的是什么刻意不让人看见，她们低声念着祷词，不像是什么好预兆。医生领着公爵和罗德里格神父来到伤者床前，帕琪塔落在后面，她退到一个不会被别人看到的隐蔽角落，双膝下跪，开始虔诚地祈祷。

这一天对于这位不幸的少女来说显得格外漫长。她才在公爵府花园向莉莉敞开心扉，对她来说，拥有一位能够保守秘密、善解人意的听众，这样的欣慰劲儿也只够驱散心中的迷雾而已，在那之前她一直无法看清事态的严重性。如果想救安东尼一命，假设托妮娜说的都是真的，那么他的处境很危险，她必须立即采取行动，并且丝毫不理会她的行为可能带来的后果。在极端情况下，帕琪塔还是有勇气的。她回到房间，拨通了长枪党总部的电话，说要找何塞·安东尼奥。一位女子分队的成员接了电话，告知她全国总长不在，等了一下午也没来。

趁着大衣还没脱，她一刻也没有迟疑，来到街上，拦下一辆出租车，让司机带她去萨拉诺大街86号。到了那儿，她下车，走进豪华的门厅。见她进来，门房从椅子上站起来，脱帽致意。一位中年女仆打开房门，见是帕琪塔，不由得有些惊慌失措，但马上恢复镇定，恭敬地低下头鞠了一躬。

"侯爵夫人，无比荣幸！"

帕琪塔摆了摆手。

"不必多礼，鲁芬娜。他在家吗？"

"不在，小姐。"

"去吃饭了？"

"他没有说。"

"没关系。我在这儿等他。怎么，你打算让我一直站在门口吗？"

女仆慌忙站到一边。帕琪塔看也没看就走进了前厅旁边的客厅。里面的家具高大、贵重，风格迥异，继承了不同的遗产而来。在一个柜子上，摆着一个银质相框，里面是她的照片。

当墙上的钟指向两点的时候，这家的主人回来了。帕琪塔正心不在焉地翻着书柜上的一本诗集。见到她，男人眼睛一亮，瞬间又黯淡下来。

"我来有事跟你说。"帕琪塔并不多赘言，"有些事你应该知道。"

何塞·安东尼奥脱下外套，放在椅子上。

"省省吧，"他冷冷地说，"我已经知道了。你们家那位道貌岸然的神父早就等不及跑来告诉我了。除非你还想补充些什么。"

帕琪塔欲言又止。她本打算坦白自己和英国人那不期而遇的爱情，话到嘴边，却好像一道强光驱散了笼罩着她的黑暗，发现要说的无非是些废话。这令她微微一笑。现在轮到她低下了头，再抬起时，泪水模糊了眼前男人的轮廓，他正坚定地、充满不解地看着她。

"那是种疯狂，"她喃喃自语道，"这辈子我只爱过一个男人。我不可能再爱上别人。我像个傻瓜一样。现在回头为时已晚。我不是来请求你原谅。你愿把手帕递给我，我就很感激了。"

他赶忙把手帕递给她，而没有跟她发生任何身体接触。帕琪塔擦了擦眼泪，把手帕还给他。她努力克制想到安东尼·怀特兰兹时，流露出的不合时宜的笑容。二人在酒店房间里的一幕幕，如今就像一部喜剧电影在她眼前播放，其中所有的情感和行为都好像是用来取悦大众的设计巧妙的情节。何塞·安东尼奥感受到了这种欢闹，感觉有些困惑。帕琪塔又严肃起来。

"抱歉，"她说，"事情一点都不愉快，我只是觉得有些滑稽可笑。这是题外话。说实话，我来这里是想请你帮我一个很大的忙。对于我的良心来说，这很重要。那个人——英国人——有人想要杀他。"

"肯定是个嫉妒的丈夫。"

帕琪塔自尊受到了伤害。

"把你的讽刺留给利姆博姆宾的姑娘们吧，"她冷冷地说，"你我都太了解对方了，别装了。"

"是谁跟你说有人要杀那家伙的？"

"我知道，这就够了。似乎是莫斯科下的命令。"

"他这是自食恶果。这件事与我无关，如果有人杀了他，我也不会去他的葬礼上哭泣。"

帕琪塔没有理会他的愤怒，而是用双手握住他的手。

"傻瓜，我这么做都是为了你，"她低声说，"傻瓜才会浪费这个机会。"

他抽回手，往后退了一步。

"帕琪塔，你要把我逼疯了！"

她脸红了，简直不敢相信自己的所作所为，并为自己不知羞耻而感到震惊。也许，她进入了罗德里格神父所说的罪恶螺旋：一旦误入歧途，如果没有神圣的恩典，就无法停止堕落。但那不是一个该陷入神学思考的时刻，神圣恩典并非当务之急。

几个小时后，黄色雪佛兰载着何塞·安东尼奥和英国人，在马德里夜晚的街道上穿行。来到阿尔卡拉街，司机把车停在了邮筒旁。

"我们去喝一杯,"他愉快地说,"你请客。毕竟,你欠我的。"

时间还早,俱乐部酒吧里只有三对情侣待在最昏暗的角落。何塞·安东尼奥和安东尼在一张桌子旁落座,服务员殷勤地上前招待。他们一直没有说话,直到第一杯威士忌下肚。何塞·安东尼奥只是目不转睛地盯着英国人,严肃的眼神中闪烁着些许讽刺。安东尼坐立不安,他面对的对手占尽天时地利,而他孤注一掷,只能成功不能失败,因为这关乎他的未来,甚至生命。最后,他还是先开了口。

"为什么带我来这个酒吧?"他问。

"来聊聊。听说你想见我,好像有什么重要的事由。你也知道,在我的日程上挤出一个空档可是不容易的。"

"我保证不会占用你太多时间,"安东尼说,"不过,能不能澄清一个疑问:你是怎么找到我的?"

"你的一个小女友前去找帕琪塔,然后帕琪塔来寻求我的帮助。我知道你们之间的事,拒绝帮你摆脱困境。但是,你知道,帕琪塔的说服力总是让人难以抗拒。"

安东尼很震惊。没想到这下更不利于他达到目的了。

"她已经告诉你了?"

"这不重要。我们过会儿再说帕琪塔。现在先了结你的幻想。"

安东尼接过话头,内心充满不确定。

"几天前,一个长枪党人来找我,他的身份我不会透露。他说发现党内有人叛变,请求我一定要告诉你。作为外国人,他假定我是中立的,据他说,这会使我的话具有可信度。我回答说,正因为我是中立的,所以才不愿干涉西班牙的政治,尤其是在没有罪证的情况下。他理解我的立场,并承诺一定会找到证据,面对他的坚持,我答应他一旦找到证据就和你说。好几次他试图联系我,但都没成功。第一次见面之后,我们就再也没见过。我们唯一的一次见面是在我的旅店房间里。"

见杯子空了,服务员上前问他们是否需要再点些什么。何塞·安东尼奥递给他一张钞票,让他拿一瓶威士忌、冰块和虹吸瓶过来,然后别再来打扰他们。服务员按照他说的做了之后,英国人继续他的讲述:

"不久之后,一个一半英国人一半西班牙人的商人佩德罗·提亚切尔约我在齐格特见面,打算告诉我一个至关重要的消息。可是,他在告诉我之前就被人谋杀了。之前,他一直警告我说一名代号科里亚的苏俄秘密特工已经来到西班牙。西班牙共产党接到莫斯科的命令,从我第一天来就开始跟踪我。现在这个所谓的科里亚要来彻底解决这个问题。今晚我被骗到一个隐秘僻静的地方,要不是有人暗中帮助还有您及时出现,我差点就被这些爪牙们干掉了。"

他停顿了一下,喝了口酒,又继续说道:

"从一开始,我就在想这些看似并不相干,也没有明显因果关系的事件之间是否存在着某种关联,以及一开始为什么要雇我来。我得出的结论是肯定的。我不得不说,安全总局、内政部以及总统本人都赞同我的想法。我就直说了,长枪党内部的叛徒、杀死佩德罗·提亚切尔的杀手以及神秘的科里亚都是一个人,那就是你。别否认了,你就是苏联的特工。"

何塞·安东尼奥下意识地看了看四周,确保没有人听到英国人的话之后,紧盯着英国人的眼睛说:

"人们给了我很多称呼,这个倒是第一次听说。能不能告诉我你这个设想的依据?还是你也加入了无端污蔑我的潮流?"

"我没有书面证据,如果你指的是这个的话。为了满足你的好奇心,我可以告诉你得出这个结论的推理过程。是这样的:在所有西班牙人看来,国家的政治局势是不稳定的,意味着要发生政变。最终发起政变的是左派还是右派还有待观察。双方都准备好了，但双方的压力也都是内部不团结。军人也许是准备最充分，也是最积极的，但他们比较懒：他们不知道是否获得了参谋部和全体军官的一致支持，他们不相信军队的忠诚度和实力，尚不清楚起义的最终目标，特别是对于谁来指挥还没有达成一致。正在他们争论不休的时候，左派也已武装和组织起来，但是他们之间的协调就更难了。在两大集团的夹缝中，法西斯是一个小团体，没有实际的支持、没有人力，也没有明确的指导思想：他们不想知道有关苏联社会主义的种种，也不想效仿军人、神父和富人们的蒙昧主义反应。毕竟，长枪党只是一种冲击力，形象大于实质。仅仅依靠恃强凌弱和四个空洞的理论生存。全民共同目标！团结，伟大，自由！可笑的口号，只在大声呼喊时听着好听，特别是摇旗呐喊的人是一个年轻帅气的律师，聪明、勇敢，还有贵族头衔。那么，现在就说到了问题的症结所在。这位年轻的律师是一个有感染力的演说者和一个有吸引力的公众人物，但是作为政治家，还只是个无名小卒。他的演讲很能煽动观众，但选举中却没有获得选票。对他来说无所谓，因为他的兴趣在别处：去铁门俱乐部的游泳池拈花惹草，和朋友聊聊文学。他说介入政治是为了纪念父亲和拯救祖国，有一部分是真的：孝顺的情结激励着他，空中楼阁般的爱国主义无非只是虚荣心作怪。作为训练有素的律师和绅士，他讨厌下层阶级的暴行，但却不能阻止他的党派一点点变成暴徒帮派。资本家肆无忌惮地利用他们煽动公众舆论，工会嘲笑他们想要结束阶级斗争的计划，同时，还要眼看着他的追随者们一天接一天地在无谓的街头冲突中丧命。计划，就算一开始有的话，现在也已经失控，激动人心的演讲也只能继续取悦听众，但对他来说也是十分厌倦和反感了。你说我说得对不对？"

"还缺一个细节，"何塞·安东尼奥慢吞吞地说，他眯缝着双眼，就好像对自己说一般,"故事里的年轻律师有一段得不到的爱情。出于牺牲也好,出于尊重也好,他不想让自己心爱的女人登上漂泊不定的航船,也不想让爱情落空。暴力、欺骗和背叛之外,应该还有些美好的东西存在。结果到最后,牺牲是无谓的,因为伟大的爱情还是沦落了,在第一次机会,以最笨的方式和最不般配的人。我们先不说这个。"

几对情侣已经陆续离开酒吧,只剩下他俩和服务员。若不是如此沉醉于彼此间的谈话,这异常的情况早该引起他们的注意。

"对为此付出了一切的理想失望,"安东尼对自己的话在对方那里产生的效果很满意,继续说道,"对那些出于个人利益或怯懦而没有加入队伍的人失望,对那些不听他指挥的人们失望,年轻有为的律师决定毁灭这个用如此糟糕的方式回报他所做出的牺牲的国家。于是他与苏联地下组织取得联系,他们提了一个条件:如果莫斯科给予他援助,那么他需要把革命的大旗交给他们。虽然队伍的人数越来越少,但意气风发的他们准备在西班牙发动起义了。面对法西斯主义——社会主义者和无政府主义者的真正威胁——他们将分歧暂时搁置,人民的革命终将实现。消灭之前使得腐败的自由主义体系得以延续的一切,以及军人实行的为银行家和地主服务的制度。已经有太多无谓的流血牺牲,最终换来的只是光彩的说辞和不能实现的帝国。要么你是科里亚,要么科里亚是你的联络人。"

"精彩绝伦!"何塞·安东尼奥愉快地欢呼起来。

"是啊,不赖,但若想计划成功,还需要两个先决条件:第一就是长枪党人察觉不到这场哑剧中为他们安排的角色;第二就是尽快行事,赶在右派团体达成一致之前或者不可预测的变故发生之前。当然,不如意事常八九。国际形势瞬息万变,斯大林担心希特勒的好战意图,不想疏远欧洲民主国家。最好就是推迟支线任务。莫斯科决定全力支持西班牙共和国。年轻律师的计划功亏一篑。但是第一步已经迈出，已无回头路可走，他选择在没有外部支持的情况下继续革命，想尽各种办法换取武器和金钱。一名年轻的长枪党人发现了异常，但无法想象这一切竟出自他所崇拜的长官，于是让我来和你谈。为了阻止他，你下命令要将我除掉。然后你让告密者噤声。我设法逃脱，而你把我带来此地套我的话，然后完成任务。"

他长话短说，因为已经口干舌燥、头晕目眩。威士忌酒瓶见底。他发现何塞·安东尼奥已经笑出泪水的眼睛正在盯着他。稍过片刻，何塞·安东尼奥大喊道：

"亲爱的安东尼，你已经彻底疯了！你说你已经把同样的话告诉安全局长了？"

"干杯，致阿萨尼亚！"

何塞·安东尼奥已经不能自已，放声大笑起来。安东尼也大笑起来。两人一边笑一边互拍肩膀、敲桌子、摔酒瓶、摔杯子，完全无法控制这种欢闹。友谊的电流重新在他们之间流淌，超越了二人之间的对手关系，将他们联结在一起。

服务员面带阴沉地向他们走来。

"抱歉，打扰。有一个紧急电话打来找普利莫·德里维拉先生。"

四十

大约过了一会儿,莉莉给医院打电话询问哥哥的情况。尝试了好几次之后,终于和罗德里格神父通上电话。男孩还活着,但是医生们已经束手无策,他随时可能有生命危险。公爵先生寸步不离病床,而帕琪塔无法忍受等待的煎熬,来来回回进出病房,焦急又悲伤。听到这消息,莉莉吓坏了。母亲的神秘失踪已经把她搞得忧心忡忡。刚才她让管家到附近寻找她母亲,管家把猎枪藏在大衣襟下就去了。

一个小时之后管家回来了,没有找到公爵夫人。长夜漫漫,在卡斯泰拉纳大街和附近的街道上,他没有找到任何可能遇见公爵夫人的行人。莉莉选择不报警,目前她唯一能做的就是等待,寄希望于上帝的保佑。她吩咐大家有消息就通知她,然后把自己关在了房间里。她无法继续假装保持平静了。熟悉的房间不但不能为她提供所需的平静,还增添了她的烦恼:那里的一切无不提醒着她与英国人的那次相会。也许在那一刻,他已经死了。在她漫无边际的孩童想象中,他已经被枪手的子弹或刽子手的匕首打倒在地。也许他在生命的最后一刻会想起她。

在认为与她很亲密的人看来,莉莉有着平和的脾气和积极的生活态度,生性快乐,天真质朴。实际上则完全相反。更为严重的是,冷静、理性的头脑和热情、反叛的心灵,暗中促使她拒绝接受宗教教义。而现在,只能依靠祈求神的帮助获得些许安慰,这些潮水般突如其来的经历将她推向忍耐的极限,她觉得自己快疯了。

十一点十分,有人敲她房门。莉莉用手掌捂住耳朵,害怕听到可能会令人沮丧的消息。但她立即控制住自己，前去开门。女仆说她父亲打来电话找她。她赶忙跑到电话那里。公爵说话时情绪激动，声音几乎听不见，句子也断断续续的。在抽泣和呜咽声中，公爵告诉她说公爵夫人已经在十分钟前赶到医院，绕开挡在她和儿子病床之间的罗德里格神父，一进病房就扑向男孩，不断呼唤着他，亲吻着他。就在那一刻奇迹发生了。吉耶尔莫·德尔巴耶睁开眼睛，认出母亲的脸，微笑起来。医生们无不为这种纯科学难以解释的反应感到困惑，他们也不得不照顾帕琪塔，因为她已经晕了过去。在这个难以言喻的幸福场景中，唯独缺了莉莉。

"女儿，赶紧过来，"公爵呼喊道，"来和我们团聚，一起来向上帝祈祷。让胡利安陪你过来。今晚街上十分危险。四处又有一些枪声和火光了。"

刚挂断的电话又铃铃地响了起来。站在旁边的莉莉马上接起电话。一个陌生男子的声音说要找帕琪塔。

"她不在。您是哪位？"

"一个朋友。"电话线另一头的那个声音说道，"告诉她英国人安全了。"

莉莉坐在椅子上。女仆问她是否还好。莉莉给出肯定的回答，然后让她召集所有仆人到音乐室。所有人都到齐之后，她向大家宣布了吉耶尔莫奇迹般的苏醒。她没有流露出高兴的表情，告诉大家继续念经祷告，感谢上帝赐予的恩典，并吩咐管家出去找一辆出租车陪她一起去医院。然后回到房间穿好衣服准备出门。

管家二十多分钟后才乘坐出租车返回公爵府的门口。市中心的一些地区发生了骚乱，很多出租车司机都从街头撤走了，免得卷入冲突令自己的车子受损。

"到处放火，活活弄死你。"司机说。

确实，火光映红了天空。

午夜已过，莉莉终于顺利地到达阿托查的医院，进入哥哥的病房，里面洋溢着幸福的喜悦。男孩虽然已经脱离生命危险，但病情依然不容乐观：不能排除复发的可能，受伤和拼命救治他的手术可能导致什么样的后遗症还有待观察。

莉莉加入到家人们的喜悦之中，然后把帕琪塔拉到一边告诉他那通有关安东尼的电话。帕琪塔听到消息后无动于衷，显然对英国人失去了兴趣。莉莉暗自琢磨这样突然的改变到底是为什么，以及刚才公爵夫人在消失之后和到达医院之前相当长的一段时间里到底去了哪里。

最后这个问题的答案再简单不过了，在回答之前只需一段小小的铺垫。

尼塞托·阿尔卡拉·萨莫拉先生的政治活跃期在尚未满六十岁之前就已结束。他曾是第二共和国第一任民选总统，五年间，在那个责任重大的位置上一直有他操劳的身影。作为保守派和天主教徒，他不得不应对左派和右派极端主义、工人运动、民族主义者的诉求、教会和军队的压力，他要维护公共秩序、国内和平和西班牙统一，要应付一家报社，他们总是把国家的一切弊病都归咎于他的决策，最糟的是，他还要面对权力所带来的阴谋、嫉妒和鸡毛蒜皮的小事。满足所有人的需求是不可能的，事实上，他获得了大多数人的敌意。但是令他引以为豪的是，在中伤者的诋毁声中，他挫败了他们的企图，凭借坚韧的毅力和激昂的话语维护了民主。然而现在眼看着到了任期的尾声，无论是他本人还是他的方法都得不到人民阵线的待见，更不要说曼努埃尔·阿萨尼亚了。辞职和退出政坛的想法也许令他忧伤，但并不会令他绝望。他对未来感到悲观，他能预感到屠杀的临近，更不想为这个他为之付出了一切，并且多次拯救于水火之中的政体主持葬礼。更糟的是，他的一个女儿嫁给了凯波·德亚诺将军的儿子，一旦发生起义，意味着他的家庭也将陷入战争。如同任何政治家一样，放弃权力的想法令人心碎，但是在他这个年龄，面对早期失明的问题，想到退休更多的是欣慰而非伤感。

那天晚上，他正准备结束一天的工作，助手跑来告诉他一位妇人坚持要见他。访客的名片上绘制着精美的公爵冠，助手为他读出了上面的名字，总统命他立即让这位夫人进来。由于视力下降，他只能辨认出伊瓜拉达公爵夫人的大致轮廓，记忆中却清晰地保留着她每一寸模样，他绕开家具和助手，前去亲吻这位亲爱的朋友的手。

"玛鲁新！"

"尼塞托！"

他把助手们差走，然后请她落座。公爵夫人和总统是科尔多瓦省小镇普列戈的同乡。年轻时，阿尔卡拉·萨莫拉是个才华出众、坚毅勤奋的小伙子，他离开普列戈去大学读书，进入政界，做到了国家最高职位。她离开小镇时，比她同乡当年要年轻一些，她前往塞维利亚圣心大教堂修女学校学习，之后嫁给了伊瓜拉达公爵，阿尔瓦罗·德尔巴耶。在小镇分开之前，尼塞托和玛鲁新经常一起玩耍，调皮捣蛋，也曾有过青春期的那种懵懂之情。之后，他们偶尔相聚，却总是以礼相待。

"你还是一如既往的那么美，玛鲁新。时间对你而言不起作用。"

"我已经听说了，你的眼力退化了，尼塞托。我都人老珠黄了。再说，我刚经历了一个女人能够经历的最糟糕的事情。我正为此而来。"

听到这番意想不到的话后，尼塞托·阿尔卡拉·萨莫拉捋了捋胡子。

"跟我说说你的烦恼，姑娘。"他亲昵地说。

公爵夫人挥了挥戴着手套的手，手上的饰品叮当作响。

"我来请你帮个小忙。就当你我之间的小秘密,尼塞托。为了来见你,我从家里的后门溜出来的,没人知道我在这儿,也无需知道。不是为了维护我们的名誉,我们这年纪早就无惧于流言蜚语了,而是出于我要请你帮的忙。"

"我会尽我所能,你知道的。"

"我想让你把埃斯特拉侯爵关进监狱。答应我你会这样做,尼塞托,看在我们这么多年友谊的份上。"

"普利莫的儿子?好家伙!不得不承认,有时候不是我不想。那家伙是个混蛋。也许不是他的错:五岁时就失去了母亲,然后是他父亲的欢宴……但是,你的要求超出了我的能力,玛鲁哈。我不是个独裁者。我要维护共和国法律,必须身体力行。"

公爵夫人毫无征兆地从轻描淡写转为悲痛欲绝。好一会儿,共和国总统听到她在抽泣,见她上半身起伏得厉害。在他一再的请求和安慰下,这位悲伤的母亲才渐渐缓了过来。

"这位新晋的侯爵,就是我的痛苦之源,"她说,"昨天见我大女儿泪如泉涌,很是惊讶。她没有告诉我理由,但作为母亲,不用她说,我也知道是因为什么。那个小侯爵追了她一段时间了。帕琪塔是个成熟的女人,虽然思想独立,脚踏实地,但毕竟是个女人。那个混蛋没少耍浪荡公子惯常的下三滥手段。"

"玛鲁哈,我们并没有证据。没有人告他,我们不能起诉他。"

"证据!我是伊瓜拉达公爵夫人,我说的话就是证据!除此之外,他的思想侵蚀了全家人的理智:我的丈夫想要变卖家产;我的大儿子在罗马,向那个跳梁小丑大献殷勤;我的小儿子穿着蓝衣服,像个水管工似的在马德里奔走。这些终将一哄而散。尼塞托,你是共和国总统,让这怪物远离我的生活吧!"

眼见着她的泪水又要夺眶而出,阿尔卡拉·萨莫拉只好采取一个折中的办法。

"别哭,玛鲁哈。我跟你说我会怎么做。我会命令警方找个理由将他拘捕。像他这样的人,找到犯罪的理由并不是难事。把他关起来之后,我们再想下一步怎样做也不迟。就把他交给我吧。"

还没等公爵夫人考虑这个建议,副手异常激动地走了进来。他没有为突然闯入道歉,反而径直走向总统,在他耳边低语。阿尔卡拉·萨莫拉听了脸色煞白。

"玛鲁哈,亲爱的朋友,"他郑重地说,"我要告诉你一个坏消息。我刚得知,你的儿子吉耶尔莫在枪战中受伤。我不知道是不是很严重。这时他正在医院救治。你现在就在儿子附近。他需要你。我派车送你到他身边。请随时告诉我那孩子的情况。"

他按了一下铃,助手们进来,短暂的告别之后,陷入痛苦的公爵夫人离开了。当他独处的时候,阿尔卡拉·萨莫拉致电内政部长,对方接通电话后,总统建议他搜寻并逮捕何塞·安东尼奥·普利莫·德里维拉。阿莫斯·萨尔瓦多有些惊诧,大胆提出了异议。

"法律上没有问题,总统阁下。但是长枪党全国总长入狱可能是个定时炸弹。他的队伍可能会走上街头抗议。我们没办法把所有人都关起来。"

"把头头们都抓起来。你知道,暂时瓦解他们的队伍。在这个国家,在阴影中度过一段时间并不会有损名誉。我就曾在三十一年被捕过。把他们都关进莫德罗监狱,如果他们吵闹,就把他们送出马德里,送到一个安静的地方:卢戈、特内里费、阿利坎特,任何你能想到的地方。那样别人和他们自己就都安全了。"

四十一

安东尼·怀特兰兹猛地醒过来,原来是同伴往他脸上喷了水。他半天想不起来身在何处,擦了擦镜片后,看到旁边愁眉不展的何塞·安东尼奥·普利莫·德里维拉。他们还在阿尔卡拉街上的酒吧俱乐部。见他醒过来,何塞说:

"坏消息。吉耶尔莫·德尔巴耶被杀了。"

酒吧里已经没有其他人了,服务生似乎也消失了。安东尼突然恢复了镇静。

"吉耶尔莫死了?"他难以置信地重复道,"一定是你干的!吉耶尔莫·德尔巴耶就是那个来找我的长枪党人。是他发现了党内有叛徒。现在我懂了!托妮娜藏在房间的衣柜里听到了我们的对话。然后假装晕倒,一有机会,就跑去把这一切告诉了伊西尼奥·萨莫拉。伊西尼奥那混蛋派他的养女来监视我……"

"别再说傻话了。就算你的想象都是真的,我也不会碰帕琪塔弟弟一根汗毛。是你的朋友,马兰侬中校的两个手下杀了他。现在他下令逮捕我。他们已经逮捕了我的兄弟米盖尔和长枪党其他领导人,现在巡逻队正在马德里到处找我。他们很快就会来了。一定是服务生告的密,所以他早跑了。"

"你打算怎么做?现在跑还来得及。"

"不,我是长枪党的全国总长。我是不会躲的。如果他们要抓我,那么后果自负。"

说着他从口袋里掏出一把手枪。安东尼吓了一跳。

"你不会去跟警方火拼吧。"

何塞·安东尼奥笑了笑，拔出手枪弹夹，把两样东西放在桌子上。

"我还没有疯。我把武器放在这儿，他们就不能以正当防卫的名义开枪打我。我不希望发生更多的暴力事件。无论你相信与否，我一直反对使用暴力。上帝知道，为了抑制同志们面对社会党暴徒袭击时的义愤之情，也为了阻止长枪党滑向不见底的深渊，我做出了多大努力。不幸的是，我不得不向现实屈服，同意使用武力，防止他们把我们当害虫一样消灭。我太累了。也许你是对的，我有的是理由背弃一手建立的队伍。我想要的是和平与和解。但我求而不得。我把一生献给西班牙，但西班牙却背弃了我。我捍卫工人阶级的利益，而工人阶级不但不听我的，还攻击我。没有人理会我。然而，我本应达成前人没有达成、后人也达成不了的使命：超越无谓的阶级斗争，为一个新西班牙打下基础，那是所有人的家园。我的努力白费了。西班牙人更愿意追求过时的意识形态、蒙昧主义者的庶民统治、伪装成民主的专制和野蛮的一报还一报。把圣心像拿出来游行和烧了它有什么区别？这是一个野蛮、羸弱、陷入苦难、脏乱差的国家。"

他把手搭在安东尼的肩膀上，用更亲切的语调说。

"回家吧，我的朋友，这里不是你应该待的地方。回到英格兰的绿色田野去吧，在那里给别人讲述你的所见所闻，讲讲我的奋斗、我的追求以及我所面临的障碍。"

安东尼摇了摇头并致以歉意。

"抱歉，"他说，"但是恐怕我不会那么做。我怎么从英国来的就怎么回去，不偏袒任何一方。并不是说我对一切都无动于衷，恰恰相反，时局令我绝望，未来令我更绝望。但这不是我的问题。打基础的时候没有人问过我，确定目标和游戏规则时，更没有人来问我。现在不该由我来进行裁判。我的承诺仅针对个人。如果他们在外面等你,我跟你一起出去。原因并不是你想的那样,只是因为我们一起来的,刚才一起喝酒来着。如果他们打算朝你开枪,那么看见有个英国公民在旁边,也许会三思,或者不会。至于那些你们准备好为之相互残杀的理想,我听也不想听。"

阿尔卡拉街已被封锁。只有酒吧门口停着两辆黑色汽车,国民警卫队六名特勤人员,手持步枪,隐藏在大门后。当何塞·安东尼奥·普利莫·德里维拉和安东尼·怀特兰兹高举双手走出来时,马兰依中校从其中一辆车上下来,朝他们走去。

"我还奇怪最近都没见到你。"他对英国人说,"把这两个人都抓起来。"

"罪名是什么?"何塞·安东尼奥问。

"无证持枪。"

"我和这位绅士都没有携带武器。"安东尼抗议道。

"妈的,维特拉斯,你别逼我!我只负责把你们扔进监狱,明天由法官负责起诉你们。你跟我来。普利莫先生坐另一辆车。"

何塞·安东尼奥向英国人伸出手去。

"我们也许不会再见了。"

安东尼握着他的手,坚定地看着他的眼睛。

"如果他们没有来抓我们,你会不会杀了我?告诉我真相。"

何塞·安东尼奥笑了,耸了耸肩,六名卫兵押着他,走向为他指定的那辆车。一脚已经踏上车,他又回过头,举手敬礼。安东尼和中校坐上另一辆车的后座上。一名特工坐在车子的加座上。

"你们聊什么了?"路上中校问。

"基本上,只是聊聊女人。"

"我也是这么想的。你听说那个男孩的事了吗?你们一直谈论的那个女人的弟弟。"

"是的。他死了吗？"

"怎么会呢。年轻的小伙们都像猫似的有九条命。把它们从阳台上扔出去都不会有事。"

安东尼身体向后靠在真皮椅背上，闭上眼睛，长舒了一口气。再次睁开眼睛的时候，已经到了旅店门口。安赫尔广场的地面已经冲洗过，没有留下一丝血迹。

"你不抓我吗？"

"不抓你。但是我再也不想见到你。你真是个大麻烦。还浑身酒气。想要参与国际阴谋，你还得再聪明点，再克制点，少动些感情。你的火车明天下午两点从阿托查火车站出发。别错过了，也不要试图在跨过边境前下车。民防卫队有你的画像，他们的枪可不长眼。"

他摸索着回到房间，衣服还没脱就直接躺在床上，但一夜都无法入眠，直到清晨的第一缕阳光透过百叶窗照射进来。他被一个陌生人毫不客气地摇醒。他已经习惯了这些异常情况，并不觉得惊慌。

"您是谁，在我的房间做什么？"他问道。

"您不记得我了吗，怀特兰兹？哈利·帕克，大使馆的。我知道您要走了，我来送您去车站。只有您乘坐的火车开走了，我们大伙才能轻松轻松。"

"上帝，帕克，火车下午两点才走，现在是早上九点差十分。"

"没错，时间正合适。还有一些小事要解决。赶快穿衣服收拾行李。门口有辆车。抓紧时间。我们就在旁边喝杯咖啡，如果不会耽搁很久的话，再来点油条。"

安东尼身心俱疲，已经不能提出异议，只好遵命。他提着行李下楼，结账的时候才发现接待员已经换人。新的这位一样平淡无奇，甚至更冷淡。转门缺了一扇，但是玻璃残渣已经被清扫干净了。他们把行李放在大使馆的轿车上，交给司机看管，在圣安娜广场他们默默地吃了一顿简单的早餐。无论是在刚才的咖啡馆，还是在之后的路途上，安东尼发觉他的同伴有些许不适，就好像努力不把一些重要的事情讲出来一样。到了使馆门口，他们从车上下来。

"不用拿行李了。"年轻的外交官说，"我们不会耽搁太久。有几位先生想跟您打个招呼。您也认识他们。"

"如果我拒绝见任何人呢？"安东尼挑衅说。

"我会妥协，但是怀特兰兹，您已经给我找了太多麻烦。拜托，听话吧，孩子，就一分钟。"

他们走进豪华的会客厅，爱德华八世陛下的肖像就挂在屋子正中，上一次来这里是和大黄蜂爵士以及大使馆的两位公务人员会面。壁炉的火暖暖地燃着。大黄蜂爵士前来与两人见面。

"很高兴再次见到您，怀特兰兹。您已经认识大卫·罗斯——使馆一等秘书，以及皮特·阿特金斯——文化专员。这次跟我们一起的还有……算了，看来我也不必多介绍了。"

带着满心惊讶和不满，安东尼注意到了埃德温·加里戈，那位居心不良、装模作样的老馆长。他点头向大家致意，在大黄蜂爵士的示意下，他坐在了一把扶手椅上。然后爵士转向哈利·帕克，问道：

"您跟他说了吗？"

"没有，先生。我希望由您本人来告诉他。"年轻的外交官答道。

大黄蜂爵士点点头，刻意漫不经心地装着烟斗，挨个儿看了看在场的人，寻求道义上的支持，然后他清了清嗓子，转向安东尼，说：

"那么，怀特兰兹，我就开门见山了。我们有两条消息要告诉您：一条好消息，一条坏消息。我先说坏消息。昨夜，当您的朋友伊瓜拉达公爵一家聚集在本市医院的时候，您知道，为了受重伤的长枪党……非常令人痛心的事件，是的，先生。并不是因为此类事件经常发生,就不那么令人难过了。最后,幸运的是,男孩挺了过来。1917年在凡尔登我见过类似的情况。很少,但是会有。总之,就像我说的那样,当一家人在医院的时候,卡斯泰拉纳街的公爵府,嗯……着火了。一次袭击?我们不能排除这种可能性,因为事情看上去就是这样,但是鉴于灾难的性质,我对此表示怀疑。更像是一起家庭事故:短路、没有熄灭的香烟,等等。全家人都不在,混乱中,仆人一时不慎造成的。分心也是常有的事。幸运的是没有人受伤。有人发现之后,立即通知了消防队,大火及时扑灭,没有造成更大影响。事实上,只有地下室被烧毁了。显然那里之前存放了一些旧家具、地毯和杂物。一点就着。一些画作也被烧了……似乎,无法挽回了。我跟你说这些是因为我认为你所说的那幅委拉斯开兹画作就在那地下室里。"

听完大黄蜂爵士的叙述后,安东尼脸色煞白。他扫了一眼埃德温·加里戈,坚信看到他红润的嘴唇露出了一丝嘲讽的微笑。他要了一杯水。哈利·帕克建议他喝一杯更加提神的饮料,但安东尼无论是身体还是精神都无法承受更大的刺激了。年轻外交官正从罐子里往杯子里倒水,大黄蜂爵士继续说道:

"别激动,怀特兰兹。这是坏消息。好消息让你的朋友加里戈说吧。如果你愿意,埃德温。"

老馆长停顿了几秒,提前品尝了即将展现的胜利。

"好消息就是,怀特兰兹,那幅画不是一幅委拉斯开兹的作品。在听我解释之前,不要生气。首先,您的信誉和学术声望都保住了。那不是一幅赝品,鉴于您鉴别画作时所处的条件,做出那样的推断是可以理解的。此外我还要说,您的假设并非毫无根据。我非常钦佩。"

"拜托,加里戈,"安东尼有气无力地说,"别卖关子了。"

"这就要说了。如果我没记错的话,您认出画中的人物,一位裸体女性,是安东尼娅·德拉塞尔达,加斯帕·戈麦斯·德哈罗德的妻子。您有您的道理,假如是这样的话,就可以确认《镜前的维纳斯》人物原型的身份了。重大发现呀,怀特兰兹。如果能证明它,您将在我们吝啬的小圈子里大获成功。但是第二幅肖像,您看到的那幅,不是委拉斯开兹画的,而是他的助手。"

"马丁内斯·德·马佐?"

"不,是胡安·德帕雷哈。大家可能不知道他是谁,"他边说边扫视了一下在场的人,"我告诉你们,他是一个摩尔人,一个塞维利亚买来的奴隶,从委拉斯开兹艺术事业初期开始,一直在他的画室工作了很多年,并跟他学习了绘画的基本技法。无论是在专业上,还是做人上,委拉斯开兹都很欣赏他,因此两次意大利之行都带上了他。胡安·德帕雷哈确切的出生日期和出生地都不详。"老馆长继续他的教学式解说,"但是,他比委拉斯开兹年轻。很有天赋的他不仅向他主人学习,在意大利但凡遇到或认识了当地的绘画大师,都会向他们学习。他画过一些宗教题材的肖像和绘画,由于他的奴隶身份,在他有生之年并不能展示他的画作,而现在我们能在普拉多、瓦伦西亚甚至世界各地的美术馆见到。鉴于他离委拉斯开兹那么近,很自然受到了他的巨大影响,因此好多次帕雷哈的画作都被错当成委拉斯开兹的作品了。"

他停顿了一会儿,以便听众能够真正明白他的暗示,然后用同样的口吻开始了他的讲解。

"在第二次去意大利时,"埃德温·加里戈继续道,"委拉斯开兹为帕雷哈画了一幅肖像。回国时,这幅肖像留在了意大利,现在藏在英国,属于威廉·汉密尔顿爵士的收藏。我已经看过了,我向你们保证,这绝对是最上乘的佳作。也许你们见过复制品。如果是这样,你们应该知道胡安·德帕雷哈的样子:帅气无比,皮肤黝黑,眼睛炯炯有神,气宇轩昂。有人说委拉斯开兹为他画像,是为教皇英诺森十世画肖像之前的练习。我不这么认为。1650年,委拉斯开兹已经为菲利普四世和皇室成员画过许多画像,他不需要练习也不缺乏信心。他画胡安·德帕雷哈,仅仅是因为他厌倦了为红衣主教画像,还因为他们是朋友和伙伴。因此他给了他自由身。如果委拉斯开兹在马德里把加斯帕·戈麦斯·德哈罗的妻子画成维纳斯,那么也许模特和画家的助理认识,无疑还发生了一些其他的事情。胡安·德帕雷哈偷偷地为她作画,就像画其他作品一样。也许在马德里谣言四起,作为主人对于仆人犯罪的回应,委拉斯开兹和帕雷哈一起逃到罗马。"

说完,他沉默,一直看着安东尼,等待着他的反应。

"您从哪里得出这个结论的,加里戈?您都没看过那幅画。"

"佩德罗·提亚切尔知道这件事。他没有告诉任何人,我也不知道他是怎么发现的。他死后,英国情报人员搜查他在伦敦的画廊和住宅,找到了相关的文件。今天早晨他们把这些情况告诉了我。伊瓜拉达公爵是否已经知道这事,或者还是坚信那幅画是委拉斯开兹的作品,我们不得而知,但现在画已经不存在了,这些问题都不重要了。"

大卫·罗斯,使馆一秘,认为有必要把自己知道的情况说出来。

"佩德罗·提亚切尔是一名德国间谍。我们得知这件事并且跟踪他有一段时间了。他曾为卡纳里斯海军上将主管的阿勃维尔效力。也许还为别的机构工作。双重间谍。几乎所有人都是这样。"

"因为这他被杀了?"

"我不这么认为。间谍们并不互相残杀。他们是同行。在不损害自身利益的前提下,他们都会互相帮助,通力合作。而政府也是如此。如果反间谍机构发现一名间谍,都会试图说服他改变立场,一般都能成功。他们是灵活的人,这也是他们的职业要求。一名活的间谍是非常有用的,死了就一点用都没有了。有时,他们自己的政府认为有必要弃用他们。但我跟您说,这事很蹊跷。我们不知道谁杀了佩德罗·提亚切尔，更不知道理由。"

"在他被杀之前，他本来是要向我透露一件重要秘密的。"安东尼提出这一点。

"不用在意。"大卫·罗斯回答，"他是一个大嘴巴。他肯定是想获取您的信任，从您这里收集信息的。他很着急把那幅画出手。他和公爵的关系最近有些遇冷，他感觉他被排除在自己精心筹划的交易之外了。"

"那么科里亚呢？"

大黄蜂爵士接过话头。

"我们的情报人员已经失去了线索。我们仍然不知道他的真实身份。也许科里亚就是佩德罗·提亚切尔。也许可能是在场的任何一个人。这些该死的间谍无处不在。不过不要紧。忘了科里亚吧。画已经没了，您已经没有什么作用了，无论对于他，还是对于莫斯科，甚至是对于我们，请不要生气。"

"但是有人想杀我。"

"不是这样的，"大卫·罗斯说，"如果科里亚想要杀了您，您现在是不可能站在这里的。托莱多门事件是我们导演的一出戏。伊西尼奥·萨莫拉·萨莫拉诺为我们工作。"

哈利·帕克看了看表。

"时间差不多了，"他语气平淡地说，"我们该走了，除非您还有什么想说的或想问的，怀特兰兹。"

安东尼把空水杯放在一张边桌上，从扶手椅中站起来。他感觉头疼和反胃。见到他十分不适，大黄蜂爵士把手放在他的肩膀上。

"帕克说得有理。回家吧，忘掉马德里。这是一座肮脏混乱的城市，人们不懂得安分守己。不用担心您的朋友普利莫，他们不会对他怎么样的。法西斯主义是个大麻烦，不过不是主要问题。主要问题来自苏联。早晚英国都会和德国结盟对付共产主义的威胁。"他转向爱德华八世陛下的肖像，用烟斗指着说，"陛下明白这一点，并没有掩饰对希特勒的同情。希特勒不是一个彻底的民主主义者，这是肯定的，但是政治不容模棱两可。因此不适合如您这般受过良好教育和敏感的人士。回伦敦吧，回到您的绘画和书本当中去吧。请求凯瑟琳的原谅。她肯定会羞辱您，但是最终会原谅您。她肯定是这样想的。女人很麻烦，但却是我们能拥有的最好的了。而政治，却是很可怕的。共产主义者和纳粹都是怪物，而我们是好人，没有一个无赖。"

尾　声

出了使馆,高高挂在晴空中的太阳散发着光芒,空气是温暖的,树枝上已经冒出嫩芽,花圃中开出了白色和黄色的花朵,宣告着1936年美丽春天的到来。到了轿车旁,哈利·帕克又看了看手表,安东尼·怀特兰兹正要上车时,他阻止道:

"时间还早,"年轻的外交官说,"我刚想到,临走之前您可能想再去普拉多博物馆一次。如果您答应我不做蠢事,我就让您一个人去,一个小时之后再去接您。行李放在车上。"

"谢谢,帕克,"安东尼很是感动,"你们考虑的真是周到。"

来到博物馆,他跟售票员打好招呼,直奔委拉斯开兹展厅。到了展厅,他一个人站在正中央,举棋不定。他只有很短的时间,他必须聚精会神不浪费这次机会,因为也许很多年都不会再来这里了。他正打算抬头凝视一幅画作时,忽然听到有人轻轻呼唤他的名字,不禁心头一颤。

"你怎么在这儿!"他惊呼,"你怎么知道在哪里可以找到我?"

"这并不是秘密。"她回答,"我请求帕克先生带你过来。我觉得这里是一个道别的好地方。"

"嗯,是啊,要说道别,这里再好不过了。我们在这个厅里转转。如果你对哪幅画感兴趣,我可以给你讲讲。"

帕琪塔挽起他的手臂,两个人依偎着缓缓地漫步。

"我想你已经听说了地下室的大火,"她说,"真的很抱歉,安东尼。"

英国人耸耸肩。

"显然，我很幸运。如果那幅画真的是一个摩尔人所画，我可就丢人丢大了。不过对你们来说，这可是一笔不小的损失啊。"

"不要紧，我们是富人。而吉耶尔莫造成的虚惊让我们看淡了物质的价值。"

"也许你说得有理。吉耶尔莫现在怎么样了？家里的其他人怎么样了？很抱歉不能跟大家道别了。"

"吉耶尔莫恢复得很快。为了防止反复，再观察几天，我们就可以接他回家了。我的父母，你能想象他们有多高兴啊！而可怜的莉莉却很苦恼。她还是个孩子啊，这么多的变故已经将她打垮。她总是哭，说火灾是她的责任。这当然是疯话。我们永远都不会知道是谁放了那把火。不管怎样，爸爸已经决定将莉莉送到巴达霍斯的亲戚家，奥利温萨公爵的庄园。到了那儿，她就会忘记这个地狱，恢复健康和好心情。"

安东尼正欲开口说些什么，但感觉到骑在马上的奥利瓦尔斯公爵正用严厉的目光注视着他。手中的权杖似乎为他指明了前进的方向。英国人摇了摇头，喃喃道：

"可怜的莉莉！"为了转移话题，他说，"那何塞·安东尼奥呢，你知道吗？"

"早上，他见了安全局长阿隆索·马约尔。这不是一次友好的对话，好像何塞·安东尼奥骂他是王八。他们把他送到了莫德罗，非法持枪现在要加上一条蔑视权威的罪名了。明天我去看看他。我也想和他道别。"

"道别？"

"正是，"姑娘说，"他们过几天就会把他放了。那时我将不在这里。我要走了，安东尼。我来不仅是要跟你说再见，还要告诉你一件事，我认为你应该知道。"

空旷的展厅里没有其他人。帕琪塔顿了顿，继续说道：

"昨天是奇怪的一天。我一直以为自己是个理智的人，但仅仅在昨天一天里我就改变了三次主意。早上，我坚信我疯狂地爱上了你。正当我为发现这一点而感到震惊时，那个在旅店碰上的带着孩子的女孩来到我家。她得知有人要谋杀那位善良的英国先生，于是提前来告诉我这件事，她不想成为共犯。因此她要带着孩子离开马德里。愿上帝保佑她和她可怜的孩子。我下了很大的决心，去了何塞·安东尼奥家。若不是走投无路，我是绝对不会去找他的，我知道只有他能救你一命。到了那儿，跟他面对面，我才知道对你的爱不过是一时冲动。对我来说，生命中只可能有一个男人。我们之间的只是个小插曲。真感情是不会变得这么快的。"

"你一天改变了三次主意，"安东尼倍感受伤地问道，"那么第三次是什么？"

"最终的决定，"帕琪塔十分严肃地说，"当有人通知我们吉耶尔莫出事之后，我才意识到，我们正迅速地滑向深渊，必须做些什么来阻止堕落。在医院里……"

她停顿了几秒钟，努力回想当时的情景，然后无比坚毅地说：

"我不是开玩笑。在医院里我做了一个庄严的承诺。如果我的弟弟得救，我就脱离俗世。上帝创造了奇迹，更坚定了我的想法。所有降临到我家人身上的灾难都是对我罪孽的惩罚。我不知道现在上天是否原谅我了，但是我已经知道我的路在何方。我母亲的一个表姐是萨拉曼卡修道院的院长。收拾好东西之后，我就会去那里闭门思过。目前我还不想出家。那样太过仓促，我最近做了太多承诺。我会在那里祈祷和冥思几个月，过了夏天再做打算。"

安东尼试图消化这一连串奇怪的消息。所有与他有关系的女性的生活和居住地都发生了改变：托妮娜、莉莉，现在是帕琪塔。由于我的错，马德里的人都要走光了，他心想。他什么都没说，只是把帕琪塔带到《修道院长赫罗尼玛·德拉富恩特》肖像画前。这幅画虽然比较大，但修女还是显得很瘦小，仿佛时间的流逝，禁欲主义和人生阅历能让她的身体缩水，却一点也不能削弱她性格的力量。她的眼神中露出疲态，眼皮显得沉重，微微泛红，嘴角勉强挤出一丝苦笑。枯槁的双手，手背青筋突出，一只手拿着一本书，另一只手攥着一个很大的十字架。她的眼神曾游离片刻，看向耶稣受难像，但很快调整回来，看着正在为她作画的画师，之后的数百年，就一直盯着那些驻足观看这幅画的人。她的表情是严肃的，但是她的目光是虔诚和慈祥的。

"在马德里有两幅一模一样的肖像画，"安东尼说，"都是委拉斯开兹的作品。这一幅更好一点；另一幅为私人收藏。两幅画都有同一个题词，虽然由于时间流逝变得黯淡，但还是很容易辨认的：Bonum Est Pretolare Cum Silentio Salutare Dei，意思是'默默等待神的救赎是一件好事'。另一幅画上，还有一面写着另一个警句的旗帜，我记不太清了，大概意思是'他的荣耀是我唯一的快事'。我恐怕，当你在静修室里，要决定两个之中哪一个才是你的追求。"

帕琪塔什么都没说，放开英国人的胳膊，步履缓慢但笃定地向前走去。安东尼也没有再回头看她。他停留在《修道院长赫罗尼玛·德拉富恩特》前看了一会儿，然后走到挂着名画《宫娥》的角落。在那里他遇到进来找他的哈维·帕克，因为他的耽搁，显得很不安。

"到时间了，怀特兰兹。"

"你发现了没有，帕克？"安东尼说，"沉寂很长一段时间以后，委拉斯开兹在生命的尾声画了这幅画。这是委拉斯开兹的巅峰之作，也是他的遗书。这幅画反映了宫廷的另一面：一群平凡人，女孩，仆人，矮人，狗，一对官员，还有画家自己。镜子中映出了作为权力象征的王室成员们模糊的身影。他们在画之外，也在我们的生活之外，但是却能看到一切，统领一切，正是他们给了画作存在的理由。"

年轻的外交官又看了看表。

"随您怎么说，怀特兰兹，时间不早了，无论如何我们都不能再错过这趟火车了。"